W0087231

ROBERTO SAVIANO
Der Clan der Kinder

Roman

Aus dem Italienischen von
Annette Kopetzki

Carl Hanser Verlag

Die italienische Originalausgabe erschien 2016
unter dem Titel *La paranza dei bambini*
bei Feltrinelli Editore in Mailand.

2. Auflage 2018

ISBN 978-3-446-25821-1
© 2016, Roberto Saviano. All rights reserved
Alle Rechte der deutschen Ausgabe
© Carl Hanser Verlag München 2018
Umschlag: Peter-Andreas Hassiepen, München,
Motiv © Salvatore Esposito/contrasto/laif
Satz: Greiner & Reichel, Köln
Druck und Bindung: CPI books GmbH, Leck
Printed in Germany

MIX
Papier aus verantwortungs-
vollen Quellen
FSC® C083411
FSC
www.fsc.org

Den schuldigen Toten.
Ihrer Unschuld.

Die Paranza

MARAJA   Nicolas Fiorillo
BRIATÒ   Fabio Capasso
TUCANO   Massimo Rea
DENTINO   Giuseppe Izzo
DRAGÒ   Luigi Striano
LOLLIPOP   Vincenzo Esposito
PESCE MOSCIO   Ciro Somma
STAVODICENDO   Vincenzo Esposito
DRONE   Antonio Starita
BISCOTTINO   Eduardo Cirillo
CERINO   Agostino De Rosa

Wo Kinder sind, da ist ein goldenes Zeitalter.
NOVALIS

1. Teil **DIE PARANZA KOMMT VOM MEER**

Das Wort Paranza kommt vom Meer.

Wer am Meer geboren wird, kennt nicht nur ein einziges Meer. Er wird vom Meer besetzt, durchnässt, besessen, vom Meer beherrscht. Er kann den Rest seines Lebens weit weg vom Meer verbringen und bleibt doch meerdurchtränkt. Wer am Meer geboren wird, weiß, dass es das Meer der Mühsal gibt, das Meer des Ankommens und Weggehens, das Meer der Abwasserentsorgung, das Meer, das isoliert. Es gibt die Kloake, den Fluchtweg, das Meer als unüberwindliche Barriere. Es gibt das nächtliche Meer.

Nachts fährt man zum Fischen hinaus. Tintenschwarze Dunkelheit. Flüche, nie ein Gebet. Stille. Nur Motorengeräusch.

Zwei Boote fahren davon, klein und morsch, mit so vielen Fischerlampen beschwert, dass sie fast sinken. Eins fährt nach links, eins nach rechts, die Leuchten am Bug sollen die Fische anlocken. Nachtfischerleuchten. Blendend helles Licht, Elektrizität aus Salz. Erbarmungslos durchsticht der starke Lichtstrahl das Wasser bis auf den Grund. Der Anblick des Meeresgrunds macht Angst, es ist, als sähe man, wo alles endet. Das soll es sein? Dieser armselige Haufen Steine und Sand, bedeckt von all dieser Unermesslichkeit? Bloß das?

Paranza wird ein Boot genannt, das Fische mit Licht in die Falle lockt. Die neue Sonne ist elektrisch, das Licht erobert das Wasser, nimmt es in Besitz, und die Fische suchen es, vertrauen ihm. Sie vertrauen dem Leben, stürzen sich, vom Instinkt getrieben, mit weit geöffnetem Maul hinein. Währenddessen öffnet sich rasch das Netz, das sie umgibt, die Maschen legen sich auf den Schwarm, hüllen ihn ein.

Dann bleibt das Licht stehen, scheint endlich erreichbar für die aufgerissenen Mäuler. Bis die Fische einer nach dem andern aneinandergedrückt werden, bewegen sie noch die Flossen, suchen Raum. Und als würde das Meer zu einer Pfütze, werden alle zurückgeworfen, die meisten stoßen gegen etwas, wenn sie das Weite suchen, stoßen gegen etwas, das nicht weich ist wie Sand, aber auch kein Fels ist, es ist nicht hart. Es scheint überwindbar, aber man kann ihm unmöglich entkommen. Sie zappeln hoch, runter, hoch, runter, rechts, links und wieder rechts, links, doch dann schwächer, immer schwächer.

Das Licht geht aus. Die Fische werden hochgezogen, für sie steigt das Meer plötzlich an, als würde der Grund selbst sich zum Himmel erheben. Es sind nur die Netze, die hochgezogen werden. Von der Luft erstickt, öffnen die Mäuler sich zu kleinen verzweifelten Kreisen, und die erschlaffenden Kiemen sehen aus wie offene Blasen. Das Rennen ins Licht ist zu Ende.

In der Scheiße

»Alter, glotzt du mich an?«

»Dich? Mit'm Arsch nicht.«

»Was gibt's zu glotzen?«

»Ey, Bruder, falsche Adresse! Mach nicht so 'n Wind.«

Renatino stand zwischen den anderen Jungen, sie hatten es schon länger in der Menge der Körper auf ihn abgesehen, doch als er sie bemerkte, umringten sie ihn bereits zu viert. Der Blick ist Revier, ist Heimat, jemanden ansehen heißt, unerlaubt in sein Haus eindringen. Jemanden anstarren bedeutet, ihn anzugreifen. Den Blick nicht abzuwenden ist eine Demonstration von Macht.

Sie besetzten die Mitte der Piazza. Ein kleiner Platz, umschlossen von einer Bucht aus Häusern, mit einer einzigen Zugangsstraße, einer einzigen Bar an der Ecke und einer Palme, die für einen exotischen Anstrich sorgte. Allein dieses in wenigen Quadratmetern Erdreich steckende Gewächs veränderte den Anblick der Fassaden, Fenster und Haustüren, als wäre es mit einem Windstoß von der Piazza Bellini hergekommen.

Keiner von ihnen war älter als sechzehn. Sie kamen näher, ihr Atem vermischte sich. Sie waren jetzt kurz davor, anzugreifen. Nase gegen Nase, bereit zum Kopfstoß aufs Nasenbein, wenn 'o Briatò nicht mit seinem ganzen Körper dazwischengegrätscht wäre, eine Mauer, die eine Grenze zog.

»Laberst immer noch! Halt deine Scheißfresse und Augen runter …!«

Aus Scham blickte Renatino nicht zu Boden, doch wenn

er mit einer Unterwerfungsgeste aus dieser Situation herausgekommen wäre, er hätte es gern getan. Den Kopf senken, sogar hinknien. Sie waren viele gegen einen: Wenn man jemanden schlagen muss, gilt kein Ehrenkodex mehr. Das neapolitanische *vattere* lässt sich aber nicht einfach nur mit »schlagen« übersetzen. Wie bei anderen Ausdrücken des Körpers geht sein Gebrauch über die Grenzen seiner einfachen Bedeutung hinaus. Wenn die Mama, dein Vater oder Großvater dich schlagen, ist es *vattere*, draufhauen, während die Polizei und der Lehrer nur schlagen, aber deine Freundin »haut drauf«, wenn du eine andere zu lange angesehen hast.

Heißt es »draufhauen«, schlägst du mit aller Kraft, mit echter Wut und ohne Regeln. Vor allem schlägst du aus einer gewissen Nähe, einer zweideutigen Nähe. »Draufhauen« sind die Prügel, die man jemandem verpasst, den man kennt, der einem nahe ist, durch Wohnort, Bildung, Bekanntschaft, der Teil des eigenen Lebens ist; einen Fremden, der nichts mit dir zu tun hat, schlägst du bloß.

»Du markierst alle Fotos von Letizia mit ›Gefällt mir‹. Batzt überall Kommentare hin, und hier auf der Piazza glotzt du mich noch an!?«, beschuldigte ihn Nicolas. Und spießte Renatino mit den schwarzen Nadeln, die er anstelle der Augen hatte, wie ein Insekt auf.

»Ich glotz nicht …! Und wenn Letizia Fotos postet, kann ich Kommentare schreiben und ›Gefällt mir‹ anklicken.«

»Da soll ich dir nicht einen aufs Maul geben?«

»Ey, du nervst, Nicolas …!«

Nicolas fing an, ihn zu schubsen und anzurempeln, Renatino stolperte über die Füße der anderen und prallte an den Körpern vor Nicolas ab wie an der Bande eines Billardtischs. 'O Briatò warf ihn Dragonbò zu, der ihn mit einem Arm packte und gegen

'o Tucano schleuderte. Der tat so, als wollte er ihm einen Kopfstoß verpassen, schubste ihn dann aber zu Nicolas zurück. Sie
hatten etwas anderes vor.

»Was soll der Scheiß! Eeh!«

Das kam heraus wie der Schrei eines Tieres, nein, wie das
Winseln eines verängstigten kleinen Hundes. Er wiederholte
einen einzigen Laut, der wie ein um Rettung flehendes Gebet
klang: »Eeeeh …!«

Ein trockener Laut. Ein gutturales »E«, äffisch, verzweifelt.
Um Hilfe bitten ist die Unterschrift unter die eigene Feigheit,
doch er hoffte, dieser eine Vokal, der letzte Buchstabe des Wor-
tes »Hilfe«, könnte wie ein flehentlicher Hilferuf verstanden
werden, damit ihm die äußerste Demütigung erspart blieb, ihn
aussprechen zu müssen.

Niemand griff ein, die Mädchen gingen weg, als begänne ein
Schauspiel, bei dem sie nicht dabei sein wollten oder konnten.
Viele blieben, gaben sich unbeteiligt, waren in Wirklichkeit aber
hellwache Zuschauer, und jeder, falls er verhört wurde, sofort
bereit, zu schwören, er habe die ganze Zeit auf sein iPhone ge-
guckt und nicht das Geringste bemerkt.

Nicolas warf rasch einen Blick auf die Piazzetta, dann brachte
er Renatino mit einem harten Stoß zu Fall. Der versuchte auf-
zustehen, doch ein Fußtritt von Nicolas mitten in die Brust warf
ihn wieder zu Boden. Zu viert stellten sie sich um ihn herum
auf.

'O Briatò packte seine Beine an den Fußgelenken. Manchmal
entglitt ihm eins, wie ein Aal, der sich entwindet, doch obwohl
Renatino verzweifelt nach Briatòs Kopf trat, gelang es dem immer, auszuweichen. Schließlich fesselte Briatò ihm die Beine
mit einer Kette, eine dieser leichten Ketten, mit denen man
Fahrräder am Laternenpfahl festmacht.

»Die hält!«, sagte er, nachdem er das Schloss hatte zuschnappen lassen.

'O Tucano sicherte Renatinos Hände mit Handschellen aus Metall, das mit rotem Plüsch überzogen war, wahrscheinlich in irgendeinem Sexshop aufgelesen, und gab ihm Tritte in die Nieren, damit er sich beruhigte. Dragonbò hielt seinen Kopf fest, es sah fast zartfühlend aus, wie bei Sanitätern, wenn sie nach Unfällen eine Halskrause anlegen.

Nicolas zog seine Hose herunter, drehte Renatino den Rücken zu und ging über seinem Gesicht in die Hocke. Mit einer raschen Bewegung packte er die gefesselten Hände und hielt sie fest, dann fing er an, ihm ins Gesicht zu scheißen.

»Dragò, was meinst du, wenn einer 'n Scheißer ist, frisst er dann auch Scheiße?«

»Klar doch.«

»Da kommt sie …! Guten Appetit.«

Renatino wand sich und schrie, doch als er die braune Masse herauskommen sah, hielt er plötzlich still und machte alles dicht. Verschloss seine Lippen, rümpfte die Nase, verzog das Gesicht, hoffte, es würde zur Maske. Dragò hielt den Kopf fest und ließ ihn erst los, als das erste Stück auf Renatinos Gesicht sank. Aber das tat er nur, um nicht selbst getroffen zu werden. Sofort bewegte sich der Kopf wieder wie verrückt hin und her, Renatino versuchte, das Stück Scheiße loszuwerden, das sich zwischen Nase und Oberlippe gelegt hatte. Er schaffte es, das Stück fiel auf den Boden, und er schrie wieder sein verzweifeltes »Eeh!«.

»Jungs, die zweite Ladung ist im Anmarsch … festhalten!«

»Mann, hast du gefressen, Nicolas …!«

Dragò hielt den Kopf fest, wieder mit dem Sanitätergriff.

»Ihr Wichser! Eeh …! Eeeh! Arschlöcher!«

Er schrie verzweifelt, um sofort zu verstummen, als er das

zweite Stück aus Nicolas' After kommen sah. Ein haariges, dunkles Auge, das die Schlange aus Exkrement mit zwei Krämpfen in zwei rundliche Stücke zerteilte.

»Baah, Nicò, das wär fast bei mir gelandet ... !«

»Willst auch bisschen was vom Tiramisu, was, Dragò?«

Das zweite Stück fiel Renatino auf die Augen. Er spürte, wie Dragòs Hände ihn losließen, und fing wieder an, hysterisch den Kopf zu bewegen, bis ihn ein Brechreiz überkam. Nicolas nahm einen Zipfel von Renatinos T-Shirt und wischte sich damit den Hintern ab, sorgfältig, ohne Eile.

»Renatì, kannst dich bei meiner Mutter bedanken, weißt du warum? Sie gibt mir gute Sachen zu essen. Bei dem Fraß von deiner Mutter, der Schlampe, hätt ich jetzt Dünnschiss und du 'ne Dusche aus Scheiße.«

Gelächter. Gelächter, das allen Sauerstoff im Mund verbrauchte. Es klang wie das Eselsgeschrei von Pinocchios Freund Lucignolo. Der dümmste aller ostentativen Lacher. Jungengelächter, grob, frech, ein bisschen gespielt, um zu beeindrucken. Sie nahmen Renatino die Kette ab, befreiten ihn von den Handschellen. »Kannste behalten, schenk ich dir.«

Renatino richtete sich auf, hielt die plüschverkleideten Handschellen umklammert. Die anderen gingen laut redend davon, schwangen sich auf ihre Mopeds und verließen die Piazza. Wendige Käfer, die ohne Grund beschleunigten, nur bremsten, um nicht gegeneinanderzustoßen. Im Nu waren sie verschwunden. Nur Nicolas hielt seine schwarzen Nadeln bis zuletzt auf Renatino geheftet. Ein Windstoß zerzauste ihm die blonden Haare, die er sich eines Tages, so hatte er beschlossen, bis auf die Kopfhaut abrasieren würde. Dann brachte ihn das Moped, auf dem er als Beifahrer saß, von der Piazza weg, und sie waren nur noch schwarze Umrisse.

Das Nuovo Maharaja

Forcella ist Materie der Geschichte. Materie aus jahrhundertealtem Fleisch. Lebendige Materie.

Drinnen, in den Falten der Gassen, die es zeichnen wie ein vom Wind gegerbtes Gesicht, steckt die Bedeutung dieses Namens. Forcella, von *forca*, Gabel, Galgen, Engpass. Ein Weg hinein und eine Gabelung. Etwas Unbekanntes, das dir immer anzeigt, wo du losgehen musst, doch nie, wo du ankommst, ob du ankommst. Eine Straße als Symbol. Von Tod und Auferstehung. Sie empfängt dich mit dem riesigen, auf eine Hauswand gemalten Bildnis von San Gennaro, der dich beobachtet, wenn du hereinkommst, und dich mit seinen Augen, die alles sehen, daran erinnert, dass es nie zu spät ist, sich wieder zu erheben, dass man die Zerstörung aufhalten kann wie die Lava.

Forcella ist eine Geschichte von Neuanfängen. Von neuen Städten über alten Städten, von neuen Städten, die alt werden. Von lärmenden, menschenwimmelnden Städten aus Tuffstein und Basalt. Steine, die hier jede Mauer errichtet, jede Straße trassiert, alles verändert haben, auch die Menschen, die seit jeher mit diesem Material arbeiten. Nein, es anbauen. Man sagt nämlich, dass Basalt angebaut wird wie eine Reihe von Weinstöcken, die gewässert werden müssen. Steine, die zur Neige gehen, denn man verbraucht den Stein, den man anbaut. In Forcella sind auch die Steine lebendig, auch sie atmen.

Die Häuser kleben aneinander, die Balkone küssen sich in Forcella wirklich. Sogar leidenschaftlich. Auch wenn dazwischen eine Straße verläuft. Und wenn es nicht die Wäscheleinen sind, die sie verbinden, sind es die Stimmen, die sich die Hände schütteln, einander zurufen, dass dort unten kein Asphalt liegt, sondern ein von unsichtbaren Brücken überquerter Fluss.

Immer wenn Nicolas am Cippo vorbeikam, den alten Steinen aus griechischer Zeit, packte ihn diese Fröhlichkeit. Dann fiel ihm ein, wie sie vor zwei Jahren, aber es fühlte sich an wie Jahrhunderte, den Weihnachtsbaum aus der Galleria Umberto geklaut und geradewegs hierher gebracht hatten, mitsamt den leuchtenden Kugeln, die ohne Strom aber nicht mehr leuchteten. Damit hatte er Letizia auf sich aufmerksam gemacht, die am Morgen vor Weihnachten aus dem Haus gegangen war und, als sie um die Ecke bog, die Spitze gesehen hatte. Wie in den Märchen, wo man abends sät, und wenn die Sonne aufgeht, steht da hoppla ein Baum, der bis in den Himmel reicht. An dem Tag hatte sie ihn geküsst.

Den Baum war er nachts holen gegangen, mit der ganzen Gruppe. Sobald ihre Eltern schlafen gegangen waren, waren sie los und hatten sich zu zehnt den Baum auf ihre mageren Jungenschultern geladen, eine herkulische Schufterei, leise fluchend, um keinen Lärm zu machen. Dann hatten sie ihn auf die Mopeds gebunden: Nicolas und Briatò mit Stavodicendo, »Sag ich doch«, und Dentino, dem »Zähnchen«, vorne, dahinter die anderen, die den Stamm hochhalten mussten. Es hatte stark geregnet, und es war nicht leicht gewesen, mit den Mopeds durch die breiten Pfützen und die reißenden Bäche zu fahren, die die Gullys ausspuckten. Motorroller hatten sie, das erforderliche Alter nicht, aber sie waren »gelernt« geboren, wie sie es ausdrückten, und konnten sich besser durchhangeln als die Älteren. Doch mit diesem Wasserfilm hatten sie kämpfen müssen. Mehrmals hatten sie angehalten, um Luft zu holen und die Stricke festzuziehen, aber schließlich hatten sie es geschafft. Sie richteten den

Baum im Viertel auf, sie hatten ihn zwischen die Häuser, mitten unter die Leute gebracht. Wo er stehen sollte. Am Nachmittag waren dann die Falken vom Überfallkommando gekommen, um sich den Baum zurückzuholen, doch das zählte dann schon nicht mehr. Sie hatten die Sache durchgezogen.

Lächelnd ließ Nicolas den Cippo hinter sich und parkte vor Letizias Haus, er wollte sie abholen und in die Bar einladen. Doch sie hatte schon die Posts auf Facebook gesehen: die Fotos von Renatino, mit Scheiße beschmiert, die Tweets, in denen die Freunde seine Demütigung verkündeten. Letizia kannte Renatino und wusste, dass er hinter ihr her war. Er hatte nur einen einzigen Fehler gemacht, er hatte ein paar ihrer Fotos mit »Gefällt mir« kommentiert, nachdem sie ihn auf Facebook als Freund akzeptiert hatte – eine unverzeihliche Schuld in Nicolas' Augen.

Nicolas stand vor ihrem Haus, geklingelt hatte er nicht. Nur Postboten, Wachleute, Polizisten, der Unfallwagen, Feuerwehrmänner und Fremde benutzen die Gegensprechanlage. Wenn du deine Freundin rufen willst, deine Mutter, deinen Vater, einen Freund oder die Nachbarin, die sich als Teil deines Lebens fühlen darf, schreist du. Alles steht offen, sperrangelweit, alles wird gehört, und wenn man nichts hört, ist das ein schlechtes Zeichen, dann ist etwas passiert. Von unten schrie Nicolas sich die Kehle aus dem Hals: »Letì! Letizia!« Das Fenster ihres Zimmers lag nicht zur Straße hin, es ging auf einen lichtlosen Schacht. Das Fenster zur Straße, das Nicolas sah, beleuchtete einen breiten Treppenabsatz, der Gemeinschaftsraum für mehrere Wohnungen. Wer gerade durchs Treppenhaus ging, hörte seine Rufe und klopfte an Letizias Wohnungstür, ohne zu warten, bis sie öffnete. Die Leute klopften und gingen weiter, das war der Code: »Man will was von dir.« Wenn Letizia aufmachte und niemanden im Hausflur sah, wusste sie, dass jemand auf der Straße nach ihr rief. Doch an diesem Tag schrie Nicolas so laut, dass sie ihn bis in ihr Zimmer hörte. Schließlich zeigte sie sich auf dem Treppenabsatz, wütend, und brüllte: »Du kannst abziehen. Ich geh nirgendwohin.«

»Los, komm runter, beweg dich.«

»Ich komm nicht runter …!«

In dieser Stadt läuft das so. Alle wissen, dass du Streit hast. Sie müssen es wissen. Jede Beleidigung, jede Stimme, jeder scharfe Ton hallt zwischen den Steinen der Gassen wider, die Zank zwischen Liebespaaren gewöhnt sind.

»Was hat Renatino dir überhaupt getan?«

Halb ungläubig, halb erfreut fragte Nicolas: »Also weißt du's schon?«

Im Grunde reichte es ihm, dass seine Freundin Bescheid wusste. Die Heldentaten eines Kriegers gehen von Mund zu Mund, erregen Aufsehen und werden zur Legende. Er sah Letizia am Fenster und wusste, dass sein Bravourstück zwischen abgeblättertem Putz, Aluminiumfensterrahmen, Regenrinnen und Terrassen und weiter oben zwischen den Antennen und Satellitenschüsseln widerhallen und weitergetragen würde. Und während er Letizia betrachtete, wie sie über der Brüstung lehnte, die Haare nach dem Duschen noch lockiger als sonst, erhielt er eine Nachricht von Agostino. Eine dringende und rätselhafte Nachricht.

Damit endete der Wortwechsel. Letizia sah ihn auf den Motorroller steigen und mit quietschenden Reifen davonfahren. Ein Minotaurus, halb Mensch, halb Räder. Durch Neapel fahren heißt, alles überholen und überall durchkommen, Straßensperren, Einbahnstraßen, Fußgängerzonen gibt es nicht. Nicolas fuhr zu den anderen zum Nuovo Maharaja, dem Restaurant in Posillipo. Ein imponierendes Lokal mit einer großen Terrasse direkt über der Bucht. Diese Terrasse allein, die für Hochzeiten, Erstkommunionfeiern und Partys vermietet wurde, hätte genug Geld eingebracht. Seit seiner Kindheit faszinierte Nicolas dieses weiße Gebäude, das mitten über einem Felsen von Posillipo aufragte. Das Maharaja gefiel ihm, weil es so unverschämt protzig war. Es stand da wie auf die Klippen geschweißt, eine uneinnehmbare Festung, alles war weiß, die Fensterrahmen, die Türen, sogar die Rollläden. Majestätisch wie ein griechischer Tempel blickte es aufs Meer, mit seinen schneeweißen Säulen, die direkt aus dem Wasser aufzuragen schienen und ebenjenen breiten Balkon trugen, über den, so stellte sich Nicolas vor, die Männer schlenderten, von denen er einer werden wollte.

Nicolas war mit dem Maharaja aufgewachsen, so oft war er daran vorbeigegangen, hatte die Scharen von Motorrädern und Autos betrachtet, die Frauen, die Männer, ihre Eleganz und den zur Schau gestellten Reichtum bewundert und sich geschworen, dass er um jeden Preis dort hineinkommen werde. Das war sein Ehrgeiz, ein Traum, mit dem er seine Freunde angesteckt hatte, sodass sie ihm irgendwann den Spitznamen »Maraja« verpassten. Dort eintreten, nicht als Kellner, auch nicht, weil jemand dir einen Gefallen tut – »du kannst eine Runde drehen und dann Abmarsch« –, nein, er und die anderen wollten Gäste sein, möglichst diejenigen, denen der größte Respekt entgegengebracht wurde. Wie viele Jahre würde er brauchen, fragte sich Nicolas, bis er sich erlauben konnte, dort drinnen den Abend und die Nacht zu verbringen? Was würde er tun müssen, um das zu erreichen?

Die Zeit ist noch Zeit, wenn du von etwas träumen kannst, dir zum Beispiel vorstellst, dass du, wenn du zehn Jahre lang sparst oder einen Wettbewerb gewinnst oder ein bisschen

Glück hast oder alles dransetzt, vielleicht … Aber das Gehalt von Nicolas' Vater war das eines Sportlehrers, und seine Mutter hatte ein kleines Geschäft, eine Wäscherei. Die von seiner Familie vorgezeichneten Wege hätten eine unzumutbar lange Zeit erfordert, um ins Maharaja hineinzukommen. Nein. Nicolas musste es jetzt schaffen. Mit fünfzehn.

Und es war alles ganz einfach gewesen. Die wichtigen Entscheidungen, von denen es kein Zurück gibt, sind immer die einfacheren. Das Paradox in jeder Generation: Entscheidungen, die sich rückgängig machen lassen, sind gründlich überlegt, durchdacht, abgewogen. Unumkehrbare Entscheidungen verdanken sich einem plötzlichen Entschluss, werden durch eine instinktive Regung hervorgerufen und widerstandslos hingenommen. Nicolas tat das, was alle in seinem Alter taten: Nachmittage auf dem Moped vor der Schule, Selfies und die Sucht nach Sneakers – für ihn waren sie schon immer der Beweis, dass er mit beiden Beinen auf der Erde stand, ohne diese Schuhe hätte er sich nicht mal als ein menschliches Wesen gefühlt. Dann war es passiert: Vor ein paar Monaten, Ende September, hatte Agostino mit Copacabana geredet, einem wichtigen Mann des Striano-Clans von Forcella.

Copacabana war an Agostino herangetreten, weil er ein Verwandter war: Agostinos Vater war sein Brudercousin, ein Cousin ersten Grades.

Gleich nach der Schule war Agostino zu seinen Freunden gelaufen. Er kam mit krebsrotem Gesicht angerannt, ungefähr dieselbe rotglühende Farbe wie seine Haare. Von weitem sah es aus, als würde er vom Hals aufwärts brennen, nicht umsonst nannten sie ihn 'o Cerino, das »Streichholz«. Keuchend berichtete er alles, Wort für Wort. Diesen Moment sollten sie nie mehr vergessen.

»Kapiert ihr überhaupt, wer das ist?«

In Wirklichkeit hatten sie nur von ihm reden gehört.

»Co-pa-ca-ba-na!«, hatte er betont. »Capo vom Viertel, einer von den Striano. Sagt, er braucht Hilfe, *guaglioni*, Jungs, die in Ordnung sind. Und dass er gut zahlt.«

Keinen hatte die Nachricht sonderlich begeistert. Weder Nicolas noch die anderen der Gruppe sahen in dem Kriminellen den Helden, der er früher für die Jungen von der Straße gewesen war. Ihnen war völlig egal, wie man zu Geld kam, was zählte, war, Geld zu scheffeln und es zu zeigen, Autos zu haben, teure Klamotten und Uhren. Von Frauen begehrt und von Männern beneidet zu werden.

Nur Agostino wusste mehr von Copacabanas Geschichte. Sein Name rührte von einem Hotel, das er an einem Strand der Neuen Welt gekauft hatte. Eine brasilianische Frau, brasilianische Kinder, brasilianische Drogen. Groß gemacht hatte ihn der Eindruck, ja, die allgemeine Überzeugung, dass alle in sein Hotel kamen: von Maradona bis George Clooney, von Lady Gaga bis Drake, denn er postete Fotos mit ihnen auf Facebook. Geschickt nutzte er die Schönheit der Dinge, die ihm gehörten, um alle dorthin zu locken. Das hatte ihn zum Sichtbarsten unter den Mitgliedern einer Familie gemacht, die in großen Schwierigkeiten war, die Striano. Copacabana musste den Jungen nicht einmal ins Gesicht sehen, um zu beschließen, dass sie für ihn arbeiten konnten. Nach der Verhaftung von Don Feliciano Striano 'o Nobile war er jetzt seit fast drei Jahren der einzige übriggebliebene Capo von Forcella.

Aus dem Prozess gegen die Striano war er heil herausgekommen. Ein Großteil der Anklagen gegen die Organisation wurde erhoben, als er schon in Brasilien war, damit hatte er der Anklage auf Mitgliedschaft in einer mafiaartigen Vereinigung entgehen können, der gefährlichsten Anklage für Leute wie ihn. Es war die erste Instanz. Die Staatsanwaltschaft würde Berufung einlegen. Also stand Copacabana das Wasser bis zum Hals, er musste zeigen, dass er dem Schlag standgehalten hatte, und neu anfangen, neue Jungs finden, denen er einen Teil vom Geschäft anvertrauen konnte. Seine eigenen Leute, seine Paranza, die Capelloni, waren tüchtig, aber unberechenbar. So ist das, wenn man zu schnell zu weit nach oben kommt, oder wenigstens glaubt, dort angekommen zu sein. 'O White, ihr Anführer, hielt sie im Zaum, war aber ständig auf der Hut. Die Paranza der Capelloni konnte bloß schießen, einen neuen Umschlagplatz eröffnen konnte sie nicht. Für diesen Neuanfang brauchte er Material, das sich leichter formen ließ. Doch wer? Und wie viel Geld würden sie von ihm verlangen? Wie viel musste er zur Verfügung haben? Das Geschäft und das eigene Geld sind zwei Paar Schuhe: Geld zum Investieren ist das eine, Geld in der Tasche das andere. Wenn Copacabana nur einen Teil seines Hotels in Südamerika verkauft hätte, hätte er fünfzig Männer in seinem Sold haben können, aber es war sein eigenes Geld. Um ins Geschäft zu investieren, braucht man Geld vom Clan, und das fehlte. Forcella stand im Visier, Staatsanwälte, Fernsehtalkshows, sogar die Politik befassten sich mit dem Viertel. Ein schlechtes Zeichen. Copacabana musste alles wieder aufbauen, es gab keinen mehr, der das Geschäft in Forcella weiterführte. Die Organisation war zerschlagen.

Also war er zu Agostino gegangen und hatte ihm kurzerhand ein Päckchen Haschisch unter die Nase gehalten. Agostino stand vor der Schule, dort hatte Copacabana ihn gefragt: »Wie lange brauchst du, um so einen kleinen Ziegel loszuwerden?« Den Stoff loswerden war der erste Schritt auf dem Weg zum Pusher, obwohl man sich von ganz unten hocharbeiten musste, um diesen Titel zu verdienen. Den Stoff loswerden bedeutete, ihn an Freunde, Verwandte und Bekannte zu verkaufen. Die Verdienstspanne war sehr gering, aber es gab praktisch kein Risiko.

»Weiß nicht, 'n Monat?«, hatte Agostino hingeworfen.

»'n Monat? Der geht in einer Woche weg.«

Agostino war gerade alt genug fürs Moped, und dieses Alter interessierte Copacabana. »Bring mir alle deine Freunde, die bisschen was arbeiten wollen. Alle aus Forcella, die ich immer vor dem Lokal in Posillipo stehen seh. Ihr habt's doch satt, nur so mit'm Finger im Arsch rumzustehn … oder was?«

So hatte alles angefangen. Copacabana bestellte sie in einen Palazzo am Eingang vom Viertel, doch er selbst zeigte sich dort nie. An seiner Stelle war immer ein Mann da, dem Worte schnell, Gedanken jedoch sehr langsam kamen, sie nannten ihn Alvaro, weil er dem Schauspieler Alvaro Vitali ähnelte. Er war um die fünfzig, sah aber viel älter aus. Alvaro war fast Analphabet und hatte mehr Jahre im Gefängnis als auf der Straße verbracht: in der Zeit von Cutolo und der Nuova Famiglia als blutjunger Mann im Knast, während der Fehde zwischen den Kartellen der Viertel Sanità und Forcella, den Mocerini und den Striano, im Knast. Er hatte Waffen versteckt, war Ausspäher gewesen. Lebte mit seiner Mutter in einem winzigen Loch im Erdgeschoss, hatte nie Karriere gemacht. Sie zahlten ihm einen Hungerlohn, und manchmal schenkten sie ihm eine slawische Prostituierte, dann schickte er seine Mutter zu den Nachbarn. Aber er war einer, dem Copacabana vertraute. Seinen Job machte er gut: Er fuhr ihn mit dem Auto herum, gab die Päckchen Shit selbständig an Agostino und die anderen Jungen weiter.

Alvaro hatte ihnen gezeigt, wo sie stehen mussten. Die Wohnung, wo der Stoff gebunkert wurde, lag im letzten Stock. Sie mussten unten am Eingang, im Torweg verkaufen. Hier gab es keine Gitter und Straßensperren wie im Scampia-Viertel, nichts von alledem. Copacabana wollte einen freieren, weniger abgeschirmten Verkauf.

Ihre Aufgabe war einfach. Kurz bevor das Kommen und Gehen begann, waren sie schon an Ort und Stelle, um die Stücke selbst mit dem Messer zurechtzuschneiden. Alvaro gesellte sich zu ihnen, schnitt ein paar Bröckchen und größere Stücke ab. Stücke zu zehn, fünfzehn, fünfzig Euro. Danach wurde der Stoff in die übliche Alufolie gewickelt, und sie hielten die Stücke griffbereit, das Gras steckten sie in Plastiktütchen. Die Kunden kamen mit dem Moped oder zu Fuß in den Torweg des Palazzo, zahlten und gingen wieder. Der Ablauf war sicher, denn das Viertel konnte sich auf die von Copacabana bezahlten Schmieresteher und viele andere Leute auf der Straße verlassen, die Polizisten, Carabinieri und Finanzpolizei in Zivil und in Uniform melden würden.

Sie verkauften nach der Schule, doch manchmal gingen sie gar nicht erst hin, zur Schule, denn sie wurden nach verkauften Stücken bezahlt. Diese fünfzig, hundert Euro in der Woche machten den Unterschied. Und hatten eine einzige Bestimmung: Foot Locker. Den Laden stürmten sie förmlich. Kamen im geschlossenen Block rein, als wollten sie ihn besetzen, und wenn sie drin waren, zerstreuten sie sich. Von den T-Shirts rissen sie zehn, fünfzehn Stück auf einmal aus den Regalen. 'O Tucano zog eins über das andere an. Just Do It. Adidas. Nike. Die Markenzeichen verschwanden und wurden sekundenschnell ersetzt. Nicolas hatte sich gleich drei Air Jordan genommen. Knöchelhoch, weiß, schwarz, rot, Hauptsache, sie waren von Michael, der mit nur einer Hand einen Slam Dunk warf. Auch Briatò hatte sich auf die Basketballschuhe gestürzt, er wollte sie in Grün mit Leuchtsohle, doch als er sie in die Hand nahm, hatte Lollipop ihn aufgehalten: »Grün? Bist du 'ne Scheiß-schwuchtel oder was!?«, und Briatò hatte sie wieder weg-gestellt, um sich auf die Baseballjacken zu stürzen. Die Yankees oder die Red Sox. Fünf von jeder Mannschaft.

Und so hatten nach und nach alle Jungen, die vor dem Nuo-vo Maharaja standen, angefangen, Stoff zu schieben. Dentino hatte versucht, sich rauszuhalten, das klappte ein paar Monate, dann verkaufte er ein bisschen auf der Baustelle, wo er arbeite-te. Lollipop wurde den Stoff im Fitnesscenter los. Auch Briatò hatte angefangen, für Copacabana zu arbeiten, er hätte alles ge-tan, was Nicolas von ihm verlangte. Der Markt war nicht mehr so riesig wie noch in den achtziger und neunziger Jahren: Das Viertel Secondigliano hatte alles an sich gerissen, dann war der Markt von Neapel nach Melito gewandert. Doch jetzt verschob er sich wieder ins Zentrum, in die Altstadt.

Jede Woche rief Alvaro sie zusammen und bezahlte sie. Wer mehr verkaufte, bekam mehr Geld. Sie schafften es fast immer, mit irgendeinem Deal außerhalb des Platzverkaufs etwas für sich abzuzweigen, indem sie kleine Brocken zerteilten oder irgendeinen reichen oder besonders dämlichen Freund rein-legten. Doch nicht in Forcella. Hier waren der Preis und die Menge festgelegt. Nicolas machte nur wenige Schichten, weil er auf Partys verkaufte und an die Schüler seines Vaters, doch erst mit der Besetzung der Schule, dem Liceo Artistico, hatte er an-gefangen, richtig gut zu verdienen. An alle hatte er Stoff verteilt. In den Klassenzimmern ohne Lehrer, in der Turnhalle, auf den Fluren, im Treppenhaus, auf den Klos. Überall. Und die Preise stiegen, je mehr Nächte in der Schule verbracht wurden. Lästig war nur, dass er sich auch die politischen Diskussionen anhören musste. Einmal hatte er sich geprügelt, weil er während einer Versammlung gesagt hatte: »Ich finde, Mussolini hatte es drauf, der war intelligent, aber eigentlich sind alle in Ordnung, die sich Respekt verschaffen. Auch Che Guevara gefällt mir.«

»Den Namen von Che Guevara darfst du nicht mal in den Mund nehmen.« Einer mit langen Haaren und offenem Hemd war auf ihn zugekommen. Sie waren aufeinander losgegangen, hatten sich angerempelt, aber Nicolas war dieses Reichensöhnchen aus der Via dei Mille völlig egal, der ging ja nicht mal auf seine Schule. Was wusste der von Respekt und Ernsthaftigkeit. Wenn du aus der Via dei Mille kommst, ist dir Respekt von Geburt an sicher. Wenn du aus dem armen Neapel kommst, musst du dir den Respekt erobern. Der Genosse redete von moralischen Kategorien, aber für Nicolas, der nur ein paar Fotos und Fernsehreportagen über Mussolini gesehen hatte, gab es so was überhaupt nicht, und er hatte ihm einen Kopfstoß auf die Nase verpasst, als wollte er damit sagen: So bring ich dir bei, Wichser, dass die Geschichte nicht existiert. Gerechte und Ungerechte, Gute und Böse. Alle gleich. Auf seiner Facebook-Pinnwand hatte Nicolas sie aufgereiht: den Duce, der aus einem Fenster schreit, den König der Gallier, der sich vor Cäsar verbeugt, Muhammad Ali, der seinen am Boden liegenden Gegner anbrüllt. Starke und Schwache. Der einzig wahre Unterschied. Und Nicolas wusste, auf welcher Seite er stehen musste.

Dort, auf seinem privaten Verkaufsplatz, hatte er Pesce Moscio, den »Schlappschwanz«, kennengelernt. Nicolas drehte sich gerade fette Tüten, und da war dieser Junge, der das Zauberwort kannte.

»Ey, hab dich vorm Nuovo Maharaja gesehen …!«

»Ja und?«

»Da häng ich auch manchmal ab.« Dann hatte er gesagt: »Hör mal diese Musik …!« Und hatte Nicolas, der bis zu dem Moment nur italienische Popmusik gehört hatte, in den härtesten amerikanischen Hiphop eingeführt, den richtig bösen, wo in dem ausgekotzten unverständlichen Wortbrei manchmal ein »Fuck« auftaucht, das für Ordnung sorgt.

Nicolas gefiel der Typ unheimlich gut, er war frech, behandelte ihn aber mit Respekt. Darum ließ er Pesce Moscio, der nach der Besetzung angefangen hatte, in seiner Schule Stoff zu verschieben, manchmal auch in ihrem Palazzo arbeiten, obwohl er nicht aus Forcella war.

Es war unvermeidlich, früher oder später mussten sie auffliegen. Ausgerechnet kurz vor Weihnachten gab es eine Razzia. Agostino hatte Schicht, Nicolas kam gerade an, um ihn abzuwechseln, und hatte nichts gemerkt. Die Falken waren schneller gewesen als der Ausspäher. Sie hatten ein Auto angehalten und so getan, als überprüften sie die Papiere, dann hatten sie sich auf die Jungen gestürzt, während die noch versuchten, den Stoff verschwinden zu lassen.

Die Polizei hatte Nicolas' Vater benachrichtigt. Im Polizeipräsidium angekommen, blieb er vor seinem Sohn stehen und betrachtete ihn mit einem leeren Blick, der sich allmählich mit Wut füllte. Nicolas hielt lange die Augen gesenkt. Als er dann zu ihm aufschaute, ohne Demut im Blick, versetzte sein Vater ihm zwei Ohrfeigen, eine Vorhand und eine Rückhand, beide sehr kraftvoll, das war der alte Tennisspieler. Von Nicolas kam kein Ton, ihm stiegen nur zwei Tränen in die Augen, vor Schmerz, nicht vor Ärger.

Erst dann kam die Mutter wie eine Furie herein. Bei ihrem Erscheinen füllte sie die ganze Tür, die Arme ausgebreitet, die Hände gegen die Türpfosten gestemmt, als müsste sie die Polizeikaserne stützen. Ihr Mann trat zur Seite, um ihr die Bühne zu überlassen. Und die nahm sie sich. Sie ging auf Nicolas zu, langsam, mit dem Schritt eines wilden Tieres. Als sie so dicht vor ihm stand, dass sie ihn hätte umarmen können, zischte sie ihm ins Ohr: »Was für eine Schande.« Und: »Mit wem treibst du dich rum, mit wem?« Ihr Mann hörte es, ohne zu verstehen, und Nicolas wich mit einem so heftigen Ruck zurück, dass sein Vater sich wieder auf ihn stürzte und ihn gegen die Wand presste: »Guck ihn dir an. Den Dealer. Wie kommst du bloß auf so einen Scheiß?«

»Von wegen Dealer«, sagte die Mutter, während sie den Vater wegzog. »Eine Schande ist das!«

»Was glaubst du denn«, platzte Nicolas los, »wie mein Schrank 'n Schaufenster von Foot Locker geworden ist, hä? Weil ich samstags und sonntags an der Tankstelle arbeite?«

»So ein Idiot …! Wirst schon sehen, sie stecken dich ins Gefängnis«, sagte die Mutter.

»Ins Gefängnis? Was quatschst du da von Gefängnis?« Darauf verpasste sie ihm eine Ohrfeige, schwächer als die des Vaters, aber entschiedener, schallender.

»Halt's Maul. Jedenfalls gehst du nicht mehr aus dem Haus, nur noch unter Bewachung«, sagte sie, und dann zu ihrem Mann: »Den Dealer gibt's nicht, verstanden? Den gibt's nicht, und den wird's nicht geben. Jetzt regeln wir die Sache hier, und dann ab nach Hause.«

»So eine gottverdammte Scheiße …!«, brummte der Vater noch. »Jetzt muss ich auch noch einen Anwalt bezahlen!«

Von seinen Eltern wie von zwei Carabinieri eskortiert, kehrte Nicolas nach Hause zurück. Der Blick seines Vaters war nach vorn gerichtet, auf diejenigen, die sie empfangen würden: Letizia und Christian, der jüngere Bruder. Sie sollten den Mistkerl sehen, ihm direkt ins Gesicht schauen. Seine Mutter aber, die neben Nicolas ging, hielt die Augen am Boden.

Kaum hatte er seinen Bruder erblickt, schaltete Christian den Fernseher aus, sprang auf und überwand den Abstand zwischen Sofa und Tür mit drei großen Schritten, um ihn zu begrüßen, wie sie es in Filmen gesehen hatten – Hände geben, Arm umfassen und dann Schulter gegen Schulter, wie zwei Brò, zwei Gangsta-Brüder. Doch als der Vater das Kinn hob, erstarrte Christian. Nicolas musste sich zusammenreißen, um nicht zu lachen vor seinem Bruder, dessen Idol er war, aber er wusste, dass er genug zu erzählen hatte, um Christians Neugier noch am Abend in ihrem Zimmer zu befriedigen. Sie würden bis tief in die Nacht reden, und dann würde Nicolas ihm die Stoppelhaare reiben, wie er es immer tat, bevor er ihm gute Nacht sagte.

Auch Letizia hätte ihn gern umarmt, aber nur, um ihn zu fragen: »Was war denn los? Warum denn?« Sie wusste, dass Nicolas Stoff verschob, und der Anhänger, den sie zum Geburtstag bekommen hatte, hatte ihn sicher einiges gekostet, aber sie hätte nicht gedacht, dass die Situation so ernst war, obwohl sie in Wirklichkeit gar nicht so ernst war.

Am nächsten Tag verbrachte sie den Nachmittag damit, ihm die Lippen und Wangen mit Nivea einzureiben. »Damit schwillt alles ab«, sagte sie. Solche Zärtlichkeiten schweißten sie schon seit einiger Zeit zusammen. Er hätte sie gerne verschlungen, sagte: »Ich fühl mich wie dieser Vampir in *Twilight*!«, doch ihre Jungfräulichkeit war zu wichtig. Er akzeptierte, dass sie alles entschied, also aßen sie sich an Küssen satt, an strategischen Reibetechniken, hörten stundenlang Musik, ein Kopfhörer zu zweit, jeder mit einem Stöpsel im Ohr.

Nach dem Verhör im Polizeipräsidium kamen sie alle auf freien Fuß, wurden nach Hause geschickt, sogar Agostino, der während seiner Schicht in flagranti erwischt worden war und riskierte, dass er den Kürzeren zog. Sie brachten Tage damit zu, sich zu erinnern, was sie sich in den Chats geschrieben hatten, denn alle Handys waren beschlagnahmt worden. Am Ende fiel die Entscheidung leicht: Alvaro würde die Schuld auf sich nehmen. Copacabana sorgte dafür, dass jemand Alvaro verpfiff, und die Carabinieri fanden die ganze Ware in seiner Wohnung. Er übernahm auch die Verantwortung dafür, dass er den Jungen den Stoff gegeben hatte. Als Copacabana ihm mitteilte, dass er in den Knast gehen würde, sagte er: »Was …?! Schon wieder? So 'n Mist!« Das war alles. Zum Ausgleich würde er eine monatliche Entschädigung bekommen, Peanuts, tausend Euro. Und bevor er nach Poggioreale ging, eine Rumänin. Aber die wollte er heiraten, das wünschte er sich. Und Copacabana sagte nur: »Mal sehn, was sich machen lässt.«

Unterdessen besorgten sie sich neue Smartphones für ein paar Euro, geklaute Ware, um wenigstens die Gruppe wieder zusammenzubringen. Sie verpflichteten sich, nichts von dem, was passiert war, in dem Chat zu schreiben, den sie neu eröffnet hatten, vor allem einen Gedanken nicht, der allen im Kopf rumging, den aber nur Stavodicendo in Worte fassen konnte: »Leute, früher oder später sind wir reif für Nisida. Wär vielleicht sogar besser, da zu landen.«

Jeder von ihnen hatte sich mindestens einmal die Fahrt mit dem Polizeitransporter in die Jugendstrafanstalt ausgemalt. Die Brücke überqueren, die die kleine Insel mit dem Festland verband. Reinkommen und ein Jahr später verändert wieder rauskommen. Bereit. Zum Mann geworden.

Für manche war das etwas, was einfach getan werden musste, also ließen sie sich bei einer kleineren Straftat erwischen. Zeit gab es sowieso noch genug, wenn man wieder draußen war.

In der schwierigen Situation damals aber hatten die Jungen sich zusammengerissen, hatten dichtgehalten, und wie es schien, hatte man aus den Chats nichts Beweiskräftiges herausholen können. Darum wurden Nicolas und Agostino von Copacabana endlich ins Nuovo Maharaja eingeladen. Aber Nicolas wollte noch mehr, er wollte dem Capo des Viertels vorgestellt werden. Agostino hatte den Mut aufgebracht, Copacabana persönlich darum zu bitten. »Klar doch, meine Kinder will ich kennenlernen«, hatte der geantwortet. Und so waren Nicolas und Agostino in Begleitung von niemand Geringerem als Copacabana ins Nuovo Maharaja gekommen.

Nicolas sah ihn zum ersten Mal. Er hatte ihn sich alt vorgestellt, aber er sah einen Mann, der soeben die vierzig überschritten hatte. Im Auto, auf dem Weg zum Lokal, sagte Copacabana, wie zufrieden er mit ihrer Arbeit sei. Er behandelte sie wie seine Laufburschen, aber nicht ohne Freundlichkeit. Nicolas und Agostino ärgerten sich nicht darüber, sie hatten nichts anderes im Kopf als den Abend, der vor ihnen lag.

»Wie ist es? Wie ist es da drin?«, fragten sie.

»Eben ein Lokal«, antwortete er, aber sie wussten genau, wie es aussah, sie hatten auf YouTube Filme von Konzerten und Festen gesehen. Die beiden Jungen wollten wissen, wie es sich anfühlte, in der Welt des Nuovo Maharaja zu sein, dort einen eigenen Raum zu haben. Wie es war, zu dieser Welt zu gehören.

Copacabana ließ sie durch einen Privateingang gehen und führte sie in sein Separee. Sie hatten sich fein gemacht, hatten es ihren Eltern und Freunden angekündigt, als wären sie vor den wichtigsten Hofstaat geladen. In gewisser Weise war das richtig, das Neapel der Arrivierten, die Schickeria, alle Schönen und Reichen trafen sich hier. Das Lokal hätte eine Symphonie auf den Kitsch, ein Loblied auf den schlechten Geschmack sein können. Doch es hatte mit seinen pastellfarbenen Majoliken ein elegantes Gleichgewicht zwischen der besten Handwerkstradition der Küste und einem scherzhaften Zitat des Orients gefunden: sein Name Maharadscha, Nuovo Maharaja, rührte von einem riesigen Gemälde mitten im Lokal her, das aus Indien stammte. Ein Engländer, der dann nach Neapel gekommen war, hatte es gemalt. Der Bart, der Schnitt der Augen, die Seidenstoffe, der weiche Diwan, ein Schild, auf den Edelsteine und ein nach Norden zeigender Halbmond gemalt waren – fasziniert betrachtete Nicolas das große Bildnis des Maharadscha. Hier sollte sein Leben beginnen.

Den ganzen Abend hingen Nicolas' und Agostinos Augen hingerissen an den Gästen, während im Hintergrund unablässig die Korken der Champagnerflaschen knallten. Alle kamen hierher. Es war der Ort, wo Unternehmer, Sportler, Notare, Anwälte und Richter den richtigen Tisch fanden, wo sie zusammensitzen, einander kennenlernen und sich zuprosten konnten. Ein Ort, wo man sich sofort himmelweit entfernt fühlte von der Stammkneipe, dem rustikalen Restaurant, Miesmuscheltellern und der Familienpizzeria, vom Lokal, das Freunde empfohlen hatten oder wo man mit der Ehefrau hinging. Ein Ort, wo man jeden treffen konnte, ohne sich dafür rechtfertigen zu müssen, denn hier war es, als wäre man sich zufällig auf der Piazza begegnet. Es war das Normalste von der Welt, im Nuovo Maharaja neue Bekanntschaften zu machen.

Copacabana redete pausenlos, und in Nicolas' Kopf entstand ein klares Bild, das den Speisen und den aufgestylten Gästen ein klingendes Wort hinzufügte. Es war ein exotischer Lockruf: Lazarat.

Das albanische Gras war zur neuen Macht geworden. Copacabana hatte nämlich zwei Aktivitäten: eine legale in Rio und eine illegale in Tirana. »Musst mich mal mitnehmen«, sagte Agostino, während er sich vorbeugte, um nach dem x-ten Glas

Wein zu greifen. »Die größte Plantage auf der Welt, *guagliù*. Gras, so weit das Auge reicht«, sagte Copacabana. Er meinte Lazarat, das zum Stützpunkt geworden war, weil man dort so viel Gras ernten konnte wie nirgendwo sonst. Copacabana erzählte, er habe große Mengen eingekauft, doch es war noch nicht klar, wie er das Zeug nach Italien bringen sollte, die See- und Luftwege aus Albanien waren nicht sicher. Die Ladungen mussten durch Montenegro, Kroatien und Slowenien bis ins Friaul gebracht werden. So wie er redete, klang das alles sehr verworren. Benommen von der blendenden Welt, die um ihn herumwirbelte, bekam Agostino von diesen Geschichten kaum etwas mit. Nicolas aber hätte endlos zuhören können.

Jede Ladung bedeutete eine Unmenge Geld, und wenn das zu einem reißenden Fluss wird, lässt es sich nicht mehr verstecken. Ein paar Wochen nach ihrem Abend im Nuovo Maharaja hatte die Antimafia-Behörde mit ihren Ermittlungen begonnen, alle Zeitungen berichteten darüber: Man hatte einen von Copacabanas Schmugglern geschnappt, und prompt war gegen ihn Haftbefehl ergangen. Ihm blieb nichts anderes übrig, als unterzutauchen. Er verschwand, vielleicht nach Albanien, vielleicht konnte er sich nach Brasilien absetzen. Monatelang sahen sie ihn nicht mehr. Dem Umschlagplatz in Forcella ging der Nachschub aus.

Agostino hatte versucht, etwas herauszukriegen, aber das war unmöglich, weil Copacabana wer weiß wo war und Alvaro im Gefängnis saß.

»Die Paranza von 'o White hat trotzdem reichlich zu tun … Mir soll'n die Eier abfallen, wenn bei denen kein Stoff ankommt«, hatte Lollipop bemerkt.

Für Nicolas und seine Freunde war es zum Problem geworden, wo sie sich die Ware holen konnten, wie viel sie davon nehmen, wie sie verkaufen und welche Schichten sie machen sollten. Die Familien teilten die Verkaufsplätze der Stadt unter sich auf. Es war wie ein Stadtplan mit neuen Namen, und hinter jedem Namen stand eine Eroberung.

»Was machen wir jetzt?«, hatte Nicolas gefragt. Sie waren in ihrem Treffpunkt, einem Niemandsland, entstanden aus der Verbindung von Bar, Tabakladen, Spielhalle und Wettbüro, das sie Saletta nannten. Hier war jeder willkommen. Der eine schimpfte, den Kopf zu den Bildschirmen gereckt, über ein zu langsames Pferd, ein anderer saß auf einem Hocker und steckte die Nase in eine Tasse Kaffee, ein Dritter verspielte sein Gehalt an den Automaten. Außer Nicolas und seinen Freunden waren die Capelloni da. 'O White hatte gedrückt, er war eindeutig auf Kokain, das er nicht mehr schnupfte, sondern sich immer öfter spritzte. Er spielte am kleinen Billardtisch allein gegen zwei seiner Leute, Chicchirichì und 'o Selvaggio, dem »Wilden«. Wie von der Tarantel gestochen wechselte er andauernd den Queue. Redete ununterbrochen, achtete aber aufmerksam auf alles, auf jedes Wort, das zufällig an seine Ohren drang. Und das »Was machen wir jetzt?« von Nicolas hatte er aufgefangen.

»Wollt ihr 'n Job, Kinder …?«, hatte er gefragt, ohne mit seiner Hopserei aufzuhören. »Okay, dann macht ihr jetzt die Einspringer …! Ich schick euch, ihr arbeitet für paar andere Plätze, die Leute brauchen …«

Sie hatten ungern eingewilligt, aber sie hatten keine andere Wahl. Nach Copacabanas Abtritt von der Bühne war der Umschlaglatz von Forcella endgültig geschlossen.

So hatten sie angefangen, für alle zu arbeiten, die Löcher zu stopfen hatten. Verhaftete Marokkaner, Pusher mit Fieber, unzuverlässige *guaglioni*, die aussortiert worden waren. Sie arbeiteten für die Mocerino im Sanità, für die Pesacane vom Cavone-Viertel, und manchmal kamen sie bis nach Torre Annunziata, um den Vitiello zu helfen. Der Ort, an dem sie verkauften, wechselte ständig. Manchmal war es die Piazza Bellini, manchmal der Bahnhof. Sie wurden immer im letzten Moment gerufen, der ganze Camorra-Abschaum des Gebiets besaß ihre Handynummern. Nicolas verlor bald die Lust, er hatte nach und nach aufgehört, Stoff zu verschieben, und blieb öfter zu Hause. Alle, die älter waren als er, machten Geld, auch wenn sie Loser waren, Typen, die sich hatten erwischen lassen, die in Poggioreale ein und aus gingen – und ihnen hatte 'o White eine miese Arbeit ohne Perspektive verschafft.

Doch das Fähnchen des Schicksals begann sich zu drehen.

Wenigstens war das die Bedeutung der Botschaft, die Agostino an Nicolas geschickt hatte, als der, vor Letizias Haus stehend, gerade versuchte, ihr begreiflich zu machen, dass Renatinos Demütigung nichts anderes als ein Liebesbeweis gewesen war.

»*Guagliù*, Copacabana ist zurück«, sagte Agostino, als Nicolas mit seinem Moped neben dem von Briatò hielt. Sie standen mit laufenden Motoren an der letzten Straßenecke vorm Nuovo Maharaja. Auch von hier aus sah man das Restaurant, und geschlossen wirkte es sogar noch imposanter.

»So ein Idiot, sie kriegen ihn garantiert«, sagte Briatò.

»Nein, Copacabana ist zurück wegen 'ner ernsten Sache.«

»Ja, wir soll'n seinen Stoff verkaufen!«, sagte Briatò und sah Agostino grinsend an. Sein erstes Lächeln an diesem Tag.

»Nee! Ernste Sache … ich schwör, er kommt zurück, um die Hochzeit von Micione zu organisieren, der heiratet nämlich Viola Striano!«

»Kein Scheiß …?«, fragte Nicolas.

»Ja!« Und damit es keinen Zweifel gab, fügte er hinzu, wenn das gelogen sei, solle seine Mutter tot umfallen: »*Adda murì mammà!*«

»Dann haben die von San Giovanni hier bei uns das Sagen ...«

»Was hat das damit zu tun?«, entgegnete Agostino. »Copacabana ist hier und will uns sehen.«

»Wo denn?«

»Hier, hab ich doch gesagt, und jetzt sofort ...« Er zeigte auf das Lokal. »Die andern kommen auch gleich.«

Das war der Moment, um sein Leben zu ändern. Nicolas wusste es, er hatte gespürt, dass die Gelegenheit kommen würde. Und jetzt war sie da. Man antwortet, wenn man gerufen wird. Bei den Starken muss man stark sein. In Wirklichkeit hatte er keine Ahnung, was passieren würde, aber er hatte so seine Vorstellungen.

Böse Gedanken

Copacabana saß in einem mit Besen und Putzmitteln vollgestopften Fiorino, der auf dem Platz vor dem Lokal parkte. Er stieg sofort aus, als man ihm sagte, die Jungen seien angekommen. Zur Begrüßung kniff er ihnen in die Wangen wie Kleinkindern, und sie ließen ihn gewähren. Dieser Mann konnte sie wieder groß ins Geschäft bringen, obwohl er abgemagert und blass war, die Haare lang, der Bart verfilzt. Das Weiß seiner Augen war rot von geplatzten Gefäßen. Das Leben im Versteck schien keine Vergnügungsreise gewesen zu sein. »Da sind ja meine Kleinen ... also, *guagliù*, bleibt dicht hinter mir, ihr müsst Eindruck machen ... alles andre besorge ich.«

Copacabana umarmte Oscar, der im Nuovo Maharaja das Sagen hatte. Der Vater seines Vaters hatte es vor fünfzig Jahren gekauft. Oscar war ein Fettwanst, der maßgeschneiderte Hemden mit aufgestickten Initialen liebte, aber er trug konsequent immer eine Nummer zu klein, darum sah man die Knöpfe in den Knopflöchern ächzen. Verlegen erwiderte Oscar die Begrüßung, fast hielt er Copacabana auf Distanz, damit diese Umarmung nicht von den Falschen gesehen wurde.

»Ich werde dir eine große Ehre erweisen, mein lieber Oscar ...«

»Worum geht's?«

»Diego Faella und Viola Striano werden ihre Hochzeit bei dir feiern ... hier ...«, und er breitete die Arme aus, um das ganze Lokal in seine Umarmung einzuschließen, als gehörte es ihm.

Schon als Oscar die beiden Nachnamen in einem Satz verbunden hörte, lief sein Gesicht rot an.

»Copacabana, ich mag dich, aber … «

»Das ist nicht die Antwort, die ich erwartet habe … «

»Ich bin mit allen gut Freund, das weißt du, aber als Inhaber dieses Lokals … es ist unsere Politik, uns fernzuhalten von … «

»Von was?«

»Von komplizierten Situationen.«

»Aber das Geld von komplizierten Situationen, das nehmt ihr.«

»Wir nehmen Geld von allen, aber so eine Hochzeit … « Er beendete den Satz nicht, das war nicht nötig.

»Warum lehnst du einen so ehrenvollen Auftrag ab?«, fragte Copacabana. »Kannst du dir vorstellen, wie viele Hochzeiten daraus für dich folgen?«

»Und dann bauen sie mir hier Wanzen ein.«

»Quatsch, was denn für Wanzen? Außerdem werden die Kellner nicht deine Leute sein, hier sind die Jungs, die das machen.«

Agostino, Nicolas, Pesce Moscio, Briatò, Lollipop, Dentino und die anderen hatten nicht erwartet, dass sie kellnern sollten, das konnten sie gar nicht, so was hatten sie noch nie gemacht. Aber wenn Copacabana das beschlossen hatte, würde es so sein.

»Ach ja, Oscar, vielleicht hast du nicht verstanden, dass du von ihnen zweihunderttausend Euro bar auf die Kralle kriegst … für diese Hochzeit, dies schöne Fest.«

»Weißt du, Copacabana … ich verzichte sogar auf das viele Geld, aber für uns ist es wirklich … «

Copacabana machte eine Handbewegung, als würde er die Luft vor seinem Gesicht mit dem Handrücken wegwedeln, hier war nichts mehr zu machen. »Hier sind wir fertig.« Tödlich beleidigt ging er aus dem Zimmer. Die Jungen folgten ihm wie hungrige Welpen der Mutter.

Nicolas und die anderen waren sicher, dass das nur ein Bluff war, dass er noch wütender als vorher zurückkehren würde, mit noch röteren Augen, und Oscar das Gesicht zu Brei schlagen oder eine wer weiß wo versteckte Pistole ziehen würde, um ihm das Knie zu zerschmettern. Nichts davon geschah. Er stieg wieder in den Fiorino. Durchs Fenster sagte er: »Ich lasse euch rufen. Wir werden diese Hochzeit in Sorrento feiern. Servieren werden nur eigene Jungs, keine Kellner über eine Agentur, die schickt uns sofort die Finanzpolizei auf den Hals.«

Copacabana fuhr nach Sorrento und organisierte die Hochzeitsfeier der beiden königlichen Familien. »Die machen eine galaktische Hochzeit an der Küste, aber unsere wird noch viel schöner!!!«, schrieb Nicolas an Letizia, die wegen der Sache mit Renatino immer noch sauer auf ihn war und eine Stunde später antwortete: »Wer sagt denn, dass ich dich heirate?« Nicolas war davon fest überzeugt. Die geplante Zeremonie brachte ihn zum Träumen und trieb ihn dazu, andauernd neue Nachrichten zu schreiben, ausgeschmückt mit immer prächtigeren Details und voller Hoffnung. Sie hatten aus Liebe zueinandergefunden, aus keinem anderen Grund, und alles andere musste er sich jetzt holen, angefangen beim Dienstboteneingang der Welt, die zählte, wenigstens im Moment noch, denn sie war dem Untergang geweiht.

Feliciano Striano saß im Gefängnis. Sein Bruder saß im Gefängnis. Seine Tochter hatte beschlossen, Diego Faella zu heiraten, 'o Micione, den »fetten Kater«. Die Faella aus dem Viertel San Giovanni a Teduccio waren führend im Geschäft mit Schutzgelderpressung, Baugewerbe, Wählerstimmen und Lebensmittelvertrieb. Ihr Markt war riesig. Ihnen gehörten die

Duty-free-Läden in den osteuropäischen Flughäfen. Diego Faella war unerbittlich streng, alle mussten zahlen, sogar Kioskbesitzer und Straßenverkäufer, alle zahlten in die Kassen des Clans, natürlich jeder nach seinem Verdienst, darum fühlte Micione sich als ein großherziger, ja sogar liebenswerter Mensch.

Viola, der Tochter von Feliciano Striano, war es gelungen, viele Jahre lang weit weg von Neapel zu leben, sie hatte studiert und einen Abschluss in Modedesign gemacht. Viola war nicht ihr richtiger Name, sie nannte sich so, weil sie den Namen Addolorata, den sie von ihrer Großmutter geerbt hatte, unerträglich fand und seine akzeptablere Version, Dolores, schon im Besitz zahlloser Cousinen war. Also hatte sie sich selbst einen Namen ausgesucht. Sie war fast noch ein Kind, da war sie zu ihrer Mutter gegangen und hatte ihren neuen Namen verkündet: Viola. Nach Neapel war sie zurückgekehrt, weil ihre Mutter sich von Violas Vater trennen wollte. Don Feliciano hatte sich eine neue Frau gesucht, doch Violas Mutter hatte nicht in die Scheidung eingewilligt – eine Ehe ist und bleibt eine Ehe –, und Viola war gekommen, um sie in den Tagen der Trennung zu unterstützen. Das Haus der Familie in Forcella hatte ihre Mutter nicht verlassen, Don Feliciano dagegen war ins Nachbarhaus gezogen. Die Familie ist heilig, und für Viola war sie das noch mehr, für sie war die Familie die DNA, die man in sich trägt, und das Blut kann man sich schließlich nicht aus den Adern reißen, oder? Damit wird man geboren, damit stirbt man. Doch dann hatte Don Feliciano beschlossen, als Kronzeuge für die Polizei zu arbeiten, und da hatte sie sich von ihrem Vater scheiden lassen. Der Name Addolorata Striano war sofort ins Zeugenschutzprogramm aufgenommen worden. Als die Carabinieri in Zivil bei ihr vorfuhren, um sie mit einem gepanzerten Wagen abzuholen und so weit wie möglich von Forcella wegzubringen, veranstaltete sie auf dem Balkon ein Schauspiel. Sie tobte, schrie, bespuckte und verfluchte die Eskorte: »Verschwindet! Gottlose Dreckskerle, korrupte Verräter! Mein Vater ist tot, nein, es hat ihn nie gegeben, er war nie mein Vater! Haut ab!« So hatte sie das Zeugenschutzprogramm verweigert und nie bereut, ihren Vater und ihre Onkel verleugnet zu haben. Lange Zeit war sie nicht aus dem Haus gegangen, hatte Kleider, Handtaschen und Schmuck entworfen, während Beleidigungen jeder Art auf ihren Balkon prasselten: Tüten mit Hundescheiße, tote Vögel, Eingeweide von Tauben. Dann Brandflaschen, die die Gardinen in Brand setzten, Schmierereien auf Hauswänden, die angesengte Gegensprechanlage. Niemand hatte ihr geglaubt, aber sie hatte durchgehalten. Bis zu dem Tag, an dem Micione in ihr Leben getreten war. Indem er Viola heiratete, befreite Diego Faella sie auf einen Schlag von allen Anschuldigungen, die sie in einen Käfig gesperrt hatten. Und er selbst bekam, indem er sich das gesunde Blut der Familie nahm, Forcella.

Man erzählte, dass Micione sie lange umworben hatte. Viola hatte einen wohlgeformten Körper, die strahlend blauen Augen ihres Vaters und eine bedeutsame Nase. Lange hatte sie gegrübelt, ob sie sich die Nase richten lassen oder so behalten sollte, bis sie zu der Überzeugung kam, dass genau diese Nase ihr Monogramm war. Viola war eine der Frauen, die alles wissen, was um sie herum vor sich geht, deren Grundprinzip aber ist, so zu tun, als wüssten sie von nichts. Die Ehe zwischen den beiden bedeutete die Verschmelzung zweier bedeutender Familien. Es sah ganz nach einer arrangierten Hochzeit aus, wie beim Adel. Denn im Grunde waren sie die Blüte der Camorra-Aristokratie und gebärdeten sich genauso wie die Dynastien, die die Boulevardblätter füllen. Vielleicht opferte sich Viola, Micione aber schien ernsthaft verliebt. Viele waren überzeugt, dass der ent-

44

scheidende Schachzug für ihr Jawort gewesen war, sie zur Designerin in einem vom Clan der Faella kontrollierten Betrieb zu machen, der Luxushandtaschen herstellte. Doch wen kümmern Klatschgeschichten, für Viola sollte diese Hochzeit der Triumph der Liebe sein. Sie hatte sich selbst einen Namen ausgesucht, sie durfte auch entscheiden, wie ihre Zukunft aussehen sollte.

Wenige Tage später kam der Anruf, wie Copacabana angekündigt hatte. Nicolas sagte es seiner Mutter:

»Ich geh als Kellner bei einer Hochzeit arbeiten. Mach ich wirklich.«

Seine Mutter musterte seine Miene unter den leicht gewellten blonden Haaren, die ihm wirr in die Stirn fielen. Sie suchte in diesem Satz und im Gesichtsausdruck ihres Sohnes das, was sie wusste und was sie nicht wusste, das, was wahr sein konnte und was nicht wahr sein konnte. Die Tür zu seinem Zimmer stand offen, und sie kam an mit diesem Blick, der nach Zeichen sucht: an den Wänden, auf einem alten Rucksack am Boden oder auf den Shirts, die am Fußende des Bettes aufgestapelt lagen. Sie versuchte, die Nachricht (»Ich geh als Kellner arbeiten«) über die Schranken zu stellen, die ihr Sohn pausenlos errichtete, seit man sie ins Polizeipräsidium bestellt hatte. Wenn er nicht im Jugendgefängnis Nisida gelandet war, lag das sicher nicht daran, dass er unschuldig war, das wusste sie. Was Nicolas unternahm, kam bei ihr an, und was nicht bei ihr ankam, konnte sie sich leicht vorstellen, anders als ihr Mann, der in diesem Sohn Zukunft sah, die gute Zukunft, und sich darum nur wegen seines schlechten Benehmens Sorgen machte. Die Mutter aber hatte Augen, die durchs Fleisch drangen. Sie scheuchte den Verdacht in den hintersten Winkel ihres Herzens zurück und drückte Nicolas an sich. »Bravo, Nicolas!« Er wehrte sich nicht, da legte sie den Kopf auf seine Schulter und überließ sich ihren Gefühlen wie noch nie zuvor. Schloss die Augen und sog Luft ein, um diesen Sohn zu riechen, den sie verloren geglaubt hatte, der aber jetzt mit einer Ankündigung zurückkehrte, die den Geschmack der Normalität trug. Das genügte ihr, um zu hoffen, dass ab hier alles neu beginnen könnte. Nicolas erwiderte ihre Umarmung, wie es sich gehörte, aber nicht fest, er legte nur seine Hände auf ihren Rücken. Hoffentlich fängt sie nicht an zu weinen, dachte er, Zuneigung mit Schwäche verwechselnd.

Sie lösten sich voneinander, und die Mutter ließ nicht zu, dass Nicolas sich wieder in seinem Zimmer einschloss. Sie musterten sich schweigend, abwartend, was als Nächstes geschah. Für Nicolas war diese Umarmung eine von denen, die Mütter austeilen, wenn ihre Söhne als Diener arbeiten, wenn sie irgendetwas tun, was immer noch besser ist als gar nichts. Sie dachte, dass er ihr ein kleines Trostpflaster gewährt hatte, sie dank einer merkwürdigen Form von Großzügigkeit mit ein bisschen Normalität belohnt hatte. Von wegen Normalität! Der Junge hat Gedanken im Kopf, die mir Angst machen. Sehe ich sie etwa nicht, diese Gedanken? Einen nach dem anderen, böse, schlechte Gedanken, als müsste er sich für ein Unrecht rächen. Aber es hatte kein Unrecht gegeben. Was denn für ein Unrecht? Ihrem Mann konnte sie diese Gedanken nicht sagen. Ihm nicht, nein. In der offenen, fragenden Miene seiner Mutter ahnte Nicolas dieses Suchen, dieses planlose Sicheinmischen, dieses Hinken zwischen Wissen und Verdacht. »Hättest du nicht gedacht, was, Mama? Ich mach jetzt Kellner.« Und er spielte, wie er einen Teller auf dem Unterarm balancierte. Er brachte sie zum Lachen, im Grunde hatte sie es verdient. »Warum habe ich einen blonden Jungen gekriegt?«, sagte sie, das Murren in ihrem Inneren abwehrend. »Warum habe ich wohl einen so schönen Jungen geboren?«

»Hast 'n schönen Kellner hingekriegt, Mama.« Und er drehte ihr den Rücken zu, aber er hatte das Gefühl, dass ihr Blick noch immer auf ihm lag, und so war es.

Filomena, Mena, Nicolas' Mutter, hatte eine Wäscherei mit Heißmangel aufgemacht, in der Via Toledo, Richtung Piazza Dante, zwischen der Basilika Spirito Santo und der Via Forno Vecchio.

Vorher war dort eine Reinigung gewesen, die Besitzer, zwei alte Männer, hatten ihr das Geschäft übergeben und nahmen eine sehr niedrige Miete. Sie hatte ein neues Schild anbringen lassen, hellblau, mit der Aufschrift »Blue Sky« und darunter »Alles sauber wie der klare Himmel«, und hatte anfangs zwei Rumäninnen für sich arbeiten lassen, dann ein peruanisches Ehepaar, er ein schmächtiges Männchen, der ausgezeichnet bügelte und nie sprach, sie füllig, immer lächelnd, die ihren Mann und sein Schweigen nur mit »Escucha mucho« kommentierte. Mena hatte in ihrer Jugend ein wenig neapolitanische Schneiderkunst gelernt, sie konnte von Hand und mit der Maschine nähen, darum gab es im Angebot des Blue Sky auch kleine Näharbeiten, eine »Arbeit für Inder« nannte man das, aber man konnte den Indern, Singhalesen und Chinesen schließlich nicht das ganze Geschäft überlassen. Der Laden war ein winziges Loch, vollgestopft mit Maschinen, an den Wänden Regale, wo Kleidungsstücke und Wäsche gestapelt wurden, und seine Hintertür öffnete sich auf den dunklen Innenhof. Diese Tür blieb immer offen, im Sommer, damit Luft durchzog, im Winter, um nicht zu ersticken. Manchmal stand Mena in der

Eingangstür, die Hände in die runden Hüften gestemmt, die rabenschwarzen Haare zu hastig gekämmt, und beobachtete den Verkehr, die vorübergehenden Leute. Mit der Zeit erkannte sie ihre Kunden wieder (»Signora, die Jacke Ihres Mannes ist ein Prachtstück geworden«) und ließ sich begrüßen. So viele alleinstehende Männer, dachte sie, auch hier in Neapel, nicht nur im Norden, die für sich waschen, bügeln und nähen lassen. Still und heimlich kommen sie an, lassen ihre Sachen da, holen sie wieder ab und gehen. Mena studierte die Welt dieser Gegend, die sie nicht kannte, in der sie eine Fremde war. Mena aus Forcella, doch die Besitzer hatten sie gut eingeführt, denn es gibt kein Gewerbe, wo nicht jemand für dich garantieren muss. Und sie war verbürgt. Sie wusste nicht, wie lange es so weitergehen würde, vorerst freute sie sich, dass sie zusätzliches Geld nach Hause bringen konnte, denn ein Sportlehrer kann eine Familie eigentlich nicht allein ernähren, und ihr Mann war sozusagen blind, er sah diese Schwierigkeiten nicht, er sah nicht, was die Söhne brauchten, er sah gar nichts. Also musste sie sich darum kümmern und diesen Mann beschützen, den sie immer noch sehr liebte. Wenn sie im Laden war, wo das Bügeleisen Dampf ausstieß, betrachtete sie gedankenverloren die Fotos ihrer Söhne, die sie an die Wand gehängt hatte, zwischen einen Kalender und einer Tafel aus Kork, auf der unzählige aufgespießte Quittungen einen Wasserfall bildeten. Christian mit drei Jahren. Nicolas mit acht, und auf einem neuen Foto Nicolas mit dieser blonden Mähne, wer hätte gedacht, dass das ihr Sohn war? Man musste ihn neben dem Vater sehen, dann verstand man. Ihr wurde schwer ums Herz in ihrem Stolz auf so viel jugendliche Schönheit, ihr wurde schwer ums Herz, weil sie einerseits etwas ahnte und hörte, andererseits mehr hätte wissen wollen, dabei bemühte sie sich nach Kräften, etwas zu erfahren, natürlich nicht durch die Schule, dort begriff man gar nichts, auch nicht durch Letizia, nein, eher durch seine Freunde, diese kleinen Verbrecher, die Nicolas von seiner Familie fernhielt, aber nicht weit genug, dass Mena sich kein Bild hätte machen können, und es war kein gutes Bild. Er war gern mit ihnen zusammen. Dann hatte er dieses Gesicht, das ihr keine Angst machte, doch eines Tages würde jemand es aussprechen, würde sagen: »Das ist ein Junge mit einem guten Gesicht und bösen Gedanken.« Ja, böse Gedanken. Und böse Kameraden. Wo nahmen sie das alles her, was sie wussten? Denn wenn das Wissen kommt, kann man es nicht mehr wegjagen. Ihr fiel eine Art Sprichwort ein, das ihr schon als Kind vertraut gewesen war: »*A chi pazzèa c' 'o ciuccio, non mancano i calci*« (Wer mit dem Esel spielt, muss mit Tritten rechnen). Doch wer war dieser Esel, der tritt, wenn man zu vertraut mit ihm tut? Sie sah ihn vor sich, ihren Nicolas, neben diesem Esel, und es hätte nicht viel gebraucht, ihn zu verjagen. Esel sind scheu. Doch vielleicht, dachte sie, während sie sich anschickte, ein Seidenkleid auszubessern, das auf dem Tisch lag, bin ich diejenige, die böse Gedanken hat. Sie fuhr sich mit der Hand durch das dichte, widerspenstige Haar und musterte Escucha mucho, der ein weißes Hemd bügelte. »Sei vorsichtig, das ist ein Hemd von Fusaro.« Das war nicht nötig, aber sie sagte es trotzdem. Und ihr fiel ein Sonntagnachmittag vor vielen Jahren ein. Damals hatte sie ein schlechtes Gefühl gehabt, das sie erst jetzt mit den bösen Gedanken, dem Esel und dem Tag auf dem Polizeipräsidium in Verbindung bringen konnte. Sie waren alle vier am Meer, nicht weit von der Villa Pignatelli. Sie schob den Kinderwagen mit Christian. Es war heiß. Die Sonne entzündete Rollläden und stöberte zwischen Palmen und Büschen, als müsste sie alle verbliebenen Schatten auslöschen.

Nicolas ging mit schnellen Schritten voran, sein Vater blieb knapp hinter ihm. Plötzlich eine unheilvolle Stille, eine Klinge aus Stille, dann die Geräusche danach. Jemand betritt ein Lokal, vielleicht ein Restaurant. Man hört einen Schuss, dann noch einen. Die Menschen auf dem Bürgersteig erstarren, einige verschwinden von der Bildfläche. Sogar der Verkehr auf dem Lungomare scheint stillzustehen. Man hört Tische umkippen. Zerbrechende Gläser. Das hört man, und Mena überlässt den Kinderwagen ihrem Mann und packt Nicolas am Kragen. Ihr ist, als koste es sie übermenschliche Kraft, ihn festzuhalten. Niemand rührt sich, wie bei dem Spiel »Zwerg, Riese, Zauberer«, wo derjenige, der angefasst wird, reglos wie eine Statue auf der Stelle stehenbleiben muss. Dann kommt ein hagerer Mann mit gelockerter Krawatte und an der Stirn klebender Sonnenbrille durch die Tür des Lokals. Er blickt sich um, und was er sieht, ist eine Straße, die nach ein paar Metern im rechten Winkel abbiegt. Er scheint nicht zu zögern, nimmt eilig die wenigen Meter, biegt rechts ab, sieht ein geparktes Auto, legt sich davor auf die Straße und kriecht mit kleinen, aber sehr schnellen Bewegungen unter das Auto. Der Mann mit der Pistole kommt heraus in die Sonne, macht einen Schritt und bleibt dann stehen, wie alle ringsumher auch noch immer stillstehen. Doch dann bemerkt er auf dem gegenüberliegenden Bürgersteig einen Mann, der ihn ansieht und ihm ein Zeichen gibt, er zeigt auf das Auto direkt hinter der Straßenecke. Eine nur angedeutete Geste, die von der Bewegungslosigkeit ringsum betont wird. Der Mann sucht nicht gleich nach dem anderen, der unter das Auto gekrochen ist. Er gönnt sich sogar eine Pause, streicht über die Waffe, geht gelenkig in die Knie, senkt die Pistole bis auf die Straße, parallel zum Asphalt, und legt seine Wange an die Autotür, wie ein Arzt, der einen Patienten abhorcht. Dann schießt er. Zwei-, dreimal. Und wieder, wobei er mit der Mündung der Pistole ständig in eine andere Richtung zielt. Mena spürt, wie Nicolas vorwärts drängt. Als der Mann, der geschossen hat, verschwunden ist, entzieht Nicolas sich dem Griff der Mutter und läuft zu der geparkten Limousine. »Da ist Blut, da ist Blut!«, ruft er, auf ein Rinnsal zeigend, das unter dem Auto hervorkommt, dann bückt er sich und betrachtet das, was die anderen nicht sehen. Mena läuft zu ihm, um ihn wegzuziehen, zerrt an seinem gestreiften T-Shirt. »Das ist kein Blut«, sagt der Vater, »das ist Marmelade.« Nicolas hört nicht auf ihn, er will den Toten sehen. Die Mutter kann ihn nur mit Mühe mitschleifen. Sie spürt, dass ihre Familie plötzlich zur Hauptfigur dieser Szene wird. Auf der leicht geneigten Straße fließt das Blut jetzt in Bächen. Mena kann den Jungen nur entfernen, indem sie ihn schubst und stößt, diese angstlose Neugierde, dieses Spiel kann sie ihm nicht nehmen.

Dieser Nachmittag kommt ihr manchmal in den Sinn, und sie denkt an ihren Sohn, als er so alt war wie das Foto, das sie im Laden hängen hat. Etwas packt sie im Magen, ein Kneifen, ein Stechen.

Ch'aggio fatto? Was habe ich getan? Sie kehrt wütend zum Bügeleisen zurück, und ihr scheint, dass dieses Arbeitsgerät, dieser Laden, diese Arbeit, bei der sie wäscht, flickt und ordentlich zusammenfaltet, auch mit ihrer Aufgabe als Mutter zu tun hat. Nicolas hat keine Angst, denkt sie und hat Angst vor dem Gedanken. Doch so ist es, sie sieht es. Dieses Gesicht, aus dem nur Jugend strahlt, Himmel, aber kein Blue Sky, dieses Gesicht lässt sich nicht von bösen Gedanken verfinstern, es behält sie unter der Haut und fängt weiter Licht ein. Eine Zeitlang hat sie überlegt, ob sie ihn nach der Schule in den Laden mitnehmen soll. Was für ein Unsinn – der Laden, die Schule! Sie muss sogar lächeln. Nicolas, der den Platz des Peruaners einnimmt und einen blütenweißen Hemdsärmel faltet. Vielleicht ist er am richtigen Platz, dort, wo er ist. Aber wo ist er? Und um sich nicht von dem Schauder anstecken zu lassen, der ihr über die Haut fahren will, stellt sie sich wieder in die Ladentür, und sie fühlt sich wunderschön, die Augen der Welt auf sich gerichtet.

Die Hochzeit

Am Tag vor der Hochzeit mussten sie alle zu einem Schnell-
kurs in Hotellerie antreten. Copacabana hatte einen Maître
ausgesucht, der schon Dutzende Hochzeiten wie diese gesehen
hatte, man erzählte, er sei im Asinara-Gefängnis gewesen, als
Cutolo heiratete, niemand anderes als er habe die Torte an-
geschnitten. Bullshit, natürlich, aber der Typ war vertrauenswürdig. Als Nicolas und die anderen vor dem Restaurant angekommen waren, eine Horde spuckender Mopeds, erwartete
der Maître sie am Dienstboteneingang. Dem Aussehen nach
zwischen fünfzig und siebzig, totenbleich, gelbliche, vortreten-
de Wangenknochen. Reglos stand er dort in einem Anzug von
Dolce & Gabbana: Slim-Krawatte, Jackett und Hose schwarz,
glänzende Schuhe, blütenweißes Hemd. Das alles stand ihm
perfekt, keine Frage, aber an ihm wirkte es wie Verschwendung.

Sie stiegen von den Mopeds und taten das, was sie schon
auf der Hinfahrt getan hatten: sich anschreien und gegenseitig »Fick dich« rufen. Copacabana hatte ihnen gesagt, dass der
Maître sie empfangen und ihnen alles erklären würde, wie sie
sich bewegen mussten, welche Teller sie tragen, welche Zeiten
sie einhalten sollten, wie sie sich zu benehmen hatten. Kurz, er
würde der General dieser Bande aus Stegreifkellnern sein. Eine
Bande, in der Biscottino, »der Keks«, und Dragò fehlten, Biscottino war zu jung, um wie ein Kellner auszusehen, und Dragò
gehörte als Cousin der Braut zu den Hochzeitsgästen. Der Maître hatte vorher eine Liste mit ihren Namen bekommen und
würde die Uniformen austeilen.

Der Mann im Dolce-&-Gabbana-Anzug räusperte sich – ein scharfes, unpassendes Geräusch, bei dem alle sich nach ihm umdrehten –, dann zeigte er mit einem knochigen Finger auf den Personaleingang und verschwand im Inneren. 'O Tucano wollte etwas sagen, aber Nicolas versetzte ihm eine Handkante in den Nacken und folgte dem Maître. Im Gänsemarsch und ohne ein Wort gingen auch die anderen hinein und fanden sich in der Küche versammelt wieder.

Das Hochzeitspaar wollte schlichte Eleganz. Alle mussten Anzüge von D&G tragen, Violas Lieblingsstylisten. Mit einem schrillen Stimmchen, das keinen Anhaltspunkt bot, um sein Alter genauer zu bestimmen, gab der Maître die noch verpackten Anzüge aus und befahl ihnen, sich im Vorratsraum umzuziehen. Dann ließ er sie vor der blitzblanken Wand aus rostfreiem Stahl, hinter der sich die Herde befanden, Aufstellung nehmen und holte die Liste hervor.

»Ciro Somma.«

Pesce Moscio trat vor. Er trug die Anzughose so, wie er seine gewohnten Rapper-Baggy-Pants getragen hätte: der Bund tief auf den Hüften, damit man den Gummizug der Gucci-Unterhosen sah. Pesce Moscio schwamm gern in seinen Kleidern, auch, um ein paar überflüssige Kilos zu verstecken, doch der Maître erhob wieder den knochigen Finger, so gehe das nicht, diese Knickerbockerhosen müsse er hochziehen.

»Vincenzo Esposito.«

Lollipop und Stavodicendo riefen: »Anwesend«, und hoben die Hand. Sie waren seit der Grundschule in einer Klasse und spielten dieses Spiel bei jedem Appell.

»Der mit dem Gesicht wie ein Schweizer Käse«, sagte der Maître. Stavodicendo wurde schamrot, und die Akne, die seine Wangen entstellte, leuchtete noch röter. »Du gehst so durch, aber halt den Rücken gerade. Du wirst die Teller abräumen, dann müssen die Gäste dir nicht ins Gesicht sehen.«

Die Jungen waren eine solche Behandlung nicht gewöhnt, doch Nicolas hatte ihnen eingeschärft, dass der Tag reibungslos ablaufen musste. Um jeden Preis. Also musste man auch diesen Wichser von Maître ertragen.

Lollipop grinste unter dem Bärtchen, das trotz seiner vierzehn Jahre wuchs, als wäre er schon ein Mann. Er hatte es zu einem schmalen Strich rasiert, der von den Koteletten hinunter zum Kinn, dann an der Oberlippe entlang und zurück zu den Schläfen lief. Dank der vielen Stunden, die er im Fitnesscenter mit Bauchmuskeltraining verbrachte, saß das Hemd perfekt, und die Hose versteckte die dünnen Beine, die er nicht so pflegte wie den oberen Teil seines Körpers, einschließlich der Schwalbenschwanz-Augenbrauen.

»Du da, Bohnenstange«, sagte der Maître und zeigte auf Briatò. »Du kümmerst dich um die Torte, die wird sieben Etagen haben, und ich brauche jemanden, der oben ankommt.« Briatòs Krawatte wollte auf der Wölbung des Bauches einfach nicht gerade aufliegen, aber die mit Gel nach hinten gekämmten Haare waren phantastisch.

»Agostino De Rosa.«

Cerino konnte auf keinen Fall so durchgehen. Er hatte sich die Haare blond gefärbt, was beschissen aussah – als Nicolas ihn gesehen hatte, war er stinksauer geworden –, und der Hemdkragen konnte das Tattoo auf seiner Brust nicht ganz verdecken: eine feuerrote Sonne, deren Strahlen bis zum Adamsapfel reichten. Der Maître zog den Hemdkragen mehrmals energisch nach oben, doch die Strahlen guckten immer noch aus dem Hemd. Wenn es nach ihm gegangen wäre, hätte der Maître den Jungen mit Fußtritten nach Hause geschickt, in so einer Aufmachung erschien man nicht, doch Copacabana hatte ihm gesagt, er solle nicht zu streng sein, also ging er gleich zu den Letzten auf der Liste über. Er rief sie alle zusammen auf, denn er wollte sich einen Eindruck verschaffen, wie die Jungen sich zwischen Gläsern und Porzellantellern bewegen würden.

»Nicolas Fiorillo, Giuseppe Izzo, Antonio Starita, Massimo Rea.«

Aus der Gruppe löste sich ein verlotterter Trupp. Der Maître nahm sich die beiden Kleinsten vor – Dentino und Drone –, die ihre Anzüge trugen wie Pyjamas (sie hatten die Ärmel und Hosenbeine umgekrempelt, damit sie nicht am Boden schleiften), und gab jedem zwei Teller für die rechte und die linke Hand. Dann wandte er sich an Tucano, vermied aber jeden Kommentar, denn die Zeit wurde knapp, und vertraute ihm ein silbernes Serviertablett an, auf das er mehrere Champagnerflöten gestellt hatte, die jetzt leise klirrten. Nicolas wurde etwas länger gemustert, der Maître kam zu dem Schluss, dass diese breiten Schultern, der kräftige Körper und die fest auf dem Boden stehenden Beine Gewichte jeder Art tragen konnten. Er ließ ihn die Arme ausstrecken und platzierte zwei Teller links und zwei rechts, einen auf dem Unterarm, einen auf dem Handgelenk. Dann forderte er alle vier auf, einmal um die Mücheninsel zu gehen, die die Küche in zwei gleich große Teile teilte. Dentino und Drone drehten die Runde im Laufschritt, was der Maître bemängelte. Die Bewegung musste fließend sein, man war ja nicht bei McDonald's. Tucano machte seine Sache nicht schlecht, nur am Ende neigte sich eine der Flöten zur Seite, doch ohne die anderen zu gefährden. Nicolas vollführte den Rundgang schwankend wie ein Seiltänzer, richtete aber ebenfalls keinen Schaden an. Der Maître legte seine Leichenhand ans Kinn und kratzte sich, dann sagte er resigniert: »Noch mal.«

Nicolas stellte die Teller auf der Kücheninsel ab und trat so dicht vor den Maître, dass der sich auf die Zehenspitzen stellen musste, um den Blick zu erwidern. »Sind wir jetzt fertig, alter Mann?«

Der Maître zuckte nicht mit der Wimper, reckte sich auf Zehenspitzen noch höher. Seufzend fiel er mit den Fersen auf den Boden zurück und sagte nur: »Ihr seid bereit.«

Copacabana wusste, dass er auf der Fahndungsliste stand und ein hohes Risiko einging, wenn er an einer so auffälligen Hochzeitsfeier mit so vielen Gästen teilnahm – die Nachricht von seiner Rückkehr würde sich in kürzester Zeit verbreiten, obwohl bei solchen Hochzeiten alle Gäste aufgefordert waren, ihre Handys auf dem Tisch am Eingang zu lassen und sie nur im Phoneroom zu benutzen.

Nicolas übte das Servieren, als er Copacabana erblickte, der die Vorbereitungen überwachte. Er sah jetzt besser aus. Die Haare standen nicht mehr nach allen Seiten ab, vielleicht hatte er sie sogar getönt. Sein Blick war wacher, doch die Augen hatten noch immer diese rötliche Färbung.

»Ey, Copacabà, ist das nicht gefährlich … vor allen Leuten? Sich blicken lassen.«

»Sich nicht blicken lassen, versteckt bleiben ist noch viel gefährlicher. Weißt du, was das bedeutet?«

»Mein Bruder soll tot umfallen, wenn ich's nicht weiß. Ist doch allen längst klar, dass du untergetaucht bist.«

»O nein, Nicolino … wenn du auf einer Hochzeit bist und du siehst einen leeren Stuhl am Tisch, was tust du?«

»Ich lass dort jemand sitzen.«

»Genau, Junge! Bravo. Das bedeutet, wenn mein Platz bei dieser Hochzeit leer bleibt, werden die von San Giovanni a

Teduccio einen von ihren Leuten dort hinsetzen. Also sag mir, ist es gefährlicher, sich zu zeigen oder sich zu verstecken und zu warten, bis sie dich ersetzen?«

»Du zeigst dich, um den Faella zu sagen: Aufgepasst. Das ist mein Gebiet. Ich bin noch da.«

»Bravo, du lernst dazu. Ich komme mit meiner Frau und meinen Kindern, man muss mich sehen.«

»Ich find's trotzdem gefährlich …«

»Hier ist alles voller Augen und meinen Jungs … Aber es gefällt mir, dass du dir um Onkel Copacabana Sorgen machst, das bedeutet, dass ich dich gut bezahle …«

Und so begann das große Fest in den Prunkgemächern bei Sorrento. Nicolas stand alles schon klar vor Augen, es ging darum, Kellner zu spielen, Schauspieler zu sein, auf dieser hell erleuchteten Bühne würden sie alle schauspielern. Mitten reinspringen musste man. Heimlich die Welt beobachten. Schnell, schnell, alle in einer Reihe. Es hatte etwas Magisches. Und etwas von Erwartung, ein Gefühl der Erwartung, das er und seine Kameraden im Gesicht trugen.

Das Fest nach der kirchlichen Trauung war prächtig, Copacabana rühmte sich, dass er nichts vergessen hatte. Er sagte, »zu viel« sei nicht genug, es musste mehr als »zu viel« sein, denn der Überfluss ist der Zwilling des Guten. Tauben? Dutzendweise. Jeder Gang musste von einem Flug in die Freiheit begrüßt werden. Musikalische Unterhaltung? Die besten Neomelodici, die neuen Interpreten des neapolitanischen Volkslieds, und für den Abend war eine zwanzigköpfige Sambatanzgruppe vorgesehen. Die Einrichtung? Voll musste der Saal sein. Und Copacabana versuchte, das Wort »voll« immer so auszusprechen, dass es wie »zu viel« klang. »Alles voll, von allem zu viel!« Statuen,

Kronleuchter, Kandelaber, Pflanzen, Teller, Gemälde. Blumen überall, auch auf den Toiletten, und alle in violetten Farbtönen, als Hommage an die Braut. Und Luftballons, die nach jedem Taubenflug von der Decke fallen würden. Fünf verschiedene erste und fünf zweite Gänge, ein Rausch aus Eiscreme und Torten, ein Triumph des Genießens. Zu guter Letzt ein zwölf Meter langer Wandteppich von wer weiß woher, mit einer Szene aus Lorenzettis Allegorie der guten Regierung, der eine ganze Wand bedeckte. Copacabana hatte das Ding als Glücksbringer hinter dem Hochzeitspaar aufhängen lassen.

Es gab viele Tische, Nicolas servierte. Alles war genau geregelt. Es gab den Tisch mit 'o White, Orso Ted, Chicchirichì und allen *guaglioni* der Paranza von Copacabana, die die Umschlagplätze kontrollierten und gerade lernten, das Fußballstadion in den Griff zu kriegen. Sie waren viele und immer zugedröhnt. Sie waren nur etwas älter als Nicolas und seine Freunde. Es gab den Tisch von Dragò und seiner Familie. Als Cousin der Braut fläzte er sich lässig auf seinem Stuhl und genoss den Anblick seiner mit dem Servieren beschäftigten Freunde. Das Jackett schief wie seine Boxernase, den Krawattenknoten gelockert, ließ er jeden Teller zurückgehen, nachdem er ihn mit den vernichtenden Urteilen eines Dreisternekochs bedacht hatte.

Es gab auch ein Wiedersehen mit Alvaro, der als Belohnung für gute Führung Ausgang hatte, um an der Hochzeitsfeier teilzunehmen. Ein unbedeutender Gast, dem man nicht mal einen Platz am Tisch gegeben hatte. Er war draußen mit den anderen, wo sie auf den Motorhauben der Autos Karten spielten. Nicolas brachte ihm das Essen, und er sagte nur: »Bravo!«

Die Feier folgte ihren eigenen Rhythmen. Mal langsam, mal schnell. Noch schneller, dann noch langsamer, klebrige Melasse, die zusammenhält.

»Ah, da kommt der Fahrstuhl zur Sinnlichkeit«, flüsterte Briatò, als Nicolas mit Tellern beladen aus der Küche ging.

»Du bist der Sex selbst, als Frau verkleidet«, flüsterte auch Drone, den Song von Fiorellino aufgreifend, in Nicolas' anderes Ohr. Majara ging schnell hinaus in den Saal, wenn er stehengeblieben wäre, hätte er die Lachspennette mit Seehasenrogen fallen gelassen.

Der Abend war noch lang. Nach dem letzten Sänger würden die Sambatänzerinnen auftreten, ein paar Gäste standen schon auf den Stühlen und brüllten den Titel seines bekanntesten Songs. Doch hinter dem ebenfalls ins Violett spielenden Vorhang kam Alvaro statt des Neomelodico hervor, in höchster Eile, die sonst über den Schädel gekämmten Haare hingen seitlich herunter. Er stürzte an Copacabanas Tisch: »Die Bullen! Raus! Schnell raus!«, machte kehrt, stieß gegen einen Gast, worauf der mitsamt seinem Stuhl umstürzte, und verschwand, von wo er gekommen war. Die komische Wirkung verpuffte augenblicklich. Ein gutes Dutzend Polizisten in Zivil stürmte durch vier verschiedene Eingänge herein, um die Fluchtwege abzuschneiden. Im Überwachungssystem musste etwas schiefgegangen sein, vielleicht hatte Copacabana eine Kamera übersehen, vielleicht hatten die Carabinieri einen Hinweis bekommen und konnten die Späher umgehen, indem sie sich über die Dächer heranschlichen. Alvaro musste sie draußen beim Kartenspielen bemerkt haben. Während die Carabinieri zwischen den Tischen hindurchgingen und das Gemurmel der Gäste sich über das Schweigen legte, das nach ihrem Einbruch entstanden war, glitt Copacabana langsam auf die kleine Bühne zu, befahl dem Schlagzeuger mit Blicken, zu verschwinden, und nahm seinen Platz ein. Die Trommelschlegel in der Hand, beobachtete er, wie die Polizisten ein Paar verhafteten, das zu den Faella gehörte. Gezerre, Proteste, Drohungen. Das übliche Schauspiel mit dem üblichen Ende: Handschellen. Die beiden hatten ein kleines Kind, das sie ausgerechnet Copacabanas Frau anvertrauten: Sie legten ihr das Kind in den Arm, ohne etwas zu sagen, ein Kuss auf die Stirn des Säuglings und ab. 'O Micione, der bis dahin mit verschränkten Armen sitzen geblieben war, sprang plötzlich auf und sagte: »Applaus für den Inspektor, er möchte in die Zeitung, darum stört er meine Hochzeit.« Alle klatschten, auch das Paar, das die Carabinieri schon untergehakt hatten, versuchte noch einmal, sich loszureißen, um in die Hände klatschen zu können. Die Carabinieri waren sich ihrer Sache so sicher, dass sie nicht mal nach Ausweisen fragten. Sie nahmen mehrere Leute fest, die den Hausarrest verlassen hatten, um an der Hochzeitsfeier teilzunehmen. Unterdessen kam Copacabana zu dem Schluss, dass sie vielleicht doch nicht seinetwegen gekommen waren, dass es hier weit fettere Fische zu fangen gab. Er legte die Trommelschlegel hin und erlaubte sich, tief Luft zu holen.

»Na, Sarnataro Pasquale, versuchst du dich jetzt als Schlagzeuger?« Der Inspektor verschaffte sich zwischen den Gästen eine Gasse und machte seinen Leuten ein Zeichen, auf die Bühne zu gehen, mehr Hinweise waren nicht nötig.

Am Boden liegend, das Knie eines Carabiniere zwischen den Rippen, wandte sich Copacabana an Diego Faella: »'O Miciò, keine Sorge. Zur Taufe deines Sohnes bin ich wieder da.«

Die Jungen hatten das Geschehen wie versteinert beobachtet, vor Angst schwankten ihnen die Tabletts in den Händen. »Siehst du? Hab doch gesagt, war 'ne beschissene Idee, hier aufzutauchen«, sagte Nicolas zu Agostino. Die Razzia war vorüber, aber das Fest war noch nicht beendet. Die Show musste weitergehen, so wollte es die Braut. Es war ihr großer Tag, und diese Verhaftungen würden ihn nicht ruinieren. Also nahmen Nicolas und die anderen ihren Dienst wieder auf, als wäre nichts passiert. Endlich erschien der letzte Sänger, dann die Tänzerinnen. Doch um Mitternacht war Schluss. Die Stimmung war hin, außerdem musste das Brautpaar früh aufstehen. Ein Flugzeug nach Brasilien erwartete sie: Copacabana hatte auch an die Hochzeitsreise gedacht und die beiden in seinem Hotel gebucht.

Die jungen Kellner gingen sich in der Küche umziehen, es wurde Zeit, dieses Zeug abzulegen und den Lohn zu kassieren. Sie hatten sich das Geld sauer verdient. Nicolas war besonders enttäuscht. Glanz, ja klar. Prahlerei, natürlich. Macht. Sehr viel Macht. Aber er hatte Silbertabletts voller Koks erwartet und musste stattdessen mitansehen, wie Hanfsäckchen aus irgendeinem Antiquitätenramsch die Runde machten, in die die Gäste eine Spende für die Familien der Gefangenen legen sollten. Es klimperte und raschelte in den Säckchen, Nicolas hörte es, wenn er daran vorbeiging, und er bekam Lust, sie an sich zu reißen und wegzulaufen. Doch an diesem Abend steckten sie sich nicht mal Kleingeld in die Tasche – kein Lohn, keine Trinkgelder –, das Einzige, was jeder beim Rausgehen in der Hand hielt, war die Hochzeitsbonbonniere, ein großer, ausgestopfter Kugelfisch mitsamt Stacheln. Was der zu bedeuten hatte, wusste keiner. Nicolas beschloss, ihn als Beweis für seine Arbeit mit nach Hause zu nehmen, um das Misstrauen seines Vaters zu zerstreuen, der diese Geschichte mit dem Kellnern im Gegensatz zu seiner Mutter nicht geglaubt hatte.

Eigentlich war es noch früh am Abend, und Nicolas, Dentino und Briatò gingen in die Saletta, denn die machte nie zu, nicht mal an Weihnachten. Alle Capelloni waren da, White, Carlitos

Way, Chicchirichì, Orso Ted und Selvaggio. Auch Alvaro war da, den nach der Razzia keiner mehr gesehen hatte. Er wollte sich von allen verabschieden, bevor er ins Gefängnis zurückging.

»Alvà, bist du zurück, um uns auszuzahlen?«, fragte Nicolas. Jetzt saß Copacabana in Poggioreale, und für sie würde es schwierig werden, aber das Geld wollte er haben. Sie bekamen jeder hundert Euro für zwölf Stunden Arbeit. Hätten sie in der Zeit Stoff verkauft, hätten sie zehnmal mehr verdient.

»Wieso machst du überhaupt 'ne ehrliche Arbeit? 'ne Scheißarbeit?«, fragte 'o White. Er war noch immer high, klammerte sich an den Billardtisch.

»Stimmt!«, sagte Dentino.

»Wer arbeitet, ist 'n Loser.«

»Und wir ackern etwa nicht von morgens bis abends?«, wandte Briatò ein.

»Immer auf der Straße, immer unterwegs auf den Rollern. Aber das ist keine Arbeit, was wir machen«, sagte Nicolas. »Arbeit ist was für Loser und Sklaven. In drei Stunden verdienen wir, was mein Vater in einem Monat kriegt.«

»Träum weiter«, sagte White.

»Wird aber mal so sein«, versprach Nicolas. Er sagte es mehr zu sich selbst, tatsächlich achtete niemand auf ihn, denn ihre ganze Aufmerksamkeit gehörte White, der auf dem Rand des Billardtischs regelmäßige Lines zog.

»Wollt ihr 'ne Nase, *guagliù*?«

Fasziniert betrachteten Nicolas und seine Freunde das Pulver. Natürlich sahen sie es nicht zum ersten Mal, aber sie hatten es zum ersten Mal in Reichweite. Ein Schritt genügte, den Kopf senken und einmal rasch die Nase hochziehen.

»Danke, Bruder«, sagte Briatò. Er wusste, was zu tun war, die anderen auch. Sie reihten sich hintereinander auf und nahmen einer nach dem anderen am Bankett teil.

»Komm, Alvaro, du auch«, sagte 'o White.

»Neenee, was ist das für Dreck? Außerdem muss ich zurück.«

»Na gut, komm, wir fahren dich, ist spät.«

Draußen parkte 'o Whites schwarzer SUV, der aussah, als käme er direkt vom Händler. Nicolas, Dentino und Briatò waren aufgefordert worden, mitzukommen, und hatten erfreut eingewilligt. Ihre Müdigkeit war von diesem ersten Zug Koks wie weggeblasen, sie fühlten sich euphorisch, zu allem fähig.

White hatte einen Arm auf Alvaros Schultern gelegt. »Gefällt dir die Kiste?« »O Mann, ja!«, rief Alvaro aus und nahm auf dem Beifahrersitz Platz. Hinten zusammengedrängt die Jungen.

Der SUV glitt erhaben auf der Straße dahin. White fuhr kontrolliert, fehlerlos, obwohl er high war, oder vielleicht gerade deswegen. Die Lichter an der Straße nach Poggioreale erinnerten Nicolas an die explodierenden Sterne aus seinem Naturkundebuch. Dann geschah es.

Das Auto bremst scharf und biegt in eine Schotterstraße ab. Dann wieder ein Bremsen, noch schärfer, das Auto bleibt stehen. Hinten müssen die drei sich mit den Armen abstützen, um nicht gegen die Vordersitze zu prallen. Als der Rückstoß sie zurückwirft, sehen sie 'o Whites Arm, der sich blitzschnell ausstreckt, die Hand hält eine aus dem Nichts aufgetauchte Pistole, und der Zeigefinger krümmt sich zweimal. Alvaros Kopf platzt wie ein Luftballon: ein Stück Schädel klebt am Fenster, ein anderes an der Windschutzscheibe, und der Körper sackt in sich zusammen, als hätte die Seele sich augenblicklich davongemacht.

»Warum das denn?«, fragte Nicolas. In der Stimme eher Wissbegierde als Entsetzen. Während Dentino und Briatò noch

stumm dasaßen, die Hände über den Ohren, mit weit aufgerissenen Augen die weiche Masse anstarrend, die am Steuer klebte, konnte Nicolas schon reagieren. Er hatte sein Hirn noch, und
das arbeitete auf Hochtouren. Er musste den Grund für Alvaros
Exekution wissen, welcher Fehler zu seinem Tod geführt hatte,
und was es bedeutete, dass White sie mitgenommen hatte, ob es
eine Prüfung, eine Ehre oder eine Warnung war.

»Hat Copacabana mir gesagt.«

Die Lichter hatten ihre Farbe gewechselt, spielten jetzt ins
Violett, wie die Farbe der Hochzeit. Eigentlich hätte White die
Capelloni mitnehmen müssen, die hätten ihm mit dem Beifah-
rer helfen müssen, stattdessen waren sie ausgesucht worden.
Weil sie Jungen waren, nicht vorbestrafte Minderjährige, nie-
mand?

»Wann hat er das gesagt?«

»Er hat gesagt: Grüß mir Pierino, der hat heute Abend am
besten gesungen. Hat er mir gesagt, wie sie ihn verhaftet haben.«

»Wann hat er das gesagt?«, wiederholte Nicolas. Von Whites
Antwort war nur ein Rauschen bei ihm angekommen.

»Wie sie ihn verhaftet haben, hab ich doch schon gesagt.
Los, hilf mir den Dreck hier wegmachen.« Das Blut, das an
die Decke gespritzt war, tropfte jetzt auf den leeren Beifahrersitz. Dentino und Briatò nahmen die Hände auch dann nicht
vom Gesicht, als der SUV mit einem Ruck wieder anfuhr und
die Straße zur Saletta nahm. 'O White fuhr so sicher wie vorher, aber die Jungen hörten seinem irren Redeschwall nicht zu,
seinen Beteuerungen, dass Alvaro ein anständiges Begräbnis
kriegen würde, nein, sie würden ihn nicht irgendwo abladen,
außerdem musste man sich jetzt neu organisieren, weil Copacabana eingelocht worden war. Alles musste neu überdacht,

neu geregelt werden, und so redete White ununterbrochen. Er redete und redete, ohne Pause, auch als er an einem Stoppschild bremste und Alvaros Körper im Kofferraum mit einem dumpfen Geräusch, das sich für einen Sekundenbruchteil über den Wortschwall legte, gegen die Motorhaube prallte.

In der Saletta trennten sie sich grußlos, jeder auf seinem Roller, jeder nach Hause. Nicolas segelte seinen Piaggio Beverly mit konstanter Geschwindigkeit, so konnte er seine Gedanken schweifen lassen. Er hielt sich auf der mittleren Spur, eine Hand auf dem Lenker, in der anderen einen Joint, den 'o White ihm angeboten hatte, bevor auch er in die Nacht verschwand. Was würde jetzt passieren? Würden sie weiter dealen? Für wen? Der Geruch des Meeres lag in den Straßen, und einen Moment lang dachte Nicolas daran, alles loszulassen und irgendwo schwimmen zu gehen. Doch dann brachten die orange blinkenden Ampeln ihn wieder auf seinen Motorroller zurück, und er beschleunigte, um über eine leere Kreuzung zu fahren. Alvaro war unwichtig, er hatte ein böses Ende genommen, aber im Grunde war sein Schicksal vorgezeichnet gewesen. Doch auch Copacabana war verhaftet worden wie irgendein kleiner Gauner, er hatte nicht mal versucht, sich zu wehren, hatte sich hinter einem Schlagzeug versteckt. Seine Geschichten, alles bloß Gerede. Albanien, Brasilien, haufenweise Geld, Märchenhochzeiten, und dann lässt er sich schnappen wie der letzte Versager, wie irgendein Kleinganove. Nein, so würde Nicolas nicht enden. Besser sterben, während man es versuchte. War das Pesce Moscio, der sich diesen Satz von 50 Cent, *Get Rich or Die Tryin'*, auf den Unterarm hatte tätowieren lassen?

Nicolas gab wieder Gas, und diesmal übertönte der Auspuffqualm den Geruch vom Meer. Er atmete tief ein und beschloss, dass er sich vor allem erst mal eine Pistole besorgen musste.

Die chinesische Pistole

Pesce Moscio hatte sich sofort angeboten, Copacabana im Gefängnis zu besuchen. Es gab zu viele Fragen, die sie stellen, und Antworten, die sie haben mussten. Was würde jetzt geschehen? Wer würde den frei gewordenen Thron von Forcella besteigen? Nicolas fühlte sich wie damals, als er ein kleiner Junge war und von den Klippen am Lido Mappatella sprang. Er wusste, dass er, einmal in der Luft, keine Angst mehr haben würde, doch seine Beine zitterten immer, bevor er sprang. Auch jetzt zitterten ihm die Beine, aber nicht vor Angst. Er war aufgeregt. Er war kurz davor, kopfüber in das Leben zu springen, das er sich immer erträumt hatte, aber erst musste er sich das von Copacabana sagen lassen.

Als Pesce Moscio aus dem Gefängnis zurückkam, waren die Jungen alle in der Saletta. Bei seiner Beschreibung des Besuchszimmers, der Holzbank mit der niedrigen Glasscheibe, die Besucher und Gefangene kaum trennte – »Konnte sogar Copacabanas Atem riechen. Wie 'ne Kloake« –, unterbrach Nicolas ihn sofort. Er wollte hören, was Copacabana gesagt hatte, genau seine Worte. »Mann, Pesce, was hat er gesagt?«

»Hab doch schon erklärt, Maraja. Wir müssen Geduld haben. Wir sind alle seine Kinder. Wir brauchen uns keine Sorgen zu machen.«

»Was hat er noch gesagt?«, beharrte Nicolas. Er ging durch das leere Lokal. Nur ein altes Männchen war da, eingeschlummert vor einem Spielautomaten, und der Barista war irgendwo in der Küche.

Pesce Moscio drehte seine Mütze um, als würde der Schirm Nicolas daran hindern, zu verstehen.

»Maraja, was soll ich sagen? Der sitzt da und guckt mich an. Macht euch keine Sorgen, immer mit der Ruhe. *Adda murì mammà*, er kümmert sich um Alvaros Beerdigung, das war ein anständiger Kerl. Dann steht er auf, sagt, die Schlüssel von Forcella sind in unseren Händen, irgend so 'n Scheiß.«

Nicolas blieb stehen, und jetzt zitterten ihm die Beine nicht mehr.

Nicolas und Tucano waren allein bei Alvaros Beerdigung. Außer ihnen waren nur noch eine alte Frau da, seine Mutter, wie sie herausfanden, und eine im Minirock mit dem Körper einer Zwanzigjährigen und obendrauf ein Gesicht geschraubt, das die Spuren sämtlicher Kunden trug, die es hatte vorüberziehen sehen. Das war zweifellos eine der rumänischen Nutten, die Alvaro von Copacabana bekam, und offenbar eine besonders anhängliche, denn jetzt stand sie mit einem Taschentuch in der Hand am Sarg.

»Giovan Battista, Giovan Battista«, wiederholte die Mutter unaufhörlich, die sich jetzt auf die andere Frau stützte, eine Nutte zwar, aber wenigstens hatte sie etwas für ihren unglückseligen Sohn empfunden.

»Giovan Battista?«, sagte 'o Tucano. »Reichlich eingebildet. So ein verrückter Name und so ein beschissenes Ende.«

»White ist 'n Arschloch«, sagte Nicolas. Und einen Moment lang versuchte er, das Bild von Alvaros zerschmettertem Kopf mit dem Abschiedsgruß dieser gutgebauten Frau zusammenzubringen.

Es tat ihm leid um Alvaro, obwohl er nicht genau wusste, warum. Er wusste nicht mal, ob es Trauer war, was er empfand.

Dieses arme Schwein hatte sie immer ernst genommen, nur das zählte. Sie warteten nicht ab, bis die Trauerfeier vorüber war, und als sie die Kirche verließen, waren sie in Gedanken schon woanders.

»Wie viel Kohle hast du dabei?«, fragte Nicolas.

»Wenig. Aber hab dreihundert Euro zu Hause.«

»Gut, ich hab heute vierhundert. Wir gehen 'ne Pistole kaufen.«

»Wo kaufen wir die denn?«

Sie waren auf den Stufen zur Kirche stehengeblieben, denn das schien eine wichtige Angelegenheit zu sein und musste besprochen werden, während man sich in die Augen blickte. Nicolas dachte an keine besondere Pistole, er hatte bloß ein bisschen im Internet recherchiert. Er brauchte ein Eisen, das er im richtigen Moment ziehen konnte.

»Hab mal gehört, gibt Chinesen, die jede Menge alte Pistolen verkaufen«, sagte Nicolas.

»Aber die Capelloni haben doch haufenweise Eisen, warum lassen wir uns nicht von denen helfen?«

»Geht nicht. Die sind vom System, die würden das Copacabana im Gefängnis sofort stecken. Im Nu wüsste er alles und würde uns niemals was erlauben, weil unsre Zeit noch nicht gekommen ist. Aber die Chinesen reden nicht mit dem System.«

»Was geht die denn unsre Zeit an? Die haben sich ihre Zeit genommen, und wir müssen uns unsre nehmen.«

Für Nicolas war das eine idiotische Frage. So eine Frage stellt jemand, der nie kommandieren wird. Zeit, wie Nicolas sie verstand, gab es nur in zwei Arten und dazwischen keinen Mittelweg. Er dachte oft an eine alte Geschichte aus dem Viertel, eine von denen, die an der Grenze zur Wahrheit liegen, aber nie in Frage gestellt werden, außer um Einzelheiten hinzuzufügen, damit die Moral deutlicher wird. Da war dieser Junge, einer mit sehr langen Füßen. Sie waren zu zweit auf ihn zugekommen und hatten ihn nach der Uhrzeit gefragt.

»Halb fünf«, hatte er geantwortet.

»Wie viel Uhr ist es?«, hatten sie drohend nachgefragt, und er hatte seine Antwort wiederholt.

»Du bestimmst die Zeit?«, hatten sie gefragt, dann hatten sie ihn auf offener Straße umgelegt. Eine Geschichte ohne Sinn, nicht aber für Nicolas, der die Lektion sofort gelernt hatte. Die Zeit. Die Zeit des richtigen Augenblicks zur Durchsetzung von Macht und die Zeit, die hinter Gittern breitgetreten wird, damit sie wächst. Jetzt lag es an ihm zu entscheiden, wie er seine Zeit nutzen wollte, und dies war nicht der Moment, um eine Macht durchzusetzen, die er noch nicht aufgebaut hatte.

Stumm ging Nicolas auf seinen Beverly zu, Tucano, dem bewusst war, dass er einen Satz zu viel gesagt hatte, setzte sich hinter ihn. Sie fuhren bei Nicolas zu Hause vorbei, um das Geld zu holen, dann rasten sie nach Chinatown, nach Gianturco. Ein Geisterviertel, so sieht Gianturco aus, zerfallene Werkshallen, ein paar kleine, noch funktionierende Fabriken, Lagerhäuser für chinesische Waren, rote Farbtupfer in einem Panorama, das sonst nur nach Grau und Wut schmecken würde, auf abbröckelnde Mauern und rostige Rollläden gezeichnet. Gianturco, das wie ein Name aus dem Orient klingt, das Gelb und Kornfelder beschwört, ist nur der Nachname eines Ministers, Emanuele Gianturco, ein Minister des vor kurzem vereinigten Italiens, der am bürgerlichen Recht als Garantie für Gerechtigkeit arbeitete. Ein Jurist, der keinen Vornamen mehr hat und dafür jetzt Straßen mit verlassenen Fabrikhallen und chemischem Gestank nach Raffinerien verpasst kriegt. Es war ein Industrieviertel, als es noch Industrie gab. Aber Nicolas kannte es nur so.

In seiner Kindheit war er manchmal hier gewesen, als er noch in der Mannschaft der Kirche Madonna del Salvatore Fußball spielte. Mit sechs hatte er angefangen, zusammen mit Briatò, der eine Sturmspitze, der andere im Tor. Doch dann, bei einem Meisterschaftsspiel der U12 zwischen Pfarreimannschaften, hatte der Schiedsrichter die Mannschaft vom Sacro Cuore begünstigt. In der spielten die Söhne von vier Stadträten. Es hatte einen Elfmeter gegeben, und Briatò hatte ihn halten können, aber der Schiedsrichter hatte das für ungültig erklärt, weil Nicolas vor dem Pfiff in den Strafraum gelaufen war. Das stimmte, aber warum bei einem Spiel von Pfarreien so streng sein, er hätte wirklich ein Auge zudrücken können, es waren ja noch Kinder, es war doch nur ein Fußballspiel. Auch beim zweiten Elfmeter hatte Briatò gehalten, aber Nicolas war wieder vor dem Pfiff in den Strafraum gelaufen, und der Schiedsrichter hatte ihn erneut wiederholen lassen. Beim dritten waren alle Augen auf Nicolas gerichtet, der sich nicht vom Fleck rührte. Aber der Ball ging ins Netz.

Ohne jede Regung im Gesicht war Briatòs Vater, der Vermessungstechniker Giacomo Capasso, langsam aufs Spielfeld gekommen. Mit vollendeter Ruhe hatte er die Hand in die Jackentasche gesteckt, ein Springmesser herausgezogen und den Ball aufgeschlitzt. Seine Bewegungen waren präzise, ohne Anzeichen von Nervosität. Er klappte das Messer wieder zu und steckte es in die Tasche zurück, als er plötzlich den Schiedsrichter vor der Nase hatte, der ihn mit zornrotem Gesicht beschimpfte. Obwohl Capasso kleiner war, beherrschte er die Situation. In einem Ton, der keinen Widerspruch duldete, sagte er zum Schiedsrichter: »Du bist ein Heimscheißer, und das ist alles, was man über dich sagen kann.« Der zerfetzte Ball am Boden war das grüne Licht für die Eroberung des Spielfelds, eine

Eroberung nach allen Regeln der Kunst durch Eltern und Kinder, die ihre Wut herausschrien. Hier und da Tränen.

Nicolas und Fabio wurden vom Vermessungstechniker an die Hand genommen und vom Platz geführt. Nicolas gab es ein Gefühl der Sicherheit, dass ihn die Hand festhielt, die vor kurzem noch das Messer gezückt hatte. An der Hand dieses Mannes fühlte er sich wichtig.

Nicolas' Vater dagegen war angespannt, angewidert von diesem Schauspiel vor Kindern, auf einem kleinen Fußballfeld der Pfarrei. Doch gegenüber dem Vater von Fabio 'o Briatò brachte er kein Wort heraus. Er nahm seinen Sohn am Spielfeldrand in Empfang, mehr nicht. Zu Hause sagte er nur zu seiner Frau: »Fußball spielt der nicht mehr.« Nicolas ging ohne Abendessen ins Bett – nicht aus Kummer, weil er die Mannschaft verlassen musste, wie seine Eltern dachten, sondern wegen der Schande, einen Vater zu haben, der sich keinen Respekt verschaffen konnte und darum weniger wert war als ein Nichts.

So hatte die Fußballerkarriere für Nicolas und Briatò geendet, als echten Freunden war beiden gemeinsam die Lust vergangen, zum Training zu gehen. Sie bolzten weiter, aber ohne sich groß anzustrengen, auf der Straße.

Nicolas und Tucano parkten den Beverly vor einem großen, bis zum Rand mit Waren aller Art vollgestopften chinesischen Kaufhaus.

Die Wände schienen kurz davor, zu platzen, so stark drückte die Masse aufgehäufter Sachen dagegen. Regale voller Glühbirnen, Werkzeugen für Heimwerker, Schreibwaren, Kleidung, alles Einzelstücke, Kinderspielzeug, Böller, von der Sonne gebleichter Packungen Tee und Kekse, Kaffeemaschinen, Windeln, Bilderrahmen, Staubsaugern, sogar Motorrollern, die auch in Einzelteilen gekauft werden konnten. Ein logisches Kriterium war in diesem Wirrwarr unmöglich zu finden, außer dem des strikten Platzsparens.

»*Sti cinesi che hanno cumbinato, tutta Napoli s'hanno pigliato, poco ci manca e pure 'o pesone l'amm' 'a pavà!*« (Diese Chinesen, was haben die angerichtet, ganz Neapel an sich gerissen, bald müssen auch die Menschen sie bezahlen). Während 'o Tucano das Lied von Pino d'Amato sang, setzte er den Klingelton in Gang, der einen neuen Kunden ankündigte.

»Stimmt genau«, sagte Nicolas, »ganz Neapel haben sie sich schon untern Nagel gerissen, früher oder später müssen wir den Schlitzaugen wirklich Miete zahlen, um hier leben zu dürfen.«

»Wer hat dir eigentlich gesagt, dass die hier Waffen verkaufen?« Sie schlenderten durch die Gänge, vorbei an jungen Chinesen, die versuchten, noch einen Kleiderbügel zwischen die zu quetschen, die sich schon gegenseitig erstickten, oder auf wackelige Leitern kletterten, um den zigsten Packen Papier aufzustapeln.

»Im Chat stand, hier soll man hin.«

»Wirklich?«

»Ja, sie verkaufen jeden Scheiß. Wir müssen nach Han fragen.«

»Ich glaub, die machen mehr Kohle als wir«, sagte Tucano.

»Garantiert. Die Leute kaufen mehr Glühbirnen als Stoff.«

»Ich würde mir immer nur Stoff kaufen, was soll ich mit Glühbirnen.«

»Weil du ein Junkie bist«, erwiderte Nicolas lachend und schlug ihm auf die Schulter. Dann wandte er sich an einen Verkäufer: »Entschuldigung, ist Han da?«

»*Che vulite*, was wollt ihr?«, fragte der Mann in perfektem Neapolitanisch. Die beiden sahen den Chinesen an und merkten nicht, dass der Ameisenhaufen ringsum plötzlich erstarrte. Auch der Verkäufer auf der Leiter, der den Packen Papier verstauen wollte, beobachtete sie jetzt.

»*Che vulite?*«, fragte der Chinese noch einmal, und Nicolas wollte seine Frage gerade wiederholen, als eine Chinesin mittleren Alters hinter den Kassen am Eingang zu schreien begann.

»Raus, raus, weg, raus!« Sie hatte sich nicht einmal von dem Schemel erhoben, auf dem sie wahrscheinlich schon den ganzen Tag hockte, um zu kassieren. Aus der Entfernung sahen Nicolas und Tucano nur eine toupierte Dicke mit einer geblümten Bluse, die ihnen mit fuchtelnden Armen bedeutete, dort rauszugehen, wo sie hereingekommen waren.

»Was soll das, Signora?«, fragte Nicolas, doch sie brüllte weiter: »Ihr raus!«, und die Verkäufer, die vorhin über das ganze große Geschäft verteilt schienen, umringten sie jetzt.

»Diese Chinapisser«, sagte Tucano und zog Nicolas zum Ausgang. »Siehst du, wie bescheuert, sich im Chat informieren …«

»Verfickte Chinesen. *Adda murì mammà*, wenn wir kommandieren, schmeißen wir sie raus«, sagte sein Freund. »Wird 'ne große Jagd, wir haben hier mehr Chinesen als Ameisen«, und um sich zu rächen, schlug er gegen eine Glückskatze, die neben dem Eingang auf einem gefälschten antiquarischen Nachttischchen stand. Die Katze flog auf den Barcodescanner einer der Kassen, dessen Glas einen Sprung bekam, doch die keifende Frau verzog keine Miene und fuhr mit ihrem Geschrei in Endlosschleife fort.

Während sie auf den Beverly stiegen, wiederholte Tucano beharrlich: »Kam mir gleich bescheuert vor«, und sie fuhren los, Richtung Galileo Ferraris. Raus aus Chinatown. Ein Schuss in den Ofen.

Nach wenigen Metern setzte sich ein Motorrad hinter ihr Moped. Als sie beschleunigten, gab auch der andere Gas. Sie fuhren noch schneller, um bis zu der Stelle zu kommen, wo die Straße in die Piazza Garibaldi mündet und sie im Verkehr untertauchen konnten. Gymkhana, Dribbling zwischen Bussen und Autos, Motorrollern, Passanten. Tucano drehte ständig den Kopf, um die Bewegungen ihres Verfolgers zu kontrollieren und zu kapieren, was er vorhatte. Es war ein Chinese unbestimmten Alters, das Gesicht erkannte er nicht wieder, aber der Mann schien nicht wütend zu sein. Irgendwann fing er an zu hupen und mit den Armen zu fuchteln, sie sollten neben ihm herfahren. Sie hatten den Corso Arnaldo Lucci eingeschlagen und hielten, bevor es zum Hauptbahnhof weiterging: Das war die Grenze zwischen Chinatown und der Kasbah Neapels. Nicolas bremste, und das Motorrad hielt neben ihnen. Die beiden blickten konzentriert auf die zarten Hände des Chinesen, dass ihm ja nicht einfiel, ein Messer zu ziehen, oder Schlimmeres. Doch nein, er reichte ihnen eine Hand, um sich vorzustellen: »Ich bin Han.«

»Ah, du bist das? Verfluchte Scheiße, warum hat deine Mama uns aus dem Laden geschmissen?«, platzte Tucano heraus.

»Das ist nicht meine Mutter.«

»Aha, okay, dafür, dass sie nicht deine Mutter ist, siehst du ihr sehr ähnlich.«

»Was braucht ihr?«, fragte Han und hob ein wenig das Kinn.

»Du weißt, was wir brauchen … «

»Dann müsst ihr mit mir kommen. Fahrt ihr hinter mir her?«

»Wohin bringst du uns?«

»In eine Garage.«

»Okay.« Sie nickten und folgten ihm. Sie mussten umkehren, doch Wenden kann in Neapel Stunden dauern.

Der Chinese dachte gar nicht daran, einmal um die Piazza herumzufahren, die Mopeds nutzten den Platz für die Fußgänger zwischen zwei Zementblöcken und kamen vor dem Hotel Terminus heraus. Von dort wieder in die Galileo Ferraris und dann links in die Via Gianturco.

Nicolas und Tucano merkten, dass sie nach andauerndem Linksabbiegen auf der Via Brin im Kreis fuhren. Bunte Lichter und Verkehrsgewühl hatten sie hinter sich gelassen. Die Via Brin war wie eine Geisterstraße. Überall Schilder von Läden, die zu vermieten waren, und vor einem der Schilder hielt Han. Mit einer Kopfbewegung forderte er sie auf, ihm zu folgen, auch die Mopeds nahmen sie besser mit rein. Sie kamen in einen von Lagerschuppen umringten Hof, einige verlassen und verfallen, andere überquellend von Ramsch jeder Art. Han führte sie in eine Garage, die wie alle anderen aussah, doch hier herrschte peinliche Ordnung. Es gab vor allem Spielsachen, Kopien berühmter Marken, mehr oder weniger dreiste Fälschungen. Überall bunte Regale mit Herrlichkeiten jeder Art. Noch vor ein paar Jahren wären sie bei so einem Anblick in Verzückung geraten.

»Aha, Kobolde und der Weihnachtsmann sind also Chinesen.«

Han lachte. Er sah genauso aus wie die anderen Verkäufer in dem großen Laden, vielleicht war er sogar einer von denen, die sie dort umzingelt hatten, und vielleicht hatten die beiden Jungs, die ihn suchten, ihm schon da ein herzhaftes Lachen entlockt.

»Wie viel könnt ihr ausgeben?«

Sie hatten mehr, aber sie fingen niedrig an. »Zweihundert Euro.«

»Für zweihundert Euro wäre ich nicht mal aufs Motorrad gestiegen, zu dem Preis hab ich nichts.«

»Okay, wir gehen«, sagte Tucano und drehte sich zum Ausgang um.

»Aber wenn ihr bisschen tiefer in die Tasche greift, hab ich das hier … «

Er schob Schachteln mit Maschinengewehren aus Plastik, Puppen und Sandeimern beiseite und zog zwei Pistolen hervor. »Die heißt Francotte, ist ein Revolver.« Er gab ihn Nicolas in die Hand.

»*Mamma*, ist ja schwer wie 'n Stein.«

Es war eine sehr alte Pistole, 8 mm, schön war nur der Griff aus Holz, glatt, blankgewetzt wie ein vom Wasser geschliffener Stein. Alles andere – der Lauf, der Abzug, die Trommel – war von einem fahlen Grau, voller Flecken, die auch durch Reiben nicht verschwanden, und dann sah sie aus wie ein Überbleibsel aus dem Krieg, nein, schlimmer, wie eine Requisite für einen alten Western, eine dieser uralten Pistolen, die zwei von drei Malen nicht losgehen, weil irgendwas sich verklemmt hat. Doch Nicolas war das egal. Er strich über den Schaft und befühlte den Lauf, während Han und Tucano sich noch immer beharkten.

»Die funktioniert, Mann, hat man mir aus Belgien mitgebracht. Eine belgische Pistole ist das. Kann ich dir für tausend Euro geben«, sagte Han gerade.

»Hm, sieht aber trotzdem aus wie 'n Colt«, wandte Tucano ein.

»Ja, die ist Cousin vom Colt.«

»Schießt das Ding überhaupt?«

»Klar, aber sie hat nur drei Kugeln.«

»Ich will sie probieren, sonst nehm ich sie nicht. Und du gibst sie für sechshundert her.«

»Neee, so nicht, beim Sammler kriege ich dafür fünftausend Euro. Ich schwör«, sagte Han.

Tucano versuchte es mit Drohungen. »Ja, aber der Sammler fackelt dir nicht das Lager ab, wenn du sie ihm nicht verkaufst, der verpfeift dich nicht bei den Bullen und lässt dein Geschäft hochgehen.«

Han ließ sich nicht aus der Fassung bringen und fragte Nicolas: »Hast dir 'n Schäferhund mitgenommen? Muss der mich anbellen?«

Da zeigte Tucano die Zähne: »Mach so weiter, und du siehst, ob wir bloß bellen, denkst du, wir hätten das System nicht hinter uns?«

»Dann kommen sie dich holen.«

»Wen kommen sie wohl holen?«

Bei jedem Satz gingen sie aufeinander zu, aber Nicolas beendete die Diskussion mit einem scharfen »Hey, Tucà«.

»Ihr nervt jetzt, verpisst euch, sonst probier ich die Pistole bei euch aus«, sagte Han. Jetzt hatte er das Heft in der Hand, aber Nicolas wollte die Sache nicht länger ausreizen und nannte seine Bedingungen: »Ey China, komm runter. Wir nehmen nur eine, aber die muss schießen.«

»Hier, probier du.« Han gab Nicolas die Pistole, doch der konnte nicht mal die Trommel herausziehen, um sie zu laden. Er versuchte es wieder, vergebens. »Wie funktioniert das Scheißding?« und gab sie Han mit betont verärgerter Miene zurück.

Han nahm die Pistole und schoss einfach drauflos, nicht mal mit ausgestrecktem Arm. Nicolas und Tucano zuckten zusammen, wie wenn man unerwartet einen Knall hört und die Nerven reflexartig reagieren. Sie schämten sich für diese unkontrollierte Reaktion.

Die Kugel hatte eine Puppe auf einem Regal glatt geköpft, der rosa Rumpf saß reglos da. Han hoffte, dass sie ihn nicht um noch einen Schuss bitten würden.

»Was sollen wir mit der Schrottknarre?«, fragte Tucano.

»Im Moment ist das die Beste, die wir haben. Die oder keine.«

»Du gibst sie uns«, beendete Nicolas die Diskussion. »Aber weil das der letzte Dreck ist, gibst du sie für fünfhundert her, und basta.«

Nicolas nahm die Pistole mit nach Hause. Er hatte sie in die Unterhose gesteckt, den glühenden Lauf nach unten.

Lässig ging er durch den weiß und grün gekachelten Flur. Sein Vater erwartete ihn im Esszimmer. »Wir essen. Deine Mutter kommt später.«

»*Vabbuò*, in Ordnung.«

»Was soll das denn? Wie redest du?«

»So rede ich.«

»Du schreibst besser als du sprichst.«

Der Vater saß im karierten Hemd am oberen Tischende. Heimlich beobachtete er den Gang seines Sohnes, als wäre er das Kind anderer Leute. Das Esszimmer war nicht groß, aber in Ordnung gehalten, anständig, fast geschmackvoll eingerichtet: schlichte Möbel, die schönen Gläser gut sichtbar in einem Glasschränkchen, eine Keramikschale aus Deruta, die gewöhnlich als Obstteller benutzt wurde, das Souvenir einer Reise nach Umbrien, Servietten mit Fischmotiven und verblichene Kelims auf dem Boden. Nur bei den Lampen und Leuchten hatten sie übertrieben, aber das war eine alte Geschichte: ein Kompromiss zwischen Vergangenheit (der Kronleuchter mit tropfenförmigen Glühbirnen) und Gegenwart (die Stehlampe). Mena wollte viel Licht in der Wohnung, ihm hätte weniger genügt. Bücher gab es im Flur und auf einem Regal im Wohnzimmer.

»Ruf deinen Bruder und komm zu Tisch.«

Nicolas rührte sich nicht von der Stelle, er begnügte sich damit, laut zu rufen: »Christian!«

Der Vater machte eine verärgerte Geste, die Nicolas kaum beachtete. Er rief noch einmal den Namen des Bruders, aber etwas leiser. Und der erschien, kurze Hose, weißes Unterhemd, ein dankbares Lächeln im Gesicht, und schleifte den Stuhl über den Boden, als er sich setzte.

»He, Christian, du weißt, dass deine Mutter das nicht will. Heb den Stuhl an.«

Christian hob ihn an, als er bereits darauf saß, dabei blickte er dem älteren Bruder, der reglos wie eine Statue am Tisch stand, unverwandt in die Augen.

»Willst du dich endlich setzen, Signor *Vabbuò*«, sagte der Vater und hob den Deckel von der Schüssel, die er auf den Tisch gestellt hatte. »Ich habe Pasta mit Spinat für euch gekocht.«

»Spinat mit Pasta? Was ist das denn? Nisida?«

»Woher willst du wissen, was man in Nisida isst?«

»Weiß ich.«

»Er weiß es«, wiederholte der kleine Bruder.

»Du hältst den Mund«, sagte der Vater, während er die Teller füllte, und zum anderen: »Setz dich, tu mir den Gefallen.« Nicolas setzte sich vor den Teller mit Pasta und Spinat, in seiner Unterhose die Pistole des Chinesen.

»Was hast du heute gemacht?«, fragte ihn der Vater.

»Nichts.«

»Mit wem hast du dich getroffen?«

»Niemand.«

Die Gabel mit der Pasta stockte auf halbem Weg zum Mund, und der Vater fragte: »Was mag dieses ganze Nichts wohl sein? Und wer sind diese Niemand?« Dabei sah er Christian an, als suchte er seine Unterstützung. Doch dann fiel ihm ein, dass er das Fleisch auf dem Herd vergessen hatte, er stand auf und verschwand in der kleinen Küche. Von dort hörte man ihn weiterreden: »*Nisciuno*. Mit niemand geht er aus. Tut nichts, habt ihr gehört: nichts. Und für dieses ganze Nichts arbeite ich.« Den letzten Satz wiederholte er im Esszimmer, in der Hand den Servierteller mit den Schnitzeln: »Für dieses ganze Nichts habe ich gearbeitet.«

Nicolas zuckte mit den Schultern und zog mit den Zinken seiner Gabel Striche auf dem Tischtuch.

»Nun iss schon«, sagte der Vater, als er sah, dass der Kleine seinen Teller leer gegessen und der andere ihn noch nicht angerührt hatte.

»Also, was hast du gemacht? Du warst doch in der Schule? War denn sonst niemand in der Schule? Bist du in Geschichte abgefragt worden?« Eine Frage nach der anderen, doch sein Gegenüber sah ihn mit einem Ausdruck freundlicher Gleichgültigkeit an, wie jemand, der die Sprache nicht versteht.

»Nun iss doch«, fuhr der Vater fort, und Christian sagte: »Nico ist groß.«

»Groß? Groß in was? Du sollst den Mund halten, und du isst jetzt«, zu Nicolas. »Hast du verstanden, dass du essen sollst? Du kommst nach Hause, setzt dich zu Tisch und isst.«

»Wenn ich esse, werde ich müde und kann nicht mehr lernen«, sagte Nicolas.

Der Vater bezwang seinen Zorn. »Du lernst also hinterher noch?«

Nicolas wusste, wo er ihn treffen konnte. In der Schule waren mehrere Lehrer auf ihn aufmerksam geworden, vor allem bei Aufsätzen, wenn ein Thema ihn reizte, war niemand besser als er. De Marino, der Italienischlehrer, hatte es seinem Vater schon bei der ersten Sprechstunde gesagt: »Ihr Sohn hat Talent, er hat eine eigene Art, Dinge genau zu erfassen und auszudrücken. Wie soll ich sagen … «, er hatte gelächelt, »nun, er kann mit dem Lärm der Welt umgehen und findet die richtige Sprache, um davon zu erzählen.« Worte, die der Vater in seinem Herzen bewahrte und nährte, die er sich im Geist aufsagte, wann immer etwas in Nicolas' Benehmen seine Geduld strapazierte, ihn verdross. Und er war sofort bereit, sich zu beruhigen, wenn er sah, dass Nicolas las, für die Schule lernte, seine Recherchen im Internet machte.

»Nein, ich lerne nicht. Wozu?«, und Nicolas blickte sich um, als wollte er neue Gewissheiten einsammeln über die Armseligkeit dieser Wohnung, dieser Einrichtung, zu schweigen von dem Foto des Vaters im Gymnastikanzug mit den Jungen, als sie vor etwa zehn Jahren irgend so ein Volleyballturnier gewonnen hatten. Volleyball? Was ist das denn? Er hätte einen Aufsatz über diese lächerlichen Meisterschaften für verblödete Kinder schreiben müssen, ja das wäre die Hausaufgabe gewesen. Die peinliche Idiotie der Eltern, die Pickel der Spieler beschreiben. Ihm fiel das Harte ein, das er in der Hose trug, und er fasste dorthin.

»Was fasst du dich an? Was soll das?« Auf der Stirn des Vaters erschien die Falte, die immer kam, wenn er die Rolle des Familienoberhauptes spielte. »Iss jetzt, hast du nicht kapiert, dass du essen sollst?«

»Nein, ich hab heute Abend keinen Hunger«, sagte Nicolas und warf dem Vater einen leeren Blick zu, einen toten Blick, schrecklicher als ein trotziges Widerwort. Du bist nichts wert, Turnlehrer, gab ihm sein Sohn gleichgültig zurück.

»Du musst lernen, du bist intelligent. Wenn es so weit ist, zahle ich dir eine richtige Ausbildung, einen Master. Du kannst nach England gehen, nach Amerika. Das machen viele, wie ich höre. Ja, ich weiß Bescheid. Und wenn sie zurückkommen, reißen sich alle um sie. Dafür werde ich einen Kredit aufnehmen … « Er hatte seinen Teller weggeschoben, aber um nicht pathetisch zu erscheinen, pickte er die Reste auf, er kaute und kniete vor seinem halbwüchsigen Sohn nieder, der am liebsten gelacht hätte, als er »eine richtige Ausbildung« hörte. Er tat es nicht, natürlich nicht aus Respekt, sondern weil er zum ersten Mal ein Ziel vor Augen hatte, und er begann zu träumen, stellte sich vor, dass er diese Ausbildung, diese richtige Ausbildung, wenn sie wollte, selbst bezahlen würde, ach was, er würde sich so was kaufen, wie ein echter Capo, und er würde sie sofort als Ganzes mit Abschluss kaufen, nicht wie die anderen, die sich nacheinander die Kosten für das Auto, die Kosten fürs Moped, die Kosten für den Fernseher aufladen. Dann kam der kleine Bruder in sein Blickfeld, und endlich ließ Nicolas sich zu einem Lächeln herab.

»Papa, ich muss die Schule beenden. Meine Schule«, sagte er. »Auch wenn sie nichts wert ist.«

»Schluss jetzt, Nico, mit diesem Nichts, mit diesen Niemand. Wir sind hier, um … « Er wollte das Gespräch richtig abschließen, wollte das tun, was er verstand.

Das Abendessen war zu Ende. Der Vater brachte das Geschirr in die Küche, räumte alles weg und versuchte, das Gespräch wieder in Gang zu bringen, um auf der häuslichen Bühne nicht allein zurückzubleiben.

Christian hatte stumm gegessen, die Augen auf dem Teller – er konnte es kaum abwarten, mit dem Bruder allein zu sein. Nicolas hatte ihm ein paar Mal zugezwinkert und so gelächelt wie jemand, der sich seiner Sache sicher ist, es war klar, dass er ihm etwas Wichtiges zu erzählen hatte. Ein Lächeln, das dem Vater nicht verborgen geblieben war und seine Wut erneut entfacht hatte: »Wer zum Teufel bist du, Nicolas? Du hast nur Ärger gemacht. Hast uns Schande gemacht. Ein Jahr in der Schule verloren. Woher nimmst du bloß diese Arroganz? Der dümmste Esel bist du. Gott hat dir Talent gegeben, und du verschwendest es wie ein Idiot!« Er nutzte die Abwesenheit der Mutter, um aufgestaute Wut abzulassen.

»Kenn ich, die Leier, Pa.«

»Dann lern sie auswendig. Vielleicht bist du dann weniger arrogant.«

»Wozu soll das gut sein?«, entgegnete Nicolas, doch der Vater schien etwas zu ahnen. Wie geschickt Nicolas auch täuschen, verheimlichen und verbergen mochte, er trug die Zeichen der Wende und brachte sie mit nach Hause. Ein wichtiges Ereignis ist ein Seil, das sich um dich schlingt und mit jeder Bewegung enger wird, es scheuert und zerrt an dir, und schließlich hinterlässt es Spuren auf deiner Haut, die alle sehen können. Um seine Hüften geschlungen, zog Nicolas ein Seil hinter sich her, das noch an die Garage der Chinesen in Gianturco geknotet war. An seine erste Pistole.

Nirgendwo ist es leichter, den Arglosen zu spielen, als auf der häuslichen Bühne. Und Nicolas spielte den Arglosen.

Als der Vater seine Lektion für beendet hielt, verzog Nicolas sich in sein Zimmer, gefolgt von Christian.

»Ich weiß schon, du hast irgendein linkes Ding gedreht«, sagte Christian lächelnd, vor Neugierde brennend. Nicolas wollte seinen Triumph noch ein wenig auskosten und hantierte mindestens eine Minute lang mit dem Mobiltelefon herum, bis die Tür aufging und das Gesicht der Mutter zum Vorschein kam. Sofort sprangen die beiden ins Bett, als wären sie todmüde, sogar der Fernseher lief nicht mehr, und ein blitzschnelles

»Ciao Ma'« war die einzige Antwort auf ihren schüchternen Versuch, ein Gespräch anzuknüpfen. Die Stille nach jeder ihrer Fragen machte ihr klar, dass sie nichts mehr hören würde.

Kaum wurde die Tür geschlossen, hüpfte Christian aufs Bett des Bruders: »Los, erzähl!«

»Guck mal«, antwortete der und zog das alte belgische Eisen heraus.

»Wahnsinn!«, rief Christian und entriss ihm die Pistole.

»He, pass auf! Die schießt!«

Mehrmals wechselte sie von einer Hand in die andere, wurde gestreichelt.

»Mach sie mal auf!«, bat Christian.

Nicolas zog die Trommel heraus, und Christian drehte sie. Ein kleiner Junge mit seiner ersten Cowboypistole.

»Und was machst du damit?«

»Damit fangen wir an zu arbeiten.«

»Was denn?«

»Wozu wir Lust haben.«

»Kann ich mitkommen?«

»Mal sehen. Aber pass auf, du darfst es niemandem sagen.«

»Niemals, spinnst du?« Dann umarmte er Nicolas, wie immer, wenn er etwas von ihm haben wollte. »Kann ich sie heute Nacht haben? Ich steck sie unters Kopfkissen.«

»Nein, heute Nacht nicht«, sagte Nicolas und legte die Pistole aufs Bett. »Heute Nacht hab ich sie unterm Kopfkissen.«

»Aber morgen ich!«

»Ja, okay, morgen du!«

Krieg spielen.

Luftballons

Nicolas hatte nur einen Gedanken im Kopf: die Situation mit Letizia klären. Sie antwortete einfach nicht. Nicht am Telefon, nicht am Fenster. So hatte sie sich noch nie verhalten, dass sie ihm nicht zuhörte, wenn er ihr schmeichelte, sie um Verzeihung bat, ihr seine Liebe schwor. Wenn sie ihn wenigstens angeschrien hätte, wie früher, wie sie es bei Streitigkeiten immer getan hatte, wenn sie ihn wenigstens beleidigt hätte, aber nein, nicht mal das gönnte sie ihm. Und wenn sie nicht in seiner Nähe war, erschienen ihm die Tage wie verstümmelt. Er fühlte sich leer ohne ihre Nachrichten auf WhatsApp, ohne ihre Zärtlichkeit. Er wollte Liebkosungen von Letizia. Die jemand, der arbeitet, verdient hat.

Es wurde Zeit, sich etwas Gutes einfallen zu lassen, und um einen Anfang zu machen, ging er zu Cecilia, Letizias bester Freundin.

»Lass mich in Ruhe«, war die erste Reaktion, als sie ihn sah. »Halt mich da raus, das geht mich nichts an.«

»Schon gut, Ceci.« Du sollst mir bloß einen Gefallen tun.«

»Ich tu keinen Gefallen.«

»Echt, nur 'n Gefallen«, und er zwang sie, ihn anzuhören, indem er sich in die Haustür stellte und ihr den Weg versperrte. »Du musst dafür sorgen, dass ich Letizias Moped kriege, denn ich muss was damit machen. Sie stellt es immer in die Garage, da kann ich nicht rein.« Er wäre leicht reingekommen, aber es war keine gute Idee, die Garage von Letizias Familie aufzubrechen.

»Nee, bestimmt nicht. Lass es, Nico.« Sie verschränkte die Arme.

»Bitte mich um was, irgendwas, und ich geb's dir, wenn du mir diesen Gefallen tust.«

»Nein … Also, Letizia ist wirklich … das mit Renatino war echt 'ne Schweinerei, du warst richtig gemein.«

»*Ma che c'azzecca!* Das ist doch was ganz anderes! Wenn man jemand gernhat, sehr gernhat, wirklich wahnsinnig gernhat, darf niemand sich an den ranmachen.«

»Ja, aber doch nicht so«, sagte Cecilia.

»Sag mir, was du willst, aber tu mir den Gefallen.«

Cecilia schien unbestechlich, unerschütterlich in ihrer Weigerung. In Wirklichkeit wog sie nur das Angebot ab.

»Zwei Karten fürs Konzert.«

»Okay.«

»Willst du nicht mal wissen, von wem?«

»Egal wer, hab haufenweise Freunde bei den Schwarzhändlern.«

»Gut, dann will ich ins Konzert von Benji und Fede.«

»Wer ist das denn?«

»Was, du kennst Benji und Fede nicht?«

»Ist mir scheißegal, du kriegst die Karten. Wann machst du's?«

»Morgen Abend kommt sie zu mir.«

»Okay. Schick mir 'ne Nachricht, schreib so was wie ›alles okay‹, dann weiß ich Bescheid.«

Den ganzen Tag verbrachte er damit, jemanden zu suchen, der ihm die teuersten Luftballons auf dem Markt verkaufen konnte, er chattete mit allen.

MARAJA

Luftballons *guagliù*, aber nicht die von der Straße. Schöne
denn auf jedem soll stehen *I love you.*

DENTINO

Wo soll'n wir die hernehmen?

MARAJA

Nerv nicht hilf mir.

Am nächsten Tag fuhren sie bis nach Caivano, wo Drone im
Internet einen Laden gefunden hatte, einen Ausstatter für elegante Feste, Themenpartys, der auch Filme und Musikvideos
lieferte. Nicolas kaufte Luftballons für zweihundert Euro und
eine Gasflasche, um sie mit Helium aufzublasen.

Als Cecilias Nachricht kam, standen sie schon unten auf der
Straße und ackerten, um eine Tüte Luftballons nach der ande-
ren aufzublasen. Eins, zwei, drei, zehn. Nicolas, Pesce Moscio,
Dentino und Briatò füllten die Ballons mit Helium, schnürten
sie mit einem Band zu und knoteten sie ans Moped. Als es voller
Ballons war, die nach oben zogen, blieb das Moped nur mit dem
Ständer am Boden, die Räder schwebten schon ein paar Zenti-
meter in der Luft.

Nicolas schickte Cecilia eine Nachricht. »Mach, dass sie run-
terkommt«, dann versteckten sie sich hinter einem Kleintransporter für Umzüge, der auf der anderen Straßenseite parkte.

»Ich muss kurz mal raus, Letì«, sagte Cecilia, band sich die
bis zum Hintern reichenden Haare mit einem Gummi zusammen und stand aus dem Sessel auf.

»Warum?«

»Ich muss kurz raus. Hab was zu erledigen.«

»Einfach so? Hast gar nichts gesagt. Nee, lass mal, wir bleiben hier.« Mit lustloser Miene lag Letizia halb ausgestreckt auf

dem Bett ihrer Freundin. Sie baumelte nur mit den Beinen, erst dem einen, dann dem anderen, und in dieser rhythmischen Bewegung schien sich ihre ganze Vitalität zu erschöpfen.

Seit Tagen hing sie so durch, und obwohl Cecilia ein bisschen neidisch auf die Beziehung ihrer Freundin war, fand sie Letizia in diesem Zustand unerträglich und hoffte inzwischen, dass die Sache mit Nicolas wieder in Ordnung kam. »Nee, ich muss kurz runter. Ist zu wichtig. Komm schon, tut dir auch gut, wir gehen bisschen spazieren.«

Sie brauchte ein paar Minuten, aber dann hatte sie Letizia überredet. Kaum waren sie vor der Haustür, erblickte Letizia die Herrlichkeit aus Luftballons und wusste sofort Bescheid. Wie herbeigezaubert stand Nicolas plötzlich vor ihr, und endlich redete sie wieder mit ihm: »Ey, du Scheißtyp«, sagte sie lachend.

Nicolas kam näher. »Komm, wir machen den Ständer ab, Liebste, und fliegen los.«

»Weiß nicht, Nico«, sagte Letizia. »Du hast 'ne Menge Scheiß gebaut.«

»Stimmt, Liebste, ich mach viel falsch, immer. Aber für dich.«

»Von wegen für mich, alles Ausreden, du bist brutal.«

»Ich bin brutal, ich bin ein Arsch. Alles kannst du mir vorwerfen. Ich tu's, weil es ist wie ein Feuer, wenn ich an dich denke. Aber das verbrennt mich nicht, je mehr ich brenne, desto stärker werde ich. Kann nichts dafür. Wenn einer dich anguckt, muss ich ihn bestrafen, es ist stärker als ich. Es ist, als würde er dich verschlingen.«

»Nein, so nicht, du bist zu eifersüchtig.« Sie widerstand nur noch mit Worten, mit den Händen strich sie ihm schon über die Wangen.

»Ich versuch mich zu ändern. Schwör ich dir. Bei allem, was ich mache, denk ich daran, dass ich dich heiraten will. Für dich will ich der beste Mann sein, den's gibt, wirklich der beste.« Er nutzte ihr Streicheln, um ihre Hände festzuhalten, sie umzudrehen und die Handflächen zu küssen.

»Aber der Beste benimmt sich nicht so«, entgegnete sie mit finsterem Gesicht und versuchte, ihre Hände dem Griff zu entwinden.

Nicolas legte ihre Hände auf sein Herz, dann ließ er sie langsam los. »Wenn ich was falsch gemacht hab, dann, weil ich dich beschützen wollte.«

Nicht nur Nicolas' Augen lagen auf ihr, Letizia wurde auch von Pesce Moscio, Dentino und Briatò, von Cecilia und den Nachbarn aus dem Viertel beobachtet. Sie wehrte sich nicht länger, gab jeden Widerstand auf und umarmte ihn unter allgemeinem Applaus.

»Ah, gut, sie vertragen sich wieder«, sagte Pesce Moscio. Dann schluckte Dentino etwas von dem Helium für die Ballons und fing an, mit einer Piepsstimme zu sprechen. Alle anderen machten es ihm nach, und diese lächerlichen Stimmchen schienen sehr viel besser zu ihnen zu passen als der aufgesetzte Tonfall, den sie nachzuahmen versuchten.

Nicolas verschaffte sich Platz zwischen den Ballons am Moped, hob Letizia hoch und setzte sie sich auf den Schoß. Dann klappte er den Ständer zurück und sagte: »Los, nun flieg schon!«

»Ich brauch keine Luftballons zum Fliegen.« Letizia umarmte ihn. »Du reichst mir.«

Da zog Nicolas ein Taschenmesser heraus und schnitt langsam die Bänder der Ballons durch. Gelbe, rosa, rote und blaue – einer nach dem anderen stiegen sie in den Himmel auf und füllten ihn mit Farben, während Letizia ihnen mit einem Blick folgte, der endlich fröhlich war, voller Staunen.

»Halt, halt! Geben Sie uns die Ballons?« Ein paar Kinder, sechs, sieben Jahre alt, kamen zu Nicolas gelaufen, angezogen von den schönen Ballons, wie sie noch nie welche gesehen hatten.

Sie hatten ihn mit »Sie« angeredet, und das gefiel ihm.

»*Adda murì fratemo*, wenn's nur das ist.«

Und er band die abgeschnittenen Ballons den Kindern ans Handgelenk. Weil Letizia ihm bewundernd zusah, war Nicolas betont liebevoll zu den Kindern und suchte mit Blicken nach mehr Kindern, um so vielen wie möglich dies Geschenk machen zu können.

Raubüberfälle

Nicolas fuhr zum Nuovo Maharaja, wo er Agostino traf.

»Keine Chance, Nico, sie lassen uns nicht rein.«

Dentino neben ihm nickte traurig. Einen Augenblick lang hatten sie den Himmel berührt, und jetzt hatte man sie mit Tritten zurück auf die Erde befördert. Lollipop aber, der gerade aus dem Fitnessstudio kam, die Haare noch feucht, geriet in Rage.

»Was? Diese Schweine.«

»Die sagen, ohne Copacabana können sie nicht sicher sein, dass wir bezahlen. Sein Separee haben sie schon weggegeben.«

»Fuck, die waren schnell! Kaum verhaftet, schon ersetzt«, sagte Nicolas. Sie blickten sich um, als suchten sie einen Personaleingang, irgendeinen Spalt, durch den sie wieder hineinkommen konnten.

Agostino kam näher. »Maraja, was machen wir? Die ficken uns in den Arsch. Alle andern arbeiten und wir nicht … Immer bloß Ersatzleute. Immer sind die andern die Herren.«

Sie mussten herausfinden, wie sie sich neu organisieren konnten. Das war Nicolas' Aufgabe, er war der Anführer.

»Wir überfallen einen Laden«, sagte er trocken.

Das war kein Vorschlag, es war eine Feststellung. Im Tonfall von unumstößlichen Entscheidungen. Lollipop riss die Augen auf.

»Überfallen?«, fragte Agostino.

»Ja, 'n Überfall.«

»Mit'm Schwanz in der Hand, oder was?«, fragte Dentino, den der Schnellschuss vom Überfall aus seiner Trägheit gerissen hatte.

»Eine Pistole hab ich«, sagte Nicolas und zeigte ihnen das alte belgische Ding.

Als Agostino sie sah, brach er in Gelächter aus: »Das schrottige Teil?«

»Madonna, was das denn? Aus 'nem Western? Bist du jetzt Cowboy?«, setzte Dentino noch drauf.

»Das Ding haben wir, und mit dem arbeiten wir. Wir holen unsere Motorradhelme, und los geht's.«

Nicolas wartete, die Hände in den Hosentaschen. Denn das war auch eine Prüfung. Wer würde kneifen?

»Hast du vielleicht 'n Integralhelm? Ich nicht«, sagte Agostino. Das war gelogen, er hatte einen, sogar neu, aber er brauchte irgendeinen Vorwand, um Zeit zu gewinnen, um zu kapieren, ob Nicolas nur Scheiß redete oder nicht.

»Ich hab einen«, sagte Dentino.

»Ich auch«, bestätigte Lollipop.

»Cerino, du wickelst dir 'nen Schal um, irgendein Halstuch von deiner Mama … «, sagte Nicolas.

»Wir brauchen einen Stock, 'nen Schläger. Und nehmen uns einen Supermarkt vor«, war Dentinos Vorschlag.

»Einfach so? Ohne was zu wissen, nicht mal vorher den Laden auszuspähen?«, wandte Agostino ein. Denn schon neigte die Waagschale sich zugunsten des Überfalls.

»Ausspähen? Was soll das geben? *Point Break?* Wir fahren hin, gehen rein, nehmen uns die Kasse und ab. Dauert höchstens fünf Minuten. Ist sowieso kurz vor Ladenschluss. Wir verschwinden, und danach mischen wir zwei Tabakläden beim Bahnhof auf.«

Nicolas verabredete sich mit den anderen dreien in einer Stunde bei ihm vorm Haus. Jeder mit Moped und Helm, so der Befehl, er würde den Schläger mitbringen. Vor ein paar Jahren hatte er sich für Baseball begeistert und angefangen, Caps zu sammeln. Von den Regeln verstand er nichts, einmal hatte er ein Match im Internet gesehen, sich aber sofort gelangweilt. Doch die Faszination für diesen amerikanischen Sport war ungebrochen, darum hatte er im Einkaufszentrum mal einen Baseballschläger geklaut, den sie vergessen hatten zu etikettieren. Er hatte ihn nie benutzt, aber das Ding gefiel ihm, er fand ihn aggressiv, böse in seiner Einfachheit, genauso wie der von Al Capone in *The Untouchables*.

Er wusste schon, wem er den Schläger anvertrauen würde, und als Agostino sah, dass ihm das Ding überreicht wurde, zuckte er nicht mit der Wimper, klar, dass er dran war. Er hatte zu viele Bedenken gehabt.

Agostino saß hinten auf dem Moped bei Lollipop, der bei der Gelegenheit einen Shark-Integralhelm vorführte, den er sich wer weiß wo besorgt hatte. Nicolas hatte Dentino hinten, beide trugen Helme, die ihre ursprüngliche Farbe schon vor langer Zeit verloren hatten und stattdessen voller Beulen und Kratzer waren.

Sie rasten mit Vollgas Richtung Supermarkt, eine alte Filiale der Crai-Kooperative weit weg von Forcella, die sie ausgesucht hatten, um sich nicht zu sehr zu gefährden, sollte es schieflaufen. Es war kurz vor Ladenschluss, und genau darum stand das Auto eines Wachdienstes vor dem Eingang.

»Verdammte Wichser!«, sagte Nicolas. Er streichelte den blankgewetzten Griff der Pistole, denn er hatte rausgefunden, dass ihn das beruhigte. So was hatte er wirklich nicht vorausgesehen. Ein Fehler, den er nie wieder machen würde.

»Hab doch gesagt, dass man das Ding vorher ausspähen muss, du Idiot! Los, weiter zum Tabakladen«, sagte Agostino, seine kleine Rache genießend, und hieb Lollipop auf den Rücken, der sofort Gas gab und den Arm hob, um zu zeigen, dass er wusste, wo es hinging. Das Ziel war ein kleiner Tabakkiosk, wie sie millionenfach in Italien stehen. Die Scheiben tapeziert mit Rubbellosen und Din-A4-Blättern, die offiziell bestätigten, dass hier, ja, genau hier, letzte Woche zwanzigtausend Euro gewonnen wurden und im Vorjahr mehr als das Doppelte, als hätte die Glücksgöttin just diesen Ort ausgesucht, um sich auszutoben. Vor dem Kiosk lungerten nicht mal die üblichen Müßiggänger herum, die mit Kleingeld das Glück herausfordern, der Gehweg war leer. Genau der richtige Moment. Sie parkten die Mopeds in Richtung Fluchtweg, den sie instinktiv als den sichersten erkannt hatten: eine vielbefahrene Kreuzung unter einer Überführung. Sie würden zwischen anderen Motorrollern im Zickzack fahren und die Autos als Schutzschilde benutzen.

Nicolas wartete gar nicht erst ab, bis die anderen vom Moped stiegen, er ging mit gezückter Pistole rein: »He, Pisser, her mit dem Geld.« Der Tabakhändler, ein kleiner Mann im schmutzigen Unterhemd, räumte gerade Zigaretten in das Regal hinter dem Ladentisch und hörte nur ein vom Helm gedämpftes Nuscheln, kein Wort von dem, was Nicolas gesagt hatte. Aber der Ton genügte, damit er sich mit erhobenen Händen umdrehte. Der Mann war weit über dem Pensionsalter und musste so etwas schon sehr oft erlebt haben. Nicolas beugte sich über den Ladentisch und setzte ihm die Pistole an die Schläfe.

»Beweg dich, hier rein das Geld«, wiederholte Nicolas und warf ihm eine Plastiktüte zu, die er seiner Mutter geklaut hatte. Die Arztrezepte, die sie darin aufbewahrte, hatte er weggeworfen.

»Ruhig, ganz ruhig«, sagte der Tabakhändler, »alles in Ordnung.« Er wusste, dass das richtige Verhalten ein Mittelweg zwischen Nachgiebigkeit und Entschlossenheit war. War er zu passiv, hätten sie sich verarscht gefühlt. Zu aggressiv, und sie hätten beschlossen, dass dies sein letzter Tag war. Beides mit demselben Ergebnis: eine Kugel im Kopf.

Nicolas beugte sich noch weiter vor, bis die Mündung der Pistole auf der Stirn des Mannes saß, der jetzt die Arme senkte und den Beutel ergriff. In diesem Moment kam Agostino rein, den Baseballschläger hoch erhoben, um weit auszuholen für einen Swing bis ins Aus.

»Wer will was in die Fresse?«

Dentino kam rein. Er hatte seinen Schulrucksack mitgenommen und stürzte sich auf die Kaugummis, Bonbons und Kulis, raffte alles an sich, was er fand, während Nicolas den Tabakhändler beobachtete, der den Plastikbeutel mit zusammengerollten Zehn- und Zwanzigeuroscheinen füllte.

»*Guagliù*, beeilt euch!«, schrie Lollipop von draußen. Er war der Jüngste der vier, darum fiel ihm die Rolle des Schmierestehers zu. Nicolas ließ die Pistole kreisen, um dem Verkäufer zu bedeuten, er solle sich beeilen, worauf der zusammenklaubte, was noch in der Ladenkasse lag, und dann wieder die Hände hob.

»Du hast die Rubbellose vergessen«, sagte Nicolas.

Der Tabakhändler senkte die Arme, aber statt Nicolas' Befehl zu gehorchen, zeigte er auf die Tüte, als wollte er sagen, was da drin war, werde wohl reichen. Sie könnten jetzt gehen.

»Gib mir alle Rubbellose, schwule Sau, alle!«, brüllte Nicolas. Agostino und Dentino beobachteten ihn stumm. Nach Lollipops Warnschrei waren sie schon zur Tür gegangen, sie verstanden nicht, warum Nicolas noch Zeit mit den Rubbellosen verlor. Auch ihnen schien die mit Geld gefüllte Plastiktüte zu reichen. Nicolas nicht. Er empfand das Verhalten des Mannes als Beleidigung, und nachdem er ihm die Tüte aus der Hand gerissen hatte, schlug er ihn mit dem Pistolenknauf nieder. Dann drehte er sich zu den anderen um. »Raus hier.«

»Ey, du bist total durchgeknallt, Nico!«, schrie Agostino, während sie zu zweit durch den Verkehr rasten.

»Und jetzt nehmen wir uns 'ne Bar vor, *guagliù*«, rief Nicolas nur.

Die Bar war wie eine Kopie des Tabakkiosks. Zwei verdreckte Fenster, vollgeklebt mit Reklame für Brioches, die vor zehn Jahren in Mode gewesen waren, ein gesichtsloses Lokal mit immer denselben Kunden. Die Bar würde gleich schließen, der Rollladen war schon halb runtergelassen. Auch diesmal ging Nicolas als Erster rein. Den Beutel mit dem Geld aus dem Tabakladen hatte er in den Stauraum unter dem Mopedsattel gepackt und sich auf der Straße einen leeren Müllsack geschnappt. Der Barmann und zwei Kellner stellten gerade die Stühle auf die Tische und hatten nicht bemerkt, dass Nicolas und Dentino, der Agostino überredet hatte, ihm den Schläger zu überlassen, hereingekommen waren.

»Her mit dem Geld, alles hier rein!«, schrie Nicolas und warf den Kellnern den Müllsack vor die Füße. Diesmal hatte er die Pistole nicht gezogen, weil das Adrenalin in seinen Adern und das letzte Bild des Tabakhändlers am Boden ihm sagten, dass nichts schiefgehen konnte. Der jüngere der beiden Kellner aber, ein Junge mit pockennarbigem Gesicht, vielleicht ein paar Jahre älter als Nicolas, versetzte dem Sack einen verächtlichen Tritt, sodass er unter einem Tisch landete. Nicolas griff in seine hintere Hosentasche – wenn sie von Kugeln durchsiebt sterben wollten, ihm war es nur recht –, doch Dentino brannte der

Baseballschläger in den Händen. Er begann mit den Kaffeegläsern, die für das Frühstück am nächsten Tag schon auf der Theke aufgereiht standen. Mit einem einzigen Schlag zerschmetterte er die ganze Reihe, dass die Glassplitter durch die Luft flogen und Nicolas unwillkürlich sein Gesicht mit der Hand bedeckte, obwohl er seinen Helm trug. Dann waren die Schnapsflaschen an der Reihe. Aus einer Flasche Jägermeister ergoss sich brauner Schleim auf die Stirn des jungen Kellners, der die Mülltüte weggekickt hatte.

»So, jetzt mach ich die Kasse platt, aber dann ist der Kopf dran, *adda murì mammà*«, sagte Dentino. Er richtete den Schläger abwechselnd auf die beiden Kellner, als müsste er überlegen, welchen Schädel er als Erstes zertrümmern sollte. Nicolas beschloss, später mit Dentino abzurechnen. Jetzt war keine Zeit dafür, und um Dentinos Drohung Nachdruck zu verleihen, zog er endlich die Pistole.

Der pockennarbige Kellner ging eilig in die Knie und holte den Müllsack unter dem Tisch hervor, sein Kollege lief zur Kasse und drückte den Knopf, der sie entsperrte. Der Tag musste einträglich gewesen sein, denn Nicolas sah viele Fünfziger. Inzwischen war Agostino hereingekommen, angelockt von dem Krach, und hatte begonnen, Whisky- und Wodkaflaschen, die Dentinos Zerstörungswut entgangen waren, in einen Rucksack zu stopfen.

»*Guagliù*, ihr seid schon wieder über 'ne Minute da drin, Mann, ihr Penner!« Lollipops Schrei rief die drei zur Ordnung, im Nu waren sie alle draußen. Wieder aufs Moped, wieder rein in den Verkehr. Jeder hing seinen Gedanken nach. Alles war so einfach gewesen, war so schnell gegangen, wie ein richtig guter Trip. Nur Nicolas dachte an etwas anderes, und während er mit der rechten Hand manövrierte, um einem Punto auszuweichen, der wer weiß warum bremsen musste, schrieb er mit der linken eine Nachricht für Letizia: »Gute Nacht, mein Pantherkätzchen.«

Als Nicolas aufwachte, die Augen noch verklebt und in den Ohren die Geräusche vom Vortag, kontrollierte er zuallererst sein Telefon. Letizia hatte ihm geantwortet, wie er es erwartet hatte, und ihm sogar eine Reihe Herzchen geschickt.

Um zehn Uhr stand er vor der Schule, und weil er sowieso verspätet war, kam es auf eine halbe Stunde mehr oder weniger nicht an, also flüchtete er sich auf die Toilette, um sich einen Joint zu drehen. Wenn er sich recht erinnerte, hatte er in der dritten Stunde De Marino. Den einzigen Lehrer, den er ertrug. Zumindest war er ihm nicht gleichgültig. Was De Marino erzählte, interessierte ihn einen Dreck, aber Nicolas schätzte seine Hartnäckigkeit. De Marino fand sich nicht damit ab, dass ihm nicht zugehört wurde, er versuchte, die Jungen, die er vor sich hatte, wirklich zu erreichen. Darum respektierte Nicolas ihn, auch wenn er wusste, dass Valerio De Marino keinen von ihnen retten würde.

Die Schulglocke klingelte. Türenschlagen, Trampeln von Füßen in den Fluren. Gleich würde die Toilette gestürmt werden, wo er sich verkrochen hatte, also warf Nicolas den Rest des Joints ins Klo und setzte sich auf seinen Platz. De Marino kam herein und blickte die Klasse an, aber nicht so wie die anderen, für die das Lehrerpult nur ein Teil ihrer Fließbandarbeit war. Je eher die Schicht endet, desto eher ist man wieder zu Hause.

Er wartete, bis alle da waren, dann nahm er ein Buch in die Hand, das er zusammengerollt hatte wie etwas Unwichtiges. Er saß auf dem Pult und trommelte mit dem Buch auf sein Knie.

Nicolas starrte ihn an, es war ihm egal, dass auch De Marino ihn scharf ansah.

»Fiorillo, es ist zwecklos, dich abzufragen, was?«

»Zwecklos, Professore. Hab schreckliche Kopfschmerzen.«

»Weißt du wenigstens, was wir gerade durchnehmen?«

»Logisch.«

»Hm. Hör zu, ich will nicht von dir wissen, was wir durchnehmen. Ich stelle dir eine schönere Frage, denn auf eine schöne Frage antwortet man, aber einer strengen Frage weicht man aus. Oder nicht?«

»Wie Sie meinen«, sagte Nicolas achselzuckend.

»Was gefällt dir am meisten von den Dingen, um die es gerade geht?«

Nicolas wusste wirklich, worum es gerade ging.

»Ich mag Machiavelli.«

»Und warum?«

»Weil man kommandieren lernt.«

Baby-Paranza

Nicolas musste irgendeine Möglichkeit finden, Geld zu verdie-nen, jetzt, wo durch Copacabanas Verhaftung der Verkauf auf den Piazze stillstand. Er sah sich um, versuchte herauszufinden, wo man neu anfangen konnte. Copacabana wusste, dass Geld in Umlauf gebracht werden musste, dass es höchste Zeit wur-de. Don Feliciano war geständig, verpfiff alles. Jetzt, wo Viola Striano und Micione verheiratet waren, stand Letzterem die Wahl eines Capo als Ersatz für Copacabana zu, und er hätte mit Copacabana darüber sprechen müssen. Aber das tat er nicht.

Copacabana erhielt im Gefängnis keine Botschaften, die Bos-se schwiegen, und ihre Frauen schwiegen auch. Was lief da ab? Erpressungen wollte Copacabana nicht. Es gibt zwei Wege: ent-weder Erpressungen oder Plätze für den Verkauf von Shit oder Koks aufmachen. Die Geschäfte zahlen entweder kein Schutz-geld und behalten den Standort für sich, oder die Geschäfte zah-len und wollen dafür keinen anderen Handel vor ihrer Haustür sehen. Davon war Copacabana überzeugt.

Nicolas, Agostino und Briatò planten, nach den Überfällen mit dem alten Eisen ihre erste Erpressung zu wagen.

»Das kriegen wir hin!«, sagte Briatò. »*Adda murì mammà,* Nicolas, das kriegen wir hin!«

Sie waren in der Saletta, verspielten beim Videopoker das Kleingeld aus dem Überfall und schmiedeten unterdessen Plä-ne. Dentino und Biscottino zogen es vor, stumm zuzuhören, vorerst.

»Die Straßenverkäufer … Alle Straßenverkäufer auf dem

Corso Umberto müssen an uns zahlen«, fuhr Briatò fort. »Wir stopfen diesen Scheißmarokkanern und Negern mit dem Eisen das Maul und lassen uns zehn, fünfzehn Euro am Tag geben.«

»Wie soll das gehen?«, fragte Agostino.

»Auch im Stadion, da sind bestimmt alle, die früher an Copacabana gezahlt haben«, warf Nicolas ein.

»Nee, ich glaub, im Stadion ließ Copacabana sich nicht bezahlen.«

»Zocken wir eben die Parkwächter ab.«

»Ja, aber wenn wir das Geld nicht zusammenlegen und nicht als Gruppe was machen, bleiben wir immer die arbeitslosen Handlanger von irgendwem! Wollt ihr das endlich mal kapieren?«

»Für mich ist das okay. Jetzt schuften wir erst mal, dann sehn wir weiter«, sagte Agostino, steckte zwei Euro in den Videopoker, und während er das Spiel begann, fügte er hinzu: »Hat Copacabana gesagt.«

Nicolas zuckte zusammen. »Was hat er gesagt? Hat er mit dir geredet?«

»Mit mir nicht … Aber seine Frau, diese Brasilianerin, die hat gesagt, bis Micione mit Copacabana was beschließt, wird nichts unternommen. Also sorgen wir nur für uns, dann kann er nichts sagen, wir bauen uns die *mesata* auf, schmeißen einen Monat, dann kriegt jeder pünktlich am Dreißigsten sein Geld.«

»Ha, Micione«, wandte Dentino ein, »auf den kannst du lange warten … Dem ist immer alles am Arsch vorbeigegangen, Micione entscheidet immer selbst, basta! Wenn Don Feliciano noch kommandieren würde, wär das nicht passiert. Wie kommt es bloß, dass keiner mehr weiß, wer in Neapel kommandiert?« Er hieb auf einen Automaten ein, der, während sie redeten, in wenigen Minuten dreißig Euro geschluckt hatte, und warf sich auf einen Plastikstuhl neben dem Ding.

»Don Feliciano, dieses Arschloch, hat uns im Stich gelassen«, sagte Nicolas. »Ich will den Namen nicht mehr hören.«

»War nicht immer ein Arsch«, wandte Dentino ein.

»Vergiss ihn«, sagte Agostino und stützte sich mit den Ellenbogen auf den Tisch, um schweigend einen Joint zu drehen, und schweigend ließen sie ihn kreisen. Der Geruch von Marihuana war doch immer noch der beste, dabei fühlten sie sich sofort wohl in ihrer Haut. Dentino stieß den Rauch zwischen seinen abgebrochenen Schneidezähnen aus, so rauchte er immer, und mit der Nummer hatte er sogar schon mal ein Mädchen aufgerissen.

Biscottino zog gierig den Rauch ein, und als er den Joint Agostino weiterreichte, verkündete er: »Ich finde, Maraja hat recht. Wir müssen uns zusammentun … Jeder macht sein eigenes Ding, das ist Bullshit.«

Agostino bereitete es Kopfzerbrechen, dass ein Zusammenschluss auch bedeutete, sich für jemanden und gegen jemand anderen zu entscheiden. Von Tag zu Tag nur für sich selbst zu arbeiten bedeutete dagegen höchstens, jemanden zu ärgern, bei dem man sich dann entschuldigen konnte, oder schlimmstenfalls Prügel zu beziehen. Sich zusammentun, sich zu organisieren bedeutete außerdem, einen Anführer zu haben, und Agostino wusste, dass er es nicht sein würde. Er wusste auch, dass er in dem Fall mit dem Brudercousin seines Vaters sprechen und mit ihm entscheiden musste, was zu tun war, dass es also zwangsläufig sein Schicksal sein würde, entweder Verräter oder treuer Gefolgsmann zu sein, und keins von beiden reizte ihn.

Als wollte er seine Festsellung untermauern, holte Biscottino eine große Menge Geldscheine aus der Tasche, zusammengeknüllt wie Bonbonpapier.

»So trägst du die ganze Kohle mit dir rum?«, fragte Dentino entsetzt.

Biscottino ließ ihn auflaufen. »Coole Typen haben kein Portemonnaie. Hast du Lefty vergessen?«

»Ey Leute, ihr nervt. Biscottino hat dich ganz schön alt aussehen lassen«, sagte Nicolas und setzte Dentino eine Handkante in den Nacken.

»Aber gerade Lefty hält seine Scheine immer ordentlich mit 'ner Klemme zusammen. So sehen sie wirklich scheiße aus, alle zusammengeknüllt.«

»*Guagliù*, wisst ihr noch, wie Lefty den Dollar nennt?«, fragte Nicolas.

»Salatblatt«, sagte Agostino, während er den Rest vom Joint unterm Tisch austrat.

»Genau«, bestätigte Nicolas und kam zu der Frage, die alle interessierte: »Wie bist du an diese Salatblätter gekommen, Biscottino?«

»Mit meinen Freunden Oreste und Rinuccio.«

»Wer ist das denn?« Nicolas horchte auf, denn jeder unbekannte Name war ein potentieller Feind.

»Oreste!«, wiederholte Biscottino etwas lauter, als hätte er einen schwerhörigen Hundertjährigen vor sich.

»Etwa Oreste Teletabbi?«

»Ja!«

»Der ist doch erst acht! Also du, Teletabbi und …?«

»Und Rinuccio!«

»Rinuccio, der Bruder von Carlitos Way von den Capelloni? Rinuccio Pisciazziello, der kleine Pisser?«

»Genau der!«, rief Biscottino erleichtert aus, als wollte er sagen: Endlich hast du's kapiert!

»Ja und? Wie kommt ihr zu der Kohle?« Zwischen Skepsis

und Neugier schwankend, fixierte Nicolas ihn mit seinen schwarzen Augen, die Feuer entfachen konnten. Wie hatten diese Rotznasen es bloß geschafft, so viel Geld zu machen? Aber Biscottino hatte es in der Tasche, irgendwo musste es also hergekommen sein.

»Oje!«, rief Dentino. »Der Feldzug der Babys!«

»Wir nehmen uns alle Hüpfburgen vor, wo Kinder sind.«

Das erklärte Biscottino in ernstem Ton, das Kinn stolz erhoben. Die anderen lachten schallend.

»Hüpfburgen für Kinder? Was soll das sein?«

»Die sind auf allen Spielplätzen in Parks und in Einkaufszentren.«

»Und was zieht ihr da ab?«

»Willst mitkommen, zugucken? Heute machen wir Piazza Cavour.«

Nicolas nickte, er war der Einzige, der Biscottino ernst genommen hatte. »Ich komm mit.«

Briatò setzte sich hinter Nicolas aufs Moped, während die anderen ihnen, die Hände als Schalltrichter vor dem Mund, von der Straße aus nachriefen: »Hinterher erzählt ihr von diesem Banküberfall und wie Pisciazziello mitgeholfen hat!« Biscottino stieg auf sein Rockrider-Mountainbike, und als er hörte, dass sie sich immer noch krummlachten, drehte er sich um und streckte ihnen die Zunge raus.

Er radelte zur Piazza Cavour und hielt erst, als er am Brunnen angekommen war. Am Triton war noch immer ein bisschen von der blauen Farbe, als Napoli die erste Fußballmeisterschaft gewonnen hatte. Damals war sein Vater ungefähr so alt gewesen wie er jetzt, und er hatte ihm oft erzählt, dass die Stadt nach diesem Sieg viele Tage und Nächte wie verrückt gefeiert hatte, und er hatte mit eigenen Augen gesehen, wie die Leute den bronzenen Triton hellblau anmalten. Biscottino fand es schön, dass ein paar Spuren von diesem Fest sich bis heute erhalten hatten, und jedes Mal wenn er an der Piazza Cavour vorbeikam, kriegte er einen Kloß im Hals und ihm schien, als sei er seinem Vater dort näher als am Grab auf dem Friedhof, wo er sonntags mit seiner Mutter hinging.

Er stellte sich auf die Pedale, um größer zu werden als seine ein Meter fünfunddreißig, und drehte den Kopf suchend nach rechts und links. Er sah Nicolas und Briatò am Eingang zum Park halten, dann sah er Pisciazziello und Oreste Teletabbi ankommen. Sie waren zwei Jahre, vielleicht nur knapp ein Jahr jünger als er. Sie hatten den Gesichtsausdruck von Kindern, die schon alles kennen, die über Sex und Waffen reden. Seit ihrer Geburt war keinem Erwachsenen je eingefallen, dass es Wahrheiten, Ereignisse oder Verhaltensweisen gibt, die für ihre Ohren ungeeignet waren. In Neapel gibt es keinen geschützten Weg zum Heranwachsen: Man wird schon in der Wirklichkeit geboren, mittendrin, entdeckt sie nicht erst nach und nach.

Pisciaziello und Teletabbi waren nicht allein. Jeder hatte zwei Kinder auf seinem Fahrrad sitzen, und ein ganzer Schwarm folgte ihnen. Zigeunerkinder, eindeutig. Nicolas und Briatò stiegen vom Moped und schauten sich belustigt, mit verschränkten Armen die Szene an. Die Baby-Paranza strömte auf den Spielplatz und fing an, ein großes Durcheinander zu veranstalten: Sie hoben die Kleinsten aus den Schaukeln, stießen andere zu Boden, sie erschreckten die Kinder und brachten sie zum Weinen. Die Mütter und Babysitter schrien: »Was wollt ihr hier? Weg mit euch!« und: »Madonna, was soll das?« Sie eilten herbei, um die Kleinen zu trösten, sie auf den Arm zu nehmen und mit ihnen wegzugehen.

Innerhalb weniger Minuten war der ganze Park in Aufruhr, es herrschte ein chaotisches Stimmengewirr und heilloses Durcheinander. Dann schritt Biscottino ein, um für Ruhe zu sorgen. Mit einer gebieterischen Miene, die ihm schlecht stand, sagte er: »Signò, machen Sie sich keine Sorgen, die vertreibe ich für Sie!« und schrie die Zigeunerkinder an: »Haut ab! Verpisst euch, Scheißzigeuner!«

Gemeinsam machten er und Teletabbi sich daran, die Zigeunerkinder zu verscheuchen. Manche entfernten sich ein wenig vom Spielplatz, andere kamen zurück. Da rief Biscottino den Müttern zu: »Signò, wenn Sie mir fünf Euro geben, jag ich sie den ganzen Tag lang weg, dann kommen sie nicht wieder!«

Das war die Gebühr, die man bezahlen musste, um den Spielplatz in Ruhe genießen zu können, die Frauen verstanden das sofort, also gab es welche, die ihm fünf Euro gaben, andere drei ... Jede gab so viel, wie sie konnte, und ihnen war es recht.

Nachdem das Geld eingesammelt war, verabschiedete sich die Baby-Paranza, und der kleine Park kehrte zum gewohnten Betrieb zurück, wie er vor ihrer Ankunft geherrscht hatte.

Biscottino ging zu Nicolas und Briatò und stellte ihnen Pisciazziello und Teletabbi vor. Pisciazziello sagte zu Nicolas: »Dich kenn ich, hab dich mit meinem Bruder gesehen!«

»Grüß ihn. Wie geht's Carlitos Way?«

»Ist zugedröhnt.«

»Gut, dann ist er glücklich.«

»Aber der ist besser«, sagte Biscottino, auf seinen Freund zeigend. »Zusammen ziehen wir eine richtig gute Abzocke durch.«

»Wie denn?«, fragte Briatò. Nach dem, was sie gesehen hatten, wunderten sie sich nicht mehr, dass diesen Rotzbengeln allerhand einfiel.

»Das läuft praktisch so, dass er ankommt, wenn die Zigeuner abhauen, und zwei oder drei Taschen klaut. Er sucht sich die Omas aus, die lassen immer ihre Taschen auf den Bänken liegen … Und dann verfolg ich ihn und hol die Taschen zurück. Die Frauen bedanken sich mit zehn Euro, manchmal mit zwanzig. Omis sind immer gut bei Kasse.«

Nicolas ging in die Knie, um den beiden direkt in die Augen zu sehen, legte eine Hand auf Biscottinos Schulter, die andere auf Pisciazziellos, drückte sie leicht und fragte: »Wie viel zahlt ihr den kleinen Roma?«

»Ha, die kriegen doch kein Geld … ich kauf ihnen ein Crocchè, 'ne frittierte Pizza. Jetzt zum Beispiel arbeiten sie umsonst, weil ich ihnen das Fahrrad von meiner Schwester gegeben hab, die fährt sowieso nicht damit.«

Sogar diese kleinen Wilden hatten einen Weg gefunden, sich ihr Geld mit Erpressungen zu verdienen, und dafür einen Pakt mit den Zigeunern geschlossen. Auch er musste jemanden in den oberen Rängen finden, mit dem er eine Abmachung treffen konnte, das war unerlässlich, wenn man eine Paranza aufbauen wollte. Doch wen? Don Feliciano Striano hatte sich an die Bullen verkauft, Copacabana hielt durch, aber er saß immerhin in Poggioreale, und 'o Micione war der Fremde, der dabei war, sich das Herz von Neapel einzuverleiben.

Lötkolben

Sie waren in der Saletta, als Tucano plötzlich ausrief: »*Guagliù*, guck mal. Hier die Nachricht auf Twitter.«

Keiner hob den Kopf, nur Lollipop sagte: »Die üblichen Idioten vom Fantacalcio.«

»Quatsch, Fantacalcio! Die haben das Nuovo Maharaja ausgeräumt. Komplett leer gemacht. Steht hier im Artikel.«

Sofort sagte Nicolas: »Schick mir den Link.«

Mit den Augen sprang er von einer Seite zur anderen, mit dem Daumen wischte er über Fotos, Erklärungen. In der Nacht war alles gestohlen worden, was es zu stehlen gab. Alles weg. Spülmaschinen, Computer, Kronleuchter, Stühle. Alles am Ruhetag auf einen Lastwagen geladen und weggebracht. Die Alarmanlage hatte man deaktiviert.

»Wahnsinn«, sagte Nicolas. »Möchte mal wissen, wer das war. Und vor allem Oscar, diese Sackfresse, was der jetzt wohl macht, hängt er sich am Schwanz auf?«

Er rief Oscar an, der antwortete nicht. Er schickte eine SMS: »Ich bin's, Nicolas, antworte.« Nichts. Er schickte noch eine SMS: »Hier Nicolas, antworte, sehr dringend.« Nichts. Er rief Stavodicendo an: »Ey Mann, hast du gesehen, was im Nuovo Maharaja passiert ist?«

»Nee, was denn?«

»Sie haben sich den ganzen Laden gekrallt!«

»Was redest du?«

»Kein Scheiß, es ist nichts mehr da! Wir müssen rauskriegen, wer das war.«

»Warum denn, willst du jetzt Detektiv spielen?«

»Stavodicendo, wenn wir die kriegen, nimmt uns keiner mehr unser Separee da drin …«

»Wenn die sich alles gekrallt haben, macht der Laden vielleicht ganz dicht.«

»Unmöglich. Mit so einer Terrasse in Posillipo macht man nicht dicht. Los, komm zu mir nach Haus!«

Eine Stunde später kam Stavodicendo an.

»Scheiße, wieso erst jetzt?«, empfing ihn Nicolas. In dieser Stunde hatte er sich alles Mögliche überlegt, auch, die Francotte rauszuholen und vor Stavodicendos Augen ein bisschen tanzen zu lassen, um zu sehen, wie lange es dauerte, bis er sich in die Hosen schiss. Aber Stavodicendo brachte ihn auf andere Gedanken: »Hab mit meinem Vater geredet.«

Sein Vater war jahrelang Schutzgelderpresser gewesen und arbeitete jetzt, nachdem er aus dem Gefängnis raus war, als Kellner in einem Restaurant in Borgo Marinari.

»Mein Alter hat gesagt, wir müssen …«, und er machte eine Kunstpause, während er sich aufs Bett setzte.

»Was müssen wir?«

»Sag ich doch, wir müssen zu den Zigeunern gehen.«

»Zu den Zigeunern?«

»Ja, Mann, das sag ich doch! Wir müssen zu den Zigeunern gehen.«

»Ja und?«

»Mein Alter sagt, seiner Meinung nach sind das entweder die Zigeuner, oder jemand will sich das Geld von der Versicherung holen. Dann haben sie das selbst organisiert.«

»Kann ich nicht glauben«, sagte Nicolas. »Die schwimmen im Geld.«

Stavodicendo hatte die Arme hinter dem Kopf verschränkt

und schloss die Augen. Als er sie wieder öffnete, zielte Nicolas mit der Pistole auf ihn, aber Stavodicendo zuckte nicht mit der Wimper. Die Sicherheit, die ihm fehlte, wenn er sprach und seine obsessiven Redeflüsse losließ, denen er seinen Spitznamen »Sag ich doch« verdankte, wurde von der Kaltblütigkeit aufgewogen, die er in den gefährlichsten Situationen bewahrte.

»Aha, hast dir schon 'n Eisen besorgt«, sagte er mit heiserer Stimme.

»Genau.« Nicolas steckte sich die Pistole hinten in die Hose. »Los, wir besuchen die Zigeuner.«

Sie fuhren mit Nicolas' Beverly bis hinter Gianturco, direkt auf das Zigeunerlager zu. Eine Barackenstadt, die man, noch bevor man sie sah, schon in der Nase hatte, diesen Gestank von nie gewaschenen Kleidern, in der Sonne glühendem Wellblech, schmutzigen Kindern, die im Schlamm planschen. Vor den Wohnwagen empfingen sie nur Frauen und Kinder. Schon waren sie mittendrin in einem Haufen Bengel, die einander jagten, schrien, mit einem schlaffen Ball spielten. Nicolas stieg vom Moped und schlug sofort einen aggressiven Ton an: »Wer hat hier was zu sagen? Habt ihr einen Capo?« Von den vielen möglichen Strategien erschien ihm die des Hundes, der als Erster angreift, die wirkungsvollste.

»Was willst du, mit wem willst du reden?«, fragte eine füllige Frau, erhob sich vom Plastikstuhl und machte schwankende Schritte in Nicolas' Richtung.

»Mit eurem Capo, mit deinem Mann, verdammt, welcher Scheißer zählt hier was? Wer macht die Brüche? Wer leert die Villen? Wer hat sich das Maharaja vorgenommen? Das will ich wissen!«

»Mach, dass du wegkommst!« Ein Junge schubste ihn. Wo war der so plötzlich hergekommen? Als Antwort stieß Nicolas ihm ein Knie in den Bauch, und der Junge stürzte vor den Frauen auf den Boden, die ihre langen Röcke rafften und ihm zu Hilfe eilten. Eine Frau, anscheinend die jüngste, die aschblonden Haare unter einem Tuch zusammengebunden, wandte sich an Stavodicendo: »Warum seid ihr gekommen? Was wollt ihr?« Keine Spur Angst in ihrer Stimme, nur Ärger und Verwunderung.

Die anderen zerrten unterdessen an Nicolas, rissen von allen Seiten an seinem Pullover, es sah eher so aus, als würde er umkämpft statt angegriffen. Er versuchte, sich abzustützen, um das Gleichgewicht wiederzugewinnen, doch sofort riss ihn eine andere Frau in ihre Richtung. Hätte er nicht die Pistole gezogen und blindlings auf diesen tollwütigen Schwarm gezielt, wäre der Tanz noch ewig so weitergegangen. Dann geschah alles blitzschnell: um seinen Hals legte sich ein muskulöser Arm, der von hinten zudrückte. Ihm blieb die Luft weg, er meinte, seinen Adamsapfel im Mund zu spüren. Sein Blick trübte sich, gerade noch rechtzeitig sah er Stavodicendo in Richtung Moped flüchten.

Die Zigeuner bemerkten ihn nicht, wahrscheinlich war es ihnen egal, sie hatten den gefangen, der sie interessierte. Nicolas wurde in eine Baracke geschleift und an einen Holzstuhl mit Metallbeinen gefesselt, den sie wohl in einer Schule oder einem Krankenhaus geklaut hatten. Dann traktierten sie ihn mit Ohrfeigen und Boxhieben, dabei fragten sie unaufhörlich, was er wollte und warum er gekommen war. »Wir bringen dich um.« »Du wolltest auf unsere Kinder schießen?«

Nicolas spürte, wie die Angst sich in seinem Körper ausbreitete und ihn ekelte, denn das durfte nicht sein, nein, die Zigeuner durften ihm keine Angst machen. Immer wieder schrie er sie an: »Ihr habt gestohlen! Gestohlen!« Er schien stark benommen. Und je öfter er es wiederholte, desto mehr schlugen sie ihn.

Stavodicendo rief währenddessen den Einzigen an, der ihm helfen konnte, den Einzigen mit blauem Blut: Dragò. Dragò war ein Striano, und ohne die Zustimmung der Clans durften die Zigeuner nirgendwo auftauchen. Doch das Handy klingelte vergeblich, auch beim dritten Mal keine Antwort. Stavodicendo raste nach Forcella.

Er fand Dragò in der Saletta, wo er Billard spielte. Stavodicendo grüßte nicht, stürzte sich sofort auf Dragò, der über den Spieltisch gebeugt stand.

»Dragò, schnell, raff dich auf, los!«

»Was ist passiert?«, fragte Dragò, der verstanden hatte, dass es etwas Ernstes war, und den Queue weglegte.

»Nicolas, die Zigeuner haben ihn geschnappt!«

»Jaja, alles klar, sie haben ihn entführt.« Dragò lachte.

»Sie haben ihn wirklich, los, steig auf!«

Dragò fragte nicht weiter, verließ das Spiel und folgte ihm. Auf der Fahrt erzählte Stavodicendo schreiend, wie sie dort gelandet waren.

»Hat er echt so 'n Scheiß gebaut?«

»Er glaubt, es waren die Zigeuner, aber ich sag doch, ich weiß nicht, was das für Leute sind.«

In die Baracke, wo Nicolas gefangen gehalten wurde, kam unterdessen ein Mann, der der Capo sein musste. Er bewegte sich, als gehörte ihm alles ringsumher. Nicht Menschen, nicht Tiere. Aber Sachen. Alles seine Sachen natürlich. Er trug einen Trainingsanzug von Adidas, der aussah wie soeben über den Ladentisch gegangen. Der Anzug war dem Zigeuner ein paar Nummern zu groß, er hatte die Ärmel mehrmals umgekrempelt, der Hosensaum schleifte über den Boden. Er war sichtlich besorgt über dieses Eindringen in sein Lager und kaute hektisch auf einem Zahnstocher herum. Sein Italienisch war dürftig, wahrscheinlich war er erst vor kurzem angekommen.

»Wer bist du, Wichser?«

»Nicolas, Via dei Tribunali.«

»Wem gehörst du?«

»Mir.«

»Dir gehörst du? Ich hab gehört, du zielst die Pistole ins Gesicht von Kindern. Hier stirbst du, weißt du?«

»Du kannst mich nicht umbringen.«

»Warum nicht? Haben wir Angst vor deiner Mutter, die kommt, dich in Stücken hier abholen?« Der Zigeuner vermied es, Nicolas' Blick zu begegnen, er starrte beim Umhergehen auf seine Schuhspitzen. Adidas. Flammneu. »Hier stirbst du«, wiederholte er.

»Ich sterbe nicht, und du rettest dein Leben«, sagte Nicolas und drehte den Kopf, um alle einzubeziehen. Dann, an den Capo gewandt: »Du rettest dein Leben, denn wenn ich ein Boss sein werde, komm ich hierher, um dich und euch Zigeuner alle einen nach dem anderen umzulegen. Also kannst du mir gar nichts antun, denn dann werdet ihr alle sterben.« Der Hieb ins Gesicht mit dem Handrücken traf seinen rechten Wangenknochen, und ihm wurde schwarz vor Augen. Erst als er ein paar Mal mit den Lidern geschlagen hatte, erschien der Mann im Trainingsanzug wieder vor ihm.

»Aha, du wirst ein Capo.«

Wieder ein Schlag mit dem Handrücken, aber diesmal ohne rechte Überzeugung. Nicolas' Wange war schon rot, die Blutgefäße verletzt, aber noch war kein Blut geflossen, wenige Tropfen nur auf den Zähnen, von der aufgeschlagenen Lippe. Sie wollten wissen, wer ihn schickte, nur das machte ihnen Sorgen.

Von draußen hörte man Kinder laut rufen, ein Mann steckte den Kopf durch die Tür. »Der Freund ist zurück.«

Dann die Stimme von Stavodicendo: »Nicolas, Nicolas, wo bist du?«

»Aha, siehst du, deine kleine Freundin ist gekommen«, sagte der Capo und schlug ihn wieder. Stavodicendo und Dragò waren schon von den Frauen und Kindern umringt. In dieses Lager hineinzugehen war, als träte man in einen Ameisenhaufen: Zu Dutzenden kamen sie an, wie Ameisen, die ihren Bau verteidigen, einem über die Füße laufen, über die Knöchel bis hinauf zur Wade.

»Ich bin Luigi Striano«, schrie Dragò. »Ihr kennt meinen Vater.«

In der Baracke wurde es still, und auch der Kreis, der sich draußen um die beiden Jungen zusammenzog, blieb auf seinem Vormarsch stehen.

»Mein Vater ist Nunzio Striano, 'o Viceré, Bruder von Feliciano Striano 'o Nobile, mein Großvater ist Luigi Striano 'o Sovrano, und ich heiße wie er.«

Bei dem Wort »Vizekönig« erstarrte der Capo der Zigeuner, krempelte die Ärmel seines Anzugs weiter auf, als wollte er sich vorzeigbar machen, und verließ die Baracke. Wie Kornähren, die sich bei jedem Schritt neigen, wichen die Menschen, die Dragò und Stavodicendo umzingelt hatten, dort, wo er ging, zurück.

»Du bist Sohn vom Vizekönig?«

»Ja, das ist mein Vater.«

»Ich bin Mojo«, und er reichte ihm die Hand. »Was für Scheiß machen die? Was wollt ihr hier? Ist keine Botschaft vom Vizekönig gekommen, was ist los?«

»Lass mich mit Nicolas sprechen.«

Sie fanden ihn frech grinsend auf seinem Stuhl. Jetzt hatte sich das Blatt gewendet, und er konnte sich erlauben, ein bisschen blutige Spucke zu sammeln, um diesen Scheißtrainingsanzug des Zigeuners zu besudeln. Die Spucke landete genau auf dem schwarzen Kleeblatt, dem Markenzeichen, und Mojo wollte sich auf ihn stürzen, doch Dragò hielt ihn mit einem Schlag auf die Brust zurück, der ihn daran erinnerte, von wo er kam und wohin er zurückkehren würde.

»Bindet ihn los, aber schnell«, sagte Dragò.

Mojo machte ein Zeichen mit dem Kopf, und Nicolas war frei. Dragò hätte Nicolas gerne gefragt, was er hier zu suchen hatte, aber dann hätte Mojo kapiert, dass sie gar nicht im Auftrag des Vizekönigs kamen, also spielte er weiter Theater: »Nicolas, erklär Mojo, warum wir gekommen sind!«

»Weil ihr gestohlen habt, ihr habt das Nuovo Maharaja ausgeräumt.«

»Wir haben nichts gestohlen.«

»Doch, ihr wart das, und jetzt müsst ihr die Sachen zurückgeben.«

Mojo legte ihm eine Hand um den Hals. »Einen Dreck haben wir gestohlen!«

»Ganz ruhig.« Stavodicendo trennte sie.

Nicolas blickte ihm in die Augen. »Das Nuovo Maharaja in Posillipo ist ausgeräumt worden, das könnt nur ihr gewesen sein, sie haben Lastwagen benutzt.«

»Einen Scheißdreck haben wir gemacht.«

Dragò schaltete sich ein, er improvisierte. »Mein Vater meint, ihr wart das, alle Clans vom System denken das.«

Mojo hob die Arme, wie zum Zeichen der Kapitulation, und forderte sie auf, ihm zu folgen: »Kommt und seht euch an, kommt Lastwagen sehen!« Die Lastwagen waren drei weiße

Fiorino ohne Aufschrift, alle drei identisch und in gutem Zustand. Unverdächtig. Zur Abfahrt bereit.

Mojo öffnete die Türen, und während er mit dem Handrücken versuchte, seine Jacke zu säubern, sagte er: »Nachschauen, seht, was drin ist.« Im Halbdunkel kamen große Pappkartons mit Waschmaschinen, Kühlschränken und Fernsehern zum Vorschein, sogar eine komplette Küche mit Elektrogeräten. Es gab Motormäher, Heckenschneider, Kettensägen, ein funkelndes Werkzeuglager für den perfekten Gärtner, als wäre dies eine geeignete Stadt für Leute mit grünem Daumen. Nichts von alldem hatte mit dem Nuovo Maharaja zu tun.

»Du bist ja nicht blöd«, sagte Nicolas, »das Zeug aus dem Nuovo Maharaja hast du sofort verschwinden lassen, vielleicht ist es schon im Romaland.«

»Wir haben nichts gestohlen, wenn wir hätten gestohlen, würde ich dir jetzt 'n Preis sagen. Umsonst kriegst du nichts.«

»Mein Vater würde es umsonst von dir kriegen«, sagte Dragò.

»Auch dein Vater muss verhandeln mit Mojo.«

Mojo hatte gezeigt, dass er keine Dummheiten machte, und jetzt konnte er sich an den drei Jungen ein bisschen rächen.

»Wie heißt du noch mal … Mocio Vileda Wischmopp, mein Vater kommt her, brennt das ganze Lager nieder und verkauft, was er will, hast du verstanden?«

»Warum will der Vizekönig verbrennen?« Mojo schien besorgt, und das gefiel den Jungen.

»Nein, ich mein, wenn du ohne Erlaubnis geklaut hast … hast du ja früher schon mal gemacht.«

»Mojo braucht kein Erlaubnis. Mojo klaut, und wenn die Familien vom System was wollen, die kommen her und nehmen.«

Mojo zeigte Respekt, das hatten sie jetzt begriffen, seine Geschäfte liefen woanders. Diese Kleinlaster waren voll mit Diebesgütern aus den riesigen Fachmärkten am Stadtrand, die Zigeuner waren nicht mal Wohnungseinbrecher. Die großen Deals machten sie mit Waffen und vor allem mit Brandschäden: die Verwertungskette von Lumpen, Gummi und Kupferteilen lag in ihrer Hand. Es war nicht leicht, die Übersicht über all diese Geschäftsbereiche zu behalten, sie hatten keine Zeit, um ein Lokal wie das Nuovo Maharaja auszuräumen.

»Gut, ich sag meinem Vater, ihr wart es nicht. Und meinem Vater macht ihr natürlich nichts vor, oder?«

»Nein, nein, Mojo lügt nicht.« Er gab einem seiner Leute ein Zeichen, der mit Nicolas' Francotte-Pistole ankam. Mojo warf sie ihm zu und ließ sie im Schlamm vor dem Vorderrad des Beverly landen.

»Jetzt weg hier.«

»Warum verbohrst du dich bloß so drauf, rauszufinden, wer sich das Zeug vom Nuovo Maharaja gekrallt hat?«, fragte Dragò. Sie hielten bei einem Kebabstand an, diese Geschichte hatte sie hungrig gemacht, und Nicolas hatte sich ein bisschen Eis für seine Lippe geben lassen. Er hoffte, dass Letizia nichts bemerken würde.

»Ist der einzige Weg, um für immer unser eigenes Separee zu haben.« Nicolas kaute auf der Seite, die weniger abbekommen hatte, es tat trotzdem weh, aber er hatte nicht auf seinen Kebab verzichten wollen.

»Sag ich doch, dass mein Vater meint, vielleicht waren sie das selbst, so 'n Versicherungsding …«, sagte Stavodicendo.

»Wenn's stimmt, dann ist nix zu wollen«, erklärte Dragò. Er hatte einen Hotdog genommen, der vor Fett triefte. Das arabische Zeug mochte er nicht mehr, seine Mutter hatte ihm erzählt, dass die verdorbenes Fleisch verarbeiten. »Ist mir sowieso scheißegal«, fuhr er fort, »wer das Ding gedreht hat, na gut, wir kriegen ein Separee und das war's dann? Was sollen wir mit so 'nem Scheißding?«

»Steck dir dein ›das war's dann‹ in den Arsch«, erwiderte Nicolas. »Ein eigenes Separee für immer, nicht bloß für einen Abend. Drin sein und alle kennenlernen. Und wir lassen uns da blicken.«

»Und dafür sollen wir Oscar diesen Gefallen tun und das ganze Zeug für ihn wiederfinden? Das sind garantiert eine Million Euro und wir machen ihm so ein Geschenk? Die haben alles mitgenommen, hast du Zeitung gelesen? Die Türen und die Klinken, sogar die Fensterrahmen …«

»Was hast du eigentlich in der Birne, Dragò? Wenn wir das Separee für uns haben, kann uns keiner mehr sagen, wir dürfen rein oder nicht, wir brauchen keinen Vorwand mehr oder jemand, der uns reinlässt, als Kellner arbeiten, das war mal, wir gehen einfach so rein. Ganz Neapel sieht uns, die Leute sehen, dass wir Gäste sind, alle. Stadträte, Fußballer, Sänger und alle Bosse vom System. Und wir sitzen auch da, kapierst du das endlich?«

»Das nervt doch, da jeden Abend zu hocken …«

»Nicht jeden Abend, nur wenn wir wollen.«

»*Vabbuò*, aber das lohnt sich doch gar nicht …«

»Am Hof sitzen neben dem, der kommandiert, lohnt sich immer, ich will neben den Königen sitzen, mir stinkt's, immer neben den Losern zu hocken.«

Es folgten leere Tage. Keiner redete mehr von der Geschichte mit dem Zigeuner, aber alle warteten auf irgendeinen Anlass, um sie wieder auszugraben. Und es war ausgerechnet der Vizekönig, der das Feuer wieder anfachte.

Dragòs Mutter hatte ihren Sohn zu sich bestellt, weil der Vater im Gefängnis in L'Aquila besucht werden musste. Seit einem Jahr sprach er mit ihm durch eine Panzerglasscheibe und ein Telefon. Nunzio, der Vizekönig, saß in Nr. 41a.

Nr. 41a ist ein Sarkophag. Alles wird kontrolliert, beobachtet, überwacht. Ständig ist eine Kamera auf den Gefangenen gerichtet, morgens, nachmittags, nachts. Man kann sich kein Fernsehprogramm aussuchen, bekommt keine Zeitung, kein Buch. Alles geht durch die Zensur. Alles wird gefilzt. Wenigstens müsste es so sein. Familienangehörige darf man nur einmal im Monat sehen, hinter einer schusssicheren Glasscheibe. Unter der Trennscheibe eine Wand aus Stahlbeton. Über der Trennscheibe Stahlbeton. Eine Gegensprechanlage. Mehr ist nicht in dem Raum.

Dragòs Hinfahrt verlief stumm. Unterbrochen nur von Nachrichten, die andauernd kamen. Nicolas, der wissen wollte, ob er schon da war, ob er mit seinem Vater geredet hatte, ob das Ganze was mit ihrer Geschichte zu tun hatte. Er ahnte, dass sie an einem Wendepunkt standen, wusste aber nicht, was für einer das war.

Dragò sah das finstere Gesicht seines Vaters und verstand.

»Na, Gigino, wie geht's?« Trotz des Zorns verriet seine Stimme Zuneigung, und er legte eine Hand auf das schusssichere Glas, das sie trennte.

Dragò legte seine Hand an die des Vaters. Von der anderen Seite der Scheibe kam keine Wärme an. »Gut, Pa«, sagte er.

»Was ist das für eine Geschichte, dass du nach Rumänien

fährst und deiner Mutter und deinem Vater nichts davon sagst, entscheidest du alles allein?«

»Nein, Pa, das stimmt nicht, ich geh nicht einfach so nach Rumänien.«

Obwohl niemand ihm das beigebracht hatte, konnte er verschlüsselt sprechen, und wenn er etwas nicht verstand, wusste er, wie er nachfragen musste. Er fuhr fort, näher ans Mikrofon gerückt, als würde der Satz damit verständlicher: »Es ist nicht einfach so ins Blaue, Nicolas will nämlich unbedingt hin, er sagt, dass wär mal 'ne ganz neue Erfahrung.«

»Also fährst du nach Rumänien, lässt deine Mutter allein und machst mir Sorgen«, und mit den Augen sagte er, dass er am liebsten die Scheibe zerschlagen und seinem Sohn ein paar ordentliche Ohrfeigen verpasst hätte.

»Diese Sache, dass wir zusammen nach Rumänien fahren, die hat Nicolas mir gesagt, als wir in Posillipo waren, in einem Lokal, das ganz leer war, da war keiner mehr, und er hat gesagt, alle gehen nach Rumänien, weil man sich da besser amüsiert, darum sind hier bei uns die Lokale leer. Und dann hat er gesagt, ich soll mitkommen, denn allein in Rumänien kriegt man Angst. Er sagt, sie holen ihn …«, und hier machte er eine Pause. Der Vater fing sofort wieder an: »Dass der Laden leer ist, hat nichts mit Rumänien zu tun, absolut nichts. Und außerdem kann es dich doch einen Dreck scheren, dass die Lokale leer sind! Was schert es dich, wenn Nicolas nach Rumänien geht? Na? Was schert es dich?«

Dragò hätte gern geantwortet, dass es ihn wirklich einen ziemlichen Dreck scherte, dass dies eher Nicolas' Angelegenheit war und dass Nicolas ihn in seiner Gruppe behielt, weil er einen Scheiß darauf gab, dass Dragò mit einem Verräter blutsverwandt war. Natürlich verstand er Nicolas' Beweggründe, und er verstand auch gut, dass Anerkennung ein entscheidender Schritt für jemand war, der Capo werden wollte. Aber Dragò fühlte sich als Soldat, allerdings einer mit blauem Blut, und diese ganze Mühe für einen Stammplatz im Maharaja erschien ihm ein bisschen wie Zeitverschwendung. Er suchte nach Worten im verschlüsselten Vokabular, um seinem Vater diese Überlegungen mitzuteilen, doch der Vizekönig hatte beschlossen, das Gespräch abzubrechen.

»Sag deinem Freund, er hat keine Ahnung vom Tourismus und von den Kunden, denn es stimmt nicht, dass sie die Lokale verlassen haben, weil sie nach Rumänien feiern gehen wollen, sie kommen nicht mehr in die Lokale, weil man da nicht mehr sicher ist. Der Preis ist gestiegen.«

»Man ist da nicht mehr sicher? Der Preis ist gestiegen?«, fragte Dragò. Doch statt zu antworten, klopfte der Vizekönig nur mit dem Fingerknöchel an die Scheibe, als wollte er ihm eine Ohrfeige geben. Und diese Ohrfeige hätte Dragò einstecken wollen. Aber er kam nicht einmal mehr dazu, sich zu verabschieden, denn der Vater hatte ihm schon den Rücken zugedreht.

»Also ist der Viceré im Sarkophag eingeschlossen?«, fragte Stavodicendo, als Dragò vom Gefängnis in L'Aquila zurück war.

»Ja.«

»Und kann niemanden sehen?«

»Nur die Familie einmal im Monat.«

»Und der Hofgang?«

»Eine Stunde am Tag. Mit einem anderen zusammen. Die sind höchstens zu dritt oder viert.«

»Reden sie?«

»Ja, sie reden, aber alle scheißen sich ins Hemd, weil es Wanzen gibt. Darum ist Papa so was wie 'n sprechendes Kreuzwort rätsel geworden. Versteht kein Schwein, was er meint.« Und er gab die Worte des Vaters wieder.

»Man ist da nicht mehr sicher? Der Preis ist gestiegen?«, wiederholte Nicolas.

Und überflüssigerweise auch Stavodicendo: »Man ist da nicht mehr sicher? Der Preis ist gestiegen?«

Stavodicendo fühlte sich schuldig. Sein Vater hatte den falschen Hinweis gegeben, und das musste der Sohn jetzt ausbaden. Er bot seinem Vater an, ihn mit dem Moped zur Arbeit in Borgo Marino zu bringen, und während sie durch die Via Caracciolo rasten, sagte er: »He, Pa, wegen dir stand ich wie ein Volltrottel da.«

»Warum?«, schrie der Vater, um den Verkehrslärm zu übertönen.

»Die Zigeuner waren es nicht, auch 'o Viceré hat das gesagt.«

»Sogar den Vizekönig habt ihr reingezogen. Was kann der schon wissen? Der sitzt.«

»Er hat Dragò gesagt, dass die Roma nichts damit zu tun haben, und dann hat er so was gesagt wie ›der Tourismus hat nichts damit zu tun‹.«

»Der Tourismus?«

»Sag ich doch … 'o Viceré sagt, dass die Touristen nicht deswegen nicht ins Restaurant kommen, weil sie alle nach Rumänien fahren, sondern weil man da nicht mehr sicher ist, weil der Preis gestiegen ist. Und das hat Dragò überhaupt nicht verstanden … Das Nuovo Maharaja hat nie Pizzo gezahlt.«

Der Vater fing herzhaft an zu lachen, fast hätte sein Sohn auf dem Roller das Gleichgewicht verloren.

»Papa, sag ich doch, das hat nichts damit zu tun.«

»Doch … Wisst ihr denn nicht, dass der echte Pizzo der Schutz der Sicherheitsdienste ist?«

»Der Sicherheitsdienste?«

»Ja, klar, die wollten mehr Geld und haben's nicht gekriegt, das ist die Sicherheit, die nicht mehr da ist.«

Stavodicendo gab Gas, überholte zwei Autos auf einmal, schnitt einem Kleintransporter den Weg ab, sodass er bremsen musste, und bog in eine schmale Gasse ein. Er setzte seinen Vater vor dem Lokal ab und fuhr wieder los. Schon nach ein paar Metern bremste er so scharf, dass er einige Touristen, die draußen an Tischen saßen, in eine Abgaswolke hüllte und mit dem Gummigestank der heißen Reifen einräucherte. Er wandte sich zum Vater um: »Danke! Muss los!«, rief er und gab wieder Gas.

Stavodicendo schrieb Nicolas, wie sein Vater den Satz gedeutet hatte, und sofort besprachen sie das mit Dragò. Kein Zweifel, jetzt war ihnen die Botschaft des Vizekönigs klar. Man musste unbedingt mit Oscar sprechen, aber der antwortete immer noch nicht. Also ging Nicolas zu ihm. Es war fast Mitternacht. Oscar wohnte in unmittelbarer Nähe vom Nuovo Maharaja, weil, so sagte er, sich sein ganzes Leben dort abspielte. Im zweiten Stock, dem von Oscar, drang Licht durch die halb geschlossenen Fensterläden. Nicolas hängte sich an die Haussprechanlage, fest entschlossen, nicht aufzugeben, bis man ihm öffnete. Nichts. Keine Antwort. Nicht mal ein »Leck mich, hau ab«. Also legte er die Hände an den Mund und fing an zu schreien. »Copacabana war's nicht, die Zigeuner auch nicht, es war die Agenzia Puma, der Wachdienst, die Agenzia Puma …« Schlagartig öffneten sich die Fensterläden sperrangelweit, und eine Frau im Morgenrock erschien, rief ihm zu, er solle still sein, und verschwand dann wieder im Licht. Nicolas gab ihr zehn Sekunden, eins, zwei, drei … dann würde er wieder loslegen. Er war bei neun angekommen, als die Haustür ein metallisches Geräusch von sich gab.

Oscar saß benebelt im Pyjama auf einem Sessel. Vor ihm lag eine Flasche Spumante auf dem Teppich, die er sich wahrscheinlich aus seinem Lokal mitgenommen hatte. Nicolas versuchte, vernünftig mit ihm zu reden, doch Oscar hatte sich darauf versteift, dass es Copacabana gewesen war, der das Nuovo Maharaja ausgeräumt hatte, weil er die Hochzeit nicht dort hatte feiern können.

»Er war es nicht, die Sache geht ihm am Arsch vorbei«, sagte Nicolas. Er sprach langsam, ruhig, wie mit einem Kind. »Copacabana will alle zu Freunden haben, wenn er gewollt hätte, hätte er dein Lokal niedergebrannt, nicht bloß die Einrichtung geklaut.«

Auf dem Fernsehtisch entdeckte Nicolas eine zweite Flasche Spumante, die gleiche Marke wie der, den der Hausherr schon intus hatte. Er war warm, stand schon wer weiß wie lange da, doch Nicolas entkorkte die Flasche trotzdem und füllte das Glas, das Oscar noch in der Hand hielt. Und sagte das, was er Oscar schon beim ersten Anruf hatte sagen wollen: »Wenn ich alles für dich wiederfinde, gibst du mir drei Dinge: ein Privée für mich allein, immer Zugang, wenn mir danach ist, fünfzig Prozent Ermäßigung auf alles, was ich und meine Freunde bei dir konsumieren, und drittens kann sich die Agenzia Puma ins Knie ficken, denn ich schütze dich.«

»Du?« Einen Augenblick lang schien Oscar wieder bei Verstand, trank den Sekt aus und wollte sich erheben, sank aber zurück in den Sessel. Er warf das Glas auf Nicolas, verfehlte sein Ziel und traf den 40-Zoll-Fernseher an der Wand. »Mit der Camorra will ich nichts zu tun haben, den Pizzo hab ich nie bezahlt, du glaubst doch wohl nicht, dass ich ihn jetzt an Rotznasen wie euch zahle. Tu mir den Gefallen und zieh Leine!«

Seine Frau war wiederaufgetaucht, angekleidet und sogar frisiert, als erwarte sie einen Gast, und fing ebenfalls an zu schreien, dies sei die Wohnung anständiger Leute, und sie würde die Carabinieri rufen. Einen Scheiß wirst du tun, dachte Nicolas, aber es war nicht der richtige Moment, Druck zu machen, außerdem würde Oscar nichts mehr sagen. Er hatte es endlich geschafft, sich aus dem Sessel zu befreien, und betrachtete jetzt schluchzend den Sprung im Fernsehbildschirm.

Nicolas brauchte nicht lang, um herauszufinden, wer diese Agentur Puma war, alle schienen sie zu kennen: ein alter Wachdienst, in den neunziger Jahren mit dem Geld der Nuova Famiglia ins Leben gerufen. Dann war der Gründer gestorben, ein Freund von Lorenzo Nuvoletta, in den neunziger Jahren einer der mächtigsten Bosse der Camorra, und jetzt lag alles in den Händen seines Sohnes, der unter dem Schutz von, sieh mal einer an, Copacabana stand.

»'O White, hast du von der Scheiße im Nuovo Maharaja gehört?«, fragte Nicolas den Capo der Capelloni.

Der ruhte sich gerade nach einer Partie Billard aus. Er rührte in einem Tässchen Opium, um seine Leidenschaft für Drogen zu demonstrieren, die sich nur wenige erlauben konnten. Sich mit dem Zeug vollzudröhnen, das alle nahmen, war ihm zuwider.

»Ah ja, ganz schöne Scheiße.«

»Weißt du, wer dahinterstecken soll?«

»Wer?«

»Copacabana.«

»Bullshit«, sagte 'o White und verzog das Gesicht. Ein Frösteln schüttelte ihn, dass ihm fast die Tasse aus der Hand gefallen wäre. Als er sich das Opium an den Mund führte, verflog das Zittern sofort. »Wenn Copacabana gewollt hätte, wär da drin 'ne Bombe hochgegangen, weißt du, dass wir auf Posillipo scheißen? War sogar nicht übel, der Laden … Was kümmert dich das eigentlich? Aber wenn du 'nen Auftrag hast, was rauszukriegen, will ich das hören, denn Micione muss es auch wissen.«

»Auftrag hab ich von niemand. Bin aber angepisst, dass sie uns die Schuld geben, obwohl wir's nicht waren«, warf Nicolas hin. Er fand inzwischen Geschmack daran, zu bluffen, andere in die Enge zu treiben.

»Oha, der Rächer«, lachte Chicchirichì. Er hatte Whites Platz im Spiel eingenommen, bereitete gerade einen Bandenstoß vor und drehte Nicolas beim Reden den Rücken zu. »Wir? Wer wir? Ich gehör nicht zu dir und du nicht zu mir.«

»Wir aus Forcella haben nichts damit zu tun.«

»So was machen die Zigeuner, glaub mir«, versuchte 'o White zu beschwichtigen. Jetzt bluffte er seinerseits, denn bei einem so großen Bruch konnten auch die Capelloni in Verdacht geraten.

»Die Zigeuner kannst du vergessen«, sagte Nicolas.

'O White musterte ihn von Kopf bis Fuß und nippte ein paar Mal am Opium. Dann holte er ein iPhone raus und tippte etwas, was Nicolas hinter der Schutzhülle mit dem Totenkopf der Piratenfahne nur erraten konnte. Vielleicht war er diesmal zu weit gegangen, vielleicht rief White seine Leute zusammen, vielleicht chattete er aber auch nur mit seiner Freundin und genoss es, Nicolas einfach stehenzulassen. Als er fertig war, starrte er Nicolas wieder an, diesmal direkt in die Augen, und er senkte den Blick erst, als das iPhone ihm eine Antwort meldete. Seine Leute? Nein, warum mehr Leute holen, wenn Chicchirichì und andere schon hinter Nicolas bereitstanden, um auf einen Wink ihres Capo loszulegen? Die Freundin? Hatte er überhaupt eine?

'O White überflog die Nachricht, stellte die Tasse ab und sagte: »Also, wir machen das so. Du willst deinen Platz im Nuovo Maharaja. Okay.«

»Nee, warte …«

»Halt die Fresse. Wenn du hinkriegst, an was ich denke, organisiere ich den Schutz vom Nuovo Maharaja. Für dich gibt's höchstens 'nen Monatslohn, paar Prozent.«

Nicolas wusste, dass er nicht anders konnte, als zu erwidern: »Ich will keinen Monatslohn von niemand.« Hinter ihm hatten sie aufgehört, Billard zu spielen. Schlechtes Zeichen. 'O White war aufgesprungen und hatte den Queue ergriffen, den Chicchirichì ihm hinhielt. Jetzt nur keine Schwäche zeigen.

»Ich will keinen Monatslohn von niemand«, wiederholte Nicolas.

»Ey, Arschloch«, sagte 'o White, »Schluss jetzt.« Nicolas spannte die Bauchmuskeln an, um sich auf einen Stoß mit dem Queue in den Magen vorzubereiten. Es würde wehtun, aber mit ein bisschen Glück würde er nicht sofort röchelnd zu Boden gehen, sondern noch ein, zwei Sekunden haben, um bei jemandem einen Treffer zu landen, vielleicht sogar bei 'o White selbst. Im Geist lag er schon am Boden, unter einem Berg aus Tritten und Schlägen, während er mit den Armen abwechselnd Kopf und Hoden vor dem Schlimmsten schützte. Doch 'o White warf den Queue auf den Boden und setzte sich wieder hin. Erneut überfiel ihn ein Zittern, das er mit einem Zähneknirschen verscheuchte. Dann fing er an zu erzählen. Am Tag des Einbruchs hatten zwei Wachmänner Schicht in Posillipo, die sich gewöhnlich Koks auf einem Platz besorgten, der unter seinem Schutz stand. Das hatte ihm Pinuccio 'o Selvaggio bestätigt, der diesen Platz belieferte, und der hatte auch erzählt, dass diese beiden Rambos mit ihren lächerlichen senfgelben Hemden Stammkunden bei ihm waren. Also hatte auch 'o White sich sofort über das informiert, was im Nuovo Maharaja passiert war. Anders als Nicolas hatte er es jedoch niemandem erzählt.

Zwei Tage lang kam Nicolas nicht aus seinem Zimmer und sprach nicht mit seinem Bruder. Letizias Anrufe beantwortete er mit kurzen Nachrichten: »Tut mir leid, Liebste, aber mir geht's nicht gut. Melde mich bald.« Er nahm nur das Essen an, das seine Mutter ihm vor die Tür stellte. Sie klopfte, versuchte seine Aufmerksamkeit zu erregen, sagte, sie mache sich Sorgen, aber Nicolas hielt auch sie mit dem Vorwand auf Distanz, es gehe ihm nicht gut, nichts Schlimmes, bald sei alles vorbei, sie müsse keine Angst haben und vor allem mit dem Klopfen aufhören, denn bei dem Geräusch zerspringe ihm der Kopf. Die Mutter ließ ihn in Ruhe, sie wusste, ihr Sohn hatte wieder etwas angestellt, hoffte, dass es keine gefährliche Dummheit war, und wunderte sich, dass er ihr Klopfen an der Tür nicht ertrug, wenn er doch die ganze Zeit diese Musik hörte, die klang, als käme sie direkt aus der Hölle.

»We got guns, we got guns. Motherfuckers better, better, better run.«

Nicolas hatte eine Sekunde gebraucht, um den Song zu finden, ihn in seine Playlist bei YouTube zu stellen und als Loop einzurichten. 'O White trällerte nur diesen Refrain, andauernd, manchmal mit einer Baritonstimme, die nicht recht zu diesem Opiumfresser passen wollte, manchmal flüsternd, ins Ohr des Erstbesten, der ihm unterkam. Er sang auch, als er Nicolas vor dem Haus von Pinuccio 'o Selvaggio traf. Sie hatten sich dort verabredet, um die Sache mit dem Nuovo Maharaja zu Ende zu bringen. Auch Chicchirichì war da, und vier Stockwerke über ihnen, in einer Zweizimmerwohnung mit Kochnische in einem

Mietshaus kurz vor Posillipo, das seinen letzten Anstrich wohl in den siebziger Jahren gesehen hatte, erwartete sie Pinuccio. Er hatte die beiden Wachmänner des Sicherheitsdienstes unter dem Vorwand angelockt, er habe neuen Stoff, Mariposa, aus Bolivien, der beste Schnee der Welt. Nicolas wusste, dass er mit White und Chicchirichì im Klo auf die Männer warten sollte, und auf das Zeichen von Pinuccio – den Satz: »Das Zeug ist besser als 'ne Frau und 'n geiler Fick« – würde er rausstürmen, in der Hand den Strick mit der Schlinge, den 'o White ihm im Fahrstuhl gegeben hatte, einem der beiden Männer den Strick um den Hals legen und ziehen. Nur so viel, dass dem Mann schwarz vor Augen wurde, und loslassen, wenn 'o White seine Fragen stellte. Und Antworten verlangte.

So war es gelaufen. Bloß dass die beiden nicht zugeben wollten, dass sie den Bruch gemacht hatten, ja sogar drohten, sie seien früher bei der Finanzpolizei gewesen und würden sich rächen. Da hatte 'o White die Lust verloren und war wütend geworden, aber gesungen hatte er immer noch.

»We got guns, we got guns. Motherfuckers better, better, better run.«

Er hatte gesagt, er brauche nur fünf Minuten, er müsse runter und was besorgen. In dem Eisenwarengeschäft an der Ecke. Nach genau fünf Minuten kam er zurück. Er hatte einen Lötkolben und Öl fürs Moped gekauft. Nicolas und Chicchirichì sahen aus wie zwei Hundebesitzer, sie hielten die beiden Wachmänner an der Leine, als wären es Bulldoggen. Als 'o White ihnen sagte, sie sollten einen aussuchen, ihn fesseln, ihm die Hose runterziehen und ihm ein Handtuch in den Mund stopfen, gehorchten sie, ohne mit der Wimper zu zucken. 'O White drehte den Verschluss des Fläschchens ab, goss das Öl in das Arschloch des Ausgewählten und steckte dann den Lötkolben hinein.

»We got guns, we got guns. Motherfuckers better, better, better run.«

Dann setzte er sich in einen Sessel, schlug die Beine übereinander und überlegte einen Augenblick, ob er sich das Mariposa reinziehen sollte.

In seinem Zimmer auf dem Bett liegend, hatte Nicolas noch immer den Gestank von versengtem Fleisch in der Nase. Von verbranntem Arsch. Scheiße, Blut und Brathähnchen. Der Kollege, der zuschauen musste, hatte sofort gestanden, ja, sie waren es, sie hatten sich von albanischen Handlangern helfen lassen. Weil Copacabana im Gefängnis saß, hatten sie dem Maharaja und allen Lokalen, die unter ihrem Schutz standen, den Preis für ihre Dienstleistung erhöht. Wer den höheren Preis nicht zahlte, dem wurde der Laden ausgeräumt, und das Nuovo Maharaja hatte nicht gezahlt.

»We got guns, we got guns. Motherfuckers better, better, better run.«

'O White hatte gesagt: »Die Wahrheit, die nicht aus dem Mund kommt, kommt immer aus dem Arsch«, und dann hatte er dem Wachmann befohlen, sie zu dem Lager zu bringen, wo das Zeug versteckt war. Den mit dem verbrannten Arsch hatten sie dagelassen, damit er ein bisschen abkühlte.

Nicolas wollte seinen eigenen Platz im Maharaja. Unbedingt, er forderte ihn als sein Recht. Er filmte alles mit dem Smartphone: Stühle, Kronleuchter, Teppiche, Computer. Sogar das riesige Gemälde mit dem Inder, dem Maharadscha. Sogar den Safe, den sie mit Spitzhacken aus der Wand gezogen hatten. Dann schickte er Oscar das Video und stellte sich vor, wie der es sich anschaute, noch immer in dem Sessel hängend, wo er ihn zurückgelassen hatte. Oscar hatte nachgegeben und alle Bedingungen akzeptiert. Er würde zu den Carabinieri laufen: »Ich habe einen anonymen Anruf bekommen. Das Diebesgut ist hier. Das waren die von der Agentur Puma, weil ich ihnen den Pizzo nicht gezahlt habe.« Er würde ein Held des Widerstands gegen Schutzgelderpressung werden, einer, der den Mut gehabt hatte, Anzeige zu erstatten, und unterdessen würde er 'o White für seinen Schutz bezahlen: tausend Euro für jede Feier und tausend Euro fürs Wochenende. Im Grunde hätte es schlechter für ihn ausgehen können.

Und Nicolas? Nicolas wollte keinen prozentualen Anteil vom Pizzo, den Oscar an 'o White zahlen musste. Lieber gar nichts als einen Lohn von jemandem bekommen. Er hatte jederzeit freien Zugang zum Lokal für sich und seine Freunde bekommen. Das Nuovo Maharaja war sein Ort.

Als er beschloss, sein Zimmer zu verlassen, geschah das, um Christian die ganze Geschichte zu erzählen. Sie gingen runter auf die Straße, abgeblätterte Hausmauern waren ihre einzigen Zeugen. Er wollte ein Vorbild für Christian sein, ihm all die Dinge beibringen, die er allein hatte lernen müssen.

»Echt, wir können jetzt ins Nuovo Maharaja rein?«

»Genau! Wann wir wollen.«

»Mann, Nicolas, ich glaub's nicht. Darf ich die Pistole heute Nacht unterm Kopfkissen haben?«

»*Vabbuò*«, willigte der ältere Bruder ein und strich ihm über die struppigen Haare.

Der Fürst

Im einzigen Werkraum des Liceo Artistico fand im Rahmen des Multimedia-Unterrichts ein freiwilliger Kurs in audiovisuellen Techniken statt. Er war sehr beliebt. »Wir wollen ein Musikvideo drehen, Professore!«, baten die Schüler oft. Einige der Jungen machten Musik, sie hatten schon ein paar Mal vor Publikum gespielt, hatten ein Dutzend Stücke, die sie aufnehmen wollten, und suchten einen Produzenten. In der Via Tasso konnte man Probenräume mieten und auch Aufnahmen machen. Sie hatten einen Stick mit zwei Titeln mitgebracht, doch ihr Lehrer, der eigentlich keine spezielle Ausbildung dafür besaß, aber Kurse im Centro di cinematografia in Rom besucht hatte und seine Dienste jetzt lokalen Produktionen und dem Istituto d'arte in Neapel anbot, machte sich mehr Sorgen um die Ausrüstung, die ihm gehörte, als um die musikalische Qualität der Stücke seiner Schüler. Uocchio Fino, Scharfauge, so hatten sie Ettore Jannaccone getauft, konnte eine Trumpfkarte unter seinen Referenzen vorweisen: Er hatte bei der Soap-Opera *Un posto al sole* zum technischen Stab gehört. Sein Unterricht war eher theoretisch, nur selten ließ er die Schüler an seine »sensiblen Digitalen« – so nannte er die Videokameras, die er jedes Mal von zu Hause mitbrachte. Den Direktor hatte er schon aufgefordert, eine Investition in diese Richtung zu machen. »Wir sind in Neapel, hier haben alle eine kreative Ader«, sagte er. Dann war dem Italienischlehrer De Marino etwas eingefallen. Seine Schüler aufnehmen, während sie Stellen aus literarischen Werken vorlasen. Jannaccone legte ein paar Stunden am Vormittag fest, suchte den Set aus und bestimmte die Reihenfolge der Passagen. Fünfzehn Schüler, fünfzehn Lesungen, nicht länger als jeweils zehn Minuten.

»Und was machst du, Fiorillo?« De Marino überraschte Nicolas mit dieser Frage, als der gerade sein Handy wegsteckte und in die Klasse gehen wollte.

»Keine Ahnung, Prof, was mache ich?«

»Was liest du vor der Kamera?«

Nicolas ging zu einem Pult, nahm das Lesebuch einer Klassenkameradin, überflog das Inhaltsverzeichnis, schlug das Buch auf und zeigte mit dem Finger auf eine Seite.

»Das siebzehnte Kapitel von *Der Fürst*.«

»Bravo, Fiorillo. Gut, lies dir das genau durch, und dann erzählst du vor der Kamera, was du gelesen hast.«

Bei Fiorillo wollte er was riskieren. Alle anderen begnügten sich mit Vorlesen. De Marino wollte sehen, wie der Junge reagierte. Fiorillo tauchte auf und verschwand. Die Mädchen schmachteten ihn an. Seine Klassenkameraden mieden ihn, oder besser, er sorgte dafür, dass sie ihn mieden. Aus welchem Stoff war dieser Junge gemacht?

Nicolas warf einen Blick auf das Buch, einen auf den Lehrer und einen auf das Mädchen, das sich die Haare um einen Finger wickelte.

»Was ist dabei? Ich hab keine Angst. Ich mach das.«

De Marino sah ihn mit dem Buch auf dem großen Schulhof verschwinden, wo Jannaccone von neugierigen Schülern umringt wurde. »Ey, *Professò*«, rief jemand ihm zu, »lässt du uns dann in einer Folge von *Un posto al sole* mitspielen?«

Einer tat so, als ließe er die Hose runter: »Ein Arsch an der Sonne?« Alle lachten.

Nicolas verkroch sich in einer Ecke, den blonden Schopf über das Buch gebeugt. Schließlich erklärte er, er sei bereit. Uocchio Fino blickte durchs Objektiv, und zum ersten Mal an diesem Morgen hatte er das Gefühl, dass da jemand vor ihm saß, der den Bildschirm sprengte. Er behielt diesen Eindruck für sich, arbeitete aber sorgfältiger am Bildausschnitt. Nicolas bewegte sich nicht, alberte nicht mit den anderen, und vor allem hielt er kein Buch in der Hand. Jannaccone fragte sich nicht, warum dieser Junge auswendig sprach, er freute sich, dass er die Kamera auf dieses Gesicht konzentrieren konnte, nicht andauernd ermahnen musste, nicht zu lachen oder das Buch tiefer zu halten, damit es nicht ins Bild kam. Schließlich sagte er: »Du kannst anfangen.«

Am späten Vormittag sah De Marino sich das gedrehte Material an. Er setzte sich damit in den Arbeitsraum für bildende Künste, der für audiovisuelle Medien ausgerüstet war. Nicolas' Gesicht erschien auf dem Bildschirm. Er blickte direkt in die Kamera, und wenn man ihn so in diesem Bildausschnitt sah, schien Fiorillo nur aus Augen zu bestehen. Der ja, der hat ein scharfes Auge, dachte De Marino. Dieser Junge kann sehen. Nicolas hatte die Herausforderung angenommen und erzählte den Anfang des siebzehnten Kapitels des Fürsten so, wie er wollte: »Wer der Fürst sein muss, kümmert sich nicht darum, ob das Volk ihn fürchtet und von ihm sagt, dass er Angst einflößt. Wer Fürst sein muss, scheißt drauf, ob er geliebt wird, denn sie lieben dich nur, solange alles gutgeht, sobald was schiefläuft, lassen sie dich sofort hängen. Es ist besser, im Ruf eines Meisters der Grausamkeit zu stehen als des Mitleids.« In dem Moment schien er sich zu konzentrieren, er suchte mit Blicken nach einer Art Zustimmung ringsum, vielleicht auch nicht, vielleicht hatte er vergessen, was er sagen wollte. Er fuhr sich langsam mit einem Finger über das Kinn. Diese Geste zwischen Schüchternheit und Arroganz hätte De Marino am liebsten gleich noch einmal gesehen. »Man darf sich nicht zum Mitleid bekennen, *nun s'adda fà*.« Woher hatte er diesen Ausdruck ›Bekenntnis zum Mitleid‹?

Als er fortfuhr, hob er einzelne Worte durch Betonung hervor: »Die Liebe ist ein Band, das reißt, die Furcht lässt nie nach.«

Er machte wieder eine Pause, dabei bot er Uocchio Fino sein Profil. Sah man ihn im Profil, verflog die Arroganz, er hatte feine Gesichtszüge, auf jeden Fall kindliche. »Hat der Fürst ein Heer, muss dieses Heer alle daran erinnern, dass er erbarmungslos ist, erbarmungslos, denn man hält kein Heer zusammen, wenn man nicht gefürchtet wird. Und die großen Taten kommen aus der Angst, die man einjagt, daraus, wie man sie mitteilt, denn die äußere Erscheinung macht den Fürsten, die äußere Erscheinung sehen alle und erkennen sie wieder, und sein Ruf reicht weit.«

Bei »weit« senkte er zum ersten Mal die Augen und blieb eine Weile so, als wollte er sagen, dass er fertig sei.

»Ist es gut geworden, *Professò*? Stellen wir es jetzt auf YouTube?« Die Stimme kam überraschend für De Marino. Fiorillo war im Raum geblieben, hatte es sehen wollen.

»Bravo, Fiorillo, du hast mir Angst eingejagt.«

»Hab ich von Machiavelli gelernt, *Professò*. Politik funktioniert besser mit Angst.«

»Ganz ruhig, Fiorillo. Reg dich nicht auf.«

Nicolas stand hinten im Labor, eine Schulter an die Wand gelehnt. Er zog ein paar schlecht zusammengefaltete Blätter aus der hinteren Tasche seiner Jeans.

»*Professò*, Machiavelli ist Machiavelli, das hier ist Fiorillo. Wollen Sie mal lesen?«

De Marino stand nicht auf, er streckte nur eine Hand aus, als wollte er sagen: Bring es mir.

»Ich lese es. Ist das deine Hausarbeit?«

»Es ist, was es ist.«

Nicolas lieferte ab und drehte sich einmal um sich selbst. Er verabschiedete sich von seinem Lehrer, indem er den rechten Arm hob, ohne sich noch einmal umzudrehen.

De Marino wandte sich wieder dem Bildschirm zu, ließ das Video ein paar Sekunden zurücklaufen und sah, wie Fiorillo sagte: » … die äußere Erscheinung sehen alle und erkennen sie wieder, und sein Ruf reicht weit.« Er lächelte, schaltete ab und begann, die Hausarbeit zu lesen. Das hatte Fiorillo geschrieben oder etwas sehr Ähnliches.

2. Teil **GEARSCHTE UND VERARSCHER**

Es gibt die Verarscher und die Gearschten, sonst nichts. Es gibt sie überall und seit jeher. Die Verarscher suchen ihren Vorteil in jeder Situation, ob es eine Einladung zum Abendessen ist, umsonst bei jemandem mitfahren, einem anderen die Frau ausspannen, der Sieg im Wettkampf. Die Gearschten werden in jeder Situation das Nachsehen haben.

Nicht immer sieht man den Gearschten an, dass sie welche sind, oft spielen sie die Verarscher, und natürlich gibt es auch das Gegenteil, das heißt, viele von denen, die Gearschte zu sein scheinen, sind stattdessen brutale Verarscher: Sie geben sich als Gearschte, damit sie umso unerwarteter in den Rang von Verarschern aufsteigen. Besiegt zu erscheinen oder Tränen und Gejammer einzusetzen ist eine typische Strategie bei Verarschern.

Damit eins klar ist, dies ist keine Frage des Geschlechts: Egal, als was man geboren wird, Mann oder Frau, man gehört zu einer der beiden Kategorien. Auch die Klassengesellschaft hat nichts damit zu tun. Bullshit. Ich spreche hier von mentalen Kategorien. Man wird als Verarscher geboren, man wird als Gearschter geboren. Und der Gearschte kann in jeder beliebigen Umgebung zur Welt kommen, in der Villa wie im Stall wird er immer jemandem begegnen, der ihm wegnimmt, was er liebt, auf das Hindernis stoßen, das ihm Arbeit und Karriere verbaut, und in sich selbst nicht die Kraft finden, seine Träume zu verwirklichen. Er wird der Krümel sein, den man ihm lässt. Der Verarscher kann in der Mietskaserne oder im Slum zur Welt kommen, auf dem Land oder in der Hauptstadt, er wird doch überall Energien und günstige Winde, Schlichen und Schlupflöcher finden, um zu bekommen, was er will. Der Verarscher erreicht sein Ziel, der Gearschte lässt es vor sich verschwimmen, er verliert es aus den Augen, es wird ihm weggenommen. Der Verarscher kann sogar weniger Macht haben als der Gearschte, Letzterer hat vielleicht Fabriken und Aktien geerbt, aber er wird ein Gearschter bleiben, wenn er nicht über den Schrott hinauskommt, den das Glück oder günstige Gesetze ihm gelassen haben. Der Verarscher kann sogar das Unglück überwinden und die Gesetze nutzen oder kaufen oder sogar ignorieren.

»Bei einigen besteht unmittelbar von Geburt eine Scheidung – der eine neigt zum Beherrschtwerden, der andere zum Herrschen. Und es gibt viele Arten von denen, die herrschen, und von denen, die beherrscht werden.« So der alte Aristoteles. Kurz gesagt, man wird als Gearschter oder Verarscher geboren. Letztere können reinlegen, Erstere lassen sich reinlegen.

Blick in dein Inneres. Blick tief in dich hinein, doch du tust es nicht wirklich, wenn du dich nicht schämst.

Und dann frag dich, ob du Gearschter oder Verarscher bist.

Gericht

Einer der Männer von Micione stand vor Gericht, er war ange-
klagt, Gabriele, den Sohn von Don Vittorio Grimaldi, getötet
zu haben. Und das stimmte, denn Don Vittorio, genannt l'Arc-
angelo, »der Erzengel«, hatte seinen Sohn mit eigenen Augen
sterben sehen.

Es war alles so schnell gegangen in diesem fremden Land
Montenegro, in das Vater und Sohn ihre Geschäfte verlagert
hatten. Gemeinsam. Dort gab es ein altes Wasserrad aus rosti-
gem Eisen, einziges Überbleibsel einer verfallenen Mühle. Das
Wasser hielt es noch am Leben, und Erzengel sah den Mann
genau, er sah ihm ins Gesicht, sah diese Augen, seine Hände,
die Gabriele in die Schaufeln hineinstießen, die das strömen-
de Wasser scharf gefeilt hatte. Don Vittorio sah es vom Fenster
ihrer Villa aus, die nicht weit entfernt war, und lief verzweifelt
zur Mühle. Er versuchte, das Mühlrad anzuhalten, aber allein
schaffte er es nicht. Immer wieder sah er den Körper seines Sohnes ins Wasser schlagen, bevor Hilfe von den Hausangestellten
kam. Sie brauchten lange, um Gabrieles Körper von den Schaufeln zu lösen. Und dennoch schützte Don Vittorio den Killer
während des ganzen Prozesses. Er brachte keine Beweise, lieferte keine einzige Information. 'O Tigrotto, die rechte Hand von
Diego Faella 'o Micione, war es gewesen, der Gabriele Grimaldi
umgebracht hatte. Auf diese Weise wollte Micione Montenegro
erobern und sich vor allem das Viertel San Giovanni a Teduccio nehmen, um von dort Zugriff auf Neapel zu haben. Beim
Prozess war 'o Tigrotto anwesend, der Staatsanwalt fragte Don

Vittorio, ob er ihn erkenne, und der verneinte. Der Staatsanwalt fragte flehend nach, er wollte den Prozess beenden: »Seid Ihr sicher?« Er redete ihn mit Ihr an, vermied das Siezen, um die Prozessparteien zusammenzubringen. Aber Don Vittorio verneinte. »Erkennen Sie Francesco Onorato ›'o Tigrott‹?«

»Nie gesehen, ich weiß nicht mal, wer das ist.« Don Vittorio wusste, dass diese Hände mit dem Blut seines Sohnes und dem vieler seiner Verbündeten befleckt waren. Nichts zu machen. Diego Faellas Dank war keine große Sache. Im Herzen des Staates sind alle Ehrenmänner. Don Vittorio Grimaldis Schweigen wurde als das normale Verhalten eines Ehrenmannes angesehen. Zum Dank gewährte Micione ihm das Leben, nein, das Überleben. Er beendete die Fehde gegen die Grimaldi und erlaubte ihnen den Verkauf in einem umgrenzten Revier in Ponticelli. Eine Handvoll Straßen, der einzige Ort, an dem sie verkaufen und existieren durften. Die unerschöpflichen Ressourcen, die die Grimaldi einst besessen hatten, Heroin, Kokain, Baugewerbe, Müll, Geschäfte und Supermärkte, waren auf wenige Quadratkilometer, auf spärliche Profite geschrumpft. 'O Tigrotto wurde freigesprochen und Don Vittorio in den Hausarrest zurückgebracht.

Es war ein großer Erfolg, die Anwälte lagen sich in den Armen, in den ersten Reihen wurde applaudiert. Nicolas, Pesce Moscio, Dragò, Briatò, Tucano und Agostino hatten sich den ganzen Prozess angesehen, waren praktisch damit aufgewachsen. Als sie anfingen, zu den Verhandlungen zu gehen, sprossen ihnen nur ein paar Härchen im Gesicht, jetzt trugen manche von ihnen einen Bart wie Soldaten des IS. Und noch immer zeigten sie am Eingang die gefälschten Personalausweise vor, die sie schon zwei Jahre zuvor gezeigt hatten, als im Prozess die ersten Sätze fielen. Denn nur Volljährige durften rein. Die

Ausweise zu beschaffen war ein Kinderspiel gewesen. Die Stadt hatte sich auf die Herstellung falscher Ausweise für Dschihadisten spezialisiert, was waren dagegen schon Ausweise für kleine Jungen, die ins Gericht wollten. Briatò hatte sich drum gekümmert, hatte die Fotos gemacht und den Fälscher besorgt. Hundert Euro pro Kopf, schon waren sie drei, vier Jahre älter. Stavodicendo und Biscottino protestierten, weil sie nicht mitmachen durften, aber schließlich mussten sie nachgeben – mit ihren Kindergesichtern hätten sie niemanden getäuscht.

Als sie zum ersten Mal vor dem Gerichtsgebäude standen und zu den drei Glastürmen aufblickten, ertappten sie sich dabei, dass sie fasziniert waren. Alle hatten das Gefühl, in einer amerikanischen Fernsehserie gelandet zu sein, aber sie standen vor dem Palazzo di Giustizia, demselben, den die Bosse, denen sie gleich ins Gesicht blicken würden, immer wieder angezündet hatten, als er noch im Bau war. Doch kaum waren sie durch den Eingang, fiel der ganze Zauber aus Glas, Metall, Höhe und Macht in sich zusammen. Alles nur Plastik, Teppichboden und hallendes Stimmengewirr. Sie waren die Treppen hochgerannt, um die Wette, hatten sich gegenseitig am Shirt gezogen und Rabatz gemacht, und drinnen im Saal hatte sie dann dieser Schriftzug über das Gesetz empfangen, bei dessen Anblick Nicolas ein Lachen unterdrücken musste. Als wüsste man nicht genau, wie die Wahrheit aussah, gottverfluchte Scheiße, nämlich dass es auf der Welt nur Gearschte und Verarscher gibt. Das ist das einzige Gesetz. Von da an entwischte ihm, jedes Mal wenn er den Saal betrat, ein schiefes Grinsen.

In diesem Gerichtssaal hatten sie stundenlang so konzentriert stillgesessen wie noch nie zuvor in ihrem kurzen Leben. In der Schule, zu Hause, in irgendwelchen Lokalen gab es immer zu viel zu sehen und auszuprobieren, um Zeit mit Stillsitzen zu verlieren. Die Beine zappelten und zwangen den Körper andauernd, sich anderswohin zu bewegen und von dort wieder weiter. Dieser Prozess aber war das volle Leben, das sich vor ihnen entfaltete und seine Geheimnisse preisgab. Sie konnten nur lernen. Jede Geste, jedes Wort, jeder Blick waren eine Lektion. Unmöglich, den Blick abzuwenden, sich ablenken zu lassen. Sie wirkten wie verständige kleine Jungen bei der Sonntagsmesse, die gefalteten Hände im Schoß, die Augen weit aufgerissen, hochaufmerksam, der Kopf stets bereit, in die Richtung zu schnellen, aus der wichtige Worte kamen, kein Schlenkern mit den Beinen, keine nervösen Bewegungen, sogar die Zigaretten konnten warten.

Der Saal war in zwei gleiche Hälften geteilt. Vorne die Schauspieler, hinten die Zuschauer. Und in der Mitte ein Gitter, zwei Meter hoch. Durch den Hall kamen die Stimmen etwas verzerrt an, doch kein Satz ging verloren. Die Jungen hatten sich einen eigenen Raum geschaffen, für sie allein, in der vorletzten Reihe, dicht vor der Wand. Es war nicht die günstigste Position, im Theater hätten diese Plätze wenige Euro gekostet, aber so konnten sie alles sehen, die gelassene Miene von Don Vittorio unter den silbrigen Haaren, den Rücken des Angeklagten – der eher breit als groß war, aber zwei gelbe Raubtieraugen hatte, die einem Angst einjagten –, die Rücken der Anwälte, die von den Zuschauern in den ersten Reihen. Sie waren Schattenrisse, anfangs nur unförmige Flecken, doch dann verändert sich das Licht, es wird heller, die Augen der Beobachter werden schärfer, und schon bekommt alles Sinn bis in jede Einzelheit. Nicht weit von ihnen, vielleicht nur zwei Reihen weiter, die Mitglieder anderer Gruppen, erkennbar an einem tätowierten Satzfetzen, der aus dem Hemdkragen hervorkam, oder an einer Narbe auf dem kahlgeschorenen Schädel.

In der ersten Reihe, zwei Schritt vom Gitter entfernt, saß die Paranza der Capelloni. Sie hatten nie Probleme mit ihrem Alter gehabt und waren vollzählig versammelt. Im Unterschied zu Nicolas und den anderen, schienen die Capelloni nicht nach jedem Wort, jedem Schweigen zu gieren, manchmal sah man sie an der Sitzreihe entlanggehen, stehenbleiben, um die Hände ans Gitter zu legen, ohne sich um den Protest der Zuschauer hinter ihnen zu kümmern. 'O White war der Einzige, der nie aufstand, vielleicht wollte er vermeiden, dass sein Gang eines betrunkenen Cowboys die Carabinieri auf ihn aufmerksam machte. Gelegentlich sah man sogar die Barbudos vom Sanità-Viertel. Sie setzten sich hin, wo Platz war. Tuschelten miteinander, strichen sich über ihre Bin-Laden-Bärte und gingen manchmal nach draußen, um zu rauchen. Aber es gab keine Spannung zwischen den Gruppen, auch kein gegenseitiges Taxieren. Alle blickten bewundernd auf die Bühne.

»Oh, oh«, sagte 'o Maraja sehr leise. Er hielt den Kopf nur ganz leicht gesenkt und sprach aus einem Mundwinkel, den Blick abzuwenden konnte er sich nicht erlauben. »Hätten wir 'n halbes von Don Vittorios Eiern, könnte nicht mal Gottes Schwanz uns aufhalten.«

»Der schützt einen, der das Blut seines Sohnes vergossen hat …«, flüsterte Dentino.

»Gerade darum«, erwiderte 'o Maraja. »Der hat Eier, *adda murì mammà*. Um Treue zu halten, lässt er den draußen, der seinen Sohn zerfleischt hat.«

»So was ist nichts für mich. Ich meine, entweder mach ich dich gleich kalt, oder ich lass dich hochgehen, wenn ich im Knast sitze, damit du ›lebenslänglich‹ kriegst, mieses Stück Scheiße«, sagte Pesce Moscio.

»So was tun elende Verräter«, wandte Maraja ein, »das ist

Verrat. Die Ehre bewahren, wenn du dein Geld, deinen eigenen Kram, dein Blut schützen musst, das ist leicht. Aber gerade dann, wenn es einfach wäre, alle in den Dreck zu ziehen, wenn du dann den Mund hältst, bedeutet das, du bist Number one, der Beste. Du hast allen in die Suppe geschissen. Sie dürfen dir nur noch einen blasen, weil du die Eier hast, das System zu schützen. Sogar wenn sie deinen Sohn umbringen. Kapiert, Pescioli?«

»Vor dem steht der Typ, der seinen Sohn massakriert hat, und er sagt nichts«, beharrte Pesce Moscio.

»Pesce Mò, du würdest jetzt schon singen, wenn du da unten stehen würdest … hast 'ne Verräterkarriere vor dir«, spottete Dentino.

»Du bist 'n Arsch, den hätte ich schon aufgeschlitzt.«

»Hört euch den an, Jack the Ripper!«, beendete Tucano den Wortwechsel.

Sie redeten wie Texas-Hold'em-Spieler, ohne sich in die Augen zu sehen. Warfen Sätze aufs grüne Pokertuch, platzten mit dem raus, was ihnen im Kopf rumging, doch nach einer Weile räumte jemand den Tisch leer, wie Tucano es gerade getan hatte, und man bereitete sich auf die nächste Partie vor.

Keiner von ihnen konnte sich vorstellen, was Nicolas insgeheim hoffte. Don Vittorio gefiel ihm, aber es war Micione, der sich durch die Heirat mit Viola, der Tochter von Don Feliciano, das Blut ihres Viertels gesichert hatte. Verfaultes Blut, doch immer noch königliches Blut. Das Blut ihres Viertels war erblich, so schreibt es die Eigentumsregel vor. Don Feliciano hatte es seinen Leuten immer gesagt: »Das Viertel muss dem gehören, der hier geboren wird und sich hier durchschlägt.« Und Co-pacabana, der ein treuer Verbündeter der Striano gewesen war, hatte sich sofort nach der Verhaftung des Familienoberhaupts auf Forcella gestürzt. Ebendiese Verhaftung des Bosses vor fast drei Jahren war der Auslöser für den Prozess gewesen.

Sie hatten das ganze Viertel umzingelt. Tagelang hatten sie ihn beschattet, sogar das Mobile Einsatzkommando wunderte sich: Don Feliciano war nach Neapel zurückgekehrt und auf die Straße gegangen, im Trainingsanzug, das Gegenteil der Eleganz, mit der er sonst immer auftrat. Er hatte sich nicht versteckt, war zwar, wie alle, in seinem eigenen Viertel untergetaucht, aber nicht in Brunnen, Verliesen und doppelten Böden verkrochen. Sie waren plötzlich aus der Gasse hervorgekommen, hatten ihm zugerufen: »Feliciano Striano, Hände hoch, bitte!« Er war stehengeblieben, dieses »Hände hoch, bitte« hatte ihn beruhigt. Es war eine Festnahme, kein Überfall. Seinen phlegmatischen Leibwächter, der schießend dazwischengehen wollte, hatte er mit einem Blick versteinert, dann war der Mann weggerannt, um der Verhaftung zu entgehen. Don Feliciano hatte sich Handschellen anlegen lassen. »Macht nur, macht nur«, hatte er gesagt. Und während sie ihm die Handgelenke mit Stahl umschlossen, sahen sich die Carabinieri schon von Schwärmen von Frauen und Kindern umringt. Feliciano lächelte. »Nur keine Sorge.« Das milderte die Lautstärke der Menschen, die an Fenstern und Türen erschienen waren und zu schreien begonnen hatten: »Heee, *Madonna mia!*« Die Kinder klammerten sich an die Beine der Carabinieri und bissen ihnen in die Waden. Die Mütter schrien: »Lasst ihn los, lasst ihn!« Eine große Menge ergoss sich auf die Straße, die Häuser waren umgekippte Flaschen, aus denen Menschen, immer mehr Menschen auf die Gassen strömten.

Don Feliciano lachte: Die Bosse des Casalesi- und Secondigliano-Clans, Palermitaner und Kalabresen aus Reggio, sie alle würde man in Höhlen, hinter Geheimtüren in Wandschränken, in unterirdischen Labyrinthen aufspüren. Er, der wahre König von Neapel, wurde auf der Straße vor aller Augen verhaftet. Nur eins bekümmerte Don Feliciano, dass er nicht elegant gekleidet war, und daran sah man, dass seine Verbindungsmänner bei den Carabinieri ihn verraten oder nichts von der Verhaftung gewusst hatten. Eine halbe Stunde hätte genügt – nicht, um die Flucht zu ergreifen, sondern um den passenden Anzug von Eddy Monetti, das Hemd und die Krawatte von Marinella auszuwählen. Bei all seinen Verhaftungen war er stets tadellos gekleidet gewesen. Und er kleidete sich tadellos, weil es, wie er bei jeder Gelegenheit wiederholte, dir immer passieren kann, dass jemand plötzlich auf dich schießt oder dich festnimmt, und dann darf man dich nicht nachlässig gekleidet antreffen, denn alle wären enttäuscht. »Das war Don Feliciano Striano?« Jetzt würden sie ihn so sehen und womöglich sagen: »Ist das alles, war er das wirklich?« Das war sein einziger Kummer, den Rest kannte er, und was er nicht wusste, konnte er sich vorstellen. Die Menge drängte sich brüllend um die Panther-Alfas der Carabinieri. Die Sirenen schüchterten niemanden ein. Auch die Dienstwaffen nicht. Selbst wenn die Carabinieri gewollt hätten, sie hätten auf keinen Fall das Feuer eröffnen können. »In diesen Häusern gibt es mehr Waffen als Gabeln« – nur diesen einen Satz hatte der Einsatzleiter gesagt, um sie zur Besonnenheit zu ermahnen. Das Kräfteverhältnis war unausgeglichen, neigte sich deutlich zugunsten der Einwohner. Dann tauchten die Fernsehkameras der Nachrichtensendungen auf. Über dem Viertel knatterten zwei Hubschrauber. Die Leute auf der Straße warteten auf ein Zeichen, irgendeins, um die Carabinieri abzulenken, die ganz und gar nicht darauf vorbereitet waren, einem Aufstand entgegenzutreten. Den Befehl zur Festnahme hatten sie in einem ruhigen Moment erhalten, es war tiefe Nacht, alles totenstill. Woher kamen all diese Kinder? Waren diese Menschen mitten aus dem Schlaf auf die Straße gestürzt? Zwischen den Gesichtern, die ihn mit sorgenvoller Verehrung betrachteten, wie man einen Vater ansieht, der ohne Grund weggebracht wird, trat Copacabana nach vorn. Feliciano Striano lächelte ihn an, und Copacabana küsste ihn auf den Mund, stärkstes Zeichen der Treue. Geschlossener Mund. Keiner spricht. Das Siegel.

»Schluss mit dem Gejammer«, befahl Don Feliciano. Copacabana trug diesen Satz weiter, und er war wie der Dominostein, der alle anderen zu Fall bringt. Augenblicklich zerstreute sich die Menge, die Schreie verstummten. Die Leute gingen Don Felicianos Frau und Tochter Gesellschaft leisten, eine Art Kondolenzbesuch. Das hatte 'o Nobile so beschlossen. Es war der letzte Kraftakt eines Clans, der sich im Krieg mit Mocerinos Leuten von der Sanità aufgerieben hatte. Anfangs hatten die Striano versucht, sich mit ihnen zu verbünden, dann hatten sie sich gegenseitig umgelegt. Die letzte erfolgreiche Strategie von Don Feliciano 'o Nobile war, seinen Leuten und seinem Viertel durch seine Anwesenheit zu beweisen, dass er es nicht nötig hatte, zu verschwinden – wodurch man letztendlich zum leichten Ziel wurde und starb. Die lange Herrschaft, die er von seinem Vater Luigi Striano 'o Sovrano geerbt hatte, musste unausweichlich enden, das wusste er genau. Sich in den Tagen, die ihm noch blieben, auf diese Weise zu zeigen bedeutete jedoch, den Striano noch einmal ein Bild ihrer selbst als furchtlos und frei, als Herren im eigenen Haus zu schenken. Und das zählte.

Dann wurde jener Copacabana gegebene Kuss ausgerechnet von Don Feliciano selbst widerlegt. Innerhalb weniger Monate geschah die Apokalypse, unerwartet, gnadenlos, unvorstellbar. Don Feliciano hatte beschlossen, zu reden, und seine Aussagen als Kronzeuge ließen mehr Gebäude einstürzen als ein

Erdbeben. Das ist keine Metapher, sondern genau das, was geschah. Es zeichnete den gesamten Stadtplan des Systems neu. Ganze Gebäude leerten sich durch Verhaftungen oder Zeugenschutzprogramme, die Don Felicianos Verwandte auf sichere Gebiete umsiedelten. Es war furchtbarer als eine Fehde. Es brachte Schande über alle Männer und Frauen des Clans, dieselbe Schande wie die Erkenntnis, dass alle vom Ehebruch des eigenen Mannes, der eigenen Frau wissen. Man fühlt sich beobachtet, verspottet. Schon immer hatten alle die starren blauen Augen von Don Feliciano auf sich ruhen gefühlt. Diese Augen waren Bedrohung und Schutz. Niemand konnte Forcella betreten und tun, was er wollte, niemand konnte gegen eine Regel des Systems verstoßen. Und die Regeln des Systems wurden von den Striano diktiert und bewahrt. Diese Augen waren Sicherheit und Angst. Diese Augen würde er jetzt schließen, hatte Don Feliciano entschieden.

Wie bei seiner Verhaftung war es Nacht, als das Viertel den Verrat erkennen musste. Urplötzlich tauchten die Hubschrauber auf, und es gab sogar einen gepanzerten Bus, in dem die Verhafteten zu Hunderten saßen. Don Feliciano verriet die Killer, die einfachen Mitglieder, die Erpresser, die Stützpunkte des Drogenhandels. Er klagte seine eigene Familie an, und nacheinander redete die ganze Familie. Sie verrieten sich gegenseitig, lieferten Informationen, sprachen von Schmiergeldern, vergebenen Aufträgen, Konten. Stadträte, Vizeminister, Bankdirektoren und Unternehmer – er verpfiff sie alle. Don Feliciano redete und redete immer weiter, während eine einzige Frage das ganze Viertel umtrieb: »Warum?«

Dieses Fragewort bedeutete monatelang nur eins: »Warum ist Don Feliciano zum Verräter geworden?« Man musste den Satz nicht beenden, es genügte, das »Warum?« auszusprechen, und alle verstanden. »Warum« bedeutete einzig und allein: »Warum hat Don Feliciano das getan?« Man brütete über Antworten, aber die Wahrheit war einfach, ja banal: Don Feliciano war geständig, weil er Forcella lieber sterben sah, als es einem anderen zu übergeben. Da er nicht die Kraft gehabt hatte, sich einen Strick um den Hals zu legen, wollte er den Strick jetzt allen anderen umlegen. Er tat, als bereute er, doch wie sühnt man die Schuld an vielen hundert Toten? Blödsinn. Gar nichts hatte er bereut. Er redete, um weiter zu töten. Erst mit Waffen, jetzt mit Worten.

Dragòs Vater, Nunzio Striano 'o Viceré, wurde verurteilt: Feliciano hatte ihn jedes einzelnen Geschäfts, jeder Untat, jedes Verbrechens beschuldigt, das er begangen hatte, doch der Vizekönig hatte geschwiegen. Die anderen Brüder hatten alle geredet, 'o Viceré nicht. Er saß weiterhin im Gefängnis und schützte mit seinem Schweigen ein paar Wohnungen und seinen Sohn. Er wollte nicht, dass es Luigi wie Don Felicianos Tochter erging, die vor ihrer Heirat mit Micione von allen verachtet worden war. »Die Geständige« nannte man sie.

Niemand im Gerichtssaal war so ahnungslos, dass er auf der Anklagebank hinter Tigrotto nicht den riesigen Schatten von Micione gesehen hätte, als wäre er in Fleisch und Blut anwesend. Unterdessen setzte Don Vittorio dem Drängen des Staatsanwalts weiterhin sein Schweigen entgegen. »Ihr Sohn wurde von mehreren Kronzeugen als Feind der Faella bezeichnet. Sie teilen sich nicht nur das Viertel mit den Faella, sondern auch eine Vergangenheit als Verbündete. Können die Faella also Ihrer Meinung nach den Tod Ihres Sohnes gewollt haben?«

»Mein Sohn war so anständig und freundlich zu allen, dass er meiner Meinung nach bei niemandem den Wunsch wecken konnte, ihn zu töten. Unmöglich. Vor allem nicht bei den Menschen aus unserem Viertel, die wissen, wie sehr ihm Ponticelli, die Kinder des Viertels und alle Leute am Herzen lagen. Er hat sie immer geliebt, und sie waren alle bei seiner Beerdigung.«

Es war eine Rede und Gegenrede in korrektem Italienisch, um Dialektausdrücke im Zaum zu halten, die an die Oberfläche drängten, in diesem Moment aber die Windstille gefährdet hätten.

Die Arroganz, mit der 'o Tigrotto auftrat, schien Don Vittorio nicht nervös zu machen, er konnte ihm sogar in die Augen schauen. Tigrotto versuchte, alles mit einer angewiderten Grimasse abzutun.

»Ich kannte Gabriele Grimaldi, aber nur vom Sehen. Ich weiß, dass er nie in Ponticelli war, und hab sowieso nicht in Conocal rumgemacht. Ich musste mich nie auf der Straße durchschlagen.« 'O Tigrotto benutzte Worte, mit denen er die von Micione weitergab. Er wollte hervorheben, dass er eine andere Herkunft, ein anderes Blut, andere Interessen hatte, er war in einer Villa aufgewachsen, nicht auf der Straße. Im Spiel stummer Hinweise sagten diese Worte: Micione ist kein Drogendealer, er lebt nicht nur vom Stoff, er macht sein Geld mit Baugewerbe und Politik, mit richtigen Geschäften, weit weg vom einzigen Weg. Don Vittorio konnte nicht anders, er musste ihn diese Dinge sagen lassen. Sich nachgiebig zeigen.

Nicolas verstand das Spiel in sämtlichen Nuancen. Er verstand, dass hinter allem immer diese Sache mit dem Blut steckte, die Zugehörigkeit, das Schmutzige und das Saubere. Diese Begriffe, die so alt waren wie die Menschheit, wurden von keiner Theorie zusammengehalten. Schmutzig und sauber. Wer entscheidet, was schmutzig ist? Wer entscheidet, was sauber ist? Das Blut, immer nur das Blut. Das Blut ist rein und darf niemals in Kontakt mit dem schmutzigen Blut kommen, dem der anderen. Nicolas war mit diesen Dingen aufgewachsen, alle seine Freunde waren damit aufgewachsen, aber er wollte den Mut haben, zu behaupten, dass dieses System veraltet war. Und überwunden werden musste. Der Feind deines Feindes ist dein Verbündeter, unabhängig vom Blut und von Verwandtschaften. Wenn er, um der zu werden, der er werden wollte, den lieben musste, den zu hassen man ihn gelehrt hatte, gut, er würde es tun. Scheiß auf das Blut. Camorra 2.0.

Menschliches Schild

Jeden Tag mussten die *guaglioni* von Don Vittorio Grimaldi die Namen der Straßen von Conocal lesen, denn von dort, aus diesem Bezirk des Ponticelli-Viertels, konnten sie nicht weg. Conocal zu verlassen bedeutete, sich der Gefahr aussetzen, von Miciones Männern erschossen zu werden, alle Faella hatten sie im Visier. Also blieben die Jungen im Viertel, auf diesen Straßen, die ein Rechteck bilden, dem rechts oben eine Ecke fehlt. Wenn sie die Geschichten lasen, die andere in den Zeitungen über sie schrieben, gerieten sie in Wut, denn da wurde vom Verfall, von gesichtslosen Mietskasernen, von fehlender Zukunft gefaselt. Aber es gab sie, diese aneinandergereihten Kaninchenställe, und ob es sie gab, und angeordnet waren sie nach einer verlogenen Geometrie, die einen Lebensraum schaffen will, stattdessen aber einsperrt. Wie eine Zelle. Doch diese Jungen wollten nicht so enden wie Scampia und ein Wahrzeichen werden. Sie waren nicht blind, sie sahen, dass alles in ihrer Umgebung aus dritter, vierter Hand zu kommen schien. Zerschlissene, sonnengebleichte Gardinen, verkohlter Müll, Mauern, die Drohungen auskotzen. Dennoch war es ihr Viertel, und all das war ihre Welt, also fand man sich besser damit ab, auch um den Preis, zu leugnen, was offensichtlich war. Eine Frage der Zugehörigkeit. Zugehörigkeit ist ein Treppenabsatz. Zugehörigkeit ist eine Straße, und Straßen werden zum einzig möglichen Raum, wo man leben kann. Eine einzige Bar, nur zwei kleine Geschäfte, früher Kurzwarenläden, wo inzwischen alles verkauft wurde. Trödelläden, in Lager für Klopapier und Waschmittel verwandelt, denn es gibt keinen Supermarkt, der nächste ist zu weit für die Alten, für die Mofas und für die, die nicht aus ihrem Viertel herauskönnen. Wie die Grimaldi. Im Viertel konnten sie jedoch weiterhin verkaufen. Die Kunden, die nach Conocal kamen, hofften, dort besonders billigen Shit, Koks und Crack-Kugeln zu kriegen. Don Vittorio hatte aber nicht gewollt, dass der Preis zu sehr sank. Das wäre ein sehr schlechtes Zeichen gewesen, ein Zeichen von Tod. Darum kamen bald keine Kunden mehr nach Conocal, und die Jungen konnten sie sich nicht anderswo suchen.

Doch nicht alle hielten sich an den Befehl. Aucelluzzo, »das Vögelchen«, war ein geschickter Mopedfahrer, er fuhr schnell, nein, er flog, schneller als die Kugeln, die ihn hätten erwischen können, schneller als die Augen, die ihn erkannt und gemeldet hätten, und er war flink beim heimlichen Dealen. Sichtbar für den Käufer, unsichtbar für die Ausspäher. Darum hatte Aucelluzzo keine Angst, Conocal zu verlassen. Doch obwohl er seine Ängste besiegte und Mut aus den X-Men schöpfte, deren Tattoos seinen Körper bedeckten, war er schon jetzt dazu verurteilt, jung zu sterben. Copacabana verhinderte von seiner Zelle aus mit allen Mitteln, dass jemand von außerhalb irgendwas in seinem Gebiet verkaufte, erst recht nicht die Grimaldi. Andere Familien hätte er gegen eine prozentuale Beteiligung vielleicht geduldet, sie nicht. Sie hatten sich gegen Forcella gestellt, sie hatten Krieg angefangen: Das Heroin, Kokain und Gras von Forcella kam aus dem Westen, während die Grimaldi das Zeug aus dem Osten gebracht hatten.

Copacabana wollte ihnen den Osten wegnehmen, und es gelang ihm. Darum waren drei Straßen in Neapel so viel wert wie die Hauptstadt von Montenegro, ein Stück vom Balkan und eine ganze Pflanzung in Albanien. Das wusste Aucelluzzo nicht, aber er ahnte es. Er flog weiter auf seinem Moped durch die Stadt, die dünnen Beine hinter dem Schutzblech versteckt, und wenn man ihn ankommen sah, schien es, als wüchsen der Oberkörper und alles andere direkt aus dem Sattel. Er fuhr immer in aerodynamischer Haltung, auch wenn es gar nicht nötig war und obwohl seine uralte Vespa aus dem Schrott der Vespa seines Vaters zusammengeschraubt war. Beugte sich vor, bis er mit dem Kopf den Tachometer berührte, und hielt die Ellenbogen seitlich so ausgestellt, dass sie schon öfter ein paar Rückspiegel demoliert hatten. Von einem Vogel hatte er nicht nur den Namen, auch die Nase, ein spitzer, nach unten gebogener Schnabel, wie der des Sperbers.

Die Männer von ʼo White, Carlitos Way, Chicchirichì und ʼo Selvaggio, nahmen seine Verfolgung auf, sobald sie von weitem diese abgespreizten Ellenbogen sahen. Aucelluzzo erspähte sie aus dem Augenwinkel, gab Gas, und weg war er mit der Vespa im ewigen Verkehr, seiner Schutzmauer. »Beim nächsten Mal bleibst du hier am Boden«, schrien sie ihm hinterher, aber Aucelluzzo war schon verschwunden, und auch wenn er sie gehört hätte, wäre es ihm scheißegal gewesen, er wäre trotzdem wiedergekommen. Oben in Forcella provozierte er sie sogar, fuhr an der Saletta vorbei.

»Je hungriger die Vögel sind, desto weniger Angst haben sie, wenn einer mit den Füßen trampelt oder in die Hände klatscht. Kennst du das, ʼo White, wenn du in die Hände klatschst, aber diese Ratten der Luft wollen einfach nicht wegfliegen? Warum nicht? Sie haben Hunger. Und sie scheißen drauf, ob du sie töten willst, sterben müssen sie sowieso. Vor Hunger oder weil du auf sie schießt. Wir schießen nicht auf sie, und die Tauben kacken uns auf den Kopf. So ist das mit den Grimaldi«, erklärte Copacabana, als man ihm im Gefängnis davon berichtete.

Aucelluzzo nahm Scharen von Kindern mit. Er ließ sie ein, zwei Stunden an den Plätzen stehen. Manchmal kamen sogar alte Männer, die niemand mehr beschäftigte. Wie Alfredo Scala 40, der Tote gemacht hatte, eine Zeitlang war er sogar Capo im Viertel gewesen. Als es die Lira noch gab, hatte er viel verdient, hundert Millionen in der Woche. Durch Anwaltskosten und Verschwendungssucht heruntergekommen, zum Kleindealer und Ausspäher deklassiert, postierte er sich jetzt abseits der Umschlagplätze und fing Kunden ab. Im System fing man früh an. Und wenn man nicht früh starb, brach trotzdem irgendwann alles zusammen.

Das ging zu weit. Dieses Krebsgeschwür Aucelluzzo streute jetzt schon Metastasen, also beschlossen die Capelloni, ihn zu erledigen. 'O White kümmerte sich persönlich darum. Aucelluzzo saß wie immer auf seiner Vespa, er hatte es gewagt, sich auf der Piazza Calenda zu postieren, den Rücken an ein Baugerüst gelehnt. Noch vor den Schüssen hörte er das metallische Geräusch der Rohre, als die Kugeln von 'o White daran abprallten. Der hielt die Pistole horizontal, wie er es in den Videos der Gangsta-Rapper gesehen hatte. Peng. Peng. Peng. Dreimal, aufs Geratewohl, denn seit kurzem schluckte er haufenweise Morphium, dasselbe Zeug, das er durch seine, also Copacabanas Pusher sehr gut vertickte. Von dem Geld hatte er der Koala, seiner Schwester, eine Wohnung gekauft. Doch Morphium und Präzision vertragen sich nicht, darum kam Aucelluzzo auch diesmal wieder ungeschoren davon.

Wenn Nicolas an dem Tag nicht gerade dort vorbeigekommen wäre – er und Dentino hatten plötzlich Heißhunger, fuhren durch die Via Annunziata und überlegten, wo sie essen sollten –, wenn er dies metallische Geräusch nicht erkannt hätte, wenn er sich nicht so schräg in eine 90-Grad-Kurve gelegt hätte, dass er rutschte und einen Fuß auf den Boden stellen musste, um nicht zu stürzen und von der Fahrtrichtung abzuweichen, die ihn zur Piazzetta Forcella, also in die entgegengesetzte Richtung gebracht hätte, wenn er das alles nicht getan hätte, wäre ihm diese Szene entgangen, und vielleicht wäre ihm eine Idee nicht gekommen, die er sofort in die Tat umsetzte, während Dentino sich noch ein Kreuzzeichen auf die Stirn malte.

Ein menschlicher Schild. Nicolas stellte sich zwischen Aucelluzzo und 'o White, der seine Pistole jetzt wieder gerade hielt und ein Auge schloss, um besser zu zielen. Nicolas stellte sich dazwischen. 'O White erstarrte. Aucelluzzo erstarrte. Dentino zog ihn am Shirt und schrie: »Maraja, was soll der Scheiß?« Nicolas drehte sich zu 'o White um, der noch immer mit gezückter Pistole und zugekniffenem Auge dastand, als wartete er, dass Nicolas das Feld räumte, damit er wieder schießen konnte.

»White«, sagte Nicolas, mit dem Moped auf ihn zugehend, während Aucelluzzo mit quietschenden Reifen davonfuhr, »wir machen immer noch Tote und werden die Falken und die Polizeikontrollen nicht mehr los. Du bist nicht klar im Kopf. Es fehlt nur noch, dass du auch 'n paar Alte, Frauen und Kinder umlegst. Aucelluzzo ist weg, den kriegen wir noch. Überlass mir das.« All das sagte er in einem Atemzug. 'O White ließ die Pistole sinken, sagte aber nichts. Es gibt zwei Möglichkeiten, überlegte Nicolas. Entweder hebt er die Pistole wieder, und das war's dann. Oder … 'O White öffnete den Mund zu einem Lächeln aus nikotingelben, abgesplitterten Zähnen, steckte sich die Pistole in die Hose und ging weg. Nicolas seufzte auf, und das spürte auch Dentino, der an seinem Rücken lehnte.

Aucelluzzo verschwand, aber sie wussten, dass er es nicht ertrug, eingesperrt zu sein.

»Warum hast du das bloß gemacht?«, fragte Briatò. »Aucelluzzo stellt sich gegen Micione und gegen Copacabana, also auch gegen uns.«

Sie saßen in der Saletta und waren unter sich. Die Capelloni, überlegte Nicolas, sind wahrscheinlich im Gefängnis bei Copacabana, um ihm alles zu berichten. Umso besser.

»Keine Sorge, wir gehören nicht zu Micione, wir gehören nicht zu Copacabana. Wir gehören zu uns.«

»Hab aber immer noch nicht kapiert, wer dieses ›wir‹ ist«, sagte Dentino, »bis dahin gehör ich dem, der mir Geld gibt.«

»Aber was wäre, wenn wir das Geld zusammentun, das du weggibst, erst einem, dann 'm andern, und dann noch einem?«, fragte Maraja. »Wenn das Geld eine Gruppe ist, würde dir das nicht gefallen?«

»Aber wir sind doch schon 'ne Gruppe!«

»Ja, von Idioten.«

»Mann, du hast dich voll verrannt, andauernd kommst du mit dieser Paranza«, sagte Dentino.

Nicolas kratzte sich demonstrativ an den Eiern, als wollte er sagen, dass Träume nicht ausgesprochen werden dürfen. Das Wort »Paranza« versuchte er möglichst zu vermeiden.

»Aucelluzzo nehm ich mir vor«, sagte Maraja, »wenn ihr ihn seht, unternimmt keiner was.«

Seit einer guten Stunde diskutierten sie über das, was Nicolas getan hatte. Sagten, er sei verrückt, total durchgedreht. Wenn White nun eine Schießerei ausgelöst hätte? Wenn dabei wirklich Alte und Kinder draufgegangen wären, wie Nicolas selbst gesagt hatte? Ein Wahnsinniger. Maraja hörte ihnen zu. Denn was er hörte, war seine Inthronisation durch die anderen. Was Briatò und der Rest der Gruppe Wahnsinn nannten, nannte Maraja Instinkt, und Maraja kommandierte instinktiv. Es war

ein angeborenes Talent, wie gut mit dem Fußball umgehen können, ohne je auf einem Platz trainiert zu haben, oder von klein
auf gut rechnen können, ohne je Unterricht gehabt zu haben.
Er fühlte sich durchdrungen von einer Art Führungsgeist und
freute sich, wenn die anderen den erkannten.

Aucelluzzo war nur ein unbedeutender Junge, aber er war das
Tor zum Conocal-Viertel, und wenn man einmal drin war, kam
man an Don Vittorio ran, und von dort aus … Nicolas fasste
sich wieder an die Eier.

»Hm, aber wo du ihm das Leben gerettet hast, wird er nicht
so bescheuert sein, noch mal herzukommen«, wandte Briatò
ein.

»Und ob«, sagte Maraja, »wo man einmal hatte Glück, dahin kehrt man gern zurück.«

»Aber hier schießen sie.«

»Ja, aber das ist schwierig. Er klappert die Sanità ab, Forcella,
den Bahnhof, Corso Umberto und San Domenico. Ist ständig
unterwegs, und sobald er Stress wittert, haut er ab.«

»Glaubt ihr, dass er bestückt ist?«, fragte Dentino.

»Willst du die Wahrheit? Ich glaub nicht. Und wenn, dann so
wie wir jetzt, mit 'ner Schrottknarre und Messern.«

In den Tagen darauf erkundete Nicolas das Terrain, indem er
vor und zurück ging, immer wieder vor und zurück. Mittlerweile war er wie besessen. Auch Letizia hatte bemerkt, dass er
in Gedanken ständig woanders war, aber Nicolas brütete ja immer irgendwas aus, also sorgte sie sich nicht zu sehr. Schließlich tauchte Aucelluzzo wieder auf. Er fing weit weg an, nicht
direkt dort, wo Copacabanas Männer waren. Jetzt verkaufte
er auch schon an Schwarze und Kinder, und das zu einem solchen Schleuderpeis, dass vielleicht sogar seine eigenen Leute

ihn umgebracht hätten. Er bediente den Ponte della Maddalena und ein Stück vom Bahnhof. Und dort erwischte ihn Nicolas, direkt an der Piazza Garibaldi, in einem dieser Platzregen, die die Sicht trüben, aber es gab keinen Zweifel, er war es. Dieses schwarze Sweatshirt mit dem Bild von Tupac Shakur zog Aucelluzzo nie aus, nicht mal bei dreißig Grad. Er hatte sich die Kapuze übergezogen und war ins Gespräch vertieft mit einem, den Nicolas noch nie gesehen hatte. Maraja stellte den Motor aus und kam leise näher, indem er sich mit den Füßen vom Boden abstieß. Er hatte keine bestimmte Strategie, nur, dass er ihn überraschen wollte, dann würde ihm schon was einfallen. Doch ein ohrenbetäubender Donner ließ alle den Kopf heben, auch Aucelluzzo, der Nicolas triefend nass vor sich sah, die Jeans an den Schenkel klebend.

Er sprang auf die Vespa, die an der Balustrade lehnte, und schon war er weg. Beschleunigte sofort, nahm die Kurven »mit dem Ohr am Boden«, raste wie ein Wahnsinniger, als wäre der Verkehr in diesem Regen nicht schon chaotisch genug. Die Autos auf dem Corso Umberto bildeten eine kompakte, unbewegte Masse, alles hupte, die Scheibenwischer fächelten immer schneller, spritzten Wasser nach links und rechts. Das ist ein tropischer Regen, dachte Nicolas, es ist der Regen bei der Schlacht um Helms Klamm, und er fühlte sich wie ein Uruk-hai, die hochgezogene Jacke war sein undurchdringlicher Panzer. Die Leute auf den Bürgersteigen klebten an den Hauswänden, hofften, die Balkone würden ihnen Schutz bieten. Aucelluzzo ließ in jeder Pfütze Fontänen aufspritzen, und wenn er einen Spalt zwischen zwei Autos sah, schlüpfte er hinein, wischte sich mit der Hand das Wasser aus dem Gesicht, gab noch etwas mehr Gas. Nicolas hatte Mühe, hinter ihm zu bleiben, er schrie: »Ich tu dir nichts, will nur reden!« Doch Aucelluzzo beschleunigte wieder, die immer weiter gespreizten Ellenbogen streiften Rückspiegel, und bei diesem Krach, als wäre man im Krieg, hätte er ihn sowieso nie gehört. So ging es eine ganze Weile, immer wieder bog Aucelluzzo urplötzlich ab, nahm Einbahnstraßen, fuhr perfekte Kurven, ohne ein einziges Mal abzubremsen. Er fuhr die Vespa wie durch ein Minenfeld, doch statt den Minen auszuweichen, bretterte er absichtlich drüber.

In einer Gasse, die Nicolas nicht wiedererkannte, denn inzwischen fuhr er blind und versuchte nur noch, das Rücklicht des Flüchtenden nicht aus den Augen zu verlieren, raste Aucelluzzo in eine mindestens einen halben Meter tiefe Pfütze hinein. Die Räder verschwanden fast im Wasser, und Nicolas dachte schon, jetzt hat er's verbockt und bleibt stehen, doch der andere beschleunigte wieder, und die Vespa antwortete, indem sie eimerweise fauliges Wasser durch die Luft wirbelte. Nicolas fuhr stotternd, wenn er merkte, dass das Hinterrad Bodenhaftung verlor, bremste er, und mehr als einmal stieß er gegen die Stoßstangen der Autos vor ihm. Er fluchte, drohte den Leuten, die wollten, dass er anhielt und seine Papiere zeigte. Er umfuhr die abgrundtiefen Schlaglöcher, die sich bei jedem Wolkenbruch in der Stadt auftun, und spürte seine Hände nicht mehr, sie waren mit dem Lenker des Beverly zusammengewachsen. Er durfte den Gasgriff nicht loslassen, und er durfte den Sichtkontakt mit der Vespa nicht verlieren, die mühelos vorankam, als wäre sie in ihrem ureigenen Element. Sie huschte sogar über die menschenleeren Bürgersteige, denn der Tropenregen war jetzt, wenn das überhaupt möglich war, noch stärker geworden, und es hatte zu hageln begonnen. Aucelluzzo bekam die Eisklumpen auf die Kapuze und fuhr trotzdem durch den Hagel, Nicolas fluchte, doch er durfte nicht aufgeben, wann, verfluchte Scheiße, würde er ihn endlich erwischen?

Schlagartig hörte der Hagel auf, als hätte jemand dort oben einen Ausguss zugestöpselt, doch die Straße war eine einzige weiße Fläche, es sah aus wie Schnee. Die Vespa hinterließ Rillen, die Nicolas genau nachfuhr, um nicht zu stürzen, dann wechselte die Szenerie abermals, denn der Regen ließ nach, und die Menschen strömten zurück auf die Straße. Aucelluzzo fuhr noch immer geradeaus weiter, und wenn er mit der schwärzlichen Suppe, zu der das angestaute Regenwasser geworden war, ein Chaos unter den Fußgängern anrichten konnte, tat er es. Dann musste Nicolas Slalom fahren durch Gruppen wutschäumender Passanten, die sich nicht an diesem fliehenden Teufel rächen konnten und es darum bei seinem Verfolger versuchten.

Irgendwann sandten der Gestank der Bremsen und der glühende Auspuff eindeutige Signale aus. Der Gestank von verbranntem Gummi erreichte Maraja, als die Wolken endlich aufrissen, doch er nahm ihn nicht wahr, weil er beschlossen hatte, die Verfolgung aufzugeben. Auch Aucelluzzo schien müde geworden, denn er merkte nicht, dass Nicolas aus den Rückspiegeln verschwunden war. Der Dealer von Conocal holte das Letzte aus seiner Vespa heraus und fuhr gerade an der Uni Federico II. vorbei, als ihm klar wurde, dass Nicolas andersherum gefahren war und aus dem Vico Sant'Aniello a Caponapoli herauskommen musste. Einen Moment lang bedauerte Aucelluzzo, dass er nicht bewaffnet war, dann ergab er sich. Als er sah, dass Nicolas beide Hände auf dem Lenker seines Mopeds liegen ließ, begann er zu hoffen: Wenn er eine Pistole gehabt hätte, hätte er schon geschossen.

Maraja versuchte es erst gar nicht mit einer ausgeklügelten Rede voller Unterstellungen und vorgeschobener Themen. Er kam direkt zum Punkt: »Aucellù, ich muss mit Don Vittorio Erzengel reden.«

Aucelluzzo machte es verlegen, diesen Namen mitten auf der Straße und vor sich ausgesprochen zu hören. Er wurde rot vor Scham, nicht vor Wut.

»Ich muss mit Erzengel sprechen«, beharrte Nicolas. Um sie herum strömten die mit Schirmen und K-Way-Regenjacken bewaffneten ausländischen Touristen ins Museo Archeologico, ohne sich um die beiden zu kümmern, die auf der Straße diskutierten. »Du musst ihm klipp und klar sagen, dass du erstens noch lebst, weil du es mir verdankst, und zweitens, dass Micione euch alle austrocknet, die fressen euch auf. Und dass eure *guaglioni* einen Scheiß wert sind, die spielen vierundzwanzig Stunden am Tag PlayStation. Von denen reißt sich keiner mehr den Arsch auf.«

»Ich seh Don Vittorio doch nie.«

»Ja, aber du legst Blumen auf das Grab seines Sohnes, und wenn er dich dafür ausgesucht hat, heißt das, du bist ihm nicht egal, er kennt dich.«

»Aber ich seh ihn nie«, sagte Aucelluzzo, »ich komm nicht an ihn ran, bin immer auf der Straße.«

»Dann sorg dafür, dass du ihn siehst. Ich könnte dich hier einfach abschlachten, dir die Fresse wegschießen, das weißt du, oder? Jemand eine SMS schicken, der kommt und dich umlegt. Du lebst, weil ich es will.«

»Worüber soll ich denn mit ihm sprechen?«, brachte Aucelluzzo heraus. Die Röte war verschwunden, aber er hielt die Augen gesenkt. Gedemütigt.

»Mach dir keine Gedanken. Sag ihm, es gibt einen Jungen vom System aus Forcella, der mit ihm sprechen will. Das ist mehr als genug.«

»Von wegen mehr als genug!«

»Das muss reichen. Aucellù, wenn du mir dieses Treffen

nicht hinkriegst, dann du bist fällig. Und wenn's klappt, lass ich dich hier arbeiten, ich sag 'o White, dass du uns Provision gibst. Die Hälfte vom Verkauf, mir musst du aber in Wirklichkeit gar nichts geben. Entscheide. Entweder du tust, was ich dir sage, und lebst und frisst noch dazu, oder du tust, was du sagst, dann verhungerst du erst, denn hier im Viertel darfst du nicht mehr abzocken, und dann verreckst du. Sag mir Bescheid.«

Aucelluzzo drehte die Vespa in die Gegenrichtung um und schoss davon, ohne sich zu verabschieden, ohne Ja zu sagen, ohne eine Telefonnummer zu hinterlassen. Er fuhr zurück nach Ponticelli, zurück in das Rechteck aus Teer und Beton, zu dem er und die Seinen verdammt waren. Eine Zelle unter freiem Himmel hatte jemand es genannt. 'O Guantanamo, ein anderer. Und der Häftling Nummer eins saß seelenruhig in seinem abgeschotteten Hausarrest, denn es gab einen, der jedem unliebsamen Besucher den Weg versperrte: 'o Cicognone, Koch, Assistent und Gesellschaftsdame von Don Vittorio, dem Erzengel.

Alles in Ordnung

Alle wussten, wo Erzengel war, aber keiner wusste, wie man an ihn herankam. 'O Cicognone sortierte die Anfragen, kochte Don Vittorios Lieblingsgericht – eine einfache Pasta al pomodoro mit einem Hauch Peperoncino und Basilikum – und hinterbrachte ihm in Echtzeit die Gerüchte und Nachrichten. Den Spitznamen »Riesenschwan« hatte ihm Don Vittorio selbst vor gut zwanzig Jahren verpasst, als 'o Cicognone ein junger Mann war, der seinen zu schnell und nur in die Höhe gewachsenen Körper nicht beherrschte. Er stieß gegen Lampen und Hängeschränke wie ein gefangener Schwan. Ein Tier, hatte Don Vittorio gedacht, ein Vogel, der in diesem aus dem Lot geratenen Körper ganz vergessen hat, was Freiheit ist.

'O Cicognone goss gerade die Pasta für Don Vittorio ab, als er eine SMS von Aucelluzzo bekam. »Cicognò, wir müssen uns sofort sehen, ist dringend!!!!!!!« Es war die fünfte an diesem Morgen, und jedes Mal hatte dieser Nervtöter Aucelluzzo ein Ausrufezeichen mehr gesetzt. Cicognone ließ sich nicht ablenken. Er gab die Pasta in den tiefen Teller und darüber die abgebrühten Tomaten, ohne zu rühren. Dann brachte er den duftenden Teller Don Vittorio, der mit einem Kräuseln der Lippen dankte. Das Zeichen, dass 'o Cicognone sich zurückziehen durfte. Erst dann schrieb er Aucelluzzo eine SMS. Er würde ihn unten vor der Tür treffen, er würde ihm dieses Privileg gewähren – genau das schrieb er –, wenn er aufhörte, ihn zu belästigen.

Aucelluzzo kam pünktlich und war so umsichtig, nicht direkt unter der Wohnung von Don Vittorio scharf zu bremsen. Das hätte genügt, um bemerkt zu werden und sich alle Chancen zu vermasseln.

»Cicognò, du weißt, was auf der Piazza Calenda passiert ist?«, legte er los, ohne abzusteigen. Er hielt die Augen gesenkt, denn dieser baumlange, hagere Mann hatte ihn schon immer eingeschüchtert. Er erinnerte ihn an die Totengräber in Filmen, die für deinen Sarg Maß nehmen, wenn du noch gar nicht tot bist.

»Hm, ja, die Capelloni hätten dich fast kaltgemacht«, antwortete 'o Cicognone. Alle wussten es, und er wusste es früher als die anderen.

»Ja, *adda murì mammà*, dieser *guaglione* von Forcella, Nicolas, der hat mir das Leben gerettet.«

»Weiß ich, aber wenn wir ihm Geld geben müssen, wird das schwierig, wir sind hier elend dran.«

»Nein, er will nur eins.«

»Was?«

»Er will mit Don Vittorio reden.«

»Er will mit Don Vittorio reden? Kannst du vergessen. Don Vittorio redet nicht mal mit denen, die von überall herkommen und alles versuchen, und da soll er mit diesem Rotzbengel reden? Aucellù, bist du übergeschnappt? Verflucht, so einen Schwachsinn nennst du dringend?« Fast hätte er ihm alle sieben Ausrufezeichen seiner SMS ins Gesicht gespuckt. Stattdessen ließ er ihn stehen, drehte sich auf dem Absatz um – genau wie einer dieser Totengräber – und ging, den Kopf unter der Tür duckend, zurück ins Haus.

Aucelluzzo musste sich was einfallen lassen. Doch er war schon immer ein Actionmann gewesen, wie Wolverine – er hatte sich dessen Krallen auf die Unterarme tätowieren lassen, und Wolverines Klingen endeten auf jedem einzelnen Fingerknöchel beider Hände. Denn das war einer, der den Kugeln entkommt. Auf seine Intelligenz hatte Aucelluzzo nie sonderlich vertraut. Er fuhr mit der Vespa durch die Straßen von Ponticelli, und sein Kopf war leer, obwohl er sich bemühte, ihn mit immer abwegigeren Plänen zu füllen. Dann dachte er an das zurück, was Nicolas am Tag zuvor getan hatte: Er hatte dazwischengefunkt, hatte die Karten neu gemischt, ein bisschen Rambazamba gemacht, um die Reaktionen der anderen für sich zu nutzen. Also beschloss Aucelluzzo, Rambazamba zu machen.

Der erste Schritt war der Blumenladen. Er ließ sich vom Verkäufer beraten und kam mit weißen und roten Orchideen heraus, konnte aber nicht widerstehen und kaufte noch einen kleinen Engel zum Dranhängen. Dann raste er zum Friedhof von Poggioreale – »in Poggioreale stirbst du als Lebender, in Poggioreale stirbst du als Toter«, sagte Erzengel –, die Blumen zwischen den Beinen, aber vorsichtig, um sie nicht zu zerdrücken, und beugte sich über das Grab von Gabriele Grimaldi. Den Strauß Chrysanthemen, den jemand vor kurzem gebracht hatte, warf er weg und versuchte, seine Orchideen effektvoll aufzubauen. Nachdem er mit dem Smartphone ein paar Fotos aus verschiedenen Perspektiven geschossen hatte, kehrte er nach Hause zurück. Hier postete er die Fotos von Gabrieles Grab in einem Fan-Forum des SSC Napoli. Und wartete.

Sofort hagelte es Kommentare, und er antwortete: »Wir ehren einen großen Fan.« Und wartete weiter. Bis genau der Kommentar kam, auf den er gewartet hatte: »Wen ehren wir? Einen miesen Scheißkerl, der keinem im Viertel je was Gutes getan hat! Der mit den Zigeunern aus dem Osten rumgemacht hat. Der in Montenegro auf seinem fetten Arsch saß. Keine Ehre. Ehre für den, der ihn aus dem Weg geräumt hat.« Das war er. Svizzerino85.

Svizzerino85 konnte nur einer sein. Ein Fan aus dem Viertel San Giovanni, geboren in der Schweiz, dessen Familie nach Neapel zurückgekehrt war. Und ein kleiner Schweizer war dieser Svizzerino wirklich, vor allem, wenn er als Fan von Napoli im Trikot von Kubilay Türkyılmaz rumlief und behauptete, der Fußballer hätte es ihm persönlich geschenkt. Alle verarschten ihn, aber er trug das Ding stolz, obwohl es ihm bis zu den Knien reichte. Aucelluzzo machte einen Screenshot von dem Kommentar und schickte ihn 'o Cicognone mit der Nachricht: »Das ist der Dreck, mit dem sie Gabriele bewerfen. Ich kümmere mich drum.« 'O Cicognone war unschlüssig, ob er es Don Vittorio zeigen sollte, dann beschloss er, zu warten – er wollte sehen, wozu der kleine Scheißer fähig war.

Und so ging Aucelluzzo am Sonntag ins Stadion. Wie üblich würden alle da sein, und er brauchte natürlich nicht auf die Ränge steigen, um das zu wissen. An die nächsten Schritte dachte er schon gar nicht mehr, er verließ sich völlig auf die Kräfte des Chaos – wie wahrscheinlich einer seiner geliebten Superhelden gesagt hätte, während er es einfach nur *burdello* nannte. Er hatte zwei seiner Leute ins Stadion mitgenommen, Manuele Bust' 'e Latte, die »Milchtüte«, und Alfredo Scala 40, und hatte ihnen ein paar kurze Anleitungen gegeben. Er wollte sich Svizzerino vornehmen, aber er konnte sich nicht auf den Zuschauerrängen mit ihm schlagen, das war zu gefährlich – wenn dann die Bullen kamen? Das Klo war der richtige Ort dafür, und dort würden sie auf die Halbzeitpause warten, wenn alle kamen, um schnell zu pinkeln. Dann sollten Bust' 'e Latte und Scala 40 den Zugang zu den Klos blockieren, indem sie ein paar Besen quer vor die Türen stellten. Außer Betrieb. Alles geschlossen. Hier wird nicht gepinkelt. Sofort würde es einen Aufstand geben, und in dem dann ausbrechenden Chaos hoffte Aucelluzzo das

sommersprossige Gesicht von Svizzerino zu entdecken. Bust'
'e Latte und Scala 40 waren perfekt für den Job. Der eine war
ein Großmaul erster Güte und hatte vor nichts Angst, nicht mal
vor einem wütenden Mob mit voller Blase, der andere war mit
seinen dreiundzwanzig Jahren Knast eine Respektsperson. Man
hatte ihn wegen eines Mordes verurteilt, aber alle wussten, dass
er mehr als zehn begangen hatte. Und die Legenden um seine
Person spuckten Zahlen aus wie beim Lotto: dreißig Morde,
fünfzig Morde … In den Augen des Gesetzes hatte er nur einen
Menschen getötet. Von den anderen Morden, die Kronzeugen
und Spitzel ihm angelastet hatten, war er freigesprochen worden. Das Geheimnisumwitterte von Gerüchten verlieh ihm seine Aura, obwohl er kein Geld mehr hatte und kurz davor war,
zu verzweifeln.

Aucelluzzo saß auf einer Klobrille und legte sich Zweieuro-
münzen auf jeden Handknöchel, dann umwickelte er seine
Hand mit den Binden, die Boxer benutzen. Und darüber drei
Lagen Klebeband. Von weitem hörte er Bust' 'e Latte und Scala
40, die sich abmühten, die Eingänge zu versperren, und noch
weiter weg, gedämpft, aber erkennbar für einen wie ihn, der
diese Chöre aus vollem Hals mitgesungen hatte: »Für dich,
für dich sing ich«, »Im Geist hab ich ein Ideal und im Herzen Napoli«, »Wir sind noch immer hier, wir geben niemals
auf«. Aucelluzzo sang leise mit, dabei drückte er auf seine Fingerknöchel, damit das Klebeband hielt. Er sang fünfundvierzig
Minuten lang plus Nachspielzeit, dann schickte der zweifache
Pfiff des Schiedsrichters alle in die Kabinen. Aucelluzzo hörte
die beiden Pfiffe klar und deutlich. Hatte er sie geträumt? Zum
ersten Mal, seit er da saß, hob er den Kopf und hörte die Menge
auf den Stufen trampeln. Sie kamen. Das Chaos begann. Und
ein Chaos wurde es wirklich. Flüche, Stöße, kurze Rangeleien.

Aucelluzzo sah die Menschenmenge, die erst strömte wie ein Fluss und dann zu einem wimmelnden Klumpen wurde. Mit gesenktem Kopf, flankiert von seinen Kameraden, warf er sich hinein. Es war ein blindes Drängeln, er kassierte Schulterstöße und Schläge, kam aber voran, bis er das Blau-Rot von Svizzerinos Trikot direkt vor sich hatte. Aucelluzzo ging auf ihn los wie ein rasender Stier. Wutschnaubend schrie er: »Du Hurensohn, wie kannst du es wagen, Gabriele mit Scheiße zu bewerfen!« Svizzerino steckte die ersten beiden Hiebe ein, ohne mit der Wimper zu zucken. Er war klein, aber groß im Nehmen, erst bei der dritten Ration Schläge begriff er, dass es um seinen Post im Forum ging, und reagierte mit einem Kopfstoß, der eine Platzwunde an Aucelluzzos Augenbraue hinterließ.

Aucelluzzo teilte weiter Boxhiebe aus, hitzig, aber ohne Taktik, ein bisschen aufs Geratewohl, und wenn seine Kumpel nicht gewesen wären, hätte er wahrscheinlich das Nachsehen gehabt. Das Eingreifen von Scala 40 brachte die Wende. Drei Typen schickte er mit Rückhandschlägen zu Boden, und als er vor Svizzerino stand, dessen Nase ganz zum linken Wangenknochen weggedreht war, brüllte er ihm so aggressiv ins Gesicht, dass der Junge erstarrte. Wenn Prügeleien zu lange dauern, wenn auch Unbeteiligte mitmachen und die Gewalt in ein Jeder-gegen-jeden ausartet, ist das ein Zeichen, dass das Ganze bald aufhört. So auch hier. Als ein paar Meter Stahlbeton über ihnen der Schiedsrichter zur zweiten Halbzeit pfiff, wurde die Menge vom Klumpen wieder zum Fluss, der jetzt in umgekehrter Richtung strömte. In dem leeren Gang vor den Klos blieben Aucelluzzo, seine beiden Kumpel und ein verstörter Verkäufer zurück, seinen Korb voller Chips und Dosen noch um den Hals. Aucelluzzo konnte nur einen einzigen Gedanken aussprechen: »Ist die Viertelstunde etwa schon vorbei?«

Scala 40 schleifte Aucelluzzo und Bust' 'e Latte nach draußen, lud sie in ein Auto und brachte sie nach Conocal zurück, dann verzog er sich. Sie sahen aus wie zwei Schuljungen, die sich geprügelt hatten und vom Lehrer an den Ohren vor ihre Eltern gezerrt worden waren. Bust' 'e Latte hatte sich einen Tritt ins Gesicht eingefangen, seine Lippe war aufgeschlagen. Aucelluzzo fühlte sein ganzes Gesicht pulsieren und bemühte sich vergeblich, sein rechtes Auge zu öffnen, es war zugeklebt. Er hatte eine gewaltige Dummheit begangen und gegen die Regeln verstoßen. Da er ohne Erlaubnis gehandelt hatte, würde man ihn bestrafen. Aber sein Plan war aufgegangen. Er würde sein Ziel erreichen, und jetzt musste er seine letzten Karten klug ausspielen.

Cicognone, von Scala 40 benachrichtigt, erwartete sie genau an der Stelle, wo er tags zuvor mit Aucelluzzo geredet hatte. Er sah nicht wütend aus, hatte auch keinen Gürtel in der Hand, wie ein Vater oder ein älterer Bruder, die von der Schlägerei genervt waren. Nein, er hatte schon die Pistole rausgeholt und schlug Aucelluzzo damit ins Gesicht. »Verfluchte Scheiße, was hast du angerichtet? Was fällt dir ein? Machst einfach was ohne Erlaubnis!« Aucelluzzo stand schwankend vor dem Revolverlauf. Das war der heikelste Teil. »Verfluchte Scheiße, was hast du angerichtet?«, wiederholte 'o Cicognone, und bei jeder der immer gleichen Fragen wurde er lauter. Dieser Vogel ging ihm wirklich gewaltig auf den Sack. Wieder und wieder fragte 'o Cicognone, hielt die Pistole mal dem Vögelchen, mal der Milchtüte vor die Nase und überhörte das metallische Geräusch ein paar Meter über ihm. Don Vittorio war auf den Balkon hinausgetreten und klopfte mit seinem Ehering laut auf die Brüstung. Cicognone fragte immer noch: »Was fällt dir ein?«, aber die beiden blickten nicht mehr auf ihn oder den Pistolenlauf, sondern nach oben. Don Vittorio musste noch ein »He! He!« hinzufügen, damit Cicognone verstand. Als er Erzengels Stimme erkannte, steckte er die Pistole weg und ging zurück ins Haus, nachdem er die Jungen von der Seite mit einem »Ihr rührt euch nicht vom Fleck!« angeraunzt hatte. Die dachten gar nicht daran, reckten die Nase in die Luft wie die Hirtenkinder in Fatima.

Kurz darauf kam Don Vittorio persönlich herunter. Das hätte er nicht tun dürfen: Wenn er den Hausarrest verließ, würde man ihn augenblicklich wieder einlochen. Vor allem weil es ohnehin sehr schwierig gewesen war, Hausarrest zu bekommen. Aber er wollte runtergehen, und das tat er, er hatte nur noch gewartet, bis Cicognone die Späher benachrichtigte, damit sie aufpassten, dass keine Kontrolle im Anmarsch war.

»Der Schwan und das Vögelchen«, sagte der Erzengel, »da haben wir hier ja mehr Flügel beisammen als der Flughafen in Capodichino.«

Aucelluzzo war nicht zum Lachen zumute, doch ein Lächeln kriegte er hin. »Ich höre, dass du Gabriele verteidigt hast, ich höre, dass man ihn auf dem Internet beleidigt hat.« Erzengel legte die Hand auf seine Schulter und führte ihn ins Treppenhaus. Unter der Treppe war eine niedrige Metalltür, die Erzengel mit einem Schlüssel aufschloss. Er steckte eine Muffe auf einen Wasserhahn, nahm Aucelluzzos Hände und hielt sie unter das fließende Wasser, um ihm das Blut abzuwaschen. Während er mit der Linken die Muffe festhielt, hielt er Aucelluzzos Hand in seiner und säuberte ihm nur mit dem Daumen sanft die Handfläche. Erst die linke, dann die rechte Hand, obwohl die linke nicht bandagiert gewesen war und die Fingerknöchel zwar geschwollen, aber weniger aufgeschürft waren. »Hattest du keine Rosette?« Aucelluzzo verstand nicht, was Don Vittorio meinte. Doch alles, was einem »Nein« gleichkam, machte ihn verlegen, wie ihn auch diese Szene verlegen machte. Er und der Erzengel fast im Dunkeln, in diesem Abstellraum, der so eng war, dass er sein Aftershave riechen konnte. Erzengel fragte noch einmal: »Hattest du keine Rosette? Eine Rosette, wie nennst du das? Die eiserne Faust, ein Schlagring.«

Aucelluzzo schüttelte den Kopf und erklärte: »Nein, ich hab mir Euros auf die Knöchel gelegt und dann die Hand verbunden.«

»Aha, weil sie die Zuschauer jetzt filzen. Als ich so alt war wie du, hab ich mit der Rosette reichlich Wangen aufgeschlitzt.« Er machte eine Pause, dann drehte er den Wasserhahn zu, wischte sich den Handrücken an der Hose trocken und fuhr fort: »Ich danke dir, dass du Gabriele verteidigt hast. Die Beleidigungen dieses elenden Packs lassen ihn nicht in Frieden ruhen, daran denke ich oft. Aber du hättest mich vorher fragen müssen. Dann hätte ich dir gesagt, wie du den Kerl direkt umlegen kannst. Lässt du ihn am Leben, gibst du ihm die Möglichkeit, dir zu schaden. Einer, den du bloß schlägst, ist einer, dem du eine zweite Chance gibst. Vielleicht mochtest du ihn.«

»Nein, im Gegenteil.«

»Warum hast du ihn dann nicht umgebracht? Warum bist du nicht zu mir gekommen?«

»Weil Cicognone keinen mit Euch sprechen lässt.«

»Hier im Viertel seid ihr alle meine Kinder.«

Das war der Moment. Das ganze Rambazamba hatte er gemacht, um genau hier zu stehen, vor Don Vittorio. Jetzt oder nie.

»Äh, Don Vittò, ich muss Euch um einen Gefallen bitten.«

Der Boss schwieg, als wollte er ihn zum Sprechen ermuntern.

»Darf ich Euch um etwas bitten?«

»Ich warte.«

»Nicolas, einer vom System aus Forcella, der *guaglione*, der mich vor der Paranza der Capelloni gerettet hat, bittet um ein Gespräch mit Euch. Es geht um eine wichtige Sache, aber er hat mir nicht gesagt, um was.«

»Lass ihn herkommen«, sagte Erzengel, »sag ihm, dass ich ihm ein neues Gesicht schicke, einen Kontaktmann, der ihm erklärt, was er tun muss. In ein paar Tagen schicke ich ihm ein neues Gesicht zur Piazza Bellini.«

Aucelluzzo, der sein Glück noch nicht fassen konnte, dankte dem Erzengel. »Danke, Don Vittorio«, und senkte tief den Kopf, um eine Verbeugung anzudeuten. Don Vittorio kniff ihm in die Wangen wie ein Großvater, dann kehrten sie ins Licht zurück. 'O Cicognone wartete, die Hände hinter dem Rücken, sichtlich verärgert. Bust' 'e Latte dagegen blickte sich verwirrt um. Wie bin ich hier gelandet?

»Alles Gute für euch, *guagliù*«, sagte Erzengel und ging auf die Haustür zu, drehte sich aber nach wenigen Schritten um: »Fünfzig Prozent, Aucelluzzo.«

Aucelluzzo hatte schon einen Fuß auf dem Parkplatz und dachte gerade, sobald diese Geschichte beendet ist, hau ich mich zu Hause hin und zieh mir eine Woche lang X-Men rein.

»Wie? Don Vittò, ich habe Euch nicht verstanden …«

»Fünfzig Prozent.«

»Don Vittò, verzeiht mir, ich verstehe Euch nicht …«

»Was habe ich dir vorhin gesagt? Hier seid ihr alle meine Kinder, und einer, den ich meinen Sohn nenne, gibt nichts auf sein Leben. Jemand, der so blöd war, ihm das Leben zu retten, bekommt deswegen nicht alles geschenkt, was er will.«

Aucelluzzo kniff das gesunde Auge zusammen, als wollte er in den Worten des Erzengels das Ziel erkennen, auf das er zusteuerte.

»Er hat dir garantiert versprochen, dass du auf seinem Gebiet verkaufen kannst. Garantiert kannst du unsern Stoff dort verkaufen. Fünfzig Prozent von dem, was du verdienst, tust du hier hinein« – und er klopfte zweimal auf seine Hosentasche –, »dreißig Prozent gibst du dem Capo vom Platz. Der Rest gehört dir. Was er dir versprochen hat, war zu wichtig, es war so wichtig, dass du sogar die Beleidigung Gabrieles provoziert hast. Wirklich Rache nehmen und mir die Ehre zurückgeben, so macht man das, Aucellù.«

Nach dem ganzen Stress stand Aucelluzzo mit nichts in der Hand da. Vor dieser neuen Abmachung hatte das, was er außerhalb der erlaubten Straßen verdiente, fast ihm allein gehört, nur der Capo von Conocal hatte dreißig Prozent verlangt. Jetzt musste er Don Vittorio direkt eine Abgabe zahlen. Aucelluzzo senkte niedergeschlagen den Kopf und hob ihn erst wieder, als er den langen Schatten von Cicognone auf sich zukommen sah. »Das Geld gibst du mir, alle zwei Monate, und wenn ich rauskriege, dass du dir was abzweigst, bist du dran. Ich zähle alle Ziegel. Wenn du was für dich abzweigst, schneid ich dir die Eier ab.«

»Dann wär's ja fast besser gewesen, wenn ich mich von 'o White hätte erschießen lassen«, flüsterte Aucelluzzo, während er auf die Vespa stieg.

'O Cicognone sah ihn an, wie man einen ansieht, der nicht mal bei den besten Lehrern die geringste Hoffnung hat, etwas zu lernen. »Don Vittorio hat dich gerettet, kleiner Pisser.« Aucelluzzo verstand wieder nicht. »Hör zu, Dummkopf, hättest du mit Erlaubnis der Forcella-Leute angefangen, wirklich Geld zu verdienen, hätte es zwei Möglichkeiten gegeben: Die Jungen aus Conocal hätten dich abgeknallt, um selbst im Zentrum zu verkaufen, oder sie hätten eigene Wege gesucht, um im Zentrum zu verkaufen und die Straßen hier zu verlassen. Dann hätte niemand mehr hier verkauft, und ich hätte dich umlegen müssen.« Und er ließ ihn mit dem geschwollenen Auge, das in dem blassen Gesicht noch dunkler wirkte, auf dem Parkplatz zurück.

Es war das Ende eines schwierigen Tages. Bevor Aucelluzzo losfuhr, zog er sein Handy aus der Tasche. Er fand Anrufe von seiner Mutter, die seit zu langer Zeit nichts von ihm hörte, und ebenso viele Anrufe von seinem Capo Totore, der wusste, dass Aucelluzzo im Stadion gewesen und dann bei Erzengel gelandet war. Er wollte hören, ob er sich was eingebrockt hatte, vor allem aber, ob er selbst den Kopf dafür hinhalten musste.

»Alles in Ordnung«, schrieb er seiner Mutter.

»Alles in Ordnung«, schrieb er Totore.

»Alles in Ordnung«, schrieb er Maraja.

Alles in Ordnung – die universale Formel. Das Bild des Ganzen, das nach der festgelegten Ordnung abläuft. Alles war in Ordnung für die Mutter, die wissen wollte, warum er sich nach dem Fußballspiel nicht gemeldet hatte. Alles war in Ordnung für den Capo: Er musste nicht zahlen, im Gegenteil, er würde noch mehr verdienen. Alles war in Ordnung für den angehenden Paranza-Capo, der sich den Schutz eines alten, mittlerweile kaltgestellten Bosses sichern wollte.

»Alles in Ordnung.« So, wie die Dinge laufen müssen.

Das Versteck

Dragò brachte sie in die Wohnung in der Via dei Carbonari. Sie lag im dritten Stock eines heruntergekommenen Hauses, wo seit Jahrhunderten dieselben Nachnamen an der Klingel standen. Obstverkäufer der Großvater, Obstverkäufer der jetzige Besitzer. Schmuggler die Vorfahren, Einbrecher die Nachkommen. Neue Mieter gab es nicht, bis auf einen afrikanischen Dealer, dem man erlaubt hatte, hier mit seiner Familie zu wohnen.

Dort hatte Dragò eine Wohnung zur Verfügung. »Die haben uns die Bullen nicht weggeschnappt. Sie gehört noch immer der Familie Striano, dem guten Teil der Familie. Mein Großvater, 'o Sovrano, hat sie denen überlassen, die jeweils für ihn arbeiteten.«

Tatsächlich konnte man die Spuren der früheren Bewohner noch gut erkennen: Die Einrichtung war die einer Wohnung aus den neunziger Jahren, und von da an hatte sie leergestanden. War vergessen worden. Oder besser, konserviert. Als hätte jemand vor fast vierzig Jahren ein Tuch darüber gebreitet, um die Einrichtung zu schonen, und es erst jetzt gelüftet.

Alles war niedriger. Die Tische, die Sofas, der Fernseher. Als wären die Menschen, die hier gewohnt hatten, noch vor ein paar Jahrzehnten nicht größer als einen Meter fünfundsechzig gewesen. Den Jungen reichte alles nur bis zum Schienbein, und den merkwürdigen Servierwagen aus Glas, der vor dem braunen Ledersofa stand, verwandelten sie sofort in eine Fußstütze. Eine riesige Stehlampe mit geblümtem Schirm bildete das Verbindungsglied zwischen zwei ebenfalls braunen Sesseln. Und Regale, überall Regale voller Dinge, die sie noch nie gesehen hatten. VHS-Kassetten mit weißem Etikett, auf das jemand ein Fußballspiel der Nationalmannschaft und das Datum gekritzelt hatte. Doch der lustigste Gegenstand war der Fernseher. Er stand auf einem Tischchen vor einer Wand mit weiß-blauer Streifentapete, ähnelte einem Kubus und musste mindestens fünfzig Kilo wiegen. Der Bildschirm war gewölbt und reflektierte die verblichenen Bilder des Zimmers. Dentino ging darauf zu, als näherte er sich einem gefährlichen Tier, und drückte, gebührenden Abstand haltend, etwas, was wie der Einschaltknopf aussah. Der Knopf machte das Geräusch einer Feder, die sich nach hundert Jahren Untätigkeit endlich abreagieren kann.

»Da passiert ja gar nichts«, sagte Nicolas. Doch ein schwaches rotes Licht erschien und widerlegte ihn. »Früher ist hier manchmal einer von der Familie untergetaucht«, fuhr Dragò mit seinen Erklärungen fort, »und manchmal hat Feliciano ’o Nobile sich Frauen zum Ficken hergebracht. Dies ist die Wohnung von niemand.«

»Das gefällt mir«, sagte Nicolas, »›Niemandswohnung‹. Das hier wird unser Schlupfwinkel.«

Das Wort brachte sie zum Lachen.

»Was ist das, ’n Schlupfwinkel?«, fragte Agostino.

»Das Versteck, wo wir uns verkriechen, uns treffen, wo wir chillen, wo wir alles teilen.«

»Okay, aber dann ist das Erste, was fehlt, ’ne Xbox«, sagte Agostino.

Nicolas erklärte weiter: »Das hier muss die Wohnung von uns allen sein, also gibt’s Regeln. Die erste ist, dass keine Weiber hergebracht werden.«

»Ey, Mann!« Sofort platzte Stavodicendo enttäuscht los. »Das hab ich nun nicht erwartet, Maraja!«

»Wenn wir Weiber herbringen, gibt's Stress. Nur wir, niemand sonst. Nicht mal Freunde. Nur wir, basta. Und übrigens«, fügte er hinzu, »Mund halten. Immer. Diesen Ort hier gibt es nur für uns, basta.«

»Die erste Regel vom Fight Club ist, dass es den Fight Club nicht gibt«, sagte Briatò.

»Bravo!«, rief Lollipop.

»Ja, aber die Leute sehen uns doch reingehen, Maraja«, wandte Dragò ein.

»Dass die Leute uns sehen, ist eine Sache, dass wir es ihnen sagen, eine andere.«

Sie hieß Via dei Carbonari. Sie heißt noch immer Via dei Carbonari, ist immer noch dort, in Forcella. Der Name passte zu dieser Gruppe Jungen, die nichts von den geheimbündnerischen Karbonari des 19. Jahrhunderts wussten und doch an sie erinnerten. Keine edlen Absichten, aber dieselbe blinde Opferbereitschaft, stark genug, um die Welt und ihre Signale zu ignorieren, einzig und allein auf den eigenen Willen zu hören, als objektiver Beweis der Rechtmäßigkeit des eigenen Handelns.

»*Guagliù*, das ist unser Versteck. Wir müssen hierherkommen, hier rauchen wir, hier chillen wir, hier müssen wir sein. Dragò ist einverstanden. Copacabana weiß nichts. Ist allein unsere Sache.«

Nicolas wusste, dass alles mit einer Wohnung anfangen musste, einem Ort, wo man sich treffen und in Ruhe reden konnte. Es war eine Möglichkeit, sich zusammenzuschließen. Und genau das sagte er: »Von hier aus müssen wir anfangen.«

Biscottino war der Einzige, der noch nichts gesagt hatte, er starrte auf die Spitzen seiner brandneuen weißen Adidas. Als wollte er dort unbedingt einen Fleck finden.

»Biscottì, freust dich nicht?«, fragte Maraja.

Endlich hob Biscottino den Kopf. »Kann ich dich mal sprechen, Nico?«

»Nico«, nicht »Maraja«, und der Blick senkte sich wieder auf die Adidas.

Die anderen merkten nicht einmal, dass die beiden ins Schlafzimmer gegangen waren, so vertieft waren sie in die Erforschung dieser Zeitmaschine.

Drüben sagte Biscottino sofort: »Nico, bist du sicher, dass es gut ist, in der Wohnung eines Verräters anzufangen?«

Maraja rückte dicht an ihn heran und stieg mit seinen Schuhen auf die von Biscottino.

»Ein Verräter ist einer, der verrät, nicht der, in dessen Adern Blut vom Verräter fließt. Verstanden? Außerdem hat Dragòs Vater nicht geredet. Komm, wir gehen wieder rüber. Ist nichts passiert.« Er befreite Biscottinos Adidas und sagte noch einmal: »*'A ccà s'adda partì*, von hier aus müssen wir anfangen.«

Schlüssel hatten nur er und Dragò. Wenn die anderen kommen wollten, schickten sie eine SMS: »Seid ihr zu Hause?« Das Versteck war der Anfang von allem, davon war Nicolas überzeugt, eine Wohnung ganz für sie allein, der Traum aller Jugendlichen. Ein Ort, wo sie das Geld ihrer *mesata* hinbringen, zwischen den Dielen, in Umschlägen, unter alten Zeitungen verstecken konnten. Das Geld hier aufbewahren, zählen und vor allem vermehren. Maraja wusste genau: Alles fing erst wirklich an, wenn das Geld zusammengelegt wurde, wenn sie sich wirklich vereinigten, wenn der Ort, von dem aus sie zusammen was unternahmen, wirklich ihr gemeinsamer Ort war. So bildet man eine Familie. So wird ihr Traum Wirklichkeit: die Paranza.

Adda murì mammà

»Eine Paranza ganz für uns allein müssen wir aufbauen. Dürfen niemand gehören, nur uns. Vor gar nichts müssen wir uns beugen.«

Alle sahen Nicolas stumm an. Sie warteten darauf, zu hören, wie sie sich ohne Hilfe, ohne Geld, ohne irgendwas selbständig machen konnten. Macht hatten sie keine, und ihre kindlichen Züge schienen jeden Zweifel daran auszuräumen.

Kinder nannte man sie, und Kinder waren sie wirklich. Wie jemand, der noch nicht begonnen hat zu leben, hatten sie vor nichts Angst. Alte Menschen waren für sie schon tot, schon begraben, schon am Ende. Ihre einzige Waffe war der Raubtierinstinkt, der in menschlichen Welpen noch überdauert. Kleine Tiere, instinktgeleitet. Sie fletschen die Zähne und knurren, das genügt, damit jeder, der vor ihnen steht, sich in die Hose scheißt.

Nur wenn sie wild und grausam waren, würden diejenigen sie anerkennen, die ihnen noch Furcht und Respekt einflößten. Kinder ja, aber mit Eiern. Unordnung schaffen und über die Unordnung herrschen: Wirrwarr und Chaos für eine Herrschaft ohne Regeln.

»Sie glauben, wir sind Kinder, aber wir haben das hier ... und wir haben die hier.«

Mit der rechten Hand zog Nicolas die Pistole aus seiner Hose. Er steckte den Zeigefinger durch den Abzug und ließ die Waffe um seinen Finger kreisen, als würde sie nichts wiegen, während er mit der Linken auf sein Paket zeigte, den Schwanz, die Eier. Wir haben Waffen und Eier, darum ging's.

»Nicolas …« Agostino unterbrach ihn, einer musste das tun, Nicolas hatte es erwartet. Er erwartete es wie den Kuss, der den Soldaten zeigte, wer Christus war. Er brauchte jemand, der das Zweifeln übernahm und die Schuld, nachzudenken – einen Sündenbock, damit klar war, dass es keine Wahl gab, dass man sich nicht aussuchen konnte, ob man dabeiblieb oder ausstieg. Die Paranza musste unisono atmen, und der Atem, an dem alle ihren eigenen Sauerstoffbedarf ausrichten sollten, war seiner.

» … Nicò, so was hat's noch nie gegeben, allein 'ne Paranza machen, einfach so aus nichts. *Adda murì mammà*, Nico, wir müssen um Erlaubnis fragen. Gerade jetzt, wo die Leute denken, in Forcella gibt's niemand mehr, können wir für die Capelloni arbeiten, wenn wir mit ihnen klarkommen. Jeder von uns kriegt seinen Lohn, und später holen wir uns sogar einen Platz.«

»Leute wie dich will ich nicht, Cerino, Leute wie du müssen gehen, jetzt gleich.«

»Nico, vielleicht hab ich's nicht richtig erklärt, ich meine nur, dass …«

»Hab schon verstanden, Cerì, du sprichst schlecht von uns.«

Nicolas kam näher, zog die Nase hoch und spuckte ihm ins Gesicht. Agostino war kein Hosenscheißer, er versuchte zu reagieren, doch während er noch mit dem Kopf auf Nicolas' Nasenrücken zielte, kam der ihm zuvor und wich aus. Sie blickten sich in die Augen. Und dann war Schluss mit der Vorstellung. Nicolas fuhr fort.

»Agostì, ich will keine Leute, die Angst haben, Angst darf uns nicht mal einfallen. Wenn du Zweifel hast, bist du nicht mehr gut für mich.«

Agostino wusste, dass er gesagt hatte, was alle befürchteten, er war nicht der Einzige, der dachte, dass sie das Gespräch mit den alten Bossen suchen mussten. Darum war dieses Ins-Gesicht-Spucken eher eine Warnung gewesen als eine Demütigung. Eine Warnung für alle.

»Du musst jetzt gehen, in der Paranza kannst du nicht mehr mitmachen.«

»Ihr seid bloß eine Handvoll kleiner Scheißer«, sagte Agostino, hochrot im Gesicht.

Das Zähnchen mischte sich ein, versuchte ihn zu besänftigen.

»Austì, geh lieber, du kriegst bloß Stress.«

Agostino hatte nie jemanden verraten, dennoch war er, wie jeder Judas, ein nützliches Werkzeug, damit ein Schicksal sich erfüllte. Bevor er ging, lieferte er Nicolas unwillentlich das, was er brauchte, um die Paranza zusammenzuschmieden.

»Mit drei Messern und zwei Schreckschusspistolen wollt ihr 'ne Paranza machen?«

»Mit drei Messern schlitzen wir dich von oben bis unten auf!«, platzte Nicolas heraus.

Agostino hob den Mittelfinger und ließ ihn vor den Augen derer kreisen, die eben noch Blut von seinem Blut gewesen waren. Nicolas tat es leid, ihn gehen zu sehen, einen Menschen, dessen Leben man kennt, jeden einzelnen Tag, jeden seiner Brudercousins, jeden Onkel, wirft man nicht so einfach weg. Agostino war mit ihm im Stadion gewesen, immer, im San Paolo von Neapel und bei den Auswärtsspielen. Einem Brò musst du die Treue halten, aber so war es nun mal gelaufen, und ihn rauszuschmeißen war nützlich. Nicolas brauchte einen Schwamm, der alle Ängste der Gruppe aufsaugte. Kaum hatte Agostino die Tür hinter sich zugeschlagen, fuhr er fort.

»Fratè, der Hosenscheißer hat recht … Mit drei Küchenmessern und zwei Schreckschusspistolen können wir keine Paranza sein.«

Und die, die vor einem Augenblick noch bereit gewesen waren, mit ihren drei Klingen und dem Alteisen zu kämpfen, weil Nicolas sie gesegnet hatte, bestätigten nun, nachdem Zweifel erlaubt waren, allesamt ihre Ernüchterung: Sie träumten von Waffenarsenalen und mussten sich mit Spielsachen behelfen, die sie in ihrem Kinderzimmer versteckten.

»Ich habe eine Lösung«, sagte Nicolas. »Entweder sie bringen mich um, oder ich komme mit Waffen zurück. Und wenn das passiert, muss sich hier alles ändern. Mit den Waffen kommen Regeln, denn *adda murì fratemo*, ohne Regeln sind wir bloß kleine Fische und Babys.«

»Wir haben doch Regeln, Nico, wir sind alle Brüder.«

»Ohne Schwur sind Brüder gar nichts. Und schwören muss man auf wichtige Dinge. Ihr habt *Il camorrista* gesehen, oder? Wie der Professore im Gefängnis den Schwur ablegt. Guckt euch das an, ist auf YouTube. So müssen wir sein, einig wie ein Mann. Mit Eisen und Ketten müssen wir uns taufen. Wächter der Omertà müssen wir sein. Das ist echt schön, Leute, guckt's euch an. Wenn einer Verrat übt, wird das Brot zu Blei und der Wein wird Gift. Und außerdem muss Blut fließen, wir müssen unser Blut vermischen und dürfen vor nichts Angst haben.«

Während er noch von Werten und Schwüren sprach, ging Nicolas nur eins im Kopf herum, etwas, was ihm unbehaglich war und ihm den Magen umdrehte.

Am nächsten Nachmittag war es heiß, und die Nationalelf spielte. Letizia hatte ihn gebeten, das Spiel zusammen anzuschauen, aber Nicolas hatte abgelehnt, weil er gegen die Squadra Azzurra war, zu wenige Spieler von Napoli, zu viele von Juventus, darum ging ein Spiel der Nationalelf ihm und seinen Freunden gründlich am Arsch vorbei. Sie hatten etwas zu tun, und es war dringend. Zu sechst auf drei Mopeds. Seinen Roller fuhr Dentino, die anderen beiden rasten ein paar Meter voraus. Vom Moiariello führt nur eine Straße steil abwärts. Winzige, enge Gassen. »Die Krippe« nennen die Bewohner ihr Viertel.

Fährt man hier durch, kommt man schneller zur Piazza Bellini, wo es nur Bürgersteige und Fußgängerzonen gibt, vermeidet den dichten Verkehr und die Einbahnstraßen. Eine Abkürzung, man ist im Nu da.

Piazza Bellini war der Treffpunkt mit dem Kontaktmann vom Erzengel, und Nicolas musste sich beeilen. Er fühlte sich zwar schon als ein großes Tier, aber diesen Kontakt brauchte er. Und das sind Leute, die nicht warten. In zehn Minuten musste er da sein.

Auf dem letzten Abschnitt der Via Foria, bevor man zum Museum kommt, fuhren die drei Mopeds über die breiten, hell erleuchteten Bürgersteige, im Zickzack, unter Dauerhupen. Sie hätten auch auf der Straße fahren können, denn keine Menschenseele war unterwegs, und die wenigen, die das Spiel nicht woanders sehen konnten, standen vor den Bildschirmen, die es in Neapel an jeder Straßenecke gibt. Von Zeit zu Zeit hörten die Jungen Freudenschreie, dann hielten sie an und fragten nach dem Spielstand. Italien lag vorn, Nicolas fluchte.

In die Via Costantinopoli fuhren sie von der falschen Seite und nahmen wieder die Bürgersteige, die hier schmaler und dunkler waren, außerdem waren mehr Leute unterwegs. Junge Leute, die meisten Studenten, und ein paar Touristen. Auch sie gingen, allerdings geruhsamer, Richtung Piazza Bellini, zum Stadttor Port'Alba, zur Piazza Dante, wo es Lokale mit Fernsehern auf der Straße gab. Die Jungen fuhren zu schnell, sie übersahen zwei Kinderwagen auf dem Bürgersteig, neben dem Tischchen einer Bar, an dem die Eltern saßen.

Der erste Motorroller versuchte nicht einmal zu bremsen, der Griff eines Kinderwagens verhakte sich im Rückspiegel, und der Kinderwagen wurde mitgezogen, bis er sich ablöste, auf die Seite fiel und wie auf Eis über das Pflaster schlitterte. Er hielt erst an, als er gegen die Mauer prallte – beim Aufprall gab es ein dumpfes Geräusch. Ein Geräusch aus Blut, weißem Fleisch und Windeln. Aus soeben gesprossenen, wirren Haaren. Ein Geräusch aus Schlafliedern und durchwachten Nächten. Einen Augenblick später hörte man das Kind weinen und die Mutter schreien. Es hatte sich nicht wehgetan, weinte nur vor Schreck. Der Vater aber stand wie versteinert da. Er beobachtete die Jungen, die unterdessen ihre Roller geparkt hatten und in aller Ruhe weggingen. Sie waren nicht stehengeblieben und hatten auch nicht panisch die Flucht ergriffen. Nein. Sie hatten geparkt und waren zu Fuß weggegangen, als wäre das, was passiert war, Teil des normalen Lebens dieses Territoriums, das ihnen gehörte und sonst niemandem. Treten, rempeln, rennen. Schnell, rotzfrech, rüpelhaft, gewalttätig. So ist es, ein anderes Verhalten gibt es nicht. Doch Nicolas spürte sein Herz rasen. Bei ihm war es kein Draufgängertum, sondern Berechnung: Dieser Unfall durfte sie nicht aufhalten. Zwei Polizeiautos standen rechts und links von der Via Costantinopoli, genau dort, wo die Jungen geparkt hatten. Die Polizisten, vier insgesamt, hörten sich das Spiel im Radio an und hatten nichts bemerkt. Der Unfall war wenige Meter vor ihnen geschehen, doch die Schreie hatten sie nicht aus ihren Autos springen lassen. Was mochten sie gedacht haben? In Neapel wird immer geschrien, in Neapel schreit jeder. Oder: Wir halten uns besser raus, wir sind wenige und haben hier keinerlei Autorität.

Nicolas sagte nichts, und während er mit Blicken nach seinem Kontaktmann suchte, überlegte er, dass es um ein Haar übel hätte ausgehen können, dass sie diesem Kinderwagen besser einen Tritt verpasst hätten, statt ihn zehn Meter weit mitzuschleifen. In Neapel gehörte ihnen alles, und sie brauchten die Bürgersteige, das mussten die Leute endlich kapieren.

Da war er, sein Kontakt zu Don Vittorio Grimaldi, Mütze auf dem Kopf, Joint im Mund. Er kam langsam näher, nahm die Mütze nicht ab, spuckte den Joint nicht aus. Er behandelte Nicolas als den Jungen, der er war, nicht als den Capo, der zu sein er sich einbildete.

»Der Erzengel hat beschlossen, dass du kommen kannst, um zu ihm zu beten. Doch wer in die Kapelle hineingeht, muss die Anweisungen genau befolgen.«

Codierte Anweisungen, die Nicolas entschlüsseln konnte. Der Boss würde ihn bei sich zu Hause empfangen, doch dass ihm ja nicht einfiel, durch den Haupteingang zu kommen, denn Don Vittorio hatte Hausarrest und durfte keinen Besuch empfangen. Die Fernsehkameras der Carabinieri sah man nicht, aber sie waren da, steckten irgendwo im Zement. Doch nicht die Kameras musste Nicolas fürchten, sondern die Augen der Faella. Der Kontaktmann auf der Piazza Bellini hatte ihm zu verstehen gegeben, dass der Erzengel Vorsicht von Nicolas erwartete. Er war gewarnt: Wenn die Faella ihn sahen, würde er ein Grimaldi sein. Und ordentlich Schläge beziehen. Schluss.

Die Wahrheit war eine andere: Nicolas und seine Gruppe waren bloß kleine Idioten, und die Grimaldi wollten nicht, dass Ermittler und Gegner durch die Jungen auf den Erzengel aufmerksam wurden. Der schon genug Probleme hatte.

Nicolas fuhr mit dem Moped zu Don Vittorios Wohnung, denn so berühmt, wie er es gern gehabt hätte, war er noch nicht, und im Conocal, weit weg von seinem Zuhause, kannte ihn keiner der *guaglioni* vom System. Dem Namen nach vielleicht, doch sein Gesicht würde hier unbemerkt bleiben. Wenn sie ihn sahen, würden sie denken, er sei gekommen, um Stoff zu kaufen, und wirklich, er hielt neben ein paar Jungen am Straßenrand und wurde sofort bedient: »Wie viel hast du dabei?«

»Hundert Euro.«

»Sauber. Gib das Geld.«

Wenige Minuten später lag der Stoff unter seinem Hintern im Gepäckfach des Sattels. Er drehte eine Runde, dann parkte er, sicherte das Moped mit einem auffälligen Schloss und ging langsam auf Erzengels Haus zu. Seine Bewegungen waren zielstrebig, entschlossen. Die Hände nicht in den Taschen. Sein Kopf juckte, er schwitzte, aber ein Capo kratzt sich nicht in einem feierlichen Moment. Er klingelte an der Wohnung unter der von Don Vittorio, wie vereinbart. Jemand antwortete. Er sagte seinen Namen, jede Silbe betonend.

»Professore, ich bin Nicolas Fiorillo, machen Sie mir bitte auf?«

»Ist nicht offen?«

»Nein.«

Die Tür war offen, aber er musste Zeit gewinnen.

»Fest drücken, dann geht sie auf.«

»Ah, ja. Jetzt ist sie offen.«

Capodimonte

Rita Cicatello war eine pensionierte Lehrerin und gab Nachhilfestunden zu Preisen, die man sozial hätte nennen können. Zu ihr gingen alle Schüler der Lehrer, mit denen sie befreundet war. Wenn sie bei ihr und ihrem Mann Nachhilfestunden nahmen, wurden sie versetzt, sonst hagelte es ›Ungenügend‹ und ›Versetzung schwer gefährdet‹, und sie mussten trotzdem zu ihr gehen, aber im Sommer.

Nicolas kam auf dem Treppenabsatz an, wo die Lehrerin wohnte. Er ging sehr langsam, wie ein Schüler, der keine Lust hat, sich immer wieder dieser Qual zu unterziehen, doch in Wirklichkeit wollte er sicher sein, dass die von den Carabinieri dort angebrachte Kamera alles aufnahm. Er hielt sie für fähig, wie ein menschliches Auge mit den Lidern zu schlagen, darum musste jede seiner Bewegungen langsam sein, damit sie wirklich aufgenommen wurde. Nicolas Fiorillo, der in die Wohnung der Professoressa Cicatello ging – das musste die Kamera der Carabinieri sehen, die sicher auch von den Faella genutzt wurde. Mehr nicht.

Die Signora öffnete die Tür. Sie trug eine Schürze, zum Schutz vor Soßen- und Ölspritzern. In der kleinen Wohnung waren viele Schüler, Jungen und Mädchen, ein Dutzend insgesamt, und alle saßen an einem runden Esstisch vor ihren geöffneten Büchern, doch mit den Augen klebten sie an ihren iPhones. Die Schüler mochten die Professoressa Cicatello, denn sie war nicht wie alle anderen, die vor der Nachhilfestunde die Handys einsammelten und sie zwangen, sich phantasievolle Ausreden einfallen zu lassen – »mein Großvater wird heute operiert«; »wenn ich nicht nach zehn Minuten anrufe, holt meine Mutter die Polizei« –, um die Handys behalten zu dürfen, denn vielleicht war ja eine Nachricht auf WhatsApp oder ein »Gefällt mir« auf Facebook angekommen. Die Professoressa ließ ihnen die Handys und gab auch keinen Unterricht, sie setzte die Schüler vor ein Tablet – ein Weihnachtsgeschenk ihres Sohnes –, das mit einem kleinen Lautsprecher verbunden war. Daraus kam ihre Stimme, die über Manzoni, über das Risorgimento oder über Dante sprach. Das hing davon ab, was die Schüler lernen sollten. In ihrer Freizeit nahm die Professoressa Cicatello den Unterrichtsstoff auf, und dann begnügte sie sich damit, von Zeit zu Zeit zu rufen: »Schluss jetzt mit den Handys, hört euch den Unterricht an!« Zwischendurch kochte sie, räumte die Wohnung auf und führte lange Telefonate von einem alten Festnetztelefon aus. Dann kam sie zurück, um die Aufgaben in Italienisch oder Geographie zu korrigieren, während ihr Mann die Mathematikaufgaben durchsah.

Nicolas trat ein und nuschelte eine allgemeine Begrüßung, die Schüler würdigten ihn keines Blickes. Er öffnete eine Glastür und ging hindurch. Die Schüler sahen oft Leute hereinkommen, die nach einem raschen Gruß hinter der Küchentür verschwanden. Das Leben hinter dieser Tür war ihnen unbekannt, und da die Toilette am anderen Ende des Flurs, weit entfernt von der Küche lag, kannten sie von der Wohnung der Professoressa nur das Zimmer mit dem Tablet und das Klo. Nach allem anderen fragten sie nicht, Neugierde wäre unangebracht gewesen.

Im Zimmer mit dem Tablet saß auch der Mann der Signora, immer vor dem Fernseher und immer mit einer Decke über den Knien. Auch im Sommer. Die Schüler gingen zu seinem Sessel, um ihm die Mathematikaufgaben zu zeigen. Er korrigierte sie mit einem Rotstift, der in seiner Hemdtasche steckte, und bestrafte ihre Unwissenheit. Nicolas brummte er etwas zu, was wie ein »Guten Tag« klang.

Hinten in der Küche gab es eine Leiter. Die Lehrerin zeigte stumm nach oben. Eine kleine, von Heimwerkern ausgeführte Maurerarbeit hatte eine Öffnung geschaffen, die die beiden Stockwerke verband. Und so gingen all jene, die nicht durch den Haupteingang zu Don Vittorio gelangen konnten, einfach zur Lehrerin. Auf der letzten Sprosse angekommen, schlug Nicolas ein paar Mal mit der Faust gegen die Luke. Es war Don Vittorio selbst, der sich, als er die Schläge hörte, über die Luke bückte, wobei seinem Mund durch die Anstrengung ein Gurgeln entfuhr, das direkt aus dem Rückgrat kam. Nicolas war aufgeregt, er hatte Don Vittorio bisher nur im Gericht gesehen. Doch von nahem machte er nicht den erwarteten Eindruck. Er war älter, erschien Nicolas schwächer. Don Vittorio ließ ihn eintreten und schloss die Luke mit demselben Gurgeln aus dem Rücken. Er schüttelte ihm nicht die Hand, sondern ging ihm voraus.

»Komm mit, komm …«, sagte er nur, während er ins Esszimmer trat, wo ein gewaltiger Tisch aus Ebenholz stand, der in dem viel zu kleinen Raum seine ganze düstere Eleganz verlor, um zu einem ungeschlachten Monolithen zu werden. Don Vittorio setzte sich rechts vom Kopfende an den Tisch. Die Wohnung war voller Vitrinen mit Töpferarbeiten jeder Art. Don Vittorios Frau, von der allerdings keine Spur zu sehen war, musste eine besondere Leidenschaft für Porzellanfiguren aus Capodimonte hegen. Die Dame mit Hündchen, der Jäger, der Dudelsackpfeifer – die Klassiker, seit eh und je. Nicolas' Blick sprang von einer Wand zur anderen, er wollte alles im Gedächtnis bewahren, wollte sehen, wie Erzengel wohnte, doch was er sah, gefiel ihm nicht. Er wusste nicht genau zu sagen, was ihm unangenehm war, aber das hier schien ihm auf keinen Fall das Heim eines Capo zu sein. Etwas stimmte nicht, so banal, so selbstverständlich und leicht konnte seine Mission in dieser kleinen Festung doch nicht sein. Ein Fernseher mit Flachbildschirm in einem Rahmen aus Holzimitat und zwei Typen in kurzen Fan-Hosen des SSC Napoli – mehr schien es hier nicht zu geben. Die beiden grüßten Nicolas nicht, sie warteten auf ein Zeichen von Don Vittorio, der ihnen, mit zusammengelegtem Zeige- und Mittelfinger fuchtelnd, als wollte er Schmeißfliegen vertreiben, unmissverständlich bedeutete: »Haut ab.« Die beiden verzogen sich in die Küche, und es dauerte nicht lange, bis man die krächzende Stimme eines Komikers hörte – dort musste auch ein Fernseher stehen – und dann Gelächter.

»Zieh dich aus.«

Jetzt erkannte er die Stimme eines Mannes, der es gewohnt war, Befehle zu geben.

»Zieh dich aus? Was soll das geben?«

Nicolas begleitete seine Frage mit einer skeptischen Miene. Diesen Befehl hatte er nicht erwartet. Hundertmal hatte er sich vorgestellt, wie diese Begegnung verlaufen würde, und kein einziges Mal hatte er die Möglichkeit in Betracht gezogen, dass er sich ausziehen musste.

»Zieh dich aus, *guagliù*, wer kennt dich schon. Wer sagt mir, dass du keine Aufnahmegeräte, Wanzen oder was weiß ich bei dir hast …«

»Don Vittò, *adda murì mammà*, wie könnt Ihr Euch erlauben, zu denken, dass ich …«

Das war das falsche Verb. Don Vittorio hob die Stimme, um in der Küche die Stimme des Komikers und das Gelächter zu übertönen. Ein Boss ist Boss, wenn es keine Grenzen des Erlaubten für ihn gibt.

»Hier sind wir fertig.«

Noch bevor die beiden in ihren Napoli-Hosen im Esszimmer angekommen waren, hatte Nicolas schon begonnen, sich die Schuhe auszuziehen.

»Nein, nein, schon gut, ich zieh mich aus. Mach ich.«

Er zog die Schuhe aus, dann die Hose, das T-Shirt und behielt die Unterhose an.

»Alles, *guagliù*, Mikrofone könnten auch in deinem Arsch stecken.«

Nicolas wusste, dass es nicht um Mikrofone ging, vor dem Erzengel sollte er ein nackter Wurm sein, das war der Preis für dieses Treffen. Fast belustigt drehte er eine Pirouette, zeigte, dass er keine Mikrofone und Minikameras hatte, aber Selbstironie besaß, eine geistige Haltung, die die Capi notgedrungen tolerieren. Don Vittorio bedeutete ihm mit einer Geste, Platz zu nehmen, und Nicolas zeigte stumm auf sich, als bräuchte er die Bestätigung, dass er sich nackt hinsetzen durfte, auf weiße, saubere Stühle. Der Boss nickte.

»So sehen wir, ob du dir den Arsch waschen kannst. Wenn du Kackspuren hinterlässt, heißt das, du bist zu klein, kannst noch kein Bidet benutzen, und Mama muss dich noch waschen.«

Sie saßen einander gegenüber. Don Vittorio hatte sich absichtlich nicht ans Tischende gesetzt, um symbolträchtige Gesten zu vermeiden. Wer weiß, was Nicolas sich eingebildet hätte, wenn er ihn zu seiner Rechten hätte sitzen lassen. Besser einer dem anderen gegenüber, wie bei Verhören. Auch anbieten wollte er ihm nichts: Mit einem Unbekannten teilt man keine Speise am Tisch, und einem Gast, den man noch einschätzen muss, macht man keinen Kaffee.

»Du bist also 'o Maraja?«

»Nicolas Fiorillo …«

»Genau, 'o Maraja … es ist wichtig, wie man dich nennt. Der Beiname ist wichtiger als der Name, weißt du? Kennst du die Geschichte von Bardellino?«

»Nein.«

»Bardellino, ein echter *guappo*. Er war es, der aus den Büffelhirten von Casal di Principe eine ernsthafte Organisation gemacht hat.«

Nicolas hörte zu, wie ein gläubiger Mensch der Messe folgt.

»Bardellino hatte einen Spitznamen, der ihm verliehen wurde, als er klein war, und er hat ihn auch als Erwachsener getragen. Man nannte ihn Pucchiacchiello, die kleine Möse.«

Nicolas lachte, und Don Vittorio nickte mit weit geöffneten Augen, wie um zu bestätigen, dass er eine historische Tatsache berichtete, keine Legende. Etwas aus den Annalen des Lebens, das wirklich zählt.

»Um den Gestank von Stall und Erde loszuwerden, um nicht immer mit schwarzen Fingernägeln rumzulaufen, wusch Bardellino sich, bevor er in den Ort ging, er wusch sich, parfümierte sich und trug immer elegante Kleidung. Als wäre jeden Tag Sonntag. Brillantine auf dem Kopf … feuchte Haare.«

»Und wie kam's zu diesem Namen?«

»Damals war der Ort voller Bauern. Wenn dort ein Junge immer so herausgeputzt rumlief, war es ganz natürlich, ihn Pucchiacchiello zu nennen, wie die *pucchiacca* einer schönen Frau. Gewaschen und parfümiert wie ihre Möse.«

»Hab verstanden, 'n Schönling.«

»Natürlich war das kein Name für einen, der kommandieren kann. Zum Kommandieren brauchst du einen Namen, der kommandiert. Er kann hässlich sein, er kann ohne jede Bedeutung sein, aber er darf nicht lächerlich sein.«

»Aber den Beinamen sucht man sich nicht selbst aus.«

»Genau. Darum wollte Bardellino, als er Capo wurde, nur Don Antonio genannt werden, wer ihn Pucchiacchiello nannte, bekam Ärger. Vor ihm durfte niemand den Namen aussprechen, aber er blieb trotzdem immer Pucchiacchiello.«

»Aber er war doch ein großer Capo, oder? *Adda murì mammà*, also sind Namen doch nicht so wichtig.«

»Du irrst dich, er hat ein ganzes Leben gebraucht, um ihn loszuwerden … «

»Was ist denn aus Don Pucchiacchiello geworden?«, fragte Nicolas lachend, und das gefiel Don Vittorio nicht.

»Verschwunden ist er, manche sagen, dass er ein neues Leben angefangen hat, nach einer Gesichtsoperation, dass er seinen Tod vorgetäuscht hat und sich über die amüsiert hat, die ihn tot oder im Gefängnis sehen wollten. Ich hab ihn nur einmal gesehen, als ich ein Junge war, er war der einzige Mann im System, der ein König zu sein schien. Niemand war wie er.«

»Bravo, Pucchiacchiello«, spottete Nicolas, als spräche er mit seinesgleichen.

»Du hast Glück gehabt, dir hat man einen guten Beinamen verpasst.«

»Sie nennen mich so, weil ich immer im Nuovo Maharaja bin, ein Lokal in Posillipo. Das ist meine Zentrale, und dort gibt es die besten Cocktails von Neapel.«

»Deine Zentrale? Na, bravo«, Don Vittorio unterdrückte ein Lächeln, »das ist ein guter Name, weißt du, was er bedeutet?«

»Ich hab im Internet gesucht, er bedeutet ›König‹ auf Indisch.«

»Der Name eines Königs, aber pass auf, sonst endest du wie der Mann in dem Lied.«

»Welches Lied?«

Mit einem breiten Lächeln begann Don Vittorio zu trällern, er sang wohltönend und aus voller Kehle im Falsett:

»Pasqualino Marajà / sitzt herum und tut nichts / im geheimnisvollen Orient / spielt den Nabob unter Hindus. / Hella! Hella! Hella! Hella! / Pasqualino Marajà / zeigt wie man Pizza macht / ganz Indien ist verrückt danach.«

Er hörte auf zu singen und lachte mit offenem Mund, aus vollem Hals. Ein grobes Gelächter, das in einen Hustenanfall überging. Nicolas war unangenehm berührt. Er empfand diese Vorführung als Häme, die an seinen Nerven zerren sollte.

»Mach nicht so ein Gesicht, das ist ein schönes Lied. Hab ich als Junge immer gesungen. Und ich seh dich mit Turban in Posillipo Pizza backen.«

Nicolas hob die Brauen, die Selbstironie von vorhin war dem Zorn gewichen, den er nicht verbergen konnte.

»Don Vittò, muss ich die ganze Zeit mit dem Pimmel an der Luft dasitzen?«

Don Vittorio, auf seinem Stuhl, in derselben Haltung, tat so, als hätte er nichts gehört.

»Mal abgesehen von diesem Unsinn, das Erste, was man fürchten muss, wenn man ein Capo werden will, ist, eine lächerliche Figur abzugeben.«

»Bis jetzt, *adda murì mammà*, hat mich noch niemand durch die Scheiße gezogen.«

»Die erste lächerliche Figur gibt man ab, wenn man ohne Waffen eine Paranza aufbauen will.«

»Bis jetzt hab ich mit dem, was ich hatte, mehr erreicht als Eure *guaglioni*, und das sage ich mit allem Respekt, Don Vittò, denn ich bin nichts im Vergleich zu Euch.«

»Dein Glück, dass du mit Respekt sprichst, denn wenn meine *guaglioni* wollten, würden sie mit dir und deiner kleinen Paranza jetzt das machen, was der Fischverkäufer macht, wenn er Fische putzt.«

»Ich muss drauf bestehen, Don Vittò, Eure Jungen können Euch nicht das Wasser reichen. Die sitzen hier, sind eingesperrt und können gar nichts tun. Die Faella haben Euch zu Gefangenen gemacht, *adda murì mammà*, Ihr müsst sie sogar um Erlaubnis fragen, wenn Ihr atmen wollt. Jetzt, wo Ihr Hausarrest habt und da draußen alles drunter und drüber geht, haben wir das Sagen, mit oder ohne Waffen. Findet Euch damit ab: Jesus Christus, die Madonna und San Gennaro haben den Erzengel ganz allein gelassen.«

Der Junge beschrieb nichts als die Tatsachen, und Don Vittorio ließ ihn gewähren. Es gefiel ihm nicht, dass er die Heiligen ins Spiel brachte, und noch weniger gefiel ihm dieser Spruch, der andauernd kam, er fand ihn abscheulich, *adda murì mammà* ... meine Mutter soll sterben, wenn ... Ein Schwur, eine Gewähr, für alles und jedes. Der Preis für die Lüge, die man ausgesprochen hatte? *Adda murì mammà.* In jedem Satz brachte er es unter. Don Vittorio wollte ihm sagen, dass er damit aufhören sollte, doch dann senkte er den Blick, weil dieser nackte Jungenkörper ihn zum Lächeln reizte, ihn fast rührte, und er dachte, dass der Junge diesen Satz ständig wiederholte, um das abzuwenden, was ein Vogel, der sein Nest noch nicht verlassen hat, am meisten fürchtet. Nicolas wiederum sah die Augen des Bosses auf den Tisch geheftet, zum ersten Mal senkt er den Blick, dachte er, und nahm das gleich als eine Umkehrung der Rollen, fühlte sich überlegen und stark in seiner Nacktheit. Er war jung und frisch, und vor sich hatte er altes, gebeugtes Fleisch.

»Erzengel, so nennt man Euch auf der Straße, im Gefängnis, im Gericht und sogar im Internet. Ein guter Name ist das, ein Name, der kommandieren kann. Wer hat ihn Euch gegeben?«

»Mein Vater, er ruhe in Frieden, hieß Gabriele, wie der Erzengel. Ich war Vittorio, der Gabriele gehörte, also hat man mich so genannt.«

»Und dieser Erzengel« – Nicolas fuhr fort, die Wände zwischen sich und dem Capo mit der Spitzhacke zu bearbeiten – »sitzt mit gebundenen Flügeln in einem Viertel fest, über das er früher herrschte und das ihm jetzt nicht mehr gehört, und seine Männer können nichts anderes als PlayStation spielen. Die Flügel des Erzengels müssten ausgebreitet sein, stattdessen sind sie geschlossen wie die vom Distelfink im Käfig.«

»So ist das eben, es gibt eine Zeit zum Fliegen und eine Zeit, um eingesperrt im Käfig zu sitzen. Immerhin ist ein Käfig wie dieser besser als ein Käfig in Nummer 41a.«

Nicolas stand auf und begann, um ihn herumzugehen. Er ging langsam. Erzengel bewegte sich nicht, das tat er nie, wenn er den Eindruck machen wollte, er habe auch im Hinterkopf Augen. Wenn jemand sich hinter dich stellt und deine Augen ihm folgen, bedeutet das, du hast Angst. Und ob du ihm nun folgst oder nicht, wenn der Messerstich kommen soll, kommt er sowieso. Wenn du aber nicht hinschaust, dich nicht umdrehst, zeigst du keine Angst und machst aus deinem Mörder einen schändlichen Meuchelmörder, der hinterrücks zuschlägt.

»Don Vittorio Erzengel, Ihr habt keine Männer mehr, aber Ihr habt Waffen. Was nützen Euch all die Knarren, die Ihr in Euren Lagern aufbewahrt? Ich habe Männer, aber von Eurem Waffenlager kann ich nur träumen. Wenn Ihr wolltet, könntet Ihr genug Waffen für einen richtigen Krieg liefern.«

Diese Bitte hatte Erzengel nicht erwartet, er hätte nie gedacht, dass das Kind, das er in seine Wohnung hatte heraufkommen lassen, so weit gehen würde. Er hatte vermutet, es ginge darum, seinen Segen für Aktivitäten auf seinem Gebiet zu erteilen.

Doch obwohl diese Bitte einen Mangel an Respekt bedeute-
te, ärgerte Erzengel sich nicht. Im Gegenteil, das Auftreten des
Jungen gefiel ihm. Der Junge hatte ihm Angst gemacht. Und
Angst verspürte er seit langer, seit zu langer Zeit nicht mehr.
Wenn du kommandieren willst, ein Capo sein willst, musst du
Angst haben, an jedem einzelnen Tag deines Lebens, in jedem
Moment. Um sie zu besiegen, um zu erfahren, ob du es kannst.
Ob die Angst dich leben lässt oder alles vergiftet. Wenn du kei-
ne Angst mehr spürst, bedeutet das, du bist nichts mehr wert,
keiner sieht mehr einen Sinn darin, dich umzubringen, sich zu
holen, was dir gehört und was du deinerseits jemandem weg-
genommen hast.

»Du und ich, wir haben nichts miteinander gemein. Du gehörst mir nicht, du bist nicht in meinem System, du hast mir nie
einen Gefallen getan. Allein schon wegen deiner respektlosen
Bitte müsste ich dich rauswerfen und dein Blut auf dem Fuß-
boden der Professoressa hier unten vergießen.«

»Ich habe keine Angst vor Euch, Don Vittò. Wenn ich mir
Eure Waffen direkt geholt hätte, wär es anders, und Ihr hättet
recht.«

Der Erzengel saß auf seinem Stuhl, und Nicolas stand ihm
jetzt gegenüber, die Hände zur Faust geschlossen und die Fingerknöchel auf dem Tisch.

»Ich bin alt, nicht wahr?«, sagte der Erzengel mit einem spitzen Lächeln.

»Ich weiß nicht, was ich Euch sagen soll.«

»Antworte, Maraja, bin ich alt?«

»Wie Ihr sagt. Ja, wenn ich Ja sagen soll.«

»Bin ich alt oder nicht?«

»Ja, Ihr seid alt.«

»Und bin ich hässlich?«

»Was hat das damit zu tun?«

»Ich muss alt und hässlich sein, und ich muss dir außerdem große Angst einjagen. Wenn es nicht so wäre, würdest du deine nackten Beine nicht unter dem Tisch verstecken, damit ich sie nicht sehe. Du zitterst, *guagliù*. Doch sag mir: Wenn ich euch die Waffen gebe, was verdiene ich dabei?«

Auf diese Frage war Nicolas vorbereitet, und es war aufregend für ihn, den Satz zu wiederholen, den er während der Hinfahrt geübt hatte. Er hatte nicht damit gerechnet, ihn nackt und mit zitternden Beinen aussprechen zu müssen, aber er sagte ihn trotzdem.

»Ihr verdient dabei, dass Ihr weiterlebt. Ihr verdient, dass die stärkste Paranza von Neapel auf Eurer Seite ist.«

»Setz dich«, befahl Erzengel. Und dann, die ernsteste seiner Masken aufsetzend: »Ich kann nicht. Das ist, als würde man Kindern eine *pucchiacca* überlassen. Ihr könnt nicht schießen, ihr könnt Waffen nicht putzen, ihr tut euch bloß weh. Ihr wisst ja nicht mal, wie man eine Maschinenpistole lädt.«

Nicolas' Herz, das ängstlich schlug, drängte ihn, aufgebracht zu reagieren, doch er blieb ruhig: »Gebt uns die Waffen, und wir zeigen Euch, wozu wir fähig sind. Wir wischen Euch die Ohrfeigen vom Gesicht, die Ohrfeigen, die Euch alle verpasst haben, für die Ihr ein gelähmter Mann seid. Der beste Freund, den Ihr haben könnt, ist der Feind Eures Feindes. Und wir wollen die Faella aus dem Zentrum von Neapel vertreiben. Unser Haus ist unser Haus. Und wenn wir sie aus dem Zentrum von Neapel vertreiben, könnt Ihr sie auch aus San Giovanni vertreiben und Euch ganz Ponticelli zurückholen, und die Bars, alle Orte, wo Ihr früher geherrscht habt.«

Die jetzige Ordnung passte dem Erzengel nicht. Man musste eine neue Ordnung schaffen, und wenn er schon nicht mehr kommandieren konnte, würde er auf diese Weise wenigstens Unordnung schaffen. Er würde ihnen die Waffen geben, sie lagen seit Jahren ungenutzt herum. Sie waren Macht, aber eine Macht, die man nicht ausübt, lässt die Muskeln schwinden. Der Erzengel beschloss, auf diese Paranza von Frischlingen zu setzen. Wenn er schon nicht mehr kommandieren konnte, konnte er doch wenigstens die, die über sein Gebiet herrschten, zu Friedensverhandlungen zwingen. Er hatte es satt, sich für Almosen bedanken zu müssen, und dieses Kinderheer war die einzige Möglichkeit, ein letztes Mal das Licht zu sehen, bevor die ewige Dunkelheit begann.

»Ich gebe euch, was ihr braucht, aber ihr seid nicht meine Botschafter. Keine einzige der Dummheiten, die ihr mit meinen Waffen anstellt, darf meine Unterschrift tragen. Eure Schulden bezahlt ihr allein, euer Blut leckt ihr selbst auf. Doch alles, was ich von euch verlange, wenn ich etwas verlange, müsst ihr ohne Widerspruch tun.«

»Ihr seid nicht nur alt und hässlich, sondern auch weise, Don Vittò.«

»Jetzt gehst du so, wie du gekommen bist, Maraja. Einer meiner Leute wird dich wissen lassen, wo du sie abholen kannst.«

Don Vittorio reichte ihm die Hand, Nicolas drückte sie und versuchte, sie zu küssen, doch der Erzengel zog seine Hand angewidert zurück. »Was soll der Unsinn?«

»Ich wollte sie aus Respekt küssen ... «

»*Guagliù*, du bist verrückt, du und all die Filme, die du dir ansiehst.«

Der Erzengel stand auf, sich am Tisch abstützend. Er trug schwer an seinen Knochen, und der Hausarrest hatte ihn fett werden lassen.

»Jetzt kannst du dich wieder anziehen, mach schnell, bald kommen die Carabinieri auf Streife.«

So schnell wie möglich zog Nicolas seine Unterhose, Jeans und Schuhe an.

»Ach, Don Vittò, noch etwas … «

Don Vittorio drehte sich müde um.

»Dort, wo ich sie abholen soll, die … ?«

Es gab keine Wanzen in der Wohnung, und dieses Wort hatte Nicolas schon ausgesprochen, doch jetzt, wo er fast am Ziel war, hatte er doch ein bisschen Angst.

»Nun?«, fragte der Erzengel.

»Ihr müsst mir den Gefallen tun, Wächter aufzustellen, die ich dann aus dem Weg räumen kann.«

»Wir stellen zwei Zigeuner mit Eisen auf, aber ihr schießt in die Luft, ich brauche die Zigeuner noch.«

»Die schießen dann auf uns.«

»Zigeuner laufen immer weg, wenn in die Luft geschossen wird … Jesses, du musst wirklich noch alles lernen.«

»Warum stellt Ihr sie dann auf, wenn sie weglaufen?«

»Die sagen uns Bescheid, wenn es ein Problem gibt, und wir kommen.«

»*Adda murì mammà*, Don Vittò, Ihr braucht Euch keine Sorgen zu machen, ich werde das tun, was Ihr sagt.«

Die beiden Jungen brachten Nicolas zur Luke, doch als er schon auf der ersten Sprosse der Leiter stand, hörte er Don Vittorio rufen. Sein »He!« ließ ihn innehalten. »Bring der Professoressa eine kleine Statue als Dank für die Unannehmlichkeit. Sie ist verrückt nach dem Porzellan aus Capodimonte.«

»Wirklich, Don Vittò?«

»Hier, nimm den Dudelsackpfeifer, das ist ein Klassiker, mit dem man immer *bella figura* macht.«

Ritual

Nicolas war mit dem ganzen Schlüsselbund in die Eisenwarenhandlung gegangen, doch es ging ihm nur um einen einzigen Schlüssel. Einen Schlüssel mit Doppelbart, die Art langer, schwerer Schlüssel, die gepanzerte Türen öffnet. Er gehörte zu einem alten, aber sehr robusten Schloss, das jahrelang den Angriffen dilettantischer Einbrecher widerstanden hatte. Nicolas wollte Kopien anfertigen lassen.

»Machen Sie mir zehn, zwölf Stück, ach, sagen wir, fünfzehn.«

»Wirklich?«, fragte der Verkäufer. »Was willst du denn mit so vielen Schlüsseln?«

»Wenn man mal einen verliert …«

»Du musst ja schwer an der Vergesslichkeit erkrankt sein, wenn du die alle verlieren willst.«

»Ist doch besser, vorausschauend zu sein, oder?«

»Na gut, wenn du meinst. Also, das macht …«

»O nein, erst machen Sie mir die Schlüssel, dann zahle ich … oder vertrauen Sie mir nicht?«

Der letzte Satz wurde so drohend ausgesprochen, dass der Verkäufer verstummte. Andernfalls hätte er ihm die Schlüssel schenken müssen.

'O Maraja öffnete WhatsApp und schrieb an alle, um ein Treffen zu vereinbaren.

MARAJA
Guagliù, Treffen im Schlupfwinkel bestätigt.

Schlupfwinkel. Nicht Zuhause. Nicht Wohnung. Nicht irgendein anderes Wort, das jeder benutzt hätte, um auf eine falsche
Fährte zu locken, falls ihre Gespräche überwacht wurden. Nicolas schrieb das Wort mit seinem veralteten Klang, »Schlupfwinkel«, und wiederholte es, als wollte er die konspirative, kri-
minelle Bedeutung verstärken und so die Gefahr bannen, dass
diese Wohnung bloß zu dem Ort wurde, wo sie sich Joints rein-
zogen und an den Spielkonsolen hingen. Er wollte sich so oft wie
möglich einen Eintrag im Strafregister verschaffen, auch wenn
er allein war, das hatte er sich vorgenommen. Eine Lektion, die
er selbständig gelernt hatte, eine Lektion in der Art von »Lebe
schon jetzt das Leben, das du gerne hättest«, wie sie jedes ame-
rikanische Ratgeberbuch erteilt, und Nicolas hatte sie gelernt,
ohne sie irgendwo gelesen zu haben. Vielleicht wurde er ja wirklich abgehört, er hoffte es, das wäre mehr wert gewesen als die
letzte Stufe in der Hierarchie jeder vor sich hin vegetierenden
Camorra-Gruppe. Um sich herum sah Nicolas nichts als Gebiete, die er erobern, Gelegenheiten, die er an sich reißen musste.
Das war ihm schon lange klar, und er wollte nicht warten, bis er
erwachsen war, es kümmerte ihn einen Dreck, vorgeschriebene
Etappen und Hierarchien zu respektieren. Zehn Tage lang hatte
er sich *Il camorrista* immer wieder angesehen – er war bereit.

Dann war der Morgen endlich gekommen. Nicolas ging zum
Eisenwarenhändler, nahm die Schlüssel und eine Kerze und beruhigte den Verkäufer, denn er zahlte, was er schuldig war. Er
genoss den Anblick eingeschüchterter Menschen, wenn er ein
Geschäft betrat, immer fürchteten sie einen Raubüberfall oder
irgendeine erzwungene Abgabe. Beim Lebensmittelhändler
kaufte er Brot und Wein. Dann ging er zum Versteck und machte sich an die Vorbereitungen: Er löschte alle Lampen, nahm
die Kerze und befestigte sie mit ihrem flüssigen Wachs, das er in

einem Ständer geschmolzen hatte. Holte die Brotstange aus der Papiertüte und brach sie in mehrere Stücke. Zog sich die Kapuze seines Sweatshirts über den Kopf.

Nacheinander trafen die Jungen ein. Nicolas öffnete ihnen: Pesce Moscio, Dentino, Dragò, der selbst hereinkam, er hatte einen Schlüssel zum Versteck, dann Drone, Stavodicendo, Tucano, Biscottino, Briatò und Lollipop.

»Warum ist es hier so dunkel?«, fragte Stavodicendo.

»Seid mal bisschen still.« Nicolas versuchte, die richtige Stimmung zu schaffen.

»Du bist wie Arno in *Assassin's Creed*«, sagte Drone. Nicolas verlor keine Zeit damit, ihm zu bestätigen, dass er sich genau von dieser Figur hatte inspirieren lassen, er stellte sich hinter den Tisch und senkte den Kopf.

»Mann, du kannst einem echt die Nerven trashen«, sagte Biscottino.

Nicolas beachtete ihn nicht. »Ich taufe diesen Ort, so wie ihn unsere drei Ahnen getauft haben. Sie tauften ihn mit Eisen und Ketten, ich taufe ihn mit Eisen und Ketten.« Er machte eine Pause und richtete die Augen zur Decke. »Ich hebe die Augen zum Himmel und sehe den Polarstern.« Dabei hob er das Kinn, sodass die Kapuze sein Gesicht freigab. Er hatte sich einen Bart wachsen lassen, der erste dichte Bartwuchs, den ihm sein Alter erlaubte. »Und getauft ist der Ort! Aus Worten der Omertà entsteht Gemeinschaft.«

Er forderte den Ersten auf, vorzutreten. Keiner rührte sich. Einer starrte auf seine Schuhe, andere wippten auf den Zehenspitzen, wieder andere lächelten verstohlen angesichts dieser Inszenierung, die sie unzählige Male auf YouTube gesehen hatten. Endlich trat jemand aus der Reihe hervor: Dentino.

Nicolas fragte ihn: »Wonach strebst du?«

Und Dentino antwortete: »Nach meiner Reinigung als ehrenhafter Jüngling.«

»Wie viel wiegt ein *picciotto*, ein Lehrling?«

»So viel wie eine Feder im Wind!«, antwortete Dentino. Er kannte die Sätze auswendig, sie kamen im richtigen Tempo mit der richtigen Betonung.

»Und was verkörpert ein Lehrling?«

»Einen Wächter der Omertà, der sich nach allen Seiten wendet, und was er sieht, hört und verdient, bringt er der Gemeinschaft.«

Nicolas nahm ein Stück Brot und reichte es ihm. »Wenn du uns verrätst, wird dieses Brot zu Blei.« Dentino steckte es sich in den Mund, tränkte es mit Spucke und kaute langsam. Nicolas goss Wein in einen Plastikbecher, reichte ihm den Becher und sagte: »Und dieser Wein wird zu Gift. Wenn ich dich zuvor als ehrenhaften Jüngling kannte, so kenne ich dich von diesem Moment an als Lehrling, der zu dieser Gemeinschaft gehört.«

Sogar eine aus der Schublade seiner Mutter entwendete Bibel hatte er aufgeschlagen vor sich liegen. Er nahm das Schnappmesser, diese Feder mit dem schwarzen Griff aus Knochen war bis jetzt seine Lieblingswaffe gewesen. Er entsicherte es und ließ die Klinge herausspringen. »Nein! Nein, nicht auch noch den Schnitt!«, rief Dentino.

»Lasst uns jetzt Blut hinzugeben«, sagte Nicolas ungerührt, während er Dentinos Hand ergriff, »gib mir deinen Arm.« Er machte einen kleinen Schnitt am Handgelenk, deutlich kürzer und weniger tief als der Schnitt, den Ben Gazzara im Film macht. Ein Blutstropfen quoll heraus, das genügte. Dann schnitt Nicolas sich selbst an der gleichen Stelle. »Unser Blut, das nicht von derselben Mutter stammt, mischt sich.« Sie ergriffen jeder den Unterarm des anderen, damit das Blut sich vermischte.

Dentino ging zurück in die Gruppe, und Briatò trat einen Schritt vor. Er hatte Tränen in den Augen. Es war die wahre Kommunion, Firmung und Hochzeit gleichzeitig.

Briatò postierte sich vor Nicolas, der ihm dieselben Fragen stellte. »Sag mir, *guagliù*, wonach strebst du?«

Briatò hatte den Mund geöffnet, aber weil er keinen Laut herausbrachte, kam Nicolas ihm entgegen wie ein Lehrer, der seinen Schüler retten will: »Nach … nach meinem …«

»Meinem Leben als ehrenhafter Jüngling.«

»Scheiße, nein! Meiner Reinigung als ehrenhafter Jüngling.«

»Meiner Reinigung als ehrenhafter Jüngling.«

»Wie viel wiegt ein *picciotto*?«

»So viel wie der Wind …« Von hinten flüsterte ihm jemand zu: »So viel wie eine Feder im Wind.«

»Und was verkörpert ein *picciotto*?«

»Einen Soldaten der Omertà …«

Im Hintergrund verbesserte ihn jemand: »Wächter!«

Briatò tat, als hätte er nichts gehört, und machte weiter: »Er bringt der Gemeinschaft Geld.«

Nicolas wiederholte den Satz für ihn: »Nein, du musst sagen, was er sieht, hört und verdient, bringt er der Gemeinschaft!«

Da platzte Briatò los: »*Adda murì mammà*, wenn du mir das vorher gesagt hättest, hätte ich mir den Film noch mal angeguckt. Mann, wer soll das alles behalten?«

»Also wenn's weiter nichts ist«, bemerkte Stavodicendo, »den kenn ich auswendig.«

Nicolas versuchte, den feierlichen Ernst wiederherzustellen. Er reichte ihm das Brot. »Wenn du uns verrätst, wird dieses Brot zu Blei. Und dieser Wein wird zu Gift.«

Eine Taufe folgte auf die andere, und jedes Mal wurde der Schnitt oberflächlicher, weil Nicolas' Handgelenk zu schmerzen begann. Tucano, der als Letzter drankam, sagte: »Wir müssen aber unser Blut mischen, Nico. Hier kommt nix raus, hast mir bloß 'n Kratzer gemacht.«

Nicolas ergriff seinen Arm und schnitt. Tucano wollte diesen Schnitt haben, ihn tagelang immer wieder anschauen. »Wenn ich dich als ehrenhaften Jüngling kannte, so kenne ich dich von diesem Moment an als Lehrling, der zu dieser Gemeinschaft gehört.« Tucano konnte sich nicht zurückhalten, nachdem sie ihre Unterarme aneinandergerieben hatten, zog er Nicolas an sich und küsste ihn auf den Mund. »Schwuchtel!«, sagte Nicolas, und mit dieser Bemerkung war das Ritual beendet.

Jetzt waren alle in dieser Wohnung Blutsbrüder. Blutsbrüderschaft ist etwas, von dem es kein Zurück gibt. Die Schicksale verbinden sich unauflöslich mit den Regeln. Man stirbt oder lebt je nachdem, wie gut man sich an die Regeln halten kann. Die 'Ndrangheta hat Blutsbrüder immer den Sündenbrüdern entgegengesetzt, also den Bruder, den deine Mutter dir gibt, indem sie mit deinem Vater sündigt, gegen den Bruder, den du dir selbst aussuchst, der mit Biologie nichts zu tun hat, der nicht aus einer Gebärmutter, aus einem Spermium zuwächst. Sondern aus dem Blut geboren wird.

»Hoffentlich habt ihr kein Aids, wo wir uns jetzt alle vermischt haben«, sagte Nicolas. Nun, da alles vorbei war, saß er mitten zwischen den anderen, eine Familie.

»Wenn, dann höchstens Ciro, der fickt kranke Frauen in den Arsch«, sagte Biscottino.

»Leck mich doch«, donnerte Pesce Moscio.

»Der fickt doch höchstens fette Weiber, aber nur mit'm weichen Pimmel«, erklärte Dentino.

Dentino spielte auf eine alte Geschichte an, die aus Ciro Somma für immer den »Schlappschwanz« gemacht hatte. Sie ging auf die Zeit der Besetzung des Liceo Artistico zurück, als das Foto von Ciros Freundin, nackt und sehr dick, auf den Smartphones der ganzen Schule die Runde gemacht hatte. Ihm gefiel dieses Mädchen sehr, aber er hatte sich von den idiotischen Beleidigungen seiner Schulkameraden beeinflussen lassen und sich verteidigt, ja, er habe sie gevögelt. Aber nicht richtig, nur mit schlaffem Pimmel, einem Schlappschwanz eben.

»Unglaublich«, sagte Stavodicendo und betastete seinen Körper, als wäre er aus einer Wunderquelle gekommen, »ich fühl mich wie 'n anderer Mensch, echt.«

Tucano pflichtete ihm bei: »Stimmt, ich auch.«

»Na, was für 'n Glück, dass ihr andere Menschen geworden seid«, sagte Dentino, »vorher wart ihr total scheiße ... vielleicht seid ihr jetzt besser!«

Seit Jahrzehnten wurden diese Rituale in Forcella nicht mehr praktiziert. In Wirklichkeit war Forcella immer immun gegen Aufnahmerituale gewesen, weil das Viertel mit Raffaele Cutolo verfeindet war, der sie in den achtziger Jahren in Neapel eingeführt hatte. Don Feliciano 'o Nobile hatte man einmal vorgeschlagen, in die Cosa Nostra einzutreten – viele Neapolitaner verbündeten sich mit den Sizilianern und zelebrierten das Ritual des Stichs, bei dem mit einer Nadel in die Fingerkuppe des Zeigefingers gestochen wurde, das Blut auf ein Bild der Madonna tropfte und das in der Hand gehaltene Heiligenbildchen aus Papier anschließend verbrannt wurde. Die Palermer hatten ihm das Ritual erklärt und gesagt, er müsse »gestochen« werden. An seine Antwort erinnern sie sich noch heute: »In den Arsch steche ich euch. Diesen Blödsinn von sizilianischen und kalabrischen Bauern brauche ich nicht. Unter dem Vesuv genügt das Wort.«

Trotzdem fühlte die Paranza sich erst nach dem Ritual als richtige Paranza: einig, ein einziger Körper. Nicolas hatte das vorausgesehen. »Jetzt sind wir eine Paranza, wirklich eine Paranza – ist euch das klar?«

»Geiiil!« Der Applaus begann bei Dragò. Alle riefen Nicolas zu: »Du bist der Ras, du bist der Ras!« Sie riefen es nicht im Chor, sondern einer nach dem anderen, als wollten sie ihn jeder einzeln feiern, als Stimmengewirr hätten sie weniger Kraft gehabt. »Ras« war von Forcella bis zu den Quartieri Spagnoli das größte Kompliment geworden, das man in Neapel vergeben konnte. In welch verborgenen Winkeln des Gedächtnisses mochte sich ein äthiopischer Ehrentitel, knapp unterhalb dem Negus, erhalten haben, um für Jungen, die nicht mal wussten, dass es Äthiopien gab, zum Begriff zu werden? »Ras« kam aus dem Amharischen, war aber neapolitanisch geworden. In neapolitanischen Titeln und Beinamen hat sich die Erinnerung an die Raubzüge der osmanischen Piraten abgelagert, auf der Zunge und in den Physiognomien haben sie ihr Erbe hinterlassen.

Nicolas sorgte wieder für Stille, indem er einmal laut in die Hände klatschte. Die neuen Mitglieder verstummten, und erst dann bemerkten sie, dass Nicolas einen Umschlag zwischen den Beinen hielt. Er warf ihn auf den Tisch. Der Aufprall erzeugte ein metallisches Geräusch, und einen Augenblick lang phantasierte die ganze Paranza, er könnte Waffen oder Patronenkugeln enthalten. Wenn's doch Waffen gewesen wären, dachten alle enttäuscht, als sie erkannten, dass es nur Schlüssel waren.

»Das sind die Schlüssel zum Versteck. Jeder von uns kann herkommen und gehen, wann er will. Wer zur Paranza gehört, muss Schlüssel haben, die Schlüssel der Paranza. Aus der Paranza, *adda murì mammà*, kommt man nur mit den Füßen voran wieder raus, nur im Sarg.«

»Das ist stark, *adda murì mammà*«, sagte Pesce Moscio.

»Aber wenn ich im Hotel von Copacabana arbeiten will, kann ich dann da hinfahren? Auch wenn ich in der Paranza bin?«

»Du kannst tun und lassen, was du willst, bleibst aber immer Mitglied der Paranza. Aus der Paranza kommt man nicht mehr raus, ob du nun in Brasilien oder in Deutschland schuftest, aber auch da kannst du der Sache der Paranza nützlich sein.«

»Schön ist das, so gefällt's mir!«, sagte Stavodicendo.

»Alles Geld wird hierhergebracht. Alles wird gerecht geteilt. Nichts auf eigene Faust. Nichts wird zurückgelegt. Alles, die Überfälle, der Stoff, den wir verkaufen, jeder von uns muss im Monat sein festes Einkommen haben und außerdem Geld für jede *mission*!«

»O ja, die *mission*! Die *mission*!«

»Und jetzt, wo wir eine Paranza sind, wisst ihr, was noch fehlt?«

»Uns fehlen Waffen, Maraja«, sagte Dentino.

»Genau. Ich hab sie euch versprochen, wir werden sie uns holen.«

»Aber wir brauchen noch den Segen der Madonna«, sagte Tucano. »Wie viel habt ihr dabei?«

Bei dem Wort »Madonna« holten die einen fünf Euro, andere zehn heraus, Nicolas zwanzig. Tucano sammelte das Geld ein.

»Wir müssen 'ne Kerze kaufen. Eine große. Die stellen wir für die Madonna auf.«

»Gut«, sagte Dentino.

Nicolas blieb unbeteiligt. Sie verließen den Unterschlupf alle zusammen und gingen zu einem Laden, wo es Kerzen gab.

»Hier rein? 'n Priesterladen?«

Sie gingen alle zehn hinein. Der Verkäufer wurde nervös, als er plötzlich so viele Menschen auf einmal in seinem Laden sah. Und wunderte sich, dass sie auf die größten Kerzen zeigten. Sie nahmen ein riesiges Exemplar, über einen Meter lang, und legten die zerknüllten Scheine auf den Ladentisch. Der Verkäufer brauchte einige Zeit zum Zählen, aber da waren die Jungen schon weg. Ohne auf den Kassenbon und das bisschen Wechselgeld zu warten.

Sie gingen in die Kirche Santa Maria Egiziaca in Forcella. Fast alle waren hier oder im Dom getauft worden. Beim Eintreten bekreuzigten sie sich. Ihre Füße wurden leichter, als sie durchs Mittelschiff gingen, sie trugen keine Lederschuhe, deren Tritte hallen, sondern ihre Air Jordan. Vor dem großen Gemälde der Madonna Egiziaca schlugen sie wieder ein Kreuzzeichen. Es gab keinen Platz für die gewaltige Kerze, also weichte Pesce Moscio das untere Ende mit einem Feuerzeug auf.

»Was machst du da?«, fragte Dentino.

»Nichts, wir stellen sie auf den Boden. Ist ja sonst kein Platz.«

Während sie die Kerze fest auf den Boden drückten, öffnete Tucano sein Messer und begann, in das Wachs zu schnitzen.

Er schrieb PARANZA in Großbuchstaben.

»Sieht aus, als steht da Papanza geschrieben«, bemerkte Biscottino.

»O Scheiße.« Dafür bezog Tucano einen Nackenschlag von Dentino.

»Solche Worte vor der Madonna?«

Tucano blickte zur Madonna auf: »Entschuldigung«, dann schnitt er mit dem Messer das Bein des R tiefer in das Wachs. Und las mit lauter Stimme: »Paranza.« Das Wort hallte durch das ganze Mittelschiff.

Eine Paranza, die erst zum Meer gehört und dann zum Land. Die von den Stadtvierteln am Golf in geschlossener Formation herunterkommt und die Straßen füllt.

Jetzt waren sie an der Reihe, auf Fischfang zu gehen.

Zoo

Maraja war überglücklich. Er hatte genau das bekommen, was er wollte: Don Vittorio persönlich hatte anerkannt, dass er das Zeug zum Capo einer Paranza hatte, doch vor allem hatte er ihm Zutritt zum Waffenlager gewährt. Nicolas sprang auf sein Moped, als spannte eine innere Energie ihn wie eine Feder, er fuhr schnell ins Zentrum zurück und schrieb mit einem breiten Grinsen im Gesicht eine Botschaft an ihren Chat auf WhatsApp:

> MARAJA
> *Guagliù*, geschafft: Wir haben Flügel!

> LOLLIPOP
> *Adda murì mammà!*
> DRAGÒ
> Krass.
> BISCOTTINO
> Wahnsinn.
> TUCANO
> Du bist besser als Redbull!

Nicolas war so elektrisiert und unruhig, dass er nie und nimmer zu Letizia oder ins Versteck hätte gehen können, und nach Hause schon gar nicht. Also beschloss er, den Tag damit abzuschließen, dass er sich ein neues Tattoo machen ließ. Er hatte schon eins auf dem rechten Unterarm mit seinen und Letizias Initialen, ineinander verflochten durch eine Rose mit Dornen, und auf seiner Brust prangte in Kursiv, zwischen Kringeln, Grazien und einer Handgranate, »Maraja«. Was er sich jetzt tätowieren lassen wollte und wo, wusste er schon genau.

Er hielt vor dem Tattoo-Studio von Totò Ronaldinho und platzte wie immer ohne Anklopfen herein, während Totò gerade an einem anderen Kunden arbeitete. »He, Totò! Du musst mir Flügel machen!«

»Was?«

»Du musst mir Flügel machen, hier hinten«, und er zeigte auf seinen ganzen Rücken, von oben bis unten, damit klar war, dass das Bild ihn ganz bedecken sollte.

»Was für Flügel?«

»Erzengelflügel.«

»Engelsflügel?«

»Nein, die vom Erzengel, Erzengelflügel.«

Den Unterschied kannte Nicolas genau, denn sein Lehrbuch in Kunstgeschichte war reich bebildert mit Mariä Verkündigungen und Altartafeln, die Erzengel mit großen, flammend roten Flügeln zeigten. Auf der Klassenfahrt nach Florenz vor ein paar Monaten hatte er sie mit eigenen Augen gesehen, diese fröhlich bunten Flügel, die aber sogar Drachen das Fürchten lehrten.

Er schrieb auf WhatsApp: »*Guagliù*, ich lass mir Flügel auf den Rücken machen. Kommt alle!« Dann zeigte er Totò auf seinem Handy ein Gemälde aus dem 14. Jahrhundert, das den Erzengel Michael mit schwarz-rot gefiederten Flügeln darstellte, und sagte, so müsse er sie machen, »genau so«.

»Aber dafür brauch ich drei Tage«, wandte Totò ein, der gewöhnlich mit den Zeichnungen aus seinen Katalogen arbeitete.

»Einen brauchst du. Wir fangen heute an, und dann musst du sie auch ein paar von meinen Freunden machen. Aber für einen guten Preis.«

»Ist doch klar, Maraja.«

Die nächsten Tage verbrachten sie im Studio des Tätowierers, der ihnen vorsichtig und sorgfältig die Haut am Rücken ritzte. Denn Totò hatte Gefallen an dieser Arbeit gefunden, die eine gewisse Kreativität erforderte, weshalb er auch mehr von seinen Kunden erfahren wollte. »Was bedeuten diese Flügel für dich?«, fragte er Nicolas, während er die Tinte in die dünne Haut über dem Schulterblatt fließen ließ. »Warum lassen alle deine Freunde sich auch welche machen?«

Die Frage kam Nicolas nicht ungelegen, Symbole waren sehr wichtig, aber genauso wichtig war, dass alle sie deuten konnten, sie mussten so klar sein wie die Fresken auf Kirchenwänden. Wenn man da einen Heiligen mit Schlüsseln in der Hand sieht, weiß man sofort, das ist der heilige Petrus. So unmittelbar verständlich musste auch diese Tätowierung für die Paranza und für alle anderen sein. »Das ist, als würde man sich die Kräfte von jemandem nehmen. Als hätten wir einen Erzengel gefangen, der ist so was wie der Capo aller Engel, hätten ihn massakriert und uns seine Flügel genommen. Aber das ist nicht einfach so passiert, es war harte Arbeit, das haben wir uns erobert, und jetzt ist es so, als wären wir Angel von den X-Men, verstehst du? Es ist so was wie … ein Ziel, das wir erreicht haben, klar?«

»Ah, wie ein Skalp«, sagte Totò.

»Was ist ein Skalp?«, fragte Dentino.

»Was die Indianer machen … die schneiden ihren Feinden mit dem Messer die Kopfhaut ab.«

»Ja«, bestätigte Nicolas, »genau so was.«

»Und wem habt ihr die Flügel geklaut?«

»Haha.« Nicolas lachte. »Ronaldì, du fragst zu viel.«

»Ach, was weiß ich schon davon?«

»Also, das ist … wie soll ich das erklären … jemand bringt dir bei, gut Fußball zu spielen, schnell zu schwimmen, ja? Es ist wie Privatunterricht in einer Fremdsprache nehmen, verstehst du? Du lernst was. Und uns hat jemand beigebracht, Flügel zu haben. Darum fliegen wir jetzt, und niemand hält uns mehr auf.«

Seit drei Tagen trug die ganze Paranza Flammenflügel auf dem Rücken, doch sie hatte sich noch kein einziges Mal in die Luft erhoben: das Warten auf ein Zeichen von Don Vittorio Grimaldi, dem Erzengel, zog sich hin, und sie wussten nicht, wie und wo sie ihn hätten kontaktieren können. Maraja benahm sich, als müsste alles genau so sein, wie es war, doch innerlich bebte er vor Ungeduld, und um sich aufzumuntern, dachte er an die Begegnung in der Wohnung des Bosses zurück: Der Erzengel hatte ihm sein Wort gegeben, er durfte nicht zweifeln.

Schließlich war es einfacher, als sie gedacht hatten. Aucelluzzo kam direkt zu Nicolas, er fuhr mit dem Moped auf ihn zu, keine Telefonate, keine Besuche im Versteck. »*Guagliù*, das Geschenk von Erzengel ist im Zoo.«

»Im Zoo?«

»Im Zoo. Ja. Südseite. Ihr geht rein, es ist bei den Pinguinen.«

»Warte«, sagte Nicolas, sie sprachen im Fahren miteinander. »Bleib mal stehen.«

»Nee, nee, was hältst du an? Fahr weiter.« Aucelluzzo hatte eine Scheißangst vor Miciones Leuten, denn er hielt sich in einer verbotenen Zone auf, das war jetzt das Gebiet der Faella. »Lad dir die Karte vom Zoo runter. Das Gehege der Pinguine ist leer. Unter der Luke sind die Taschen. Da stecken alle Eisen drin.«

»Sind die Zigeuner noch da?«

»Ja.«

»Schießen die nicht auf uns?«

»Nein, die schießen nicht. Du schießt in die Luft, dann hauen die ab.«

»Okay.«

»Mach's gut.« Er hatte Nicolas schon überholt, dann drehte er sich noch einmal um: »Schick 'n Post auf Facebook, wenn ihr da wart, dann weiß ich Bescheid.«

Nicolas beschleunigte und fuhr zu seinen Leuten in der Via dei Carbonari, um die Gruppe zusammenzustellen, die die Eisen holen sollte. Sie hatten nur eine Pistole, die von Nicolas, und ein paar Messer. »Ich kann versuchen, ob sie mir auf dem Duchesca-Markt eine Pistole verkaufen, oder wir klauen sie direkt im Geschäft für Jäger und Angler … «, schlug Dentino vor.

»Genial, ein Überfall im Waffengeschäft, die pumpen uns mit Blei voll.«

»Also nicht.«

»Wir holen uns noch 'ne Knarre bei den Chinesen, wo Nicolas sie gekauft hat.«

»Hm. Noch so 'n Schrottding? Könnt ihr vergessen. Wir müssen das heute Abend durchziehen. Der Erzengel gibt uns alle seine Waffen. Das ist was Ernstes, kein Kinderkram. Wir müssen in den Zoo.«

»In den Zoo?«, fragte Dentino.

Nicolas nickte. »Es ist abgemacht. Wir gehen zu fünft rein: ich, Briatò, Dentino, Stavodicendo und Pesce Moscio. Tucano und Lollipop bleiben draußen. Stavodicendo geht voraus, um zu kontrollieren, ob die Luft rein ist, und wenn nicht, ruft er Pesce Moscio an. Dragò wartet im Schlupfwinkel auf uns, denn wir müssen die Waffen verstecken.«

Sie kamen am Zoo an. Hier waren sie zum letzten Mal als Vier- oder Fünfjährige gewesen und erinnerten sich höchstens noch daran, wie sie die Affen mit Nüssen gefüttert hatten. Es gab eine lange Umfriedungsmauer, und der Haupteingang bestand aus einem nicht besonders beeindruckenden Gittertor. Sie hatten geglaubt, sie müssten sich durch einen Seiteneingang zwängen, aber es war kinderleicht, über das Tor zu steigen. Erst Stavodicendo, dann, auf sein Zeichen hin, die anderen vier. Sie hatten es so eilig, an ihre Beute zu kommen, dass sie die Hinweisschilder auf die verschiedenen Tiere übersahen. Die Waffen waren wenige Schritte entfernt, fast konnten sie die Eisen riechen, statt des Kots der vielen Vögel, die mit den Flügeln schlugen, wenn die Jungen vorbeigingen. Es hörte sich an wie das Geräusch von Geistern. Aber sie waren alle nur aufgeregt, Angst hatten sie nicht. Allerdings auch keine Ahnung, wohin sie gehen sollten.

Neben dem See zu ihrer Rechten blieben sie stehen. »Wo sind diese Scheißpinguine?«

Sie nahmen ihre iPhones und suchten die Übersichtskarte des Zoos. »Wie gut, dass ich gesagt hab, ihr sollt euch den Weg merken«, brummte Nicolas, der sich aber genauso wenig zurechtfand wie die anderen.

»Fuck, ist zu dunkel hier.« Briatò hatte eine Taschenlampe mitgenommen, die anderen folgten ihm und beleuchteten mit ihren Handys den Weg vor ihren Füßen. Am Ende des Sees stießen sie auf den Löwenkäfig. Der Löwe schien zu schlafen und musste schon ein paar Jahre auf dem Buckel haben, aber er war immerhin der König der Tiere, und sie blieben einen Augenblick stehen, um ihn zu betrachten. »Mann, ist der riesig, ich dachte immer, Löwen wären so groß wie 'ne Dogge«, sagte Dentino. Die anderen nickten. »Der ist wie 'n Boss im Knast, kommandiert auch von da aus.« Sie hatten sich ablenken lassen wie Kinder und waren in die falsche Richtung gegangen, zu den Zebras und Kamelen.

»Wir sind auf der falschen Seite, was hat das Kamel mit Pinguinen zu tun? Lasst mich noch mal auf die Karte gucken«, sagte Stavodicendo.

»Siehst du denn nicht, dass das 'n Dromedar ist? Läuft immer mit diesen Zigaretten rum und weiß nicht mal, wie ein Kamel aussieht!«, spottete Briatò.

»Sag ich doch, 'n Dromedar, Mann!«

»Ey, *guagliù*, wir sind hier nicht auf einem Kindergartenausflug.« Nicolas wurde ungeduldig. »Beeilung!«

Sie bogen rechts ab, ließen die große Voliere hinter sich und gingen geradeaus weiter, sogar ohne noch einen Mucks zu tun am Reptiliengehege vorbei.

»Ist hier der Eisbär? Dann sind wir nahe dran …« Endlich hatten sie das richtige Gebiet gefunden. »Bäh, was für ein Gestank nach Scheiße. Wieso stinken diese Pinguine so? Schwimmen die nicht immer im Wasser? Müssten eigentlich sauber sein.«

»Quatsch«, sagte Nicolas. »Die stinken, weil sie viel Fett haben.«

»Woher weißt du das? Bist du jetzt Tierarzt?«, witzelte Briatò.

»Nee, aber ich hab mir vorher auf YouTube Filme über Pinguine angesehen. Wollte rauskriegen, ob die uns angreifen können oder was weiß ich. Wo ist denn die verdammte Luke?« Keiner konnte sie entdecken.

Sie standen vor der Glasfront, die den Teil, wo die Tiere sich tagsüber aufhielten, von ihren Schlafplätzen trennte, die den Besuchern verborgen blieben. Hinter dem Glas gab es ein

Diorama von Feuerland, der Heimat dieser Pinguine. Die Jungen sahen, dass die Luke sich genau unter den Tieren befinden musste, hinter der Kulisse des Dioramas, wo die Pinguine sich zwischen ihrem Kot und ein wenig Futter zusammenkauerten. Als sie die Taschenlampe durch einen Schlitz steckten, entdeckten sie zwei Deckel, es gab also zwei Luken. »Scheiße, davon hat der Erzengel nichts gesagt. *Adda murì mammà.* Er hat nur von einer Luke geredet, da, wo die Pinguine sind, nicht dass sie direkt unter den Pinguinen ist.«

»Und wie kommen wir jetzt da rein?«

»Sollten hier nicht auch die Zigeuner sein?«, bemerkte Briatò.

»Hier ist keiner. Was weiß ich denn.«

Sie fingen an, der Tür zum Gehege Fußtritte zu versetzen, und der Krach der Stöße gegen das Metall erschreckte die Pinguine, die sofort anfingen, in ihrer Art wie Besoffene umherzuhüpfen, als hätten sie zehn Schnäpse hintereinander getrunken.

»Maraja, schieß auf das Schloss, das geht schneller!«

»Bist du bescheuert? Hab nur drei Schüsse in dem Ding. Los, treten!« Und er demonstrierte kraftvoll, was er meinte. Tritt folgte auf Tritt, beim zehnten Stoß gab nicht nur die Eisentür nach, auch ein Stück des Mäuerchens um das Pinguingehege stürzte ein. Die Pinguine waren jetzt in heller Aufregung und stießen Schreie aus, die zeigten, dass sie trotz allem Vögel waren, zwar nicht flogen, aber scharfe Schnäbel hatten.

Die Taschenlampe auf die Tiere gerichtet, zögerten sie, das Gehege zu betreten. »Und wenn die aggressiv sind?«, fragte Dentino. »Ich mein, hacken die vielleicht und fressen mir den Schwanz ab?«

»Ach, mach dir nicht ins Hemd, Dentì, die wissen, dass sie bei dir nichts finden.«

»Jaja, mach Witze, Maraja, das sind böse Tiere.«

Nicolas entschloss sich, in das Gehege zu gehen, worauf die Tiere noch panischer wurden, kreuz und quer herumhüpften und mit ihren verkümmerten Flügeln schlugen. Einige beäugten die Bresche in der Mauer, ahnten vielleicht die Freiheit. »Ja, lassen wir sie weglaufen, dann sind wir sie los.« Stavodicendo und Dentino begannen, die Tiere in Richtung Maueröffnung zu treiben, wie man es mit Hühnern macht. Plötzlich tauchten die beiden Zigeuner mit Pizzas und Bieren in der Hand auf, sie hatten sich etwas zu essen geholt. »He, was macht ihr hier? Wer seid ihr?«, schrien sie, worauf die Tiere noch aufgeregter herumsprangen, während ganz in der Nähe ein paar Robben ihr heiseres Geschrei erhoben.

Nicolas tat, was Erzengel ihm gesagt hatte. Er griff zur Pistole und gab seinen ersten Schuss in die Luft ab.

Doch anstatt wegzulaufen, erwiderten die Zigeuner das Feuer. »Mann, die schießen ja auf uns!« Die Jungen rannten los, um Schutz zu suchen, unterdessen feuerte Nicolas seine letzten Kugeln auf die Zigeuner ab. Beim zweiten Schuss stoben sie tatsächlich blitzschnell davon, lautlos wie Katzen.

»Sind die weg?« Sie warteten eine Minute, schweigend, Nicolas mit der sinnlos in die Dunkelheit zielenden Francotte, als könnte die Pistole sich mit einem Klick wieder aufladen, wie in Videospielen.

Als klar war, dass die Zigeuner nicht wiederauftauchen würden, holten die Jungen tief Luft. Pesce Moscio nahm die Pizza, die den Zigeunern aus der Hand gefallen war, und warf sie den Pinguinen zu. »Ob die Pizza fressen, die armen Tiere?«

»Was war denn das für 'n Scheißspiel, Maraja? Hast du nicht gesagt, wenn du einmal in die Luft schießt, hauen die Zigeuner ab?«

Unterdessen konnten sie die Luken öffnen. Briatò erbot sich, hinunterzusteigen, während die Handys wie verrückt klingelten, denn von draußen fragten Tucano und Lollipop, was da abging und ob sie reinkommen sollten. Dentino antwortete: »Glaubt ihr, wir haben Zeit, euch auf WhatsApp zu antworten, ob ihr reinkommen sollt oder nicht, wenn sie auf uns schießen?« Nicolas versetzte ihm einen Hieb auf den Rücken. »Verlier keine Zeit mit Schreiben, steig da rein!«

»Eeeyyy, *guagliù*! Guckt euch das an!«, tönte die Stimme von Briatò aus der Tiefe. Dort war das größte Waffenlager, das sie je gesehen hatten.

In Wirklichkeit ahnten sie es nur, sahen die Umrisse von Gewehrläufen aus Mülltüten ragen. Briatò und Nicolas hatten die Taschen genommen und machten sich daran, sie mit allem zu füllen, was da lag. »Schnell, Leute. Nehmt jetzt diese Scheißtaschen, los!«

»Fuck, ist die schwer!«, stöhnte Pesce Moscio, während er Stavodicendo von unten eine Tasche hochreichte.

Sie verließen das Gehege der Pinguine, die bereits durch den Zoo irrten, und kamen mit den schweren Taschen voller Waffen wieder am Löwenkäfig vorbei.

»Ey, ich hab 'ne Idee!«, rief Lollipop, der Tucano als Wachposten draußen zurückgelassen hatte und zu ihnen gestoßen war. »Wir erschießen den Löwen. Dann lassen wir ihn ausstopfen und stellen ihn in unseren Unterschlupf!«

»Echt?«, fragte Dentino. »Und wer soll ihn ausstopfen?«

»Hm. Wir suchen im Internet.«

»O ja, Maraja. Lass mich den Löwen umlegen!«

»Du tickst ja nicht richtig. Was soll der Scheiß?«

Lollipop öffnete die Tasche, nahm das Erstbeste, was ihm

beim Ertasten wie eine Pistole vorkam, und ging zum Löwenkäfig. Hinter den Löwenkäfig. Er spähte durch einen Schlitz, um zu sehen, wie viele Tiere da waren. Der alte Löwe, den sie schon bewundert hatten, und hinten vermutlich eine Löwin. Lollipop zielte auf den Löwen und drückte auf den Abzug, doch der bewegte sich nicht. Irgendwo musste es eine Sicherung geben, er hob alle möglichen Hebel an, ließ den Hahn schnappen, aber nichts geschah.

»Da sind keine Kugeln drin, Vollpfosten!«, sagte Maraja. Dentino mischte sich ein, zog Lollipop am Arm. »Los, beweg dich, 'ne Zoosafari machst du nächstes Mal.«

Völlig ungeniert verließen sie den Zoo durch den Haupteingang, sie mussten nur die Routinekontrolle des privaten Wachdienstes und dann des Streifenwagens abwarten. Von draußen meldete Tucano, wann die Luft rein war.

Sie deponierten die mit Waffen gefüllten Taschen im Versteck in der Via dei Carbonari. Dort wartete Dragò, er hatte seiner Mutter gesagt, dass er bei einem Klassenkameraden schlafen würde. Gerne hätte er gewusst, wie es gelaufen war, aber die anderen waren zu müde, um zu erzählen. Sie verabschiedeten sich, indem sie einander zufrieden auf den Rücken klopften. Alle hatten eine sehr unruhige, aufregende Nacht, jeder in seinem Bett im Kinderzimmer neben dem Schlafzimmer der Eltern. Sie schliefen ein, wie Kinder in der Nacht zum 24. Dezember einschlafen, voller Vorfreude, weil sie wissen, dass sie beim Aufwachen Geschenke unter dem Baum finden und auspacken werden. Und mit dem Wunsch, es sofort zu öffnen, dieses wunderbare Paket, das die Waffen enthielt, ihr neues Leben, die Chance, zu wachsen und wichtig zu werden. Sie schliefen mit dem angenehmen Unwohlsein desjenigen ein, der weiß, dass ein großer Tag kommen wird.

Der Kopf des Türken

Die Waffen verstauten sie in Sporttaschen, giftgrün, mit der Aufschrift »Sportclub Madonna del Salvatore«.

Die Taschen hatten Maraja und Briatò in ihren Schränken zwischen Rucksäcken und Shirts gefunden. Dort lagen sie, seit die beiden aufgehört hatten, in der Fußballmannschaft der Pfarrgemeinde zu spielen. In diese Taschen, die früher ihre Trikots und Fußballschuhe enthielten, stopften sie jetzt Maschinenpistolen und halbautomatische Revolver.

Schießübungen vor der Stadt auf dem Land, das bedeutete, die Familien außerhalb Neapels in Alarmzustand zu versetzen, zu zeigen, dass sie bewaffnet waren, dass sie sich organisierten, dass sie echtes, schweres Geschütz bekommen hatten. Zu großes Aufsehen, besser nicht, sofort hätten sich alle gefragt, woher die Waffen kamen und was sie damit machen wollten. Besser, man verschaffte niemandem einen Vorteil. Denn schießen konnten sie noch nicht, sie hatten zwar Hunderte Tutorials auf YouTube gesehen und Hunderte Menschen getötet, aber mit der PlayStation. Videospielkiller.

In den Wald zu gehen und auf Bäume und leere Flaschen zu zielen war bequem, bedeutete aber, Zeit zu verlieren und Munition zu vergeuden. Die dazu dienen sollte, Wunden zu schlagen. Schon ihr Training sollte ein Zeichen setzen, sie hatten keine Zeit zu verlieren. Ziele würden sie in ihrer Welt finden, im dichten Wald aus eisernen Stämmen und Gestrüpp aus Kabeln. Neapels Dächer waren voller Ziele: Antennen, zum Trocknen aufgehängte Wäsche. Sie brauchten ein ruhiges, leicht begeh-

bares Haus. Aber das genügte nicht. Der Lärm der Schüsse würde die Gazellen der Carabinieri zwingen, eine Runde zu drehen.
Und auch der eine oder andere Falke vom Überfallkommando
würde kontrollieren, was los war.

Aber Maraja hatte eine Idee: »Ein Fest, mit Feuerwerk, Knal-
lern, Böllern, Raketen, egal, alles, was so viel Krach macht, dass
keiner mehr sagen kann, ob der von unsern oder ihren Schüssen kommt.«

»Ein Fest, einfach so? Ohne Grund?«, fragte Dentino.

Also zogen sie durch ganz Forcella, Duchesca und Foria, und
überall fragten sie: »Gibt's hier bald 'n Geburtstag, 'ne Hochzeit, 'ne Erstkommunion zu feiern?«

Wie von der Leine gelassene Hunde hechelten sie durchs
Viertel, gingen von Tür zu Tür, von Laden zu Laden, fragten jeden, Mütter, Schwestern, Tanten. Jeder, der von einem geplan-
ten Fest erfuhr, sollte es ihnen sagen, denn sie hatten ein schönes Geschenk. Ja, ein schönes Geschenk. Für alle!

»Wir haben sie, Maraja. Da ist 'ne Signora genau in der Straße, wo wir trainieren können … «

Das Haus in der Via Foria hatte Briatò gefunden. Die Dachterrasse war perfekt, geräumig und auf allen Seiten von Antennen umgeben, dicht an dicht wie Wachposten.

Das Wort »trainieren« hatte er so genussvoll ausgesprochen,
als leckte er sich das Zahnfleisch, um den Geschmack dieser
drei geradezu professionell klingenden Silben ganz auszukos-
ten. Trai-nie-ren.

»Die Signora heißt Natalia«, fuhr Briatò fort.

Ein neunzigster Geburtstag. Riesenfest, tausend Euro pro
Kopf für Feuerwerk. Aber das genügte nicht.

»Wir brauchen mehr Lärm, Briatò, irgendwas, was richtig
aufmischt. Wir müssen noch 'ne Feier in der Nachbarschaft fin-

den, und Musik muss auch dabei sein, eine Kapelle. Paar Idioten mit Trommeln, Trompeten, 'nem Keyboard.«

Briatò nahm sich drei Restaurants in der Umgebung vor und fand eine Erstkommunion, aber dafür musste noch alles organisiert werden. Die Familie hatte wenig Geld und brauchte eine günstige Abmachung über den Preis. Eine Erstkommunion ist die Generalprobe für die Hochzeit. Von den Kleidern bis zum Essen, Hunderte Gäste und großzügige Darlehen: Ich zahl's dir, Wucherer. Egal, was es kostet.

»Ich will mit dem Besitzer reden«, sagte Briatò zum ersten Kellner, auf den er stieß.

»Sagst du mir.«

»Ich muss mit'm Besitzer reden.«

»Wieso kannst du mir nicht sagen?«

Bevor er losgegangen war, hatte Briatò sich eine Pistole aus der Sporttasche geholt, irgendeine, damit es schnell ging. Er wollte sicher sein, dass er keine Zeit verlieren würde, er wollte ein Passepartout, das ihm Gehör verschaffte. Zu jungenhaft, kaum Barthaare, keine Narbe im Gesicht, nicht mal eine zufällige, also musste er laut werden, immer. Er hielt dem Kellner die ungeladene, vielleicht sogar gesicherte Pistole vor die Nase.

»So, du Leichenficker, Kackfresse, Wichsgeburt, ich sag's dir in aller Freundlichkeit. Lässt du mich mit dem Geschäftsführer reden, oder soll ich dir deine Fresse in Fetzen schießen?«

Der Geschäftsführer hatte zugehört und kam herunter.

»He, Kleiner, leg das Eisen weg, wir gehören zu … und du tust dir bloß weh.«

»Ist mir scheißegal, zu wem du gehörst, ich will mit dem Geschäftsführer sprechen. Wo ist das Problem?«

»Das bin ich.«

»Wer feiert hier Kommunion?«

»Ein Junge aus der Straße.«

»Hat der Vater Geld?«

»Der und Geld? Er stottert das Essen bei mir ab.«

»Gut, dann sag ihm was, eine Nachricht, sag ihm, dass wir ihm das Feuer fürs Fest bezahlen, drei Stunden lang auf der Straße, wir organisieren das für ihn.«

»Versteh nicht, was für'n Feuer?«

»Feuerwerk, Mann, Knaller, Kanonenschläge und so. Wie nennst du das? Das Feuerwerk für den Jungen, der Erstkommunion hat, das schenken wir ihm, oder soll ich's dir zum dritten Mal sagen? Beim vierten raste ich aus, ich warne dich.«

»Verstanden. Und dafür musst du das ganze Theater machen?«

Der Geschäftsführer überbrachte die Nachricht. Die Paranza besorgte Feuerwerkskörper und Pyrotechniker. Tausend Euro pro Kopf war das Geschenk. Briatò hatte alles organisiert.

Und schrieb in ihrem Chat auf WhatsApp:

BRIATÒ
Guaglioni das Fest in Foria geht klar. Bereitet alles fürs Feuerwerk vor.

Die Antworten waren sich ziemlich ähnlich.

DENTINO
Eeey, genial.
BISCOTTINO
Du hast es echt drauf Brò! Geil.
LOLLIPOP
Eeeyyy!

DRONE

Eeeyyy! Bin schon da.

PESCE MOSCIO

Das geht ab!

MARAJA

Geil Brò! Samstag alle da zur Kommunion.

Der große Augenblick war gekommen. Sie parkten ihre Roller im Torweg des Hauses. Niemand hinderte sie. Sie stiegen auf die Dachterrasse, alle waren dabei. Dentino hatte sich schick gemacht, Briatò trug seinen Overall, aber er hatte komische Kopfhörer auf, wie Bauarbeiter, wenn sie mit dem Presslufthammer arbeiten. Es war eine stumme Prozession, die Mienen konzentriert, Büßer auf dem Opfergang. Am Himmel über den Dächern ging eine rote Sonne unter.

Sie öffneten die Taschen, und unter den Reißverschlüssen kam das schwarzsilberne Metall der Waffen zum Vorschein – glänzende, lebendige Insekten. Eine Tasche enthielt die Munition, jede Schachtel war mit gelbem Klebeband umwickelt, auf dem mit Kuli geschrieben stand, zu welcher Waffe sie gehörte. Namen, die sie gut kannten, die sie sich inniger gewünscht hatten als jemals eine Frau. Sie umringten die Taschen, drängelten, schubsten, streckten die Arme nach den Maschinenpistolen und Revolvern aus wie nach verbilligter Ware auf Marktständen. Biscottino wühlte wild in der Tasche: »Ich will schießen, ich will schießen!« Klein wie er war, schien er in dem Waffenlager zu versinken.

»Langsam, *guagliù*, langsam …«, sagte Maraja. »Als Erster ist Biscottino dran, weil er der Jüngste ist. Man fängt immer beim Jüngsten und bei den Frauen an. Was bist du, Biscottino, der Jüngste oder 'ne Frau?«

»Fick dich«, sagte Biscottino. Sein Drängen war kindlicher Trotz, und die anderen waren froh, sich nicht als Erster blamieren zu müssen.

Er nahm eine Pistole, eine Beretta. Sie wirkte gebraucht, sehr abgenutzt. Der Lauf war zerkratzt und der Griff abgewetzt. Biscottino hatte alles über Pistolen gelernt, alles, was man auf YouTube lernen konnte, ohne jemals geschossen zu haben. Denn immer ist YouTube der Lehrer. Einer, der Bescheid weiß, der antwortet.

»Also das Magazin ist hier.« Er zog es heraus, indem er auf den Griff drückte, und sah, dass es geladen war. »Hier ist die Sicherung«, er entsicherte die Pistole. »Und so bringe ich die Patrone in den Lauf …« Er versuchte, den Schlitten zu entriegeln, schaffte es aber nicht.

Bis zu diesem Moment hatte alles, was er tat, sehr geschickt ausgesehen, er hielt nicht zum ersten Mal eine Waffe in der Hand, aber den Abzug hatte er noch nie gedrückt. Und diese hier konnte er nicht laden. Seine Versuche, zu entriegeln, wirkten verkrampft, die Finger rutschten ab. Er fühlte die Augen der gesamten Paranza auf sich. Pesce Moscio riss ihm die Beretta aus der Hand, entriegelte den Schlitten, und heraus kam eine Kugel. »Siehst du? Der Schuss war schon im Lauf.« Und er gab Biscottino die Pistole zurück, ohne ihn zu beschämen.

Biscottino legte auf die Parabolantenne an und wartete auf die ersten Kracher des Feuerwerks.

Die erste Rakete sauste pfeifend in die Luft und erstarb in einem Schirm aus roten Sternen am Himmel, aber keiner blickte auf. Feuerwerk, das die Hunde heulen lässt und die Kinder weckt, sieht man in dieser Stadt jeden Abend vom Balkon aus, und Raketen, die als Warnung dienen oder ein Fest schmücken, sind immer nur weiß, rot und grün.

Alle starrten auf Biscottinos Arm, er kniff die Augen zu und feuerte seinen ersten Schuss ab. Den Rückstoß, der nach oben schlug, fing er gut auf.

»Och, hast nicht getroffen … egal, ich versuch's mal …«, sagte Lollipop.

»Nee warte, jeder ein Magazin, haben wir vereinbart.«

»Echt? Wer hat das beschlossen?«

»Stimmt, haben wir so festgelegt«, sagte Dentino.

Zweiter Schuss, wieder nichts. Dritter, Fehlanzeige. Ringsum brach ein irrer Reigen aus Knallfröschen, Böllern und Raketen los, in dem lärmenden Tohuwabohu schien Biscottino mit Schalldämpfer zu schießen. Er streckte den Arm aus, hielt den Lauf mit beiden Händen fest.

»Mach ein Auge zu und ziel. Los, Biscottino, streng dich an!«, sagte Maraja.

Wieder nichts. Doch beim nächsten Schuss, dem fünften, hörten sie kurz vor dem Knall eines Kanonenschlags ein trockenes metallisches Geräusch. Biscottino hatte die Parabolantenne getroffen. Die ganze Paranza tobte. Wie eine Jugendfußballmannschaft beim ersten Tor. Sie sprangen auf, fielen sich in die Arme.

»Jetzt bin ich dran«, rief Dentino. Er wühlte in einer der Taschen und zog eine Uzi heraus. »*Guagliù*, das ist 'ne Maschinenpistole echt zum Fürchten. Los, sucht das Ding auf YouTube!«

Sie nahmen ihre Handys, verteilten sich auf der Terrasse und suchten, Arme in die Luft gereckt, nach dem Netz.

»Scheißverbindung hier …«

Drone, das Computergenie, schritt zur Tat. Dies waren seine großen Momente, wenn die allein in seinem Zimmer verbrachten Stunden kein billiger Vorwand für eine Verarschung mehr waren. Er holte sein Notebook aus dem Rucksack, loggte sich in ein ungeschütztes WLAN-Netz ein und stellte das Notebook auf die Brüstung der Terrasse. Während der Himmel sich verdunkelte, beleuchtete der Bildschirm ihre Gesichter. Drone nahm seine Brille ab und tippte besessen drauflos. Er öffnete YouTube und gab die Namen der Waffen ein.

Dentino ahmte die Gesten des Schützen im Video nach. Langsame, überlegte, feierliche Gesten. Aber der Mann machte zu viele Worte und gab zu viele Erklärungen ab für eine Waffe, die unecht aussah, die sogar Frauen bedienen konnten. Tatsächlich gab es dazu haufenweise Videos mit stark dekolletierten Blondinen. »Was ist besser, *guagliù*, 'ne Maschinenpistole oder diese Weiber?«, fragte Tucano. »Guckt ihr auf die Maschinenpistole oder die Weiber?« »Die Frau ist mir scheißegal, wenn ich die Maschinenpistole in der Hand habe«, sagte Dentino. Einige konnten sich nicht von den Videos mit bewaffneten Pornostars trennen, andere verspotteten Dentino, weil er sich unter all dem Eisen ausgerechnet eine Frauenwaffe ausgesucht hatte. Aber das war ihm egal, er würde keine schlechte Figur machen, mit dieser Maschinenpistole konnte man das Ziel unmöglich verfehlen.

»Wie redet der?«

Der Mann im Video sprach Mexikanisch mit starkem Akzent, aber was er sagte, war unwichtig, diese Tutorials brauchen keine Sprache. Arme, einen Körper und die Waffe – mehr braucht man nicht, um Mexikanern, Amerikanern, Russen oder Italienern das Schießen beizubringen.

Dentino hielt die Maschinenpistole auf Nasenhöhe, wie im Video vorgeführt wurde, und schoss eine Salve, die die Satellitenschüssel praktisch in zwei Teile teilte. Die Schüsse der Uzi hallten trocken nach und erzeugten trotz des Feuerwerks ein Echo.

Ein leicht errungener Sieg. Die ganze Paranza applaudierte. Genau in dem Moment gingen die Straßenlaternen und die Lichter auf der Terrasse an. Es war Nacht.

Pesce Moscio steckte den Kopf in die Taschen und suchte, die Berettas und Maschinenpistolen schied er aus. Bis er das Erhoffte gefunden hatte. Einen Trommelrevolver.

»Guckt euch den an, *guagliù*. Eine Kanone, Smith & Wesson 686, der kommt in *Breaking Bad* vor, echt schön.«

Gleich mit dem ersten Schuss traf er einen Scheinwerfer auf der Terrasse, und es wurde etwas dunkler. Umrisse von Kindern auf den Dächern, beleuchtet vom wechselnden Widerschein des Feuerwerks.

»Das war leicht. Versuch mal, auf die Antenne zu schießen, die hinter der Satellitenschüssel«, sagte Maraja.

Der Schuss ignorierte die Antenne völlig, bohrte sich aber in die Wand und hinterließ ein Loch.

»Ey, hast gar nicht hingeguckt!«, sagte Biscottino.

Pesce Moscio schoss noch viermal. Mit dem Rückstoß hatte er Probleme, als müsste er sich an den Zügeln eines Pferdes festhalten, das er ohne Sattel ritt. Die Pistole hatte nicht nur einen starken Drall, sie bewegte sich auch unkontrolliert in seiner Hand.

»*Adda murì mammà*, Dentino, guck dir das Loch an!«

Dentino kam näher, Lollipop steckte einen Finger hinein, und Mörtel bröckelte heraus.

»Erkennst du das Loch? Wie die Möse von deiner Mama.«

»Halt's Maul, du Arsch … verfickter Hurensohn!«

Dentino verpasste Lollipop eine schallende Ohrfeige, worauf der sofort die Fäuste hob, als bereite er sich auf einen Kampf vor. Seine Rechte schnellte nach vorn, doch Dentino packte ihn am Handgelenk, und beide stürzten zu Boden. »He! He!«, riefen alle. Die zwei mussten aufhören, sofort. Sie hatten den ganzen Aufstand gemacht, um zwei Feste und eine Kapelle zu finden, sie hatten ein Vermögen für Feuerwerkskörper ausgegeben, und jetzt mussten sie Zeit damit verlieren, diese beiden Idioten zu trennen. Plötzlich erhob sich ein sehr hoher, weißer Sprühregen. Eine besonders effektvolle Rakete, die die Terrasse und die ganze Paranza in ihr weißes Licht tauchte.

Die beiden am Boden vergaßen einen Augenblick das Kämpfen, um die weiß angestrahlten Gesichter der anderen zu betrachten. Tote im Kerzenschein. Dann kehrte das Dunkel zurück. Die Ordnung war wiederhergestellt.

Sie beugten sich wieder über die Taschen. Endlich kam der Moment der AK-47. Feierlich, als wären es heilige Gegenstände, reichten sie einander die Kalaschnikows weiter, streichelten sie. »*Guagliù*, ich präsentiere euch Ihre Majestät, die Kalasch«, sagte Maraja.

Alle wollten sie anfassen, alle hätten sie gern ausprobiert, aber es waren nur drei: eine nahm Nicolas, eine Dentino, die dritte Briatò.

»Leute, die hier ist exakt die von *Call of Duty*«, sagte Briatò und setzte seine albernen Ohrenschützer auf.

Sie luden die Waffen, während Drone den Computer wie eine Pizza auf dem Tablett hochhielt, um den Netzempfang zu verbessern und allen das Video *Lord of War* zu zeigen, das er ausgesucht hatte. Sie sahen Nicolas Cage schießen, dann Rambo.

Alles war bereit. Eins, zwei, drei, bei drei feuerten sie. Nicolas und Dentino schossen ganze Salven ab, die von Briatò war auf Einzelfeuer gestellt, darum kam nur eine Reihe trockener Schüsse. Die Ziele, die sie bis jetzt fast immer verfehlt hatten, wurden alle im Nu getroffen. Die Antennen auf dem Dach waren buchstäblich gestutzt, und die zerfetzten Satellitenschüsseln sahen aus wie Ohren, die nur noch an einem Stück Knorpel hängen. »Ein Wahnsinn, die Kalasch!«, schrie Dentino. Ringsum fielen die gestutzten Äste auf die Terrasse, manchmal mussten sie sogar in Deckung gehen.

Sie lachten keuchend. Drehten den Dächern den Rücken zu, eine zufällige Bewegung, doch perfekt synchron wie bei einer Militärparade. Und hoben gleichzeitig die Augen von ihren Spielzeugen, als sie die fette Katze bemerkten. Sie rieb sich an einem Bettlaken, das niemand von der Leine genommen hatte. Drei Salven wie eine einzige mächtige Garbe. Die Katze explodierte, als wäre in ihrem Inneren eine Bombe detoniert. Das Fell löste sich sauber ab, landete auf dem Laken und blieb daran kleben. Der Schädel aber war verschwunden. Pulverisiert, oder vielleicht war er bis auf die Straße geflogen. Der Rest, eine kompakte rötliche, dampfende Masse, lag in einer Ecke der Terrasse. Müll.

Wie von Sinnen vor Begeisterung, hörten sie nicht, dass jemand von der Straße nach ihnen rief.

»Marajaaaaaa, Dentìììììì!«

Es waren Dumbo, ein Freund von Dentino, und Nicolas' Bruder Christian. Obwohl zwischen den beiden ein großer Altersunterschied bestand, verbrachten sie viel Zeit zusammen. Und besuchten gemeinsam einen Judokurs. Christian war schon beim orangen Gürtel angekommen, Dumbo klebte noch am gelben, er hatte die Prüfung nicht bestanden. Dumbo machte es Spaß, Christian mit dem Moped herumzufahren, ihm ein Getränk oder ein Eis auszugeben. Vor allem aber redete er gern mit ihm, denn dabei musste er sich nicht zu sehr konzentrieren – Dumbo war ein bisschen behindert, kein besonders aufgeweckter Typ.

»Marajaaaaaa, Dentiìiì!« Sie riefen wieder.

Dann kamen sie hoch, unaufgefordert.

»*Guagliù*, wir bringen Sticks für Selfies.«

Nicolas ärgerte sich. Er wollte nicht, dass sein Bruder am Leben der Paranza teilnahm.

»Wo hast du meinen Bruder getroffen, Dumbo?«

»Der rannte rum wie 'n Verrückter und suchte dich. Hab ihm gesagt, ich weiß, wo du bist, oben auf'm Haus. Warum fragst du?«

»Nichts, nur so.«

Nicolas war noch dabei, die Paranza aufzubauen, das Ganze war noch längst nicht abgeschlossen. Noch wurden sie nicht respektiert, noch konnten sie nicht schießen, gerade jetzt durfte Christian ihm nicht zu nahe kommen. Nicolas fürchtete, Christian könnte über sie reden, um anzugeben. Aber noch durfte niemand etwas wissen. Alles, was Christian wissen und weitererzählen durfte, musste er von ihm erfahren. Bis jetzt hatte das funktioniert.

Dentino dagegen verschwieg Dumbo nichts. Niemals. Darum wusste Dumbo, dass sie hier oben schießen würden. Nicolas passte das nicht. Von den Angelegenheiten der Paranza durfte nur die Paranza wissen. Wenn die Paranza was unternahm, machten sie das und nur sie. Wer auf der Terrasse sein durfte, war dabei, wer nicht hier sein durfte, war nicht dabei. Punkt. Das waren die Regeln.

Daran dachte Nicolas, während die anderen Dumbo anboten, zu schießen. Er lehnte ab: »Nee, ist nichts für mich.«

Christian aber wühlte schon in einer der Taschen und ergriff ein Gewehr. Im Nu war Nicolas über ihm. Christian wurde hochgehoben und Dumbo übergeben, der ihn wegbringen sollte, wie er ihn hergebracht hatte, ihn und die Sticks für die

Selfies. Christian kannte seinen Bruder gut, wenn er dieses Gesicht machte, gab's kein Entrinnen. Ohne zu betteln oder zu jammern, folgte er Dumbo ins Treppenhaus, die Sticks unterm Arm.

Das Gewehr, das Christian hervorgezogen hatte, war ein altes Mauser Kar 98k, Nicolas erkannte es sofort. »Geil … ein Karabiner. Hat Ahnung, mein Bruder.«

Wer weiß, aus welchem Krieg das unschlagbare deutsche Gewehr stammte, in den vierziger Jahren war es die beste Präzisionswaffe gewesen, jetzt war es nur noch ein veraltetes Gerät. Es musste aus dem Osten kommen, am Griff war ein Aufkleber in serbischer Sprache.

»Was ist das denn«, sagte Biscottino, »der Stab vom heiligen Josef?«

Doch Maraja gefiel das Gewehr. Er betrachtete es hingerissen und drückte mit dem Finger auf die Mechanik.

»Du verstehst einen Scheiß von Waffen, dies Gewehr ist richtig schön. Wir müssen auch mit solchen Waffen schießen lernen«, sagte er, an die ganze Paranza gewandt, im Ton eines Ausbilders mit bösen Absichten.

Er hielt sich den Finger an die Nase, roch das Schmieröl, dann blickte er sich um. Ihm blieb nicht mehr viel Zeit, das Feuerwerk auf der Straße ging zu Ende. Ohne die Deckung durch die Knallkörper konnten sie nicht schießen, obwohl ihre Schüsse zwischen den Geräuschen der Nacht eigentlich niemanden erschreckt hätten. Ein paar Leute hätten sich vielleicht geängstigt, aber niemand hätte bei der Polizei oder den Carabinieri angerufen, garantiert nicht. Pesce Moscio, der die Uhr auf seinem Handy im Auge behielt, warnte ihn eilfertig: »Maraja, wir müssen schnell machen. Die sind gleich durch mit dem Feuerwerk.«

»Keine Sorge«, entgegnete Nicolas, während er nach einem Ziel und einem Platz suchte, wo er sich mit dem Gewehr postieren konnte. Die Terrasse, auf der sie standen, und die Terrasse des Nachbarhauses waren nur wenige Meter voneinander entfernt. Diese alten Wohnhäuser, die erzittern, wenn unten die Haustür zugeknallt wird, stehen da wie unbesiegbare Riesen, haben Erdbeben und Bombenangriffe überlebt. Häuser aus dem spanischen Vizekönigreich, langsam verrottend, vom immer gleichen Leben erfüllt, wo seit Jahrhunderten Kinder mit denselben Gesichtern ein und aus gehen. Zwischen Tausenden Schurken, Bürgerlichen und Adeligen, die vor ihnen diese Treppen hinauf- und hinuntergegangen waren und die Hausflure bevölkert hatten.

Plötzlich entdeckte Nicolas das Ding: einen Blumentopf im Haus gegenüber. Er stand nicht auf der Dachterrasse, sondern auf einem Balkon im vierten Stock. Ein bemalter Keramiktopf, typisch für die Amalfiküste, der Kopf eines bärtigen Türken, darin ein stolzer Kaktus. Das ideale Ziel. Das Ziel für einen Scharfschützen.

Er brauchte einen Platz zum Aufstellen und entdeckte eine kleine Rumpelkammer, ursprünglich ein Waschraum, der mit etwas Zement und Sperrholz zu einem nicht genehmigten Zimmerchen auf der Terrasse geworden war. Nicolas hangelte sich mit einer Hand auf das Dach, die andere hielt das schwere deutsche Gewehr. Alle beobachteten ihn stumm, keiner wagte es, ihm zu helfen. Er brachte sich auf dem Dach in Position, dann legte er das Gewehr an und zielte auf den Kopf. Der erste Schuss ging daneben. Der Knall war dumpf und der Rückstoß sehr stark, doch Nicolas hatte ihn im Griff, spielte einen echten Scharfschützen.

»Uà, *guagliù*«, rief er, »Chris Kyle, ich bin Chris Kyle!«

Einstimmig die Antwort: »Ja, echt! Maraja, du bist American Sniper!«

Ein so lange vernachlässigtes altes Mauser zu laden war nicht leicht, doch Nicolas machte es Spaß, und die Paranza sah der Abfolge seiner präzisen Gesten gerne zu. Den dreh- und verschiebbaren Zylinderverschluss hatten sie in vielen Filmen gesehen, wo Scharfschützen vorkamen, darum warteten sie auf das Geräusch von Metall und Holz. Klack … klack … Nicolas schoss ein zweites Mal. Wieder nichts. Der dritte sollte um jeden Preis ein Treffer werden. Dieser Keramikkopf erschien ihm wie ein Geschenk des Himmels, eigens dort hingestellt, damit er beweisen konnte, dass er imstande war, jemandem in den Kopf zu schießen wie ein echter Krieger. Er kniff das linke Auge noch fester zusammen und feuerte den dritten Schuss ab. Es gab einen Heidenlärm, das Klingen von Metall und ein Zerbersten von Glas und Knochen. Alles auf einmal. Ein gewaltiger Krach.

Diesmal konnte Maraja den Rückstoß nicht auffangen. Er hatte sich ausschließlich auf den Schaft konzentriert, wie alle Anfänger glaubte er, das genüge, um die ganze Waffe im Griff zu haben, all seine Muskeln waren um den Schaft gespannt. Doch das Gewehr sprang vor ihm auf wie ein wildes Tier, der Lauf schlug ihm ins Gesicht, seine Nase fing an zu bluten, und der Verschluss riss die Haut über seinem Wangenknochen auf. Vom Rückstoß aus dem Gleichgewicht gebracht, stemmte er die Beine gegen das Dach, das sofort nachgab. Maraja stürzte in die Tiefe, wurde von der Rumpelkammer verschluckt und fiel auf Besen, Waschmittel, verrostete Antennen, Werkzeugkisten und Gerätschaften zur Taubenabwehr. Der Sturz brachte alle unwillkürlich zum Lachen, doch nur ein paar Sekunden lang. Denn die letzte verschossene Patrone war an der Brüstung des Balkons abgeprallt und hatte die Fensterfront in Glassplitter zerlegt. Zu Tode erschreckt kam ein alter Mann heraus, gefolgt von seiner Frau, und entdeckte die Köpfe der Jungen auf dem Dach des Nachbarhauses.

»Was fällt euch ein? Wer seid ihr?«

Briatò reagierte blitzschnell. Er packte den kleinen Biscottino unter den Achseln, wie man Kinder hochnimmt, wenn man sich bückt, um sie sich auf die Schultern zu setzen. Er hob ihn in die Luft, setzte ihn auf den Sims und sagte: »Signò, bitte entschuldigt. Das war der Kleine, er hat einen Knallfrosch geworfen, wir kommen sofort rüber, machen alles sauber und bezahlen.«

»Was was was, ihr kommt rüber und zahlt? Wir rufen jetzt die Polizei. Wo sind eure Eltern? Wer zum Teufel seid ihr? Verdammtes Pack!«

Briatò versuchte, die beiden so lange wie möglich auf dem Balkon zu halten, während Nicolas und die anderen alle Waffen und Schachteln mit Munition wieder in die Taschen packten. Sie rannten kreuz und quer durcheinander wie Ratten in einem Zimmer, wo plötzlich das Licht angeschaltet wird. Wer sie so sah, hätte sie niemals für Soldaten einer Paranza gehalten, sie wirkten eher wie kleine Jungen auf der Flucht, die mit dem Fußball eine Fensterscheibe eingeschossen haben und nun mit gesenktem Kopf abhauen, damit die Freundin ihrer Mutter sie nicht erkennt. Dabei hatten sie den ganzen Abend lang mit Kriegswaffen Schießen geübt, neugierig und unschuldig wie Kinder. Waffen werden als Werkzeuge für Erwachsene angesehen, doch je jünger die Hand ist, die mit dem Hahn, dem Magazin, dem Lauf hantiert, desto schlagkräftiger ist das Gewehr, das Maschinengewehr, die Pistole und sogar die Handgranate. Eine Waffe ist nützlich, wenn sie zur Verlängerung des menschlichen Körpers wird. Kein Mittel zur Verteidigung, sondern ein Finger, ein Arm, der Schwanz, ein Ohr. Waffen sind für junge

Menschen, für Kinder gemacht. Eine Wahrheit, die überall auf der Welt gilt.

Briatò versuchte nach Kräften, die beiden Alten aufzuhalten. Er improvisierte: »Wir sind von hier, wir gehören zu der Signora im ersten Stock.«

»Wie heißt denn die Signora?«

»Signora Natalia, die ihren neunzigsten Geburtstag feiert. Wir haben das Fest für sie organisiert.«

»Das interessiert mich einen Dreck. Los, holt eure Eltern. Ihr habt mir das ganze Fenster zertrümmert.«

Obwohl Briatò versuchte, sie ins Gespräch zu verwickeln, sie abzulenken, dachte er natürlich nicht im Traum daran, die Scheibe zu bezahlen. Die Paranza hatte schon zu viel Geld für das Feuerwerk bezahlt. Geld hatten sie, viel Geld sogar, dafür, dass sie noch Kinder waren, doch jeder Cent, der für andere ausgegeben wurde, nicht für sie, war vergeudet.

Während Briatò sich verzweifelt bemühte, mit den Alten im Gespräch zu bleiben, und die Paranza die auf der Terrasse verstreuten Patronenhülsen einsammelte, jeder mit der Angst im Nacken, dass die Polizei kommen und die Waffen beschlagnahmen würde, ging Maraja nur ein einziger Gedanke durch den Kopf: Wie konnte er die Blamage vergessen machen, dass er sich durch den Rückstoß des Gewehrs verletzt hatte? Er hätte auf die Verletzung stolz sein können, wenn sie von einer Schießerei oder von der Explosion des Gewehrs stammte, von etwas, für das er nicht verantwortlich war. Stattdessen hatte er sich verletzt, weil er die Waffe nicht beherrscht hatte. Wie ein blutiger Anfänger.

Als der alte Herr auf dem Balkon sich die Brille aufsetzte, um auf seinem Mobiltelefon die 113 zu wählen, sagte Briatò: »Nein, rufen Sie nicht die Polizei, wir kommen sofort rüber und bringen Ihnen das Geld.« Und nach dem Satz stürzten sie die Treppe hinunter.

Sie rannten zu ihren Motorrollern, die sie im Torweg geparkt hatten. Überall auf der Straße lagen die verbrannten Pappen der Feuerwerkskörper, das Fest war noch immer im Gang. Auch alle Gäste der Kommunionfeier und alle Kinder und Enkel von Signora Natalia waren noch da. Briatò wurde wiedererkannt: »Junger Mann, hallo junger Mann, bleibt einen Moment stehen. Lasst Euch danken!«

Sie hatten erfahren, dass er es war, der das große Schauspiel angeboten und bezahlt hatte. Und obwohl sie den Grund für das Geschenk kannten, wollten sie ihm danken. Nicht den militärischen Grund, den konnten sie sich nicht vorstellen, nein, sie hatten verstanden, dass dahinter eine Gruppe des Systems stand, die sich bei den Leuten im Viertel beliebt machen wollte. Dafür musste man sich bedanken.

Erst versuchte Briatò, sich zu entziehen, doch dann erkannte er, dass es unvermeidlich war: alte Leute bedrängten ihn, und so ließ er sich umarmen und küssen. Er versuchte, alles so diskret wie möglich über sich ergehen zu lassen, und sagte nur immer wieder: »Das war doch eine Kleinigkeit, hab gar nicht viel gemacht, alles in Ordnung, war mir ein Vergnügen.«

Die Leute hielten das Ganze für eine freundliche Geste einer neuen Gruppierung, die gerade an Bedeutung gewann, und wollten dieser Gruppe alles Gute wünschen. Doch Briatò hatte Angst, aus zwei Gründen, und eine Angst verschlang die andere. Denn die Angst, zu viel Aufmerksamkeit zu erregen, in einer Straße aufzufallen, die ganz und gar nicht zu seinem Gebiet gehörte, verblasste angesichts der Angst, Nicolas zu ärgern, von dem die Idee mit dem Feuerwerk stammte. Trotzdem freute Briatò sich, es war ihm eine Genugtuung, dass jemand ihm für etwas Anerkennung zollte. Darum blieb er auf seinem Moped sitzen und tat, als könnte er nicht starten, weil die Zündkerze verbraucht war, doch in Wahrheit drückte er den Startknopf nicht ganz herunter.

Dann zwang ihn ein Wink der Paranza, schnell zu starten.

»Los, *jamm'*, beweg dich, Briatò …«

Alle fuhren hinter Nicolas her, ohne recht zu wissen, wohin es ging, also fuhren sie dicht neben ihm auf und baten ihn, sich das Blut aus dem Gesicht zu waschen. Sie fürchteten, dass es gefährlich werden konnte, mit den Waffen in den Taschen herumzufahren. Und es war gefährlich, obwohl es ihnen das Gefühl gab, für einen Krieg gerüstet zu sein. Egal für welchen, für irgendeinen Krieg.

Training

Die Straßendecke war defekt, Schlaglöcher überall, nach jedem Regen tauchen sie zu Dutzenden auf, wie Pilze. Die Paranza war hinter dem Bahnhof in die Via Ferraris eingebogen, und nun mussten sie langsamer fahren.

Nicolas wollte zu einer Eritreerin, die im Viertel Gianturco wohnte. Sie hieß Aza, eine Schwester der Frau, die seiner Mutter im Haushalt half, und war etwas über dreißig, sah aber aus wie fünfzig. Aza wohnte bei einer alten Frau, die Alzheimer hatte. Sie war ihre Pflegerin. Nicht mal die Ukrainerinnen wollten in der Gegend noch arbeiten.

Nicolas ahnte, dass diese Wohnung ein perfektes Versteck für das Waffenlager der Paranza war. Den anderen sagte er nichts, dafür war es noch zu früh. Alle folgten seinem Beverly. Der eine oder andere hatte versucht, ihn unterwegs zu fragen, warum sie dorthin fuhren, doch als die ersten Fragen unbeantwortet blieben, hatten sie kapiert, dass sie besser den Mund hielten und ihm einfach hinterherfuhren. Vor dem Haus angekommen, stoppte er, und als die anderen bei ihm waren, bremsten und wieder Gas gaben, ohne zu verstehen, ob sie anhalten oder weiterfahren sollten, sagte er: »Das hier ist unser Waffenlager«, und zeigte auf die Haustür.

»Wer soll denn das sein?«, fragte Pesce Moscio. Nicolas' zorniger Blick zeigte ihm, dass es gefährlich werden konnte, diesem Blick standzuhalten. Doch schon stieg Dentino hinter ihm ab, stellte sich zwischen die beiden und beendete das Geplänkel: »Mir ist egal, wer das ist. Hauptsache, für Maraja ist das

Haus sicher. Wenn es für ihn sicher ist, ist es auch für uns sicher.«

Pesce Moscio nickte, und sein Einverständnis galt für alle.

Das Haus war einer von diesen gesichtslosen, unauffälligen Sechziger-Jahre-Bauten. In der mit Motorrollern übersäten Straße würde niemand die fünf Roller der Paranza bemerken. Eben darum hatte Maraja beschlossen, die Waffen dort zu verstecken, sie würden tagsüber und nachts jederzeit herkommen können, ohne aufzufallen. Aza hatte er versprochen, wenn sie bei ihr ein und aus gingen, würden die Zigeuner sich fernhalten. Das stimmte nicht, die Bewohner des Roma-Lagers wussten nicht mal, wer diese Jungen waren, die sich erdreisteten, Schutz in einem Viertel zu versprechen, das schon einen Capo hatte.

Nicolas und Dentino klingelten und gingen in den fünften Stock hinauf.

Aza erwartete sie in der Tür. Als sie Nicolas sah, erschrak sie: »He, was ist mit deinem Gesicht passiert?«

»Ist nichts.«

Sie betraten eine völlig dunkle Wohnung, die ein starker Geruch nach Berbere und Naphthalin erfüllte.

»Darf man reinkommen?«, fragte Nicolas.

»Sprich leise, die Signora schläft.«

Das war nicht der Geruch, den er erwartet hatte, der Geruch in Wohnungen von alten Menschen, und obwohl er es zu eilig hatte, um sich mit Einzelheiten aufzuhalten, musste er der Sache nachgehen. Dieser Geruch nach afrikanischen Gewürzen brachte ihn auf einen beunruhigenden Gedanken: Aza führte den Haushalt der Signora mittlerweile, als wäre es ihr eigener, die Alte war vielleicht kurz davor zu sterben, also würde die Wohnung sich schon bald mit Verwandten füllen und vom Beerdigungsinstitut in Beschlag genommen werden.

»Wie geht's der Signora?«

»Gott ist ihr noch gnädig«, antwortete Aza.

»Ja, aber der Arzt, was sagt der? Sie hält noch durch, oder?«

»Das liegt bei Gott …«

»Von Gott mal abgesehen, was sagt der Arzt?«

»Er sagt, dass der Körper gesund ist, aber der Kopf macht nicht mehr mit.«

»Gut so. Möge die Signora hundert Jahre leben.«

Aza, die von Nicolas schon vorbereitet war, zeigte auf einen hohen Abstellschrank. Seit die Krankheit der alten Signora vor Jahrzehnten das Hirn zerfressen hatte, dachte sie nicht mehr an den Schrank. Sie nahmen eine Trittleiter und schoben die Taschen in die hinterste Ecke. Davor stellten sie in dicke Tücher gehüllte Krippenfiguren, Schachteln mit Weihnachtsbaumkugeln und Fotos.

»Mach nichts kaputt«, sagte Aza.

»Auch wenn was kaputtgeht, ich glaub, die Signora wird das Zeug nicht mehr brauchen …«

»Egal, mach nichts kaputt.«

Bevor er runterstieg, nahm er drei Pistolen aus einer Tasche und ein Säckchen mit Munition aus der anderen.

»Mach so was nicht vor meinen Augen, ich will nichts wissen …«, murmelte sie, zu Boden blickend.

»Du weißt auch nichts, Aza. Wenn wir kommen müssen, rufen wir an, dass wir den Einkauf für die Signora bringen, und du sagst uns, wann. Wir kommen, nehmen, was wir brauchen, und gehen. Wenn jemand von denen, die ich herschicke, dir Schwierigkeiten macht, hast du meine Nummer und schreibst, was für Probleme es gab. Alles klar?«

Aza band ihre glanzlosen Locken mit einem Gummiband zusammen und ging stumm in die Küche. »Alles klar?«, wiederholte Nicolas drängender. Sie hielt ein Handtuch unter den Wasserhahn, kam immer noch schweigend zurück und strich ihm damit übers Gesicht. Nicolas wich unangenehm berührt zurück, er hatte die Platzwunde über dem Jochbein und die blutende Nase schon vergessen. Aza blickte ihm in die Augen, das blutbefleckte Tuch in der Hand. Er fasste sich an die Nase, besah seine Finger und ließ sich säubern.

»Jedes Mal, wenn wir kommen, kriegst du ein Geschenk«, versprach er, doch sie beachtete ihn nicht, öffnete den Schrank unter der Spüle und griff nach dem Alkohol. »Ich mach Alkohol drauf. Das muss man desinfizieren.« Sie war mit Verletzungen vertraut, ein Wissen, das sie in ihrer Heimat erworben und dann zu Geld gemacht hatte, indem sie die Wunden alter Menschen behandelte. Darauf war Nicolas nicht gefasst gewesen, auch nicht auf die Bemerkung: »Die Nase ist nicht kaputt, nur ein bisschen verbeult.«

Nachdem er sich hatte verarzten lassen, murmelte er einen Dank, aber das schien ihm zu wenig. Also fügte er ein »Danke vielmals« hinzu. Aza wagte ein Lächeln, das ihr verhärmtes Gesicht erstrahlen ließ.

Zwei Pistolen steckte Nicolas sich hinten in die Hose, eine gab er Dentino. Dann verabschiedete er sich von Aza, doch erst nachdem er ihr hundert Euro gegeben hatte, die sie in einer Tasche ihrer Jeans verschwinden ließ, bevor sie zur Spüle ging, um das Handtuch auszuwaschen.

Während sie zu dritt die Treppe hinuntergingen, fragte Dentino: »Und was machen wir jetzt damit?«

Diese Pistolen hatten sie mitgenommen, um sie sofort zu benutzen. Dentino hatte darin einen Befehl erkannt.

»Dentì, man lernt nicht schießen, wenn man auf Antennen und Mauern zielt.«

Dentino hatte sich nicht geirrt. »Maraja, du sagst, was gemacht wird, und wir machen.«

Am Fuß der Treppe stellte Nicolas sich Briatò und Dentino in den Weg und wiederholte, was er gerade gesagt hatte. Leise sprach er ein Wort nach dem anderen aus, dabei musterte er sie wie zwei Schuldige: »Respekt verschafft man sich nicht, indem man auf Antennen und Mauern schießt, oder?«

Die Jungen wussten, worauf er hinauswollte. Nicolas wollte schießen. Auf lebende Ziele. Doch allein wagten sie diese Schlussfolgerung nicht zu ziehen. Er sollte die Worte für sie aneinanderreihen. Klar und deutlich.

Nicolas fuhr fort: »Wir müssen ein, zwei Stücke machen, jetzt gleich.«

»Ist gut. *Adda murì mammà*, bin dabei«, sagte Dentino.

Briatò versuchte unwillkürlich, zu argumentieren: »Wir müssen lernen, besser mit den Eisen umzugehen. Je besser wir sie kennen, desto eher landen die Schüsse an der richtigen Stelle.«

»Wenn du 'ne Schießausbildung willst, Briatò, musst du Polizist werden. Wer zur Paranza gehören will, muss gelernt geboren sein.«

Briatò erwiderte nichts, er fürchtete, so zu enden wie Agostino.

»*Adda murì mammà*, bin auch dabei. Ran an die Stücke.«

Nicolas ging weg. »Wir sehen uns später auf der Piazza.« Der Treffpunkt war wie immer die Piazza Bellini.

Die Mopeds starteten. Die anderen waren aufgeregt, wollten wissen, was Dentino, Briatò und Maraja besprochen hatten, begnügten sich dann aber damit, zur Piazza zu fahren.

Nicolas, der bis zu diesem Moment nicht auf sein Handy geachtet hatte, sah es übervoll mit Nachrichten von Letizia.

LETI

Amore wo bist du?

Amò liest du keine Nachrichten?

Nicolas wo bist du, verdammt?

Nicolas ich mach mir Sorgen.

Nicolas!!!???

NICOLAS

Da bin ich amò

war mit den brò zusammen.

LETI

Mit den brò? Sechs Stunden?

Und guckst keinmal aufs Handy?

Erzähl keinen Scheiß,

Fick dich.

Letizia saß auf dem Kymco People 50 von Cecilia. Ihre Freundin hatte das Ding über und über mit Stickern beklebt, weil sie sich für die Marke schämte. Letizia aber kannte keine Scham, denn an Nicolas' Seite fühlte sie sich wie eine Königin. Wann immer sie wollte, konnte sie ihn zum Teufel schicken, das bedeutete gar nichts, es war ein Spiel zwischen Verliebten. Wichtig war nur der Widerschein des Lichts, in dem sie stand, den verwechselten viele mit Macht.

Letizias Kymco parkte unter der Statue von Vincenzo Bellini zwischen Dutzenden anderer Motorroller und einer großen Schar junger Leute, die redeten, Bier oder Cocktails tranken, Joints oder Zigaretten rauchten. Nicolas fuhr nie mit seinem Beverly auf die Piazza, er parkte ihn immer weiter weg, in der Via Costantinopoli, und kam dann zu Fuß an. Der Beverly war nicht gerade das Pferd, mit dem man sich öffentlich zeigen konnte.

Er machte Letizia ein Zeichen mit dem Kopf: »Steig ab und komm her.«

Sie tat, als hätte sie nichts gesehen, Nicolas musste näher kommen.

Er trat so dicht vor sie, dass seine schmerzende Nase ihre berührte. Letizia hatte nicht mal Zeit, zu fragen: »Was ist denn mit dir passiert?«, da küsste Nicolas sie schon heftig und lange. Dann kniff er ihr mit zwei Fingern ins Kinn und stieß sie verächtlich von sich.

»Letì, *adda murì mammà*, ›fick dich‹ sagst du nicht zu mir, kapiert?« Ohne ein weiteres Wort ging er weg.

Jetzt musste sie hinter ihm her. Das erwartete er, sie wusste es, alle ringsumher auch. Und so geschah es. Sein schneller Schritt, sie nimmt die Verfolgung auf. Dann umgekehrt, sie dreht ihm schmollend den Rücken zu, er läuft ihr nach, um sie zu besänftigen, ein ständiger Wechsel der Fronten, laute Ausrufe, ausgestreckte Mittelfinger, Hände, die ergriffen, Küsse, die geraubt werden. All das auf dem Basaltboden der Altstadt, durch verwinkelte Gassen, zwischen »Halt den Mund« und »Wag das ja nicht«, durchsetzt mit »Ammò, sieh mir in die Augen, hab ich dich jemals belogen?«.

Inzwischen hatte sich die ganze Paranza auf der Piazza Bellini versammelt.

Während Nicolas und Letizia Versöhnung spielten, versuchten Dentino und Briatò, ihre Angst zu beschwichtigen, indem sie hektisch an den Joints zogen, die die Runde machten. Wer würde ihr erstes Ziel sein? Wie würde das abgehen? Wer würde sich als Erster blamieren? Biscottino brach das angespannte Schweigen: »Wo steckt eigentlich Maraja?« Und Lollipop machte weiter: »Dentì, Briatò, sagt doch mal was. Was ist passiert, hat Nicolas unsere Waffen verschenkt?« Lollipop hatte den Satz noch nicht beendet, da verpasste Briatò ihm schon eine Ohrfeige, wie nicht mal seine Mutter je eine gewagt hatte. Mit der auf der Terrasse war es für ihn die zweite an diesem Tag. »Reißt mitten auf der Piazza sein Maul auf, der Idiot! Nie wieder dieses Wort vor anderen!«

Lollipop wühlte in seinen Taschen. Das Vorspiel für den Griff zum Schnappmesser. Dentino warf sich sofort auf Briatò, zerrte an seinem Shirt, zerriss es fast. »Mann, lass den Scheiß!«, zischte er ihm laut ins Ohr.

Lollipop, der das Messer schon gezückt und die Klinge hatte rausspringen lassen, sah Pesce Moscio als Barriere vor sich: »Seid ihr total ausgetickt? Stechen wir uns jetzt unter Brüdern ab?«

Auf der Gegenseite befahl Dentino: »Los, geh dich entschuldigen, Briatò. Das muss sofort ausgeräumt werden.«

Briatò setzte ein Lächeln auf. »Ey, Lollipò, Entschuldigung. *Jamme*, gib mir die Hand. Aber das gilt auch für dich: Die Angelegenheiten der Paranza gehn nur die Paranza was an. Nicht die halbe Piazza. Pass auf, was du sagst, Bruder.«

Lollipop drückte ihm etwas zu fest die Hand. »Geht klar, Briatò. Aber deine Hand will ich nie wieder im Gesicht. Nie wieder, kapiert? Hast aber recht, ich muss die Klappe halten.«

Ein Feuer, blitzschnell gelegt, blitzschnell gelöscht. Aber die Anspannung blieb, braute sich als Sturm über der Paranza zusammen und wirbelte ihre Gefühle durcheinander.

Dentino und Briatò konnten sie nicht mehr im Zaum halten. Dentino spürte den Lauf der Pistole, er hatte sie sich in die Unterhose gesteckt, sie kratzte an seinen Hoden. Das gefiel ihm. Es war, als trüge er eine Rüstung, als wäre er mehr als er selbst. Ein Grüppchen neben ihnen bot als Dank für die herumgereichten Joints Gläschen mit Chupito, Rum mit Birnensaft, an. Dentino und Briatò waren inzwischen mit Alkohol und Stoff abgefüllt. Allmählich leerte sich der Platz. Jemand von der Paranza telefonierte, log seine Eltern an: »Alles gut, Mama. Ich bin nicht auf der Straße, bin bei Nicolas, komm später nach Hause.«

Einige Studenten, die Pesce Moscio erkannten, weil sie in Forcella Stoff von ihm kauften, kamen an und fragten ihn nach Shit. Er hatte fast nichts dabei, ein paar Sticks, die er für fünfzehn Euro das Stück abgab statt für zehn. »Mann, wie bescheuert, dass ich nicht mit voller Unterhose gekommen bin.« Zu Lollipop gewandt: »Ich müsste immer kiloweise Stoff dabeihaben, mit meinem Gesicht verticke ich alles in 'ner halben Stunde.«

»Pass auf, dass sich nicht auch die Carabinieri dein Gesicht merken. Dann landet dein Gesicht in Poggioreale.«

»Poggi? Da kennen sie mein Gesicht auch schon.«

Jetzt war der Platz leer. »*Guagliù*, ich hau ab«, sagte Pesce Moscio, der die Anrufe seines Vaters nicht mehr bändigen konnte. Und so kehrten alle von der Paranza langsam nach Hause zurück.

Es war halb vier Uhr morgens, und von Nicolas kein Lebenszeichen. Dentino und Briatò fuhren zum Versteck. Das Viertel rumorte noch immer. In der Wohnung machten sie sich sofort auf die Suche und fanden schließlich ein Tütchen.

»Damit kriegen wir garantiert zwei Lines hin.«

Zwei Linien gelber Koks, »*pisciazza*«, der Pissstrahl. Sie rollten einen Kassenbon zusammen, formten eine kleine Tülle. Die *pisciazza* gehörte zu den besten Sorten Koks, doch ihre Farbe war wenig vertrauenerweckend. Wie eine Saugpumpe zogen die Nasenflügel das ganze Pulver ein. »Schon komisch, sich *pisciazza* reinzuziehen«, sagte Dentino. »Aber das Zeug ist gut, sehr gut. Warum ist das eigentlich so gelb?«

»Ist praktisch reine Basispaste.«

»Basispaste?«

»Ja, da fehlen noch all die Verfahren, die danach kommen.«

»Welche Verfahren?«

»Ruf Heisenberg an, soll dir ’n Vortrag halten.«

Sie lachten noch, als sie jemanden am Türschloss hantieren hörten. Nicolas kam mit einem breiten Grinsen an. »Zieht euch die ganze *pisciazza* rein, ihr Gangster?«

»Genau. Und du, Mann, wo warst die ganze Zeit?«, empfing ihn Briatò.

»Habt ihr mir was gelassen?«

»Klar, Bròo.«

»Los, wir gehn ’n Stück klarmachen.«

»Vier Uhr morgens, wie willst da ’n Stück klarmachen?«

»Warten wir eben.«

»Wir warten, ist besser.«

»Um fünf gehen wir raus und machen paar Stücke.«

»Wen denn?«

»Die Pocket Coffees.«

»Die Pocket Coffees?«

»Klar, *guagliù*, die Pocket Coffees … die Schwarzen. Wir greifen uns paar Schwarze, wenn sie auf den Bus zur Arbeit warten. An der Haltestelle kriegen wir sie.«

»Geil«, sagte Dentino.

»Einfach so?«, wandte Briatò ein. »Ohne zu wissen, wer das ist, knallen wir irgendeinen Pocket Coffee ab, der da so rumsteht?«

»Ja, bei dem kannst du sicher sein, dass er keinen hinter sich hat. Auf die scheißt doch jeder. Gibt’s etwa Ermittlungen wegen einem toten Neger?«

»Bloß wir drei, oder holen wir die ganze Paranza?«

»Nein, die ganze Paranza muss dabei sein. Aber die Eisen haben nur wir drei.«

»Sind doch alle zu Hause und pennen.«

»Egal, wir rufen sie an, die stehen auf.«

»Lass mal, wir drei machen das, basta.«

»Nein. Sie müssen zusehen. Lernen.«

Briatò grinste. »Hast du nicht gesagt, in der Paranza sind wir schon alle gelernt?«

Statt zu antworten, befahl Nicolas: »PlayStation!« Und während Briatò die PlayStation einschaltete: »Geh auf *Call of Duty*. Wir machen die erste Mission, wo wir in Afrika sind. Muss mich bisschen aufwärmen, für das Neger-Abknallen.«

Dentino schickte über WhatsApp Nachrichten an die ganze Paranza. »*Guagliù*, morgen früher Sprint für unser Match.« Keiner antwortete.

Der Screenshot des Spiels erscheint. *The future is black*, steht da. Aber die *future* gehört dem, der seine Kalaschnikow früher lädt als die anderen. Wenn du den Typen im Unterhemd zu nahe kommst, siehst du dich von einem Hieb mit der Machete zerfleischt, und wenn auf der Fahne dieser Neger mal ein Toter auftaucht, will das schon was heißen. Zweite Regel: Bleib in Deckung. Ein Felsen, ein Panzer. In der Wirklichkeit genügt die Motorhaube eines Autos, das in zweiter Reihe parkt. Aber in der Wirklichkeit kannst du keine Flieger zu Hilfe rufen, wenn was schiefläuft. Dritte Regel, die wichtigste: Rennen. Immer.

Sie spielten. Die Maschinenpistole feuerte, was das Magazin hergab. Es schien Angola zu sein. Der Held kämpfte mit der regulären Armee, er trug eine Tarnuniform. Es ging darum, auf Söldnertruppen in Unterhemden mit umgehängtem Maschinengewehr zu schießen. Nicolas ballerte wie von Sinnen, ließ sich treffen und machte weiter. Rannte. Immer.

Um halb sechs morgens rasten sie zu den anderen. Sie klingelten bei Lollipop, sein Vater antwortete durch die Gegensprechanlage: »Wer ist da?«

»Bitte entschuldigen Sie, Signor Esposito, hier ist Nicolas. Ist Lollipop da?«

»Um diese Zeit kommst du? Vincenzo schläft, und dann muss er in die Schule.«

»Unsere Klasse hat heute Vormittag eine Führung.«

»Vincenzo!« Der Vater brüllte, um Lollipop zu wecken. Der dachte sofort, jemand wäre gekommen, um ihn aufs Polizeirevier zu bringen.

»Was ist passiert, Papa?«

»Da ist Nicolas, er sagt, ihr müsst zu einer Führung gehen, aber Mama hat mir gar nichts davon gesagt.«

»Ach, hatte ich vergessen.« Lollipop nahm den Hörer der Sprechanlage, und schon stürzte seine Mutter sich, mit den Armen fuchtelnd, auf ihn. »Eine Führung, wo denn?«

»Komm sofort runter, Nicolas, ich komme.« Auf dem Balkon versuchte Lollipops Vater, durch das Dunkel etwas zu erkennen, doch er sah nur Köpfe in Bewegung. Die drei da unten bogen sich vor Lachen.

»Bist du sicher, dass eure Klasse zu einer Führung muss? Terè, ruf mal die Schule an«, sagte er zur Mutter.

Lollipop war schon im Bad, zum Gehen bereit und unbesorgt: Es würde Stunden dauern, bis sie begriffen, dass es keine Führung für die Klasse gab, wenn sich in der Schule überhaupt jemand fand, der ans Telefon ging.

So lief es auch bei Dragò, bei Pesce Moscio und den anderen. Einen nach dem anderen holten sie zu Hause ab. Und langsam war die Paranza vollzählig, eine Reihe Roller und gähnende Jungen. Nur Biscottino wurde nicht erlaubt, mitzukommen.

Er wohnte in einer Erdgeschosswohnung gegenüber vom Krankenhaus Loreto Mare. Die komplette Paranza mit ihrer Herde Motoren stand vor seinem Haus. Sie klopften, die Mutter öffnete, in heller Aufregung, sie hatte schon verstanden, dass die Jungen Eduardo wollten.

»Nein, Eduardo geht nirgendwohin und vor allem nicht mit Typen wie euch. Ihr seid alle Verbrecher.«

Ohne die Signora zu beachten, als hätte sie nichts gesagt und stünde nicht direkt vor ihm, rief Nicolas durch die offene Tür: »Biscottino, komm raus, los!«

Rasend vor Zorn, wirre Haarsträhnen im Gesicht, pflanzte die Mutter sich mit ihrer ganzen Leibesfülle vor ihm auf: »He, *muccusiello*, erstens heißt mein Sohn Eduardo Cirillo. Und zweitens, Rotzbengel, wag es nie wieder, meinem Sohn zu sagen, was er tun soll, wenn ich hier bin, oder glaubst du, wegen einem wie dir krieg ich das Zittern?«, und sie wedelte heftig mit einem Zipfel ihres Nachthemds.

Biscottino kam nicht heraus, wahrscheinlich war er nicht mal aus dem Bett gestiegen. Vor der Mutter hatte er mehr Angst als vor Nicolas und davor, der Paranza untreu zu werden. Doch Nicolas gab sich nicht geschlagen. »Wenn Ihr Mann hier wäre, würde ich mit ihm sprechen, aber Sie dürfen sich da nicht einmischen, Eduardo muss mit uns kommen, er hat eine Verpflichtung.«

»Eine Verpflichtung? Was soll das denn für eine Verpflichtung sein?«, entgegnete die Mutter. »Ich rufe jetzt deinen Vater an, dann wollen wir doch mal sehen. Und nimm den Namen meines Mannes nicht in den Mund, du weißt nicht mal, von wem du sprichst!«

Biscottinos Vater war bei einem Raubüberfall in Sardinien umgekommen. Eigentlich hatte er nur das Auto gefahren, beim

Überfall hatte er nicht mitgemacht, er hatte nur am Steuer gesessen. In der Reinigungsfirma im Krankenhaus Loreto Mare, wo er arbeitete, hatte er unter seinen Kollegen Leute kennengelernt, die Geldtransporter in Sardinien überfielen. Gleich beim ersten Mal war er erschossen worden, er hinterließ eine Frau und drei Kinder. Der Überfall aber war gut ausgegangen, von den vier Tätern waren zwei entkommen, und die hatten der Signora von der Beute, einer Million Euro, einen Umschlag mit fünfzigtausend Euro gegeben. Das war alles. Biscottino wusste Bescheid, und diese Geschichte machte ihm seither Magenschmerzen. Nach den Kollegen seines Vaters wurde gefahndet, und immer wenn Nachrichten über sie kamen, hätte er sich gern auf ihre Fährte gesetzt. Wie alle Frauen, die auf diese Weise zu Witwen werden, hatte auch Biscottinos Mutter sich geschworen, ihren Kindern ein anderes Schicksal zu ermöglichen, damit sie keine Dummheiten machten wie ihr Vater.

Für Nicolas aber war Biscottinos Vater ein Märtyrer, denn Polizisten hatten ihn getötet, er war während eines Raubüberfalls im Kampf gefallen. Darum hatte Nicolas ihn in sein persönliches Pantheon der Helden aufgenommen, die sich das Geld nehmen – so sagte er – und nicht abwarten, dass jemand es ihnen gibt.

»Eduà, ruf uns an, wenn deine Mama dich vom Bett losbindet, dann kommen wir dich holen«, so beendete er das Gespräch, und der ganze Schwarm der Paranza fuhr weiter.

In der gelblichen Morgendämmerung rasten die Roller einer hinter dem anderen durch menschenleere Straßen, vorbei an schlafenden Fenstern und zum Trocknen in der Nachtluft hängender Wäsche, dabei krächzten sie im Falsett wie eine Reihe Messdiener auf dem Weg zum Altar. Von oben hätten sie einen fröhlichen Anblick geboten, wie sie dort unten unbekümmert jede Einbahnstraße zwischen Corso Novara und Piazza Garibaldi gegen die Fahrtrichtung nahmen.

Sie kamen an der Bushaltestelle hinter dem Hauptbahnhof an, fuhren Slalom zwischen Ukrainern, die ihren Bus nach Kiew suchten, Türken und Marokkanern, die zur Haltestelle des Busses nach Stuttgart eilten. Hinten, zwischen den Parkzonen und Wetterdächern, standen vier Migranten, zwei waren klein, sahen aus wie Inder, einer schmächtig, der andere beleibter. Dann einer mit ebenholzschwarzer Haut und ein anderer, vielleicht ein Marokkaner. Alle trugen Arbeitskleidung. Die beiden Inder wollten sicher aufs Land, an ihren Stiefeln klebte getrockneter Schlamm, die anderen beiden arbeiteten auf Baustellen, sie trugen Pullover und Hosen voller Kalk- und Farbflecken.

Die Paranza näherte sich auf ihren Motorrollern, doch keiner der Männer fühlte sich bedroht, sie hatten ja nichts in den Taschen. Nicolas gab das Startsignal: »Los, Dentì, verpass ihm was in die Beine.« Dentino griff hinter sich, zog die 9-mm-Pistole aus seiner Hose, hielt sie mit dem Gummi seiner Unterhose auf dem Steißbein fest, entsicherte sie und gab drei Schüsse ab. Nur einer traf, ein Streifschuss gegen den Fuß eines der Inder, der erst schrie, als er den Schmerz spürte. Die Männer verstanden nicht, warum die Jungen sie angriffen, aber sie fingen an zu rennen. Nicolas fuhr mit dem Roller hinter dem schwarzen jungen Mann her und schoss. Wieder drei Schüsse, zwei ins Leere, einer bohrte sich in die rechte Schulter des Mannes, der zu Boden stürzte. Der andere Inder rannte Richtung Bahnhof.

»Ha, mit nur einer Hand ins Schwarze!«, rief Nicolas, den Roller hielt er mit der Linken. Briatò beschleunigte und nahm die Verfolgung des verletzten Inders auf.

Er feuerte drei Schüsse ab. Vier. Fünf. Nichts.

»Vollversager!«, rief Nicolas. Der Inder wechselte die Richtung und konnte sich in die Büsche schlagen. Nicolas gab zwei Schüsse auf den rennenden Marokkaner ab, und als der sich umdrehte, um zu sehen, wer ihn verfolgte, traf ihn eine Kugel im Gesicht und riss ihm ein Stück Nase weg.

»Drei Pocket Coffees geschafft.«

»Was heißt geschafft? Für mich haben wir kein einziges Stück gemacht«, entgegnete Pesce Moscio nervös. Dass er nicht zu den Auserwählten gehörte, stieß ihm sauer auf. Er wollte schießen, Nicolas aber wollte nur die miese Figur wettmachen, die er seiner Meinung nach auf der Terrasse abgegeben hatte.

»Die sind verletzt, versuchen immer noch abzuhauen.«

Der Marokkaner mit der zerschossenen Nase war verschwunden, der Afrikaner mit der Kugel in der Schulter lag am Boden. »Nimm«, Nicolas reichte Pesce die Pistole, vorsichtig, um sich nicht an dem noch glühend heißen Lauf die Hand zu verbrennen. »Hier«, er zeigte ihm den Griff, »mach 'n Stück, gib ihm den Rest, Kopfschuss.«

»Wo ist das Problem?«, entgegnete Pesce Moscio, stellte sein Moped ab und ging zu dem jungen Mann, der immer wieder einen vergeblichen Hilferuf ausstieß: »Help, help me. I didn't do anything.«

»Was redest du?«

»Er sagt, er hat nichts getan«, erklärte Nicolas, ohne zu zögern.

»Klar hat er nichts getan, der arme Pocket Coffee«, sagte Lollipop, »aber wir brauchen 'ne Zielscheibe, oder?« Er fuhr mit dem Moped dicht an den Mann heran und sagte ihm ins Ohr: »Bist an nichts schuld, Pocket Coffee, du machst hier bloß die Schießscheibe.«

Pesce Moscio kam näher, doch nicht so nah, dass er einen

sicheren Treffer hätte landen können, und lud die Waffe. Dann gab er aus ein paar Metern Abstand zwei Schüsse ab. Er war überzeugt, dass es Treffer waren, doch die Pistole hatte in seiner Hand gewackelt und er hatte den Mann nur von der Seite getroffen, die Kugel war seitlich am Hals eingedrungen und wieder herausgekommen. Der junge Mann am Boden weinte und schrie. An den Fenstern im Haus gegenüber gingen die Rollläden hoch.

»Ey, *guagliù*? Bringst es nicht, dein Stück zu machen?«

Sie hatten alle Patronen verschossen.

Der Inder mit dem Streifschuss am Fuß hatte hinkend fliehen können, auch der Marokkaner mit der abgeschossenen Nase war entkommen. Der Afrikaner mit durchlöcherter Schulter und aufgeschlitztem Hals kämpfte am Boden mit dem Tod. Am Rand des Platzes erschien ein Polizeiauto, es kam von dort, wo die Absperrungen waren. Schlagartig leuchteten die Augen des Seat Leon gelb auf, dazu der Sirenenstummel auf dem Dach. Langsam wie eine Raupe kam der Wagen näher. Jemand hatte sie gerufen, wahrscheinlicher aber war, dass sie zwischen den abreisenden Arbeitsmigranten, den ersten offenen Bars in der Via Galileo Ferraris und den matten Lichtern aus den Häusern umhergefahren und dann auf den menschenleeren Platz vorgestoßen waren.

»Fick deine Mutter«, schrie Nicolas, »los, schießt auf diese Kackfressen!«

Sie wären nicht mehr davongekommen, wenn Drone, bis jetzt nur unbeteiligter Zuschauer, das Polizeiauto nicht zum Stehen gebracht hätte. Er zog plötzlich eine Pistole. Woher er sie hatte, wusste keiner.

Drone verballerte das ganze Magazin auf den Seat. Seine Schüsse trafen die Motorhaube und die Windschutzscheibe.

Briatò, der doch noch ein paar Schüsse im Lauf hatte, gesellte sich dazu. Er traf sogar eine der beiden Sirenen, auf die er gar nicht gezielt hatte. Sie konnten abhauen, weil der Polizeiwagen bremste und hielt, anstatt sie zu verfolgen. Nicht nur, weil Rauch aus dem Motor kam, auch, weil die Polizisten sahen, dass die Jungen in der Überzahl waren. Sie forderten Verstärkung an.

Die Jungen beschlossen, sich zu trennen. »Wir verteilen uns, *guagliù*, bis später!«

Sie nahmen verschiedene Wege auf ihren Rollern mit gefälschten Nummernschildern. Die hatten sie schon längst alle ausgetauscht, aber nur, um die Versicherung nicht zahlen zu müssen.

Champagner

Sie waren wieder im Versteck, nachdem sie sich ein paar Tage lang zurückgezogen hatten: Die einen waren zu Hause geblieben, hatten Fieber und Übelkeit vorgetäuscht, andere waren bewusst zur Schule gegangen, um keinen Verdacht zu erregen. Doch keiner verdächtigte sie. Ihre Gesichter, von zwei müden Polizisten am Ende der Nachtschicht kaum beachtet, waren nirgendwo registriert worden. Manche fürchteten, dass man sie mit einem Smartphone oder einer auf dem Polizeiwagen installierten GoPro Actionkamera gefilmt hatte, doch die Polizei hatte nicht mal Geld für Benzin, für eine Kamera erst recht nicht. Trotzdem wuchs die Angst bei den Jungen der Paranza.

Eine Woche nach dem Training auf lebende Ziele versammelten sie sich wieder in der Via dei Carbonari, als wenn nichts wäre. Man ging rein, ohne anzuklopfen, die Paranza hatte Schlüssel. Sie kamen einer nach dem anderen, zu unterschiedlichen Zeiten. Die einen nach der Schule, andere abends. Alles normal. Alles wie immer. In Forcella ging das Leben weiter. Ein paar Runden FIFA-Videospiel um Euros oder Biere, und keiner erwähnte, was passiert war, nicht mal Nicolas. Doch an dem Tag ging er raus und kam mit einer Flasche Champagner wieder.

»Moët & Chandon, *guagliù*. Schluss mit dieser Gruftstimmung. Es war eine gute Erfahrung, aber es muss klar sein, dass von jetzt an jede Woche oben auf einem Haus trainiert wird.«

»Heißt das, wir müssen jede Woche ein Fest mit Feuerwerk finden?«, fragte Drone. Seit Stunden versuchte er, beim Coast

2 Coast mit einem Dreierteam zu gewinnen, und jetzt, wo er es fast geschafft hatte, kam Nicolas mit dieser Geschichte.

»Kein Fest. Wir schießen nicht lange. Ein Magazin, höchstens zwei. Unten stellen wir Wachen auf. Wenn jemand kommt, warnen sie uns, dann hauen wir über die Dachterrassen ab. Aber wir müssen Häuser finden, von denen man weg kann, ohne die Treppen runterzulaufen. Ein Haus nach dem anderen, wir werden alle Antennen von Neapel niedermähen.«

»Geil, Maraja«, sagte Pesce Moscio, ohne die Augen vom Bildschirm zu heben. An den Daumen hatte er schon Schwielen vom Gamepad.

»Jetzt stoßen wir mit Champagner an!«

Alle unterbrachen, was sie gerade taten, um sich den ersten Becher in Reichweite zu schnappen, und sie wollten ihn schon zum Einschenken hinhalten, als Dentino sagte: »Moët & Chandon kann man nicht aus Pappbechern trinken. Wir müssen Gläser suchen. Irgendwo sind welche.«

Sie öffneten Anrichten und Schränke und fanden schließlich Champagnerkelche, ein Überbleibsel der Hochzeitsgeschenke wer weiß welcher Bewohner dieser Wohnung, dieses Hauses, das die Bombenangriffe und das Erdbeben in den achtziger Jahren überlebt hatte. Diese Steine kannten keine Angst.

»Wisst ihr, was ich gut finde an Champagner?«, sagte Dentino. »Dass man den Korken, wenn man ihn rausgezogen hat, nicht mehr reinstecken kann. So sind wir: Keiner kann uns zustöpseln. Wir müssen unsern Schaum rauslassen.« Und er ließ den Korken gegen die Wand fliegen, wo er abprallte und für immer unter einem Sofa verschwand.

»Bravo, Dentino«, bestätigte Nicolas, »wenn bei uns der Korken raus ist, kriegt ihn keiner mehr rein.«

Er füllte alle Gläser und sagte: »Wir müssen vor allem auf

Drone trinken, *guagliù*, der hat uns die Bullen vom Hals geschafft.«

Alle legten los mit Komplimenten für Drone, während die Gläser gegeneinandergestoßen und geleert wurden: »Super, Drone, bravo, Droncino, auf dein Wohl, Dro!«

Maraja setzte sich, schlagartig verschwand das Lächeln aus seinem Gesicht, und er sagte: »Du hast uns gerettet, Drò. Aber du hast uns auch verraten.« Drone brach in ein übertrieben lautes Gelächter aus, Nicolas lachte nicht. »Ist mein Ernst, Antò.«

Antonio, Drone, ging auf Nicolas zu: »Maraja, was redest du? Ohne mich säßest du jetzt in Poggioreale.«

»Wer hat dir gesagt, dass ich nicht in Poggioreale sein will?«

»Du bist so ein Arsch«, sagte Drone.

»Nein, nein, hör zu: Die Paranza muss einig sein. Der Capo entscheidet, und die Paranza muss machen. Ist doch so, oder?« Nicolas sah, dass alle anderen nickten, und wartete auf Drones Antwort. Der sagte: »Ist so«, mit Nachdruck auf dem Verb. Ein tief empfundenes Ja, eine starke Bestätigung.

»Du hast dir 'ne Pistole aus den Taschen gekrallt, als wir auf dem Dach waren. Nicht wahr?« Nicolas hatte seinen Champagnerkelch abgestellt und blickte Drone starr in die Augen. Die Antwort schien ihm egal zu sein. Sein Entschluss stand fest.

»Ja, aber ich hab's für das Wohl der Paranza getan.«

»Ja, aber einen Dreck. Weiß ich, ob du diese Pistole nicht gegen uns benutzt? Ob du dich an eine andre Paranza verkaufst, an Micione?«

»Was soll das, Nico? Ich hab den Schlüssel, ich gehöre zur Paranza, wir sind Brüder. Was redest du?«

Dentino wollte einschreiten, aber er hielt den Mund. Drone holte den Schlüssel zu ihrer Wohnung raus, das Symbol seiner Zugehörigkeit. »Die Pistole hat die Paranza beschützt.«

»Jaja, aber du hast sie auch gebraucht, um dich zu schützen, scheiß auf die Pistole. Du bist nicht vertrauenswürdig. So. Das ist eine schwere Schuld. Das muss bestraft werden.«

Nicolas musterte die anderen, die hielten die Augen gesenkt, andere starrten konzentriert auf ihr Handy. Die Musik vom Videospiel im Hintergrund schien Nicolas nicht zu stören.

»Ey, hersehen, Leute. Wir müssen alle zusammen eine Strafe finden.«

Lollipop sagte: »Hör mal, Maraja, ich glaub, Drone fand es geil, die Pistole zu haben, basta. Wetten, er wollte bloß paar Selfies machen? Er hat Scheiß gebaut, klar, ist aber gut, dass er's gemacht hat, sonst hätten sie uns jetzt alle im Sack.«

»Wer sagt denn, dass wir nicht alle abgehauen wären, vielleicht hätten wir noch paar Treffer gelandet.«

Briatò: »Wir hatten keine Munition mehr, Maraja … «

»Dann hätten sie uns eben gekriegt. Findet ihr das besser, Brüder zu bestehlen? Ist es besser, sich von Drone so bescheißen zu lassen?«

Und wie immer bei Verrat verteilten sich die Rollen ganz automatisch in Ankläger und Verteidiger. Eine instinktive Reaktion. Welche Rolle du übernimmst, entscheidet der Grad der Freundschaft mit dem Angeklagten oder wie du dich selbst in der Situation verhalten hättest. Mitgefühl oder Abgrenzung. Nach dem Bauch oder der Situation urteilen. In der Paranza schaltete sich Dragò ein, der Drone gut kannte, weil sie im Viertel Industriale zusammen zur Schule gingen. »Maraja, du hast recht. Drone hat sich 'ne Pistole gegriffen und uns nichts gesagt, aber er hat nicht nachgedacht. Wollte sie bloß mal in der Hand haben, aber er hätte sie doch nie benutzt. Er hat das Ding in der Unterhose gehabt, und dann hat er damit geschossen, um uns alle zu schützen. So ist das!«

Erregt übernahm Dentino die Rolle der Anklage: »Ja, aber wenn das alle machen würden, wär unser Waffenlager jetzt leer. Ich mein … so geht das nicht, dass jeder sich einfach so nimmt, was er will.«

Drone versuchte sich selbst zu verteidigen: »Ich wollte sie nicht klauen. Ich wollte sie haben, danach hätte ich sie wieder in die Tasche getan.« Er stand vor Nicolas, während die anderen, wieder instinktiv, einen Kreis um ihn gebildet hatten. Ein Gerichtsverfahren.

»Wieder in die Tasche, einen Scheißdreck. Die Eisen werden so aufbewahrt, wie wir alle beschlossen haben. So läuft das nicht. Er muss bestraft werden, basta.« Das war Pesce Moscio.

Briatò wechselte die Seite, ging zur Anklage über. »Stimmt schon, wir müssen dir danken, weil sie uns wegen dir nicht verhaftet haben. Ist aber auch wahr, dass du dir 'ne Pistole gegriffen hast, also hast du was getan, was man nicht tun darf.«

Dragò versuchte, die Aufmerksamkeit auf sich zu lenken, indem er die Arme ausbreitete: »*Guagliù*, ich bin ja einverstanden mit der Strafe für Drone. Er hat Scheiße gebaut, aber er hat einfach nicht nachgedacht, er wollte nichts Böses tun. Ich finde, es reicht, wenn er sich bei allen entschuldigt, dann ist gut.«

»Nee, wenn das so läuft«, entgegnete Briatò, »kann ja jeder irgendeinen Scheiß bauen und sich hinterher entschuldigen.«

Als er sein drittes Glas ausgetrunken hatte, das ihn auflockerte, schaltete sich auch Stavodicendo ein: »Meine Meinung, er muss bestraft werden. Aber eine leichte Strafe, keine schwere.«

»Ich bin für 'ne schwere Strafe«, sagte Biscottino, »sonst kann sich ja jeder schnell mal eben unsere Eisen krallen.« Er hatte sich die ganze Zeit rausgehalten, auf den richtigen Moment gewartet, um mitzureden, und sprach mit verstellter Männerstimme, damit man ihn ernst nahm.

»Ich bin aber nicht jeder!«, empörte sich Drone. »Ich gehör zur Paranza, also hab ich was genommen, was auch mir gehört, das hätte ich dann zurückgegeben.«

Stavodicendo erwiderte: »Ja klar, Dròo, aber was wär dabei gewesen, Nicolas zu fragen, uns alle zu fragen. Also eigentlich hast du 'n Fehler gemacht, aber keinen schweren. Ich meine, es gibt Fehler, schwere Fehler, kleine Fehler und fast Fehler. Meiner Meinung nach hast du einen kleinen oder fast Fehler gemacht, sag ich doch … aber das kommt noch nicht ran an einen Fehler oder einen schweren Fehler. Das sag ich und das denke ich.«

Dragò fasste die Position der Geschworenen zusammen: »Drone hat eine Dummheit gemacht. Er kriegt 'ne Strafe, Schluss aus fertig.« Für die Verteidigung blieb kein Raum mehr.

»In Ordnung«, sagte Maraja.

»Weil er mit der Hand gestohlen hat, finde ich, es passt, dass wir ihm mit'm Messer in die Hand stechen«, schlug Dentino vor.

Kichernd packten sie Drone an den Ohren: »Ha, Drone, du kriegst 'n Messer in die Hand wie 'o Mulatt'!«

»Nee, hört mal her«, sagte Briatò, »wir schneiden ihm die Ohren ab wie in *Reservoir Dogs*, wo sie dem Polizisten das Ohr absäbeln.«

»Das ist gut! Ohren abschneiden!«, rief Biscottino.

Erst hatte Drone gelacht, jetzt fühlte er sich langsam unbehaglich. Dentino erklärte: »Aber in *Reservoir Dogs* ist der Polizist 'ne Fackel. Wir müssen Drone verbrennen.« Allgemeines Gelächter. »Nein, ich finde, wir müssen es machen wie in *Good Fellas*!«, sagte Stavodicendo.

»Ja, echt geil. Drone muss so enden wie Billy Batts, wo Henry und Jimmy ihn zusammenschlagen, das machen wir!«

Die Lage hatte sich entspannt. Nicolas hatte den Richterstuhl verlassen und machte jetzt Joe Pesci nach, während Dragò ihm als Ray Liotta antwortete: »Du bist ein komischer Vogel.«

»Wieso komisch, was findest du komisch an mir?« Und wie schon oft spielten sie den ganzen Dialog aus *Good Fellas*, wobei sie sich in der Rolle von Joe Pesci jedes Mal abwechselten. Nachdenklich oder nur vorgetäuscht nachdenklich stand Drone auf und ging zur Tür. »Na gut, wenn ihr euch einig seid, was ihr mit mir machen müsst, sagt Bescheid.«

Maraja wurde urplötzlich ernst wie Pantomimen, die sich mit der Hand übers Gesicht streichen, und das, was zuvor ein Lächeln war, wird zur bitterernsten Miene. »Wohin willst du, Drone? Erst die Strafe, dann gehst du nach Hause zu Mama.«

»Ich glaub, die beste Strafe ist, Rocco Siffredi kommen lassen, der fickt ihn dann in den Arsch«, schlug Lollipop im Scherz vor. Brüllendes Gelächter.

»Das ist mal eine gute Idee«, sagte Maraja. »Genau das wollte ich dir vorschlagen. Du hast doch eine Schwester?«

Drone stand an der Tür, die Hand auf der Klinke, noch immer überzeugt, das alles wäre bloß Theater. Doch bei dem gänzlich unerwarteten Wort »Schwester« drehte er sich mit einem Ruck um. »Ja und?«

»Wieso ja und? Du erinnerst dich an den Film *Il camorrista*? Erinnerst du dich an diesen Jungen, der sagt: ›Meiner Meinung nach ist der Professore schwul‹?«

»Was hat das hiermit zu tun?«

»Warte. Erklär ich gleich. Erinnerst du dich?«

»Ja.«

»Weißt du auch noch, was der Professore fragt?«

»Was fragt er?«

»Na ja, er fragt: ›Dieses Mädchen, das dich besuchen kommt, ist deine Schwester, nicht wahr?‹ Okay, zur Strafe bringst du mir deine Schwester. Genau das musst du tun. Aber du bringst sie nicht für mich, denn mich hast du nicht beleidigt, als du die Pistole geklaut hast. Du bringst sie für die ganze Paranza.«

»Tickst du noch richtig, Maraja? Was redest du?«

Über die Jungen der Paranza senkte sich das Schweigen, das der Entscheidung vorausgeht.

»Du bringst uns deine Schwester, und sie muss es jedem von uns besorgen, jedem der Paranza einen blasen.«

Drone schoss los, an Nicolas vorbei, und die Paranza wich zurück, um ihm Platz zu machen. Niemand hielt ihn auf, weil niemand ahnte, worauf er aus war: die entwendete Pistole, die er auf dem Fensterbrett im Schlafzimmer des Schlupfwinkels liegengelassen hatte. Er nahm die Beretta, entsicherte sie und zielte auf Marajas Gesicht.

»Ey, lass den Scheiß!«, schrie Dragò.

Maraja sah ihn aus schmalen Augen an. »Sehr gut, schieß doch. Seht ihr, *guagliù*? Wer stiehlt, will das hier. Er wollte uns bescheißen. Aber okay, es ist okay, dass du mich bescheißen wolltest, Drò. Mal sehen, na los, schieß doch, das lädt bestimmt jemand auf deinen YouTube-Kanal.«

Drone erlaubte sich die Vorstellung, wirklich Schluss zu machen, die schockierten Gesichter der Paranza blutig zu schießen. Diesen ganzen Haufen entsetzter Fressen zerfetzen, die der Schock in Gelatine gegossen hatte. Es gab keinen Film, um diese Szene zu spielen, oder wenn es ihn gab, fiel er ihm nicht ein, denn er dachte nicht mehr als Mitglied der Paranza, er dachte an seine Schwester Annalisa, und das war eine ganz andere Geschichte. Er hielt die Beretta fest, zu fest, um das nicht wie einen Luxus zu empfinden, aber Luxus muss irgendwann enden. Er ließ die Pistole sinken und setzte sich. Tiefes Schweigen im Raum. »Also, du weißt, was du zu tun hast«, fuhr Maraja gnadenlos fort, »du überredest deine Schwester, herzukommen, und sie muss uns allen den Schwanz lutschen.«

»Mir auch?«, kam Biscottinos Stimme aus dem Hintergrund.

»Wenn du ihn hochkriegst, auch dir.«

»Den krieg ich hoch«, antwortete Biscottino.

»Abgemacht!«, schrie Briatò.

»Das hab ich … echt nicht erwartet. Also gut, machen wir Bukkake«, bemerkte Dentino. Dieses exotische Wort rief bei der gesamten Paranza das gleiche Bild hervor: ein Kreis Männer, die auf eine kniende Frau ejakulieren. Ihre ganze Bildung auf dem Gebiet hatten sie aus Pornhub bezogen, und das Bukkake war für sie immer eine unerreichbare Schimäre gewesen. Tucano war sehr erregt und lockerte den Druck des Gummizugs seiner Unterhose. Dragò hätte Drone gerne geholfen, darum sagte er: »Ich lass mich nicht lutschen. Kann man sich doch aussuchen, oder, Maraja? Oder muss ich ihr unbedingt mein Ding in den Mund stecken? Ich kenn Annalisa schon so lange, das kann ich nicht.«

»Mach, was du willst. Ist aber eine Strafe, und die muss so und nicht anders ablaufen.«

»Ich find's gut«, sagte Pesce Moscio, »so lernt hier jeder, dass er keinen Scheiß bauen darf.«

»Nicht jeder, ich bin schon gelernt«, präzisierte Maraja, »lernen muss ich nicht, ich weiß schon, wer wir sind. Sonst wären wir bloß 'n Haufen Idioten.« Nicolas sah die Paranza als eine Auswahl von etwas, das es schon gab. Es gefiel ihm, dass außer Dragò keiner aus Camorrakreisen kam. Es gefiel ihm, dass er Jungen ausgesucht hatte, die niemals daran gedacht hätten, zu einer Gruppe zu gehören. Die Freunde, die für die Paranza bestimmt waren, mussten nicht mehr verändert werden, nur ausfindig gemacht und in die Gruppe gebracht.

Drone nahm die Pistole am Lauf und reichte sie Maraja. »Erschieß mich gleich hier«, forderte er ihn auf, dann sah er die anderen an. »Los, erschießt mich, das ist besser für mich … besser so! War ich bescheuert, euch zu retten! Arschlöcher!«

»Mach dir keinen Stress«, sagte Nicolas, »wir erschießen dich erst, wenn du deine Schwester nicht herbringst. Du gehörst zur Paranza, wenn du ’n Fehler machst, bist du tot.«

Drone stiegen die Tränen in die Augen, und wie ein Kind verließ er türenschlagend die Wohnung.

Am nächsten Morgen in der Schule erwog er seine Möglichkeiten. Er fragte sich, ob er die Paranza verlassen, den Schlüssel zum Schlupfwinkel zurückgeben und verschwinden konnte. Oder musste er ihnen wirklich seine Schwester schenken? Wie sollte er sie überreden? Und wenn sie einwilligte? Das würde ihn vielleicht noch mehr abstoßen. Und wenn die Sache herauskam, wie konnte er das seiner Freundin erklären? Seinen Eltern? Er hatte auch versucht, sich vorzustellen, was er seinen Eltern sagen würde, wenn sie ihn im Gefängnis besuchten, und er hatte sie vor seinem Grabstein auf dem Friedhof gesehen. Doch nie war ihm der Gedanke gekommen, dass sein Vater zu ihm sagen würde: »Du hast deine Schwester gezwungen, deinen Freunden einen zu blasen!« Und zum ersten Mal tauchte im Spektrum möglicher Lösungen jene romantische Idee auf, die viele Jugendliche überfällt, ihm aber noch nie gekommen war: sich umzubringen. Es war nur ein flüchtiger Gedanke, er streifte Drone und wurde sofort entsetzt beiseitegeräumt. Er überlegte auch, dass er sich rächen konnte: Er hatte einen Fehler gemacht, na gut, aber keinen so schweren Fehler, dass er eine solche Demütigung hätte erdulden müssen.

Am Nachmittag ließ er Dragò zu sich nach Hause kommen.

Drone wanderte die wenigen Meter seines Kinderzimmers auf und ab. Er hielt die Augen gesenkt, als suchte er nach einer Möglichkeit, die er noch nicht erwogen hatte, und blickte nur manchmal auf, um zu überprüfen, ob seine Drohnen auf dem Regal noch in Reih und Glied standen.

»Drone, das ist eine exemplarische Strafe«, erklärte Dragò, auf dem Bett seines Freundes liegend. »Das geht nicht gegen dich, gegen deine Schwester oder gegen uns. Die Strafe soll klarmachen, dass keiner sich 'ne Waffe klauen darf.«

»Und wenn ich's nicht tu? Wenn ich aus der Paranza rausgehe?«

»Ey, Drò, die legen dich um, der knallt dich ab. Er hat's auf dich abgesehen, eindeutig.«

»Umso besser.«

»Hör auf mit dem Scheiß!« Dragò reckte sich, stand auf und ging die Stereoanlage lauter machen, damit die mütterlichen Ohren nichts hörten. Dann setzte er sich vor das Poster der Mannschaft von Napoli 2013–2014. »Im Grunde nützt die Strafe der Paranza, weil sie dadurch stärker wird, keiner macht mehr Dummheiten mit den Waffen.«

Dragò hatte Marajas Logik übernommen, Drone hatte keine Verbündeten mehr. Nach dem sinnlosen Gespräch mit Dragò postete Drone Fotos von sich und Nicolas auf Facebook, das war seine Methode, Schutz zu suchen, er schuf sich so was wie eine Lebensversicherung. Sollte ihm etwas zustoßen, würde es leichter sein, sein Schicksal mit Nicolas in Verbindung zu bringen, so dachte er. Vielleicht würde es die Ermittlungen aber auch von seinen Freunden ablenken und auf seine Feinde richten. Irgendwo nährte er auch einen letzten Rest Hoffnung, dass diese Fotos Nicolas mitleidig stimmen könnten.

Doch mit jedem Tag wuchs seine Angst. Die langsam verstreichenden Stunden waren eine Qual, die ihn lähmte. Er konnte nicht mehr schlafen und ging durch die Wohnung wie eine gepeinigte Seele. Was in der Familie gesprochen wurde, prallte an ihm ab. Seine Mutter sorgte sich, war hilflos, wie alle Mütter, die durch Fragen versuchen herauszufinden, was los ist: »Was ist passiert, Antonio, was ist mit dir?« Wie ein starkes Fieber zehrte die Unschlüssigkeit an Drone. Alle Speisen verursachten ihm Übelkeit, auch alle Gerüche. Eines Abends kamen Mutter und Schwester nach dem Essen in sein Zimmer. »Antò, was ist denn passiert? Hast du mit Marianna gestritten?«

»Natürlich nicht. Marianna treffe ich seit sechs Monaten nicht mehr. Nichts ist passiert.« Das war die einzige Antwort.

»Nein, das kann nicht sein, irgendwas muss passiert sein, du siehst immer so traurig aus. Du isst nichts. Gab es Ärger in der Schule?« Und weiter ging's mit dem naiven Versuch, die möglichen Ursachen für seinen Kummer aufzuzählen, als würde er sich, sobald sie das Richtige aus der Liste errieten, wie ein Glücksspielautomat öffnen. Drei Kirschen in einer Reihe. Klingeln. Münzenrasseln. Alle glücklich und zufrieden. Doch Drone war gegen jede Vertraulichkeit gepanzert wie ein pubertierender Jugendlicher, während sie noch an die Launen und Kümmernisse eines kleinen Jungen dachten. In seinem Inneren aber herrschte Krieg. Die Vorstellung, seinen Vater zu enttäuschen, beschämte ihn noch mehr als der Gedanke, seine Schwester in die Sache zu verwickeln. Na ja, fast. Der Vater schätzte es, dass er ein Nerd war, auch wenn er dieses Wort nicht benutzt hätte, um seinen Sohn zu beschreiben, aber er half ihm bei der Arbeit und richtete ihm den Computer und das Tablet ein. Und der einzige Satz, der Drone im Kopf hämmerte, war: »Du hast deine Schwester gezwungen, deinen Freunden einen zu blasen!«

»Lasst mich schlafen!«, war die einzige Antwort für Schwester und Mutter, die nach Gründen forschten. Es würde vorübergehen, er würde zu ihnen zurückkehren. Doch eines Nachts kam ihm eine Idee. Auf seinem Handy hatte er ein paar Videos von der Paranza, die übertrug er auf seinen Mac. Sein Plan war, einen YouTube-Account zu erstellen und ihn so zu präparieren, dass man ihn unmöglich auf seine Computer-ID zurückführen konnte. Denn in den Account wollte er das Video laden, das sie beim Schießen zeigte. Er wusste, dass man sie alle verhaften würde, auch ihn. Die Gesichter waren klar zu erkennen, er hatte sie alle aufgenommen. Doch wäre seine Schwester damit vor der Demütigung geschützt? Er war unschlüssig. Sein Finger schwang über der Eingabetaste hin und her wie das Pendel einer Uhr. Er schwitzte, ihm war übel. Dann klappte er das Notebook zu. Im Kopf Dragòs Worte: »Die legen dich um.« Seit wann waren es »die«? Sie waren immer »wir« gewesen. Stattdessen bezeichnete er die Paranza jetzt als »die«. Also hatte man ihn schon aus der Paranza geworfen, überlegte er. Warum dann noch diese Strafe auf sich nehmen? Hätte er die Pistole doch nur im Rucksack gelassen … Er konnte damit umgehen, schließlich hatte er diese Polizeistreife unschädlich gemacht …

Am nächsten Morgen konnte er nicht aufstehen, als seine Mutter ihn wecken kam, glühte er, er hatte Fieber. Auf dem Handy sah er, dass einige aus der Paranza mit ihm sprechen wollten, sogar Maraja hatte ihm Nachrichten geschrieben. Den ganzen Vormittag lang meldete er sich nicht. Er hörte das Telefon in der Wohnung klingeln und kurz darauf seine Schwester, die abnahm: »Hallo Nicolas!« Drone schoss aus dem Bett, riss seiner Schwester den Hörer aus der Hand: »Wag es nicht, meine Schwester anzurufen, kapiert?« Und er legte auf. »Was ist denn los?« Annalisa ahnte, dass der Kummer ihres Bruders mit den Kreisen zusammenhing, in die er geraten war, Kreise, von denen die Familie wenig mitbekommen hatte. Doch sie hatte es begriffen und sagte nichts, denn es missfiel ihr durchaus nicht, dass ihr Bruder irgendwo etwas bedeutete und nicht sein Leben damit zubrachte, Videos runterzuladen und Computerspiele zu spielen. Im Licht der Paranza konnte auch sie ein bisschen leuchten.

Drone flüchtete zurück in sein Zimmer, sie folgte ihm. »Wir müssen reden«, sagte sie in dem Ton, mit dem sie ihn früher, als sie klein waren, in ihrer Rolle als ältere Schwester geärgert hatte. Er ließ alles raus, sogar zu viel, denn er sagte, was er nicht sagen durfte. Er sprach, während er auf und ab ging, wie mit Dragò, nur hörte jetzt statt eines auf dem Bett liegenden Blutsbruders seine Schwester zu, im Sitzen, die gefalteten Hände auf den Beinen.

»Ich bin in der Paranza von Forcella. Wir sind Nicolas, Dragò und …« So machte er weiter, bis zum Training auf den Dächern. Er hörte Annalisa immer nur sagen: »Ihr seid ja verrückt, ihr seid verrückt.« Er ergriff ihre gefalteten Hände, zog sie auseinander und sagte: »Annalì, wenn du redest, wenn du's auch nur Mama sagst, bist du tot.«

Die Worte prallten an den Postern vom SSC Napoli ab, an dem riesigen Bild von Rayman, an den Selfies auf einer Korkplatte an der Wand, Selfies von Drone mit seinen liebsten YouTubern. Und dann diese Modelle von Drohnen überall, die ihn anstarrten. Worte – Tod, Maschinenpistole, Kugeln –, die mit diesem Zimmer nicht das Geringste zu tun hatten.

Dann nahm er all seinen Mut zusammen. Er trank etwas Wasser und erzählte, ohne seine Schwester anzusehen, was passiert war, erzählte von der Strafe, die sie ihm auferlegen wollten, weil er Mist gebaut hatte. Annalisa sprang auf: »Ihr kotzt mich an! Du, deine Freunde. Ist ja widerlich! Hast du die Pistole noch? Die Pistole, mit der du auf die Polizisten geschossen hast? Erschieß dich. Erschießt euch, erschieß du dich selbst.« Sie ging aus dem Zimmer. Rot vor Zorn: Wie hatte sie vor einer halben Stunde noch stolz auf ihn sein können?

Drone war verzweifelt, die Worte seiner Schwester waren wie eine Vorahnung, er wusste, dass es so enden würde. Ein Teil von ihm wollte, dass es so endete.

Als hätte der Bruder sie angesteckt, konnte auch Annalisa in den darauffolgenden Tagen weder essen noch schlafen. Vor den Eltern verstellte sie sich geschickter. Sie ging jede mögliche Reaktion durch, und am Ende liefen alle Hypothesen, auch die gewagtesten, aufs Handeln hinaus – die Konsequenzen sind immer dieselben, wenn man in gewissen Gegenden aufwächst. Lange grübelte sie darüber nach, wie sie sich rächen konnte. Wer oder was den Typen schaden konnte, die ihrem Bruder so einen Befehl erteilt hatten. Eigentlich musste Nicolas wissen, dass er einen Tribut forderte, der viel schwerwiegender war als das begangene Unrecht. Wenn jemand diese Pistole gestohlen hätte, dachte Annalisa, hätte er umgebracht werden müssen. Wenn derselbe, der sie gestohlen hatte, die ganze Gruppe vor der Verhaftung bewahrt hatte, war es nicht gerecht, eine so harte Strafe aufzuerlegen. Reinste Logik. Statt jedoch eine Lösung innerhalb dieser Logik zu suchen, wäre die einzig richtige Konsequenz gewesen, sofort aus diesem Teufelskreis herauszuspringen, wie man aus einem Feuerreifen springt. Aber Bruder und Schwester dachten keinen Augenblick lang an die Möglichkeit, da herauszukommen. Annalisa war überzeugt, dass es irgendeine Strategie geben musste, um der Erpressung zu entgehen. Den Bruder anzuzeigen, weil er ein Verbrechen begangen hatte, bedeutete für sie nicht, Gerechtigkeit zu erlangen, sondern sich mit jemandem zu verbünden: Man verbündete sich mit der Paranza, gegen die Paranza oder mit einer anderen Paranza. Was man von ihr forderte, widerte sie an. Schlimmer noch, es erschien ihr ungerecht. Wenn Drone den Bruder von jemandem getötet hätte, wenn er sie alle der Polizei ausgeliefert hätte, ja, dann hätte Annalisa sogar eine solche Strafe als gerecht empfunden.

Sie dachte, als wäre auch sie ein Mitglied der Paranza. Alle waren Teil der Paranza, ohne es zu wissen. Die Gesetze waren die Gesetze der Paranza.

Inzwischen war Annalisa sich ihrer Sache ziemlich sicher. Sie konnte zu Micione gehen oder irgendeinen befreundeten Polizisten um Hilfe bitten. Oder niederknien und die Paranza bedienen. Eine Aussicht, die bei dem Gedanken, dass ihr Bruder ein Schwächling, ein feiger Schwätzer war, noch unerträglicher und schmachvoller wurde. Einen Moment lang wünschte sie, Drone wäre wie Nicolas 'o Maraja, wie 'o White. Nein, er war bloß 'o Drone, ein Nerd, der gedacht hatte, es wäre seine Befreiung, wenn er zu einer Gruppe gehörte. Annalisa hatte Tränen in den Augen. Das alles war so ekelhaft. Egal, aus welchem Blickpunkt sie es betrachtete. Sie konnte sich niemandem anvertrauen, nicht mal einer Freundin, denn wenn sie mit jemandem sprechen würde, lief sie Gefahr, dass andere für sie entschieden. Wenig genügte, und jemand würde mit seinen Eltern sprechen, mit einem Carabiniere oder beim Abendessen mit einem befreundeten Richter. Dann hätte sie ihr Schicksal nicht mehr selbst in der Hand.

Annalisa hielt sich so lange wie möglich draußen auf, dann kehrte sie müde, mit wirren Gedanken, nach Hause zurück. Schon an der Tür war die ganze Familie versammelt. Auf das Garagentor hatte jemand »Dieb« geschrieben, daneben die unbeholfene Zeichnung eines Schwanzes. Unzählige Tritte hatten den Rollladen verbeult, sie würden ihn ersetzen müssen.

»Warum haben sie das geschrieben?«, fragte der Vater seinen Sohn, als müsste der es wissen. Er stellte sich vor, dass Antonio irgendein krummes Ding gedreht hatte, eins, das zu ihm passte, wie Passwörter klauen, Online-Händler ohne digitale Schutzsysteme betrügen. Also schrie er ihn an.

»Na? Was hast du angestellt?« Die Mutter neigte in diesem Fall eher zur Unschuldsvermutung, und so sah Drone sich innerhalb weniger Tage abermals einem Prozess ausgesetzt.

»Mach den Mund auf!« Ohrfeige von der Mutter. »Wer quält dich?«

»Und wenn Papa damit gemeint ist, nicht ich?« Drone versuchte, Zweifel zu säen. Die Schwester ließ sich von den Eltern erzählen, was passiert war, tat, als wüsste sie von nichts. »Wer war das? Was ist passiert?«, fragte sie, während die Familie in die Wohnung zurückging. Inzwischen hatte der Sohn den Vater schon davon überzeugt, dass die Schmiererei ihn betraf. Und so hatte der Vater an die letzten Baustellen gedacht, wo er gearbeitet hatte. Vielleicht war es zu einfach, sofort seinen Sohn zu beschuldigen. Er wusste, dass Antonio sich mit einer Gruppe herumtrieb, die ihm nicht gefiel, aber die Baustellen, wo er arbeitete? Konnten es Leute von der Arbeit sein? Drone sah ihn telefonieren, bei Kollegen nachfragen, und die Besorgnis des Vaters ließ seine Abwehr zusammenbrechen. Er war nicht der harte Camorrista, der er sein wollte. Im Treppenhaus sagte er zum Vater: »Papa, ich muss mit dir reden.« Annalisa, die mit ihrer Mutter den Aufzug genommen hatte, kam ihnen auf dem Treppenabsatz entgegen: »Antò, ich hab dir noch nicht gesagt, dass mir jetzt alles klar ist. Du hast recht, wir müssen tun, was Nicolas sagt.«

Der Vater fragte: »Was ist mit dem Kerl?«

»Nichts … Nicolas …«

»Was will er?«

Drone war wie gelähmt. Ist sie verrückt geworden?, dachte er, will sie vor Papa über das Bukkake reden?

»Nicolas hat gesagt, wir müssen alle zusammen eine Webseite eröffnen, und ich soll auch mitmachen«, sagte Annalisa.

»Eine Seite? Worüber denn? Hat das mit dem Schweinkram da unten zu tun?«

»Nein, Papa … Er hat recht, eine Seite, wo wir ein bisschen was über das Viertel schreiben. Vielleicht kauft sogar jemand Platz für Werbung … Die Leute wollen lesen, was auf der Straße vor ihrer Haustür passiert. Nicht die Sachen, die in Rom, Mailand oder Paris passieren.«

Drone atmete jetzt ruhiger, fragte sich aber noch immer, ob seine Schwester nicht doch den Verstand verloren hatte.

Annalisa hatte sofort erkannt, dass Drones Abwehr zusammengebrochen war und dass der Vater furchtbare Schwierigkeiten bekommen würde, wenn er die Paranza anzeigte, um die Bestrafung zu verhindern. Wahrscheinlich würden sie eine Weile woanders hinziehen müssen, und er würde nie wieder als Vermessungstechniker auf Baustellen beschäftigt werden. Es war besser, den Mund zu halten und zu gehorchen.

Drone schwieg beim Abendessen, danach kam er ins Zimmer seiner Schwester: »Annalì, willst du es wirklich tun?«

»Ja, ich muss. Uns bleibt nichts andres übrig … oder wollen wir sie erschießen?«

»Ja! Ich bin dabei. Willst du schießen? Ich tu's.«

»Wenn du schießt, müssen Papa, Mama und ich auch dafür bezahlen.«

Drone starrte auf seine Füße. Einerseits war er erleichtert, andererseits ekelte ihn. Es kotzte ihn an, dass er so schwach war. In seinem Kopf gingen die Bilder herum, die ihn seit Tagen quälten: die heimlich aus der Tasche geholte Pistole mit der Munition, die wenigen Stunden, die er mit dem Ding unterm Kopfkissen geschlafen hatte, dann, wie er die Pistole gezogen hatte, um auf das Polizeiauto zu schießen.

Annalisa nahm das Handy, ließ es klingeln. Dann sagte sie trocken: »Nicolas, hier ist Annalisa. In Ordnung. Kannst die Sauerei vorbereiten, dann ist mein Bruder die Schuld los.«

Drone fing an zu schreien. »Nein!« Er trat und hieb um sich, zerschmetterte die Spielkonsole, fegte mit einer Hand die Drohnen vom niedrigsten Regalbrett, und nicht einmal das Geräusch zerbrechender Flügel lenkte ihn von seinem Wutanfall ab. Vater und Mutter eilten besorgt ins Zimmer. »Was ist?«

Annalisa wusste, wie man die Eltern vor der Wahrheit schützte: »Nichts. Wir haben rausgefunden, dass er mit dem Wort ›Dieb‹ gemeint war.«

»Aha. Siehst du? Jetzt erklär das«, befahlen die Eltern.

»Ich bin zu wütend«, sagte Drone.

»Also … seine Freunde haben ihn beschuldigt, Dateien zu klauen … Aber er war's nicht, das war ein anderer.«

»Na gut, das kannst du ihnen doch erklären, oder?«, fragte die Mutter.

»Von wegen erklären. Je mehr der Junge sich mit diesem Abschaum rumtreibt, desto schlimmer. Er wird Dreck, wie die, ich hab's ja immer gesagt«, brummte der Vater.

Bei dieser Bemerkung geriet Drone vollends außer sich. »Du

bist hier der Dreck!«, stieß er hervor. »Was erlaubst du dir?«, hätte der Vater sagen wollen, diesen Satz, der wie ein Magnet Streit anzieht. Er wagte es nicht, er war zu schockiert. »Du bist der Dreck. Immer nur krumme Touren, um Arbeit auf ’ner Baustelle zu kriegen. Immer sind deine Freunde besser als meine. Immer fehlt irgendwas.«

»Dir hab ich’s an nichts fehlen lassen.«

»Wer sagt das?«

Annalisa und die Mutter sahen dem Streit zu, mit jedem Satz wuchsen die Lautstärke und die Angst, dass die Nachbarn etwas hörten.

»Ruhe jetzt, ihr beiden. Schluss damit«, griff die Mutter ein.

Vater und Sohn erstarrten. Nase an Nase. Sie atmeten sich gegenseitig an, und keiner wich zurück. Annalisa packte ihren Bruder an den Schultern, die Mutter ihren Mann. Sie trennten die beiden, ließen den einen im Schutz seines verwüsteten Zimmers zurück, den anderen hinter einer Tür, die zur unüberschreitbaren Grenze geworden war.

Annalisa packte ihren Rucksack und kam aus dem Bad: »Fertig.«

»Wozu der Rucksack?«, fragte Drone barsch.

»Da sind meine Sachen drin.«

»Was für Sachen?«

Sie antwortete nicht. Drone hatte einen bitteren Geschmack im Mund, und sein Atem roch schlecht, als hätte seine Zunge die ganze Nacht lang im Schlamm gerührt, in dem Morast, der in seiner Speiseröhre rauf- und runterstieg. Er hatte niemanden retten können. Er war machtlos, er konnte nichts tun, weder für noch gegen etwas, und doch war er, wie alle anderen, noch immer überzeugt, in eine Paranza einzutreten würde bedeuten, etwas Größeres zu werden, größer als man selbst. Stattdessen war er jetzt völlig hilflos, musste stillhalten.

»Komm!«, sagte Annalisa. Sie war diejenige, die ihm Mut machte. Am meisten ängstigte ihn, dass so etwas seiner Schwester gefallen könnte. Annalisa aber hatte nichts anderes im Sinn, als so schnell wie möglich aus dieser Sache herauszukommen und das Weite zu suchen.

Sie nahmen das Moped. Drone fuhr, sie saß hinter ihm. Als sie in der Via dei Carbonari ankamen, war die Paranza schon vollzählig versammelt. Sie klopften.

Nicolas öffnete. »Ey, Drò, hast du deinen Schlüssel nicht dabei? Warum klopfst du?«

Drone antwortete nicht. Er wollte den Schlüssel nicht mehr benutzen. Er ging rein und warf sich aufs Sofa.

»Ciao, Annalì.« Dutzende »Ciao« im Zimmer, wie das »Guten Tag« in einer Klasse, wenn der Lehrer hereinkommt. Sie bebten alle vor Erregung, in Wirklichkeit aber waren sie bedrückt.

»So«, sagte Annalisa, »los jetzt, ziehen wir diesen Zirkus so schnell wie möglich durch.«

»Na, na«, machte Maraja, »so schnell wie möglich … immer mit der Ruhe.« Und er fuhr mit der Hand durch die Luft, um den Takt anzugeben, um zu demonstrieren, dass er der Regisseur war.

»Gut, dass du eine verantwortungsbewusste Schwester bist. Nicht wie dein Bruder Antonio.«

»Schluss jetzt mit dieser Geschichte«, erwiderte Annalisa.

Dragò wollte noch nicht aufgeben: »Ey Maraja, muss das wirklich sein? Er hat doch kapiert, dass er es verkackt hat. Und was hat Annalisa damit zu tun?«

»Halt die Fresse, Dragò.«

»Ich rede, wann ich will! Erst recht, weil das hier meine Wohnung ist!«

»Nein, die Wohnung gehört allen. Auch dir. Ist die Wohnung der Paranza. Und wenn du etwas hundertmal sagst, läuft das nicht so, dass es beim ersten Mal nicht funktioniert, aber beim hundertsten Mal funktioniert es dann. Es funktioniert hundertmal nicht.«

»Ich finde das alles übertrieben. Drone hat bloß 'ne Dummheit gemacht.«

»Schon wieder?«, fragte Nicolas. »Du willst deinen Schwanz nicht rausholen? Na gut, behalt ihn in der Hose. Schluss. Ende der Diskussion.«

»Du nervst echt, Dragò!«, rief Dentino.

Dragò warf Annalisa einen Blick zu, um zu sagen, mehr könne er nicht tun. Ihrerseits kein Zeichen von Dankbarkeit für seinen Versuch, ihre Abscheu vor der Paranza galt allen. Sie ging ins Badezimmer und kam nach wenigen Minuten als Pornodiva heraus. Noch nie hatte die Paranza so viel großzügige Sinnlichkeit gesehen. Oder doch, auf Youporn, auf den unzähligen Kanälen von Pornhub, der einzigen Quelle ihrer Erziehung in Gefühlsdingen, während sie mit den Tablets als Verlängerung ihrer Arme aufgewachsen waren. Annalisa hatte verstanden, dass sie wie eine der Pornodiven aus diesen Videos auftreten musste. So würde alles viel schneller gehen.

Da standen sie nun, aufgereiht wie für ein Gruppenbild, die Kleineren vorn, die anderen dahinter und mittendrin das verstörte Gesicht von Biscottino. Die Lehrerin hatte den Raum betreten, die Klasse nahm Haltung an. Eine Weile fühlten sie sich alle nacheinander gemustert, der eine zog die Nase hoch, ein anderer strich sein Shirt glatt, ein Dritter steckte die Hände in die Hosentaschen. Wenn man sie so sah, aus der Distanz, die mit Annalisas Eintreten entstanden war, erschienen sie als das, was sie waren, kleine Jungen. Während dieses kurzen Moments schien jeder nur für sich einstehen zu müssen, es gab keine Gruppe, keine Paranza, keine Strafaktion. Die Lehrerin war eingetreten, um jeden Einzelnen zu fragen, wozu er fähig war. Diese unbestimmte Zeit lang, in der jeder wieder er selbst wurde, beugten sie sich über eine Art Leere, in der sie hilflos waren, wahrscheinlich aber eher entgeistert, mit ungebundenen Schnürsenkeln, unzusammenhängenden Gedanken, unsicheren Blicken, die nicht wussten, ob sie stillhalten oder fliehen sollten.

Doch dann machte es Klick, und alles kehrte an seinen Platz zurück. Annalisa, die diese Verwirrung niemals erahnt hätte, kniete vor Nicolas nieder.

Als Drone sah, dass Annalisa gleich beginnen würde, blickte er starr zu Boden und steckte sich die Ohrenstöpsel seines Kopfhörers in die Ohren. Mit sehr lauter Musik, um keinen Ton zu hören. Doch Maraja hielt Annalisa sofort zurück.

»Drone! He, Drone!«, schrie er, sodass Drone die Stöpsel herausnehmen und zu ihm aufblicken musste. »Siehst du, was passiert, wenn man die Paranza verarscht? Dann fickt die Paranza dich und dein Blut. Steh auf, Annalì, geh dich anziehen.«

»Nee jetzt, echt?« Pesce Moscio, der sehr erregt war, konnte seine Enttäuschung nicht zurückhalten.

»Ooooch«, machte Biscottino.

Drone hätte ihn auf der Stelle umarmen wollen, als wäre die Lektion ihm schlagartig klar geworden. Nicolas wiederum fühlte sich aus der Höhe seiner sechzehn Jahre so alt und weise, dass er sich am liebsten die Hand hätte küssen lassen. Gern hätte er den hervorstehenden Kiefer von Marlon Brando, Don Vito Corleone, gehabt, aber er musste sich mit den enttäuschten Blicken der Paranza, der verwunderten Miene von Annalisa und der reglosen Dankbarkeit von Drone begnügen. Der konnte nicht sprechen oder auch nur seinen fassungslosen Gesichtsausdruck ändern. Es war alles Theater gewesen. Und Nicolas liebte Inszenierungen, ihm war, als schriebe er damit das Drehbuch seiner Macht.

Annalisa stellte sich vor Nicolas hin, sie war fast so groß wie er. Sie sah ihn an, als verströmte er einen widerwärtigen Geruch, dann sagte sie mit sorgfältiger Betonung: »Ihr ekelt mich alle an, ihr und mein Bruder.« Sie atmete tief aus. »Aber jetzt müsst ihr ihn in Ruhe lassen: Die Schuld ist aufgehoben.«

Niemand rührte sich.

Annalisa trat noch näher an Nicolas heran: »Die Schuld ist aufgehoben. Sag es!«

»Jaja, aufgehoben … Drone gehört zur Paranza.«

»Was für 'ne Ehre … « Annalisa drehte ihm den Rücken zu und ging ins Bad, um sich umzuziehen.

Die Blicke der Jungen klebten an ihrem Hintern, bis sie verschwunden war. Dann verließen sie einer nach dem anderen die Wohnung. Als sie hintereinander die Treppe runtergingen, schnalzte Nicolas mit der Zunge: »Kebab?« Und die anderen einstimmig: »Kebab! Kebab!«

Nur Drone wartete, bis seine Schwester fertig war, um sie wieder nach Hause zu bringen.

3. Teil **STURM**

Das Geheimnis einer Frittura di Paranza besteht darin, kleine Fische zum Frittieren auszusuchen: Keiner darf größer sein als die anderen. Bleibt dir eine Sardellengräte zwischen den Zähnen stecken, war der Fisch zu groß, lässt sich der Tintenfisch noch erkennen, hat man keinen kleinen ausgesucht, und dann ist es keine Frittura di Paranza mehr, es ist eine grobe Mischung aus irgendwelchen Fischen. Eine richtig frittierte Paranza erkennt man daran, dass man alles, was man im Mund hat, kauen kann, ohne es zu erkennen. Die Frittura di Paranza besteht aus Fischabfällen, und nur als Ganzes bekommt sie ihren charakteristischen Geschmack. Aber man muss die Fische panieren können, in gutem Mehl, und erst das Frittieren erteilt diesem Gericht seinen Segen. Genau den richtigen Geschmack zu treffen ist der Kampf, der mit der eisernen Pfanne, dem Saft der Oliven – dem Öl –, der Seele des Weizens – dem Mehl – und der Essenz des Meeres – den Fischen – ausgefochten wird. Gewonnen hat man, wenn alles sich im perfekten Gleichgewicht miteinander verbindet und die Paranza im Mund einen einzigen Geschmack hat.

Die Paranza ist im Nu aufgegessen, sie stirbt so schnell, wie sie entsteht. Frienn'e magnanno, frittieren und essen. Sie muss warm sein, warm wie das Meer, wenn sie nachts gefischt wurde. Sind die Netze ins Boot gezogen, bleiben diese winzigen, in der Masse der Fische verschwindenden Wesen am Grund zurück: nicht ausgewachsene Seezungen, Kabeljau, der erst seit kurzem schwamm. Der Fisch wird verkauft, und sie bleiben am Boden der Kisten zwischen schmelzenden Eisstücken liegen. Allein sind sie wertlos, haben keinen Preis, aufgesammelt und zusammen in eine Papiertüte geschüttet, werden sie zum Leckerbissen. Ein Nichts waren sie im Meer, ein Nichts im Netz, kein Gewicht auf der Waage, doch auf dem Teller werden sie zur Delikatesse. Im Mund wird alles zusammen zerkaut. Zusammen waren sie auf dem Grund des Meeres, zusammen im Netz, sie werden zusammen paniert, zusammen ins kochende Öl gegeben, bleiben zwischen den Zähnen und im Geschmack zusammen – einem einzigen, dem Geschmack der Paranza. Doch liegen sie einmal auf dem Teller, ist die Zeit, in der man sie genießen kann, sehr kurz. Denn das Gebackene löst sich vom Fisch ab. Die Speise wird zum Aas.

Schnell im Meer geboren, schnell gefischt, schnell in der Hitze der Pfanne, schnell zwischen den Zähnen, kurz ist das Vergnügen.

Kommandieren

Der Erste, der davon sprach, war Nicolas. Sie waren im Nuovo Maharaja, um den Beginn des neuen Jahres zu feiern. Des Jahres, das sie in die Zukunft katapultieren würde.

Dragò und Briatò standen mitten im Gedränge auf der Terrasse. Sie taten das, was alle vor dem Meer von Posillipo taten, sie zählten rückwärts, eine Flasche Magnum in der Hand, der Daumen bereit, den Korken fliegen zu lassen. Gestützt von der wogenden Menschenmenge, die die Ankunft des neuen Jahres bejubelte, schwankten sie hin und her. Der physische Kontakt mit den leichtbekleideten Frauen, der Duft nach Aftershave, Duft eines Alters, das für sie noch in weiter Ferne lag, die aufgeschnappten Gespräche von Leuten, die die Welt in der Hand zu haben schienen – es war ein einziger Rausch. Im Gewühl auf der Terrasse wurde die Paranza getrennt und fand wieder zusammen, mal sprangen sie alle in die Höhe, die Arme um die Hüften des Nebenmanns geschlungen, im nächsten Moment unterhielten sie sich laut mit Leuten, die sie vorher noch nie gesehen hatten. Doch niemals verloren sie sich aus den Augen, ja, sie suchten einander, und sei's nur, um ein Lächeln zu wechseln, sich gegenseitig zu bestätigen, wie wunderbar alles war. Und das neue Jahr würde noch besser werden.

Fünf, vier, drei …

Nicolas empfand das noch stärker als die anderen, doch er war nicht auf die Terrasse gegangen. Als der DJ alle Gäste aufgefordert hatte, nach draußen ans Meer zu gehen, hatte er Letizia sehr fest umarmt und sich in den Menschenstrom begeben, aber dann war er stehengeblieben, während sie fortgerissen wurde. Er hatte vor den großen Fenstern gestanden, hinter denen alle zusammengedrängt schienen wie Fische in einem zu vollen Aquarium. Dann war er nach hinten gegangen, ins Separee, das ihnen allein gehörte und das Oscar dank Nicolas immer für die Paranza freihalten musste. Er setzte sich auf einen Samtsessel, ohne sich um die von vergossenem Champagner feuchte Sitzfläche zu kümmern, und blieb dort sitzen, bis die anderen kamen und ihn einen Idioten nannten, weil er sich hatte entgehen lassen, wie eine volltrunkene Frau sich auszog und von ihrem Mann mit einem Tischtuch bedeckt werden musste. Nicolas sagte nur: »Die Leute müssen kapieren, dass keiner mehr sicher ist. Dass die Palazzi, die Läden, die Roller, die Bars und die Kirchen alles Dinge sind, die wir ihnen erlauben.«

»Was meinst du, Maraja?«, fragte Briatò. Er war bei seinem siebten Glas *Les Polisy Brut* und wedelte mit der freien Hand, um den Schwefelgeruch vom Feuerwerk, das draußen losging, zu vertreiben.

»Dass uns wirklich alles gehört, was es im Viertel gibt.«

»Ein Scheiß gehört uns! Haben wir Geld, das alles zu kaufen?«

»Wer redet von Geld? Wir müssen um nichts betteln. Das alles gehört uns, und wenn wir wollen, fackeln wir alles ab. Sie müssen kapieren, dass sie die Augen senken und die Fresse halten sollen. Das müssen sie kapieren.«

»Und wie sollen sie das kapieren? Schießen wir auf alle, die uns nicht kommandieren lassen?«, fragte Dentino. Er hatte sein Jackett irgendwo vergessen, sein violettes Hemd mit kurzen Ärmeln ließ das Tattoo eines Hais frei, das er sich vor kurzem auf dem Unterarm hatte stechen lassen.

»Genau.«

Genau.

Dieses Wort hatte genügt, denn es hatte viele andere hervor-getrieben und später viele weitere. Eine Lawine. Würden sie sich Jahre später je daran erinnern, dass alles mit einem einzi-gen Wort begonnen hatte? Dass dieses Wort – ausgesprochen, während die Feier um sie herum zum Delirium hochkochte – alles ausgelöst hatte? Nein, niemand hätte das noch rekonstru-ieren können, und es hätte auch niemanden interessiert. Denn sie hatten keine Zeit zu verlieren. Sie hatten keine Zeit zum Er-wachsenwerden.

Die Menschen auf der Piazza Dante hörten ihren Lärm, noch bevor sie auftauchten. Neugier lag in der Luft, auch Gefahr, und wer spazieren ging oder einfach einen Espresso trank, erstarrte einen Augenblick lang. Die Piazza Dante wird von der halbkreis-förmigen Fassade des Foro Carolino aus dem 18. Jahrhundert umgeben, und seit sie Fußgängerzone ist, wirken die eleganten Arme der beiden Gebäude von Vanvitelli großzügiger, luftiger. Umso heftiger war auf dieser Insel städtischer Schönheit der Eindruck, den das Geschehen hervorrief, ein Geschehen, das wie eine Vergeltungsmaßnahme, wie ein Überraschungsangriff aussehen mochte. Ein Brummen, dann die ersten Schüsse in die Luft, all das noch hinter den Kulissen, gingen ihnen voraus. Das Brummen wurde lauter und lauter, bis sie kompakt wie ein Schwarm Wespen aus der Port'Alba hervorkamen und anfin-gen, wild um sich zu schießen. Sie kamen schnell herunter, ins Licht gespuckt wie ein Überfallkommando. Im Zickzack fuh-ren sie über den Platz unter dem Dante-Denkmal, das sie nur zu gerne aufs Korn nahmen, um dann aber auf Schaufenster und die Fenster der Häuser zu zielen.

Die Zeit des Flachmachens hatte begonnen. Terrorisieren

war die billigste und schnellste Methode, um sich ein Gebiet anzueignen. Die Zeit derjenigen, die kommandierten, weil sie sich das Gebiet Gasse für Gasse, Bündnis für Bündnis, Mann für Mann erobert hatten, war vorbei. Heutzutage musste man sie alle flachmachen. Männer, Frauen, Kinder. Touristen, Ladenbesitzer, alteingesessene Bewohner des Viertels. Das Flachmachen ist demokratisch, denn es zwingt jeden, der sich in Reichweite der Kugeln befindet, den Kopf zu senken. Und es ist leicht zu organisieren. Auch in diesem Fall genügt ein einziges Wort.

Nicolas' Paranza hatte am Stadtrand angefangen. Mit den Vierteln Ponticelli und Gianturco. Eine Nachricht im Chat – »Wir machen einen Ausflug« –, und das Rudel fuhr los, auf den Hondas SH300, auf den Beverlys. Im Gepäckfach oder in der Hose die Waffen. Jeder Art. Beretta 9 mm Parabellum, Revolver Smith & Wesson 357 Magnum. Aber auch Kalaschnikows und Maschinenpistolen M 12, Kriegswaffen mit randvollen Magazinen, und der Finger auf dem Abzug würde sich erst wieder heben, wenn die Munition verschossen war. Nie gab es einen präzisen Befehl zum Feuern. Irgendwann fing man an, blindlings in alle Richtungen zu schießen. Man zielte nicht direkt auf etwas Bestimmtes, mit der einen Hand wurde Gas gegeben, und während man beim Fahren Hindernissen auswich, wurde mit der anderen gefeuert. Man durchsiebte die dreieckigen Vorfahrtsschilder und Müllcontainer, die ihr schwarzes Blut aus Dreck vergossen, beschleunigte dann wieder zur Straßenmitte hin, um höhere Ziele auf Balkonen und Dächern ins Visier zu nehmen, nicht zu vergessen die Läden, die Haltestellen, die Busse. Zeit, sich umzusehen, gab es nicht, nur schnelle Augenbewegungen unter den Helmen, um sicherzugehen, dass es keine Straßensperren oder Polizeiautos gab. Nicht mal Zeit, um nachzusehen, ob sie jemanden getroffen hatten. Bei jedem Schuss gab es nur ein Bild im Kopf: ein Gesicht, das nach unten blickt, dann beugt sich der Körper, der den Boden sucht, um sich flach hinzulegen und zu verschwinden. Hinter einem Auto, hinter einer Balkonbrüstung, hinter einem Fleck grünem Wildwuchs, der eine Rotunde verschönern soll. Der Schrecken, den Nicolas und die anderen auf den Gesichtern sahen, ermöglichte es ihnen, zu kommandieren. Das Flachmachen dauert nur wenige Sekunden, wie ein Einsatz von Spezialeinheiten, und ist ein Viertel erledigt, geht man zum nächsten über. Tags darauf würden sie in den Lokalnachrichten lesen, wie es wirklich abgelaufen war, ob es Kollateralschäden, im Kampf Gefallene gegeben hatte.

Und dann war die Altstadt an der Reihe. »Wir holen uns Toledo«, hatte Lollipop vorgeschlagen. Gesagt, getan. Auch dort musste man Angst säen. »Alle müssen gelb vor Angst werden!« Die Farbe der Panik, der Gelbsucht, des Durchfalls. Auf der abschüssigen Via Toledo kommt es gleich hinter der Piazza Dante zu einer atemberaubenden Beschleunigung. Im Dröhnen ihres wahnsinnigen Ritts bewahrte nur Nicolas einen klaren Kopf, darum bemerkte er, er konnte sie nicht übersehen, gleich hinter dem Palazzo Doria d'Angri zwischen den Menschen, die sich zu Boden warfen, die Gestalt einer Frau, die stattdessen fest auf beiden Beinen stehenblieb, ja sogar vor die Tür des Ladens trat, unter das Schild »Blue Sky«. Seine Mutter erkannte ihn, er erkannte sie, und ihre einzige Reaktion war die gewohnte Geste, sich mit der Hand wie mit einem Kamm durch die schwarzen Haare zu fahren. Sie fuhren an ihr vorbei und durchlöcherten das Schaufenster eines Bekleidungsgeschäfts etwas weiter unten auf der anderen Straßenseite.

Auf der Piazza della Carità kreisten sie mehrmals um Bäume und parkende Autos, auch in der Galleria Umberto I. drehten sie Kreise, um das Echo der Schüsse zu hören. Dann kehrten sie um, bis zum Disney-Laden, und dort legte einer von ihnen zu tief an. Ein Slawe, der Ziehharmonika spielte, nahm seinem Instrument mitten in einer traurigen Weise die Luft und bewegte sich dann langsam auf den U-Bahnhof Toledo zu. Als alle ringsum sich gerade erhoben, brach er zusammen. Die Jungen hatten unterdessen schon Kurs auf die Quartieri Spagnoli genommen, verloren sich aber weiter oben, Richtung San Martino, als wollte der Schwarm auffliegen und in die Stadt zurückkehren, um sich die Wirkung dieses schweren Beschusses anzusehen. Das Ergebnis werteten sie wie immer bei den Fernsehnachrichten aus, doch an diesem Abend sahen sie ihren ersten Toten auf dem Bildschirm: Sie sahen den Mann in einer Blutlache über seine Ziehharmonika gebeugt. Er war bekannt in der Straße, wegen eines Liedes, das er oft spielte, es erzählte von einem Mädchen, das, um nicht zu sterben, die gelbe Quitte von Istanbul verlangt hatte, doch ihr Geliebter war drei Jahre zu spät angekommen, drei Jahre zu spät, man hatte das Mädchen schon weggebracht.

»Meiner ist das nicht«, sagte Pesce Moscio.

»Kann auch nicht sein, ist meiner«, sagte Dentino.

»Mir gehört er«, sagte Nicolas, und die anderen ließen ihm den Toten, in einer Mischung aus Besorgnis und Respekt.

Jetzt, wo sie überall flachgemacht hatten, war der Moment der Ernte gekommen. Es war noch zu früh, sich die Umschlagplätze anzueignen, noch waren sie nicht groß genug, um groß zu denken. Copacabanas Lektion hatten alle noch gut in Erinnerung: »Entweder machst du Erpressungen, oder du hast die Plätze für Stoff und Koks.« Zu Erpressungen waren sie bereit. Das Viertel war ein herrenloses Revier, ihre Zeit war gekommen, und sie würden sie nutzen.

Nicolas hatte den ersten Laden ausgespäht, eine Yamaha-Vertretung in der Via Marina. Zu seinem achtzehnten Geburtstag hatte die Paranza für den Führerschein zusammengelegt, jeder Bruder hatte aus eigener Tasche hundertfünfzig Euro beigesteuert. Sein Vater hatte ihm einen Kymco 150 geschenkt, zweitausend Euro für einen fabrikneuen Motorroller. Er hatte seinen Sohn vor die Garage geführt und mit stolzgeschwellter Brust das Tor geöffnet. Da stand der glänzend schwarze Kymco, und beim Anblick der roten Schleife auf dem vorderen Schutzblech hatte Nicolas nur mühsam ein Lachen unterdrückt. Er hatte seinem Vater gedankt, und der hatte gefragt, ob er ihn nicht sofort ausprobieren wollte, aber Nicolas hatte geantwortet, vielleicht später. Und hatte seinen Vater dort stehenlassen, damit er überlegte, was er falsch gemacht hatte.

Den Kymco holte Nicolas sich am nächsten Tag. Die rote Schleife war verschwunden. Er fuhr zum Yamaha-Händler, unterwegs las er die anderen auf und erklärte ihnen, wohin sie fuhren.

Als die Angestellten den Schwarm sahen, der Slalom zwischen den auf dem Vorplatz ausgestellten Mopeds fuhr, dachten sie sofort an einen Überfall. Es wäre nicht der erste gewesen. Die Paranza parkte vor dem großen Fenster, hinter dem die Büros lagen, und Nicolas ging allein hinein. Er schrie, dass er mit dem Geschäftsführer sprechen wolle, er habe einen Vorschlag, den der nicht ablehnen könne. Die Kunden im Laden wichen vor ihm zurück, beobachteten ihn mit einer Mischung aus Angst und Missbilligung. Wer war dieser junge Bursche? Doch kaum hatte der den Geschäftsführer entdeckt – um die vierzig, scharf gezogener Scheitel, Dalí-Schnurrbärtchen –, fing er an, ihm Boxhiebe auf die Brust zu setzen, bis er ihn in sein Büro zurückgedrängt hatte, ein rundum verglastes Kämmerchen. Hier warf Nicolas sich in den Sessel des Geschäftsführers, streckte die Beine auf dem Schreibtisch aus und bedeutete dem Mann, der vor ihm stand, er könne sich nach Belieben einen der Stühle für die Kunden aussuchen. Der Geschäftsführer, der sich die Brust massierte, wollte etwas erwidern, wurde aber sofort zum Schweigen gebracht: »Beruhig dich, Schnurrbärtchen. Von jetzt an schützen wir dich.«

»Wir brauchen keinen Schutz.« Ein schwacher Versuch des Geschäftsführers, der immer noch auf seinem gestreiften Hemd herumrieb. Dieser dumpfe Schmerz wollte einfach nicht aufhören.

»Red keinen Scheiß. Jeder braucht Schutz. Pass auf, das läuft jetzt so«, sagte Nicolas. Er nahm die Beine vom Schreibtisch, ging auf den Geschäftsführer zu und packte seine Hand. Quetschte die Hand in seiner, und mit der anderen hieb er wieder auf die Stelle ein, wo er den Mann schon geschlagen hatte.

»Siehst du meine Leute da draußen? Sie werden jeden Freitag hier vorbeikommen.«

Boxhieb. Boxhieb. Boxhieb.

»Fangen wir schon mal mit einer Eigentumsübertragung an.«

Boxhieb. Boxhieb. Boxhieb.

»Der Kymco draußen gehört mir. Brandneu. Kein einziger Kratzer. Ist der einen TMAX-Roller wert?«

Boxhieb. Boxhieb. Boxhieb.

»Ist er, ist er«, sagte der Geschäftsführer keuchend. »Und wie machen wir das mit den Papieren?«

»Ich heiße Nicolas Fiorillo. 'O Maraja. Reicht dir das?«

Dann waren die Straßenhändler dran. »Alle Händler auf dem Corso müssen an uns zahlen«, erklärte Nicolas. »Wir stecken jeder dieser Negerfressen 'n Eisen in den Mund und lassen uns zehn, fünfzehn Euro am Tag geben.«

Danach gingen sie zu den Läden über. Kamen rein und erklärten, dass sie von nun an hier kommandierten, dann wurde die Summe festgelegt. Jeden Donnerstag warteten Pizzerien und Spielhallenbetreiber auf den Besuch von Drone und Lollipop, die die Ernte einzusammeln hatten. »Wir gehen zur Therapie«, schrieben sie im Chat. Doch schon bald überließen sie das Abkassieren irgendeinem verzweifelten Marokkaner, für ein paar Euros, die ihm Unterkunft und Essen sicherten. Alles war sehr einfach, alles ging sehr schnell, Hauptsache, man blieb im eigenen Einflussgebiet. Und wenn ein Wurstverkäufer Stress machte, genügte es, das Eisen zu ziehen – eine Zeitlang benutzte Nicolas noch die alte Francotte, er mochte diese Pistole, sie lag gut in der Hand – und es ihm in den Rachen zu bohren, bis er den Brechreiz spürte. Doch nur wenige versuchten, sich zu widersetzen, und schließlich gab es sogar welche, die sich selbst bei der Paranza meldeten, wenn sie am Donnerstagabend die Rollläden vorm Schaufenster runterließen und noch niemanden gesehen hatten.

Jetzt kam Geld rein, und wie. Außer Drago hatte noch keiner so viel Geld auf einmal gesehen. Sie dachten an die mageren Geldbörsen ihrer Eltern, die sich den ganzen Tag abplagten, sich mit harten und billigen Arbeiten den Rücken krummschufteten, und erkannten, dass sie viel mehr vom Leben begriffen hatten als die Eltern. Dass sie klüger, erwachsener waren. Sie fühlten sich männlicher als ihre Väter.

Um den Tisch im Schlupfwinkel versammelt, zählten sie die Salatblätter, kleine und große Banknoten. Während sie sich einen Joint drehten und Tucano seine Pistole entriegelte – das tat er andauernd, er merkte es schon gar nicht mehr, mittlerweile war das Klacken ein konstantes Hintergrundgeräusch –, zählte Drone zusammen, berechnete, notierte alles im iPhone, und zuletzt teilten sie. Dann gönnten sie sich das gewohnte Match *Assassin's Creed*, bestellten den üblichen Kebab, und wenn der letzte Bissen geschluckt war und alle Zeit hatten, gingen sie Geld ausgeben. Als Gruppe oder mit ihren Freundinnen, manchmal auch allein. Goldene Rolexuhren, das neueste Smartphone-Modell, Gucci-Schuhe aus Schlangenleder oder Valentino-Sneakers. Markenklamotten von Kopf bis Fuß, auch die Unterhose, natürlich nur Dolce & Gabbana. Sie schickten ihren Freundinnen Dutzende roter Rosen, trugen Ringe von Pomellato, saßen auf den Polstern des Nuovo Maharaja, tranken literweise Veuve Clicquot und aßen Austern und Kaviar. Manchmal packte sie der Ekel vor diesem schleimigen, stinkenden Zeug, dann verließen sie das Lokal und gingen eine Tüte frittierte Paranza essen, wie es sich gehört, auf der Straße, im Stehen, oder auf dem Roller sitzend. So schnell wie das Geld reinkam, war es wieder ausgegeben. Etwas beiseitezulegen fiel ihnen nicht ein: Ihr Ziel war, sofort Geld zu scheffeln, den Tag danach gab es nicht. Jeden Wunsch befriedigen, über jedes Bedürfnis hinaus.

Die Paranza wuchs. Die Einkünfte wuchsen und der Respekt, den sie in den Augen der Menschen sahen. »Die Leute fangen an, uns zu verabscheuen, das bedeutet, sie wollen sein wie wir«, sagte Maraja. Auch die Jungen wuchsen, obwohl sie keine Zeit hatten, darauf zu achten. Stavodicendo hatte aufgehört, sich literweise Topexan ins Gesicht zu schütten, die Akne, die sein Gesicht geplagt hatte, schien endlich zufrieden mit ihrer Arbeit zu sein und hatte ihm als Andenken Narben hinterlassen, die ihm ein erwachsenes Aussehen verliehen. Dragò und Pesce Moscio hatten sich mindestens dreimal verliebt und jedes Mal geschworen, es sei die Liebe ihres Lebens. Man sah sie übers Smartphone gebeugt Sätze tippen, die sie auf speziellen

Seiten im Internet gefunden hatten, oder Liebeserklärungen: Sie war die Schönste, die Sonne, die sein Leben erleuchtete, sie war diejenige, die ihn lieben musste, was auch immer geschah. Briatò hatte vor der ständigen Verarsche durch Nicolas kapituliert, der ihn damit aufzog, dass er sich die Haare nach hinten kämmte wie 'n blöder Mailänder, und hatte sich den Schädel rasieren lassen. Eine Zeitlang lief er mit einer *coppola* auf dem Kopf rum, und jedes Mal, wenn er damit erschien, gab es neuen Spott. »Mann, piss die Wand an!«, sagten sie zu ihm. An sich war das keine Beleidigung für einen, der *Donnie Brasco* zu seinem Mantra gemacht hatte, doch irgendwann war er es leid, und die *coppola* verschwand in einer Schublade. Dentino und Lollipop gingen zusammen ins Fitnesscenter und waren beide muskulöser geworden, auch wenn Dentino aufgehört hatte zu wachsen und Lollipop immer länger wurde und davon anscheinend nicht genug kriegen konnte. Sie hatten auch gelernt, mit vorgewölbtem Oberkörper und ausgebreiteten Armen zu gehen, als hinderte ihr Bizeps sie daran, die Arme am Körper zu halten. Tucanos ohnehin breiter Rücken war noch breiter und kräftiger geworden, die auf den Rücken tätowierten Flügel schienen immer straffer für den Flug gespannt. Biscottino war aufgeblüht. Von einem Tag auf den anderen war er etliche Zentimeter gewachsen, und dank des vielen Radfahrens zuckten seine Beine vor Kraft. Drone hatte seine Brille abgeschafft und durch Kontaktlinsen ersetzt, außerdem machte er eine Diät, also keinen Kebab, keine frittierte Pizza mehr. Auch Nicolas hatte sich verändert, aber nicht, weil er ein regelmäßiger Koksschnupfer geworden war. Es schien ohnehin bei ihm nicht dieselbe Wirkung zu haben wie bei der Paranza. Bei ihm war es eine kontrollierte Euphorie. Wenn Dragò mit Nicolas sprach, entdeckte er hinter seinen Augen ein ständiges Grübeln. Nicolas redete, machte Witze, gab Befehle, alberte mit den anderen herum, doch er blieb ständig auf der Hut, löste sich nie ganz von seinen ganz eigenen Gedanken, zu denen niemand Zugang hatte. Manchmal erinnerten diese Augen Dragò an die seines Vaters, Nunzio 'o Viceré. Solche Augen hatte er nicht. Doch Dragòs Gedanken waren Blitze, die spurlos verschwanden, sobald sie den Boden berührten.

In welche Richtung entwickelten sie sich? Sie hatten nicht mal genug Zeit, um eine Antwort zu versuchen. Es musste weitergehen.

»Der Himmel ist die Grenze«, sagte Nicolas.

Piazze

Stille lässt sich nicht unterbrechen, weil es die Stille nicht gibt.
Auch auf einem Gletscher in viertausend Meter Höhe nicht:
Man wird immer ein Knirschen hören. Auch am Grund des
Meeres: Das Pochen deines Herzens wird dir dort Gesellschaft
leisten. Stille ähnelt eher einer Farbe. Sie hat tausend Nuan-
cen, und wer in einer Stadt wie Neapel, Mumbai oder Kinshasa
geboren wird, kann sie wahrnehmen und weiß, worin sich die
Nuancen der Stille unterscheiden.

Die Paranza war im Schlupfwinkel. Es war der Tag des Tei-
lens. Die *mesata*, die jedem Mitglied zustand, steckte in unzähligen, über den niedrigen Glastisch verstreuten Geldscheinen.
Briatò und Tucano hatten schon versucht, alles gleichmäßig
aufzuteilen, aber am Ende war die Rechnung immer nicht aufgegangen. Jedes Mal sah sich jemand benachteiligt.

»Briatò«, sagte Biscottino, der sich mit zehn Zwanzigeuroscheinen abgefunden fand und die Hunderter betrachtete, die
zwischen Drones Fingern steckten, »warst du nicht auf der
Handelsschule?«

»Nee«, schaltete sich Pesce Moscio ein, »er hat eine Lehrerin gefickt, aber die hat ihn trotzdem nicht versetzt.« Eine
alte Geschichte, höchstwahrscheinlich erfunden, aber sie wurden nicht müde, sie zu erzählen, und Briatò achtete nicht mehr
darauf, vor allem nicht in diesem Moment, wo ihm das Teilen
nicht gelingen wollte.

Dragò riss allen das Geld aus der Hand und warf es zurück
auf den Tisch, als würde er ein Kartenspiel abbrechen, dann er-

starrte er plötzlich mit einem Zwanziger in der Hand. Er sah aus wie ein Spieler, der gleich seinen Trumpf ausspielt.

»Was 'n das für 'ne Stille?«

Alle hoben den Kopf, um die Nuance dieser Stille zu erfassen. Nicolas war der Erste, der den Schlupfwinkel verließ, die anderen folgten ihm. Biscottino versuchte noch, zu erzählen, dass es vor der Detonation einer Atombombe immer so eine Stille gebe, das habe er im Kino gesehen, danach komme der Knall und alles Asche, aber da waren schon alle auf der Straße, aufgereiht, um Forcella zuzusehen, wie es sich einen Moment der Ruhe gönnte. Natürlich, die Hintergrundgeräusche erstarben nie, es war eben nur eine Nuance, aber das genügte.

Der Verkehr an der Weggabelung des Viertels war blockiert, ein alter Umzugswagen mit verblichenem Schriftzug an der Seite hatte sich quergestellt, und die hintere Wagentür stand offen. Aus den Fenstern der umliegenden Häuser, von den Bürgersteigen, aus den blockierten Autos mit abgestelltem Motor kamen Hilfsangebote, doch ohne rechte Überzeugung, nur aus Höflichkeit ausgesprochen, denn man hatte längst erkannt, wer hier arbeitete. Die Paranza der Capelloni. Sie liefen zwischen dem Lastwagen und dem Eingang des Palazzos hin und her. Es war der an der Ecke, der vordere, der den Ehrenplatz hatte. Alte Möbel, mindestens ein paar Generationen alt, schwer, massiv, doch von der Zeit unberührt, als hätten sie jahrzehntelang unter einer Plastikplane gesteckt. Drei Capelloni schwitzten unter einer meterhohen Statue der Madonna von Pompeji. Zwei hielten einen San Domenico und eine heilige Katharina von Siena an den Füßen fest, während der Dritte die Madonna am Heiligenschein trug. Sie schnaubten, schwitzten und fluchten angesichts all dieser Heiligkeit. Neben ihnen 'o White, der sie mit Rufen lenkte wie ein Schäfer seine Herde.

»Wenn wir die Madonna fallen lassen, wird die Madonna uns fallen lassen!«

Es folgten Kristalllüster, eine Ottomane mit dicken Polstern in Pompeji-Rot, verziert mit einem Relief aus goldenen Blättern, Stühle mit sehr hohen Rückenlehnen, fast schon Throne, Sessel, Pappkartons voller Geschirr. Die gesamte Ausrüstung für ein exquisites Leben mit Stil.

Hätte Marajas Paranza, die mit dem Rücken an der Wand des Hauses gegenüber lehnte, ihre Augen von diesem Schauspiel gelöst und etwa zehn Meter höher wandern lassen, bis zu dem Fenster, aus dem sie sich beugte, hätte sie die neue Hausherrin entdeckt, Maddalena, genannt la Culona, die Fettärschige. Sie war sauer auf ihren Mann Crescenzio, genannt Roipnol, weil sie liebend gerne mit ihm auf die Straße hinuntergegangen wäre, um einen Bummel durchs Viertel zu machen, so als Eingewöhnung. Doch ihr Mann blieb unflexibel und versuchte ihr in der noch kahlen Wohnung zu erklären, dass er nicht mit ihr hinausgehen könne, er sei auf der Straße nicht sicher, aber sie könne gerne gehen, niemand hindere sie daran. Er hatte zwanzig Jahre gesessen, da war es ja wohl zu ertragen, eine Weile hier drinnen zu bleiben, oder? Crescenzio versuchte, seine Frau zu beruhigen, doch bei dem Echo in den leeren Räumen und diesem kleinen Jungen, Pisciazziello, der andauernd fragte: »Gefällt Euch, wie wir gestrichen haben?«, war das völlig zwecklos.

Zehn Meter weiter unten verschwanden die Capelloni im Hausflur und kamen mit leeren Händen wieder heraus, bereit für die nächste Ladung. Nur White tat nichts, außer einen Joint nach dem anderen zu rauchen und wie ein Dirigent mit den Händen zu fuchteln.

Nicolas und seine Jungen hatten nicht gewagt, auch nur einen Schritt zu tun. Sie waren starr vor Staunen, mit offenem Mund beobachteten sie das Geschehen, wie alte Leute Ausgrabungen für neue Leitungsrohre betrachten. Das hier war kein einfacher Umzug, es war die Ankunft eines Königs mit seinem Hofstaat.

Biscottino redete als Erster: »Nico, wer steckt dahinter?«

Die ganze Paranza drehte sich zu Nicolas um. Der machte einen Schritt nach vorn bis an den Rand des Bürgersteigs und sagte mit einer kalten Stimme, bei der man das Frösteln bekam: »Siehst du, Biscottino, sogar Möbel schleppen kann Freude machen.«

»Möbel für wen?«

»Was weiß ich«, und er entfernte sich noch ein paar Schritte weiter von der Paranza, bis er bei 'o White angekommen war. Er flüsterte ihm etwas ins Ohr, während White sich gerade den nächsten Joint anzündete und mit der anderen Hand sein Samurai-Zöpfchen drückte – ein Stummel fettiger Haare –, das er sich hatte wachsen lassen. Die beiden entfernten sich, ihr Ziel war die Saletta ganz in der Nähe. Dort standen alle Stammkunden auf der Straße, auch sie Zuschauer. Drinnen streckte White sich auf dem Billardtisch aus, ein Arm stützte den Kopf. Nicolas stand daneben, die geschlossenen Fäuste eng am Körper. Er schwitzte vor Zorn, doch er wollte sich nicht die Stirn abwischen, vor White keine Schwäche zeigen. Während des dreiminütigen Wegs zur Saletta hatte 'o White ihm ohne Umschweife erklärt, dass das Viertel von diesem Moment an Crescenzio Roipnol gehörte. So war es beschlossen worden. Nicolas und seine Jungs hatten sich danach zu richten.

Keiner von ihnen hatte Crescenzio Roipnol je gesehen, aber alle wussten, wer er war und warum man ihn vor zwanzig Jahren in Poggioreale eingebuchtet hatte. Damals waren Don Feliciano und seine Leute weit weg gewesen, in Rom, Madrid und Los Angeles, überzeugt, dass sie sich eine Macht aufgebaut hatten, gegen die niemand etwas ausrichten konnte. Doch Don Felicianos Bruder, 'o Viceré, schaffte es nicht, die zurückzuhalten, die das Machtvakuum ausnutzen und Forcella an sich reißen wollten. Ernesto 'o Boa, der »Henker« – der Mann von Mangiafuoco aus dem Sanità-Viertel –, hatte sich in Forcella eingerichtet. Um über das Viertel zu herrschen. Um es der Sanità zu unterwerfen. Dann waren die Faella dem Vizekönig zu Hilfe gekommen und mit ihnen ihr Boss Sabbatino Faella, der Vater von Micione. Begleitet von seinem bewaffneten Arm, Crescenzio Ferrara Roipnol. Er hatte sich Boa vom Hals geschafft, und zwar an einem Sonntag, während der Messe, vor allen Leuten, um zu zeigen, dass Don Felicianos Macht dank Sabbatino Faella unangetastet war. Und so war der ewige Kampf zwischen den Monarchien von Forcella und Sanità wieder einmal eingefroren worden, damit das Herz von Neapel zwischen zwei Königen aufgeteilt wurde, wie alle Familien draußen es immer gewollt hatten.

Crescenzio war ein Heroinjunkie alten Schlages, und im Gefängnis hatte er nur dank seines Schwiegervaters, dem Vater der Fettärschigen, überlebt. Der hatte ihm das Rohypnol durch die Gitter geschmuggelt. Crescenzio brauchte die Pillen, um sein Zittern zu beruhigen, um durch die andauernden Entzugskrisen nicht verrückt zu werden, doch sie hatten seine Reflexe ein wenig verlangsamt, manchmal wirkte er wie narkotisiert. Offenbar nicht genug, wenn er zum Capo des Viertels ernannt worden war.

Nicolas beobachtete das Grinsen, das sich auf Whites Gesicht breitmachte, die braunen, hervorstehenden Zähne. Dieser debile Loser, dachte er, er merkt gar nicht, dass er ein Sklave ist.

»Du kriegst ihn also gern reingeschoben?«, begann Nicolas.

'O White machte sich noch länger auf dem Tisch, die Hände im Nacken gefaltet, als läge er auf einer Wiese und sonnte sich.

»Du kriegst ihn gern reingeschoben, was?«, wiederholte Nicolas, doch White ignorierte ihn noch immer, vielleicht bekam er die Worte gar nicht mit, er merkte ja auch nicht, dass ihm die Asche vom Joint auf den Hals fiel.

»Und so gefällt dir das wirklich, White? So ganz ohne bisschen Spucke?«

White setzte sich ruckartig zu einer krummen Yogaposition auf. Gierig zog er an seinem Joint, um Mut daraus zu saugen. Und vielleicht die Scham zu vertreiben.

»Erklär mir das mal«, sagte Maraja. »Micione fickt Copacabana in den Arsch. Copacabana fickt Roipnol in den Arsch. Und Roipnol fickt dich in den Arsch! Richtig?«

White löste sein Pferdeschwänzchen auf, die Haare fielen ihm schief ins Gesicht. »Wir wechseln uns ab«, sagte er und streckte sich wieder auf dem Tisch aus.

Nicolas tobte innerlich vor Wut, er hätte White in diesem Moment töten wollen, ihm mit bloßen Händen die Kehle zudrücken können, bis er blau anlief, ja, er hätte die vier Stockwerke des Hauses hinauflaufen und Roipnol mitsamt seiner Frau umbringen wollen, um sich endlich Forcella zu holen, sich das zu nehmen, woran Copacabana ihn hatte riechen lassen. Aber die Zeit war noch nicht gekommen. Er verließ die Saletta und ging mit großen Schritten zu seiner Paranza zurück, die sich keinen Meter von dort wegbewegt hatte, wo er sie zurückgelassen hatte. Die Capelloni schoben gerade eine lange Sitztruhe vor sich her, die sie niemals durch die Eingangstür kriegen würden. Nicolas stellte sich zwischen seine Leute wie das letzte Stück eines Puzzles. Ohne sich zu seinem Boss umzudrehen, fragte Biscottino wieder: »Wem bringen sie die Möbel?«

»Die Möbel bringen sie dem, der hierhergeschickt wurde, um uns zu Miciones Ameisen zu machen.«

»Was sagst du da, Maraja?«, fragte Tucano. »Das muss Copacabana sofort erfahren.«

»Wir sagen ihm, dass wir die Botschaft verstanden haben.«

Scharren mit den Füßen, die Hände in den Hosentaschen vergraben, hochgezogene Nasen. Die Paranza hatte ihre kontemplative Ruhe verloren.

»Wie war das?«, fragte Tucano.

»Das war, dass Copacabana uns verarscht hat. Er hat uns die Schlüssel von Forcella weggenommen.«

»Und was machen wir jetzt?«

»Einen Aufstand.«

Nicolas hatte ihnen gesagt, sie sollten zu ihm ins Nuovo Maharaja kommen. Noch am selben Abend. Für seine Jungen, seine Paranzini, hatte er neun Sessel in ihr Separee bringen lassen, sich selbst hatte er einen mit rotem Samt beschlagenen Thron ausgesucht, den Oscar für Volljährigkeitspartys benutzte. Darauf thronend, hatte er sie erwartet. Er trug einen dunkelgrauen Nadelstreifenanzug, den er vor ein paar Stunden gekauft hatte, nach dem Schwätzchen mit 'o White. Letizia hatte er mitgenommen, sie waren ins beste Geschäft im Zentrum gegangen. Dazu Schuhe von Philipp Plein mit silbernen Beschlägen und ein Hut mit breiter Krempe von Armani. Der Gesamteindruck war schrill, aber das kümmerte Nicolas nicht. Ihm gefiel, wie sich das Licht des Nuovo Maharaja auf diesen Schuhen für fünfhundert Euro brach. Aus dem Anlass hatte er sich auch den Bart stutzen lassen. Er wollte perfekt sein.

Er trommelte mit den Fingern auf den Armlehnen aus Messing und beobachtete sein Heer, das sich mit Moët & Chandon volllaufen ließ. Dragò hatte ihn gefragt, was es zu feiern gebe, wo sie doch jetzt unter Roipnols Herrschaft standen, doch Nicolas hatte ihm nicht geantwortet und nur auf die Tabletts mit Kuchen und Champagnerkelchen gezeigt. Aus dem Lokal kam ein 120-BPM-Beat, wahrscheinlich eine harmlose Geburtstagsparty, das würde lang dauern. Gut, dachte Nicolas, als sie vollzählig waren, und bat seine Leute, sich auf die Sessel zu setzen. Er hatte sie alle vor sich, seine Apostel. Ein Halbkreis, aus dem die Augen sich nur auf ihn richten konnten. Sein Blick wanderte von rechts nach links und dann wieder von links nach rechts. Dragò musste beim Friseur gewesen sein, denn der ungepflegte Schatten, den er am Morgen im Gesicht getragen hatte, war zu einem regelmäßigen Strich gestutzt. Briatò trug ein Hemd in Navy Blue, zugeknöpft bis zum Hals, während Drone sich für ein tailliertes T-Shirt entschieden hatte. Er ging seit kurzem ins Fitnessstudio und arbeitete hart an seinen Brustmuskeln. Auch Pesce Moscio hatte sich gestylt und seine Oversize-Hosen ausnahmsweise gegen ein Paar North Sails mit leicht heruntergesetztem Bund und hohem Saum eingetauscht, unter dem man seine Mokassins sah.

Sie sind alle schön, dachte Nicolas, während sein Blick nacheinander auch auf Tucano, Lollipop, Stavodicendo und Dentino ruhte. Dieser Gedanke, der ihm, laut ausgesprochen, den ganzen Abend lang Frotzeleien eingetragen hätte, ging vorüber, ohne dass er sich schämte. Auch Biscottino war schön, mit seinem runden Kindergesicht.

»Was gibt's da zu feiern? Dass wir uns Roipnol unterordnen müssen?«, wiederholte Dragò. Jetzt hätte Nicolas antworten müssen, und 'o Maraja hätte gerne sofort erwidert, dass sie vielleicht schon wussten, warum sie hier auf etwas anstießen, wo sich doch alle so gestylt eingefunden hatten, als ahnten sie bereits, dass dies kein Tag der Niederlage gewesen war.

»Die Paranza ordnet sich niemandem unter«, sagte Nicolas.

»Schon klar, Nico, aber jetzt ist dieser Typ da, und der ist da, weil Micione das so beschlossen hat.«

»Aber wir nehmen uns die Plätze. Alle.«

Wie man das machte, mussten sie nicht mehr lernen. Noch weniger musste es erklärt werden. Sie waren damit aufgewachsen. Dieses »Franchising«-System war so alt wie die Welt, es hatte immer funktioniert und würde immer funktionieren. Die Betreiber der Umschlagplätze waren Gesichter, die sie aus Tausenden herauskennen würden, alleinige Verwalter der Ware, und sie hatten nur eine einzige Verpflichtung: am Ende jeder Woche die vom Clan, der das Gebiet kontrollierte, festgelegte Summe zu bezahlen. Wo beschafften sie sich den Stoff? Hatten sie einen Lieferanten oder mehr als einen? Gehörten sie zum Clan? Fragen, die nur jemand stellt, der nicht dort aufgewachsen ist. Eine Form von seelenlosem Kapitalismus, die die richtige Distanz schafft, um problemlos Geschäfte zu machen. Und wenn die Betreiber ein bisschen für sich abzweigten, wurde das vom Clan toleriert, das war die Leistungsprämie. Sollten nicht alle Betriebe so funktionieren?

Die Umschlagplätze zu übernehmen bedeutete, sich das Viertel nehmen, das Gebiet erobern. Mit dem systematisch erhobenen Pizzo und der bei Straßenhändlern eingetriebenen *mesata* schlägt man keine Wurzeln. Es bringt Geld rein, ändert aber nichts an der Ordnung. Nicolas sah alles deutlich vor sich. Marihuana, Haschisch, Cobret, Kokain und Heroin. Sie würden alles nacheinander machen, der richtige Einsatz zum richtigen Zeitpunkt und am richtigen Ort. Nicolas wusste, dass er gewisse Dinge nicht vermeiden konnte, aber er konnte die Entwicklung beschleunigen und vor allem sein Markenzeichen hinterlassen, nein, das seiner Paranza.

Es gab kein Gelächter. Auch kein Übereinanderschlagen der

Beine oder das Reiben von Stoff auf den Sesseln. Zum zweiten Mal an diesem Tag war die Paranza wie versteinert. Das war der Traum, der endlich ausgesprochen wurde. Was sie bis jetzt gemacht hatten, war ein irres Rennen in Richtung auf dieses Ziel gewesen, das auszusprechen Nicolas nun den Mut gehabt hatte. Die Umschlagplätze.

Nicolas stand auf und legte seine Hand auf Dragòs Kopf.

»Dragò, du nimmst dir die Via Vicaria Vecchia«, sagte er. Dann hob er ruckartig die Hand, als hätte er soeben einen Zauber ausgeführt.

Dragò stand aus seinem Sessel auf und bewegte die geöffneten Handflächen mehrmals auf und nieder, als höbe er ein unsichtbares Gewicht. *Raise the roof.*

Die anderen applaudierten, man hörte auch ein paar Pfiffe. »Jetzt geht's ab, Dragò!«

»Briatò, du kommandierst von nun an in der Via delle Zite«, erklärte Nicolas und legte Briatò die Hände auf.

»Wenn du kommandieren willst, Briatò«, sagte Biscottino, »musst du aber mal anfangen mit reichlich Liegestützen morgens …«

Briatò versetzte ihm pantomimisch einen Boxhieb auf die Nase, dann kniete er vor Nicolas nieder und beugte den Kopf.

»Drone, mein Guter«, fuhr Maraja fort, »für dich gibt's den Vico Sant'Agostino alla Zecca.«

»Geil«, sagte Briatò, der sich ein weiteres Glas gefüllt hatte, »da kannst du deine Flugdinger mal für 'n guten Zweck einsetzen.«

»Ach, halt's Maul, Briatò.«

»Lollipop, du kriegst die Piazza San Giorgio.«

Während Nicolas nach und nach die Plätze zuteilte, leerten sich die Sessel, und wer sein Gebiet – seinen eigenen Platz! – bekommen hatte, beglückwünschte den, der nach ihm drankam, nahm sein Gesicht zwischen die Hände und blickte ihm fest in die Augen. Zwei Krieger, bevor sie aufs Schlachtfeld gehen.

Stavodicendo bekam die Piazza Bellini und Pesce Moscio einen Platz zwischen Via Tribunali und Via San Biagio dei Librai. »Ey, Stavodicendo, hast Karriere gemacht!«

»Dentì«, fragte Maraja, »was sagst du zur Piazza Principe Umberto?«

»Was ich dazu sage, Maraja? Jetzt kriegen wir sie am Arsch!«

Nicolas drehte sich um und goss sich Champagner ein. »Wir sind fertig, oder? Legen wir los?«

»Und du, Maraja?«, fragte Dentino.

»Ich nehme mir die *delivery*, den fliegenden Platz.«

Biscottino, der auf dem Sessel in der Mitte saß, hatte Nicolas mindestens viermal an sich vorbeigehen sehen. Er fühlte sich wie ein Ersatzbankdrücker, der vom Trainer absichtlich übersehen wird. Biscottinos Lippen zitterten, er hatte seine Fingernägel in die Armlehnen gekrallt und versuchte, irgendeinen Punkt zu fixieren, um das breite Grinsen seiner Freunde nicht sehen zu müssen, während sie auf den Kleinen tranken, der leer ausgegangen war.

Nicolas kippte den Champagner mit einem Schluck, dann sagte er zu Biscottino, er solle aufstehen. Der ging beschämt auf seinen Capo zu.

Nicolas legte ihm eine Hand auf die Schulter. »Hast dir in die Hose geschissen, was? Oder ist die Hose noch trocken?«

Abermals Gelächter und Gläserklingeln.

Nicolas gab Biscottino einen Klaps auf die Wange und teilte auch ihm eine Piazza zu. Seine Piazza.

Ein Plätzchen. *'Na piazzulella.*

Jetzt konnte das Fest wirklich beginnen.

Wir kriegen sie am Arsch

Es hatte ein Attentat gegeben. Sie standen alle vor Drones Laptop, um die Bilder von der Explosion und die Fahndungsfotos zu sehen.

»Guckt mal, was für beschissene Bärte die haben«, sagte Tucano.

»Sind doch fast wie unsere«, sagte Pesce Moscio.

»Die haben Eier, *guagliù*«, meinte Nicolas.

»Für mich sind das bloß miese Hurensöhne. Die töten jeden. Haben auch ein Kind umgebracht«, erklärte Dentino.

»Dein Kind?«

»Nein.«

»Dann kann's dir doch scheißegal sein.«

»Aber ich hätte dort sein können!«

»Warst du dort?« Nicolas wartete nur kurz das Nein ab, dann stellte er abermals fest: »Die haben Eier.«

»Was soll der Scheiß, Nicolas? Leute, 'o Maraja ist durchgeknallt.«

Nicolas stellte sich auf den Tisch, neben den Computer. Von dort oben blickte er allen in die Augen. »Denkt mal nach. Wer sich umbringen lässt, um was zu erreichen, der hat Eier, Schluss, aus. Auch wenn's für irgend so einen Bullshit ist, Religion, Allah, was weiß ich. Wer stirbt, um was zu erreichen, ist ein Held.«

»Find ich auch, dass sie Eier haben«, sagte Dentino. »Aber diese Typen sind schlecht für uns. Wollen den Frauen 'ne Decke übern Kopf ziehen und Jesus verbrennen.«

»Ja, aber ich hab Respekt vor einem, der sich töten lässt. Ich hab auch Respekt, weil alle sich vor denen fürchten. Das bedeutet, dass du's geschafft hast, *adda murì mammà*, dann hast du's echt gebracht, alle scheißen sich in die Hose, wenn sie dich sehen.«

»Weißt du was, Maraja? Mir gefällt dieser Bart, weil er den Leuten Angst macht«, sagte Lollipop.

»Mir macht der keine Angst«, sagte Biscottino, dem noch nicht mal ein Hauch von Bart wuchs. »Außerdem habt ihr ja nicht deshalb 'n Bart, weil ihr vom IS seid.«

»Nee, aber ich find's nicht übel«, erklärte Nicolas und postete: »Allahu Akbar.«

Einen Augenblick später folgte unter seinem Post eine lange Liste empörter Kommentare.

»Mann, Maraja, die scheißen dich zu«, sagte Briatò.

»Lass, geht mir am Arsch vorbei.«

»Willst du wissen, was ich denke, Maraja?«, sagte Tucano. »Ich bin der Erste, der auf die Reichen spuckt, die nichts wagen, denn wer Geld hat und nicht schießen kann, wer sich nicht nehmen kann, was er haben will, wer Geld hat, bloß weil er 'n Wahnsinnsgehalt kriegt oder 'ne Pension, der verdient, dass er das Geld verliert. Also mir gefallen die Reichen, die gefährlich leben. Aber bleibt mal cool, diese Typen da sind Dreck. Wer Kindern in den Kopf schießt, ist einfach Müll.«

Stavodicendo stand auf, um sich noch ein Bier zu holen. Dabei warf er einen Blick auf den Bildschirm, der wieder und wieder das Bild der Explosion zeigte, und sagte: »Dass die sterben wollen, also mir gefällt das nicht. Ist doch was für Schwanzlutscher.«

»Genau!«, rief Dragò. »Ey, *frà*«, und er wandte sich an Nicolas, »eine Sache ist, wenn einer stirbt, weil er, was weiß ich, kämpft, 'n Platz behalten will, weil er jemand abzieht oder ein Stück macht. 'ne andere Sache ist, wenn ich unbedingt sterben will. Das finde ich megabehämmert. Das ist was für Loser.«

Maraja schüttelte den Kopf. »Ja, und wir bleiben immer bloß eine Paranza aus kleinen Fischen. Weil wir uns zu schnell zufriedengeben.«

»Maraja, was heulst du hier rum? Wir werden bald die Könige von Neapel sein, weißt du doch.«

»Weil man so nichts ändert!«

»Ich will nichts ändern«, sagte Tucano. »Ich will Kohle machen, basta.«

»Genau darum geht es«, sagte Nicolas, und seine schwarzen Augen leuchteten auf, »genau darum. Wir müssen kommandieren, wir dürfen nicht nur Kohle machen.«

»Wir müssen sie am Arsch kriegen«, erklärte Biscottino.

»Wenn du kommandieren willst, müssen die Leute dich erkennen, die müssen vor dir knien und kapieren, dass du von jetzt an für immer da bist. Die Leute müssen Schiss vor uns haben, sie vor uns, nicht wir vor ihnen.« Nicolas paraphrasierte die Sätze von Machiavelli, die er sich gut eingeprägt hatte.

»Die scheißen sich doch jetzt schon alle voll, wenn sie uns sehen!«, wandte Dentino ein.

»Vor unsrer Tür müssten die Leute Schlange stehen, um in die Paranza reinzukommen, aber da ist kein Schwein …«

»Besser!«, meinte Pesce Moscio. »Weißt du, ob nicht 'n Spion dabei ist?«

»Spion oder nicht«, sagte Nicolas kopfschüttelnd, »eine Paranza ist für alle immer bloß das, was im Dienst von jemand steht. Sagt ja auch die Polizei, wenn sie die verhaften, die die Schüsse abgefickt haben: die Paranza von …«

»Der bewaffnete Arm«, sagte Drone.

»Genau, und ich will nicht der Arm von jemandem sein. Wir müssen viel mehr sein, wir müssen die Straßen beherrschen. Bis jetzt haben wir nur ans Geld gedacht, aber wir müssen ans Kommandieren denken.«

»Was soll das denn heißen? Verdammt, was sollen wir denn noch machen?«, fragte Tucano, der sich angegriffen fühlte.

Die Paranza verstand nicht, sie drehte sich im Kreis um ein Wort, dessen Bedeutung sie nicht erfasste.

»Mit Geld kommandiert man. Punkt«, stellte Dentino fest.

»Mann, was denn für Geld? Was wir zusammenraffen, verdient ein Boss in zwei Wochen oder 'n Bauherr an einem Wochenende!« Nicolas stieg vom Tisch und ging sich auch eine Dose Bier aufreißen. »*Adda murì mammà*, da ist nichts zu machen. Ihr kapiert es einfach nicht, ihr werdet nie was kapieren.«

»Also ich jedenfalls«, begann Lollipop, um dieses Gespräch zu beenden, das sich festgefressen hatte wie ein alter Motorroller, »ich mag meinen Bart und behalte ihn« – und er strich sich über seinen gepflegten Bart –, »weil wir die Leute damit erschrecken, 'o Maraja.«

»Mich erschreckt 'n Bart nicht«, sagte Dragò, der sich auf dem Sofa lümmelte und einen Joint drehte. »Die von der Sanità haben alle 'n langen Bart … und ich mach mir ganz bestimmt nicht in die Hose.«

»Uns erschrecken sie nicht, aber die Leute ja«, erwiderte Maraja.

»Mir gefällt so 'n beschissen langer Bart nicht«, wiederholte Dragò.

»Mir sehr, Nicolas gefällt er und Drone auch, also lass dir einen wachsen, wir müssen 'ne Uniform haben …«, drängte Lollipop.

»Uniform ist gut«, sagte Maraja. »Aber bei Dragò wächst nicht mehr als die paar Härchen, *guagliù*, ihr vergesst, dass er noch 'n Baby ist, wie Biscottino.«

»Leck mich«, antwortete Dragò, »und außerdem haben wir Flügel. Das ist unsere Uniform, die ist in der Haut, die kann dir ein Barbier nicht einfach wegmachen.«

Nicolas hörte nicht mehr zu. Die Plätze waren zwar verteilt worden, jedem hatte er einen zugewiesen, aber sie wirklich zu beherrschen war etwas ganz anderes. Keinem außer ihm schien klar zu sein, dass zwischen diesen beiden Dingen ein Meer an Schwierigkeiten lag. Doch Nicolas wusste auch, dass man Meere überqueren kann und dass es, wenn du ein geborener Verarscher bist, keine Hindernisse gibt, die dich aufhalten können. Der Himmel ist die Grenze.

Nicolas glaubte wirklich an seine Fähigkeiten und an Vorzeichen. Vor ein paar Tagen, Roipnol hatte sich noch nicht wie eine blutsaugende Zecke in Forcella eingenistet, hatte er Dumbo mit seinem Aprilia Sportcity herumfahren sehen, und hinten, an ihn geklammert, eine Frau um die fünfzig. Nicolas hatte sie nicht sofort erkannt, denn der Roller fuhr mit irrer Geschwindigkeit im Zickzack, aber etwas hatte bei ihm Klick gemacht. Also hatte er sie im Auge behalten und herausgefunden, wer das war. Die Zarina, Witwe von Don Cesare Acanfora, genannt 'o Negus, die Königin von San Giovanni a Teduccio und Mutter des neuen Königs Scignacane. Ihr richtiger Name war Natascia, und ihr Mann war von den Männern des Erzengels erschossen worden, weil er sich auf die Seite der Faella geschlagen hatte, obwohl er jahrelang mit den Grimaldi zusammengearbeitet hatte. Nach der Trauer um ihren Negus hatte die Zarin sich ein einziges Ziel gesetzt: das Monopol auf den Heroinhandel in Neapel. Nichts anderes. Keine Erpressungen, kein Heer, nur Männer, die dieses Geschäft schützen sollten. Und ihren Sohn Scignacane hatte sie für diese Mission erzogen. Nicht zum Boss, nein, zu einem Broker. Doch dann hatte Micione andere Lieferkanäle gefunden, und seitdem arbeiteten die Acanfora weniger.

Kein Spitzname hätte besser zu Scignacane gepasst als »Affenhund«. Er war von dem Trip, auf den er sechzehnjährig mit Pilzen gegangen war, nie mehr runtergekommen, und wenn er jetzt, mit einundzwanzig, Sätze sagte, in denen zu viele S hintereinander vorkamen, sabberte er wie ein Hund und bewegte sich ruckartig wie ein Affe, den ein plötzliches Geräusch erschreckt. »Man muss es schnupfen, nicht in die Vene jagen«, sagte er, wenn von Heroin die Rede war. Denn Heroin zu spritzen verwandelt dich in einen der Zombies aus *The Walking Dead*, bei denen einem schon vom Anschauen schlecht wird.

Nicolas verband die Enden miteinander. Dentino-Dumbo-Zarina-Scignacane-Heroin.

Dentino und Dumbo waren wie Brüder, und von ihnen bis zu Scignacane würde es nur ein kurzer Schritt sein. Dumbo umgab eine Aura des Respekts, obwohl er klein und zu weichlich war. Er hatte noch nie einen Schuss abgegeben, Gewalt machte ihm Angst, aber er hatte in Nisida gesessen, und das genügte. Dumbo würde nie in die Paranza aufgenommen werden, das wusste er, aber als Nicolas von ihm verlangte, ihn zu Scignacane zu bringen, zuckte er nicht mit der Wimper.

»Klar, mach ich«, sagte er nur. Wieder eine Verbindung.

Scignacane empfing Nicolas, wie man einen Fremden empfängt. Misstrauisch. Er lag auf dem Bett in der Wohnung in San Giovanni a Teduccio, in der er Gäste zu empfangen pflegte, und streichelte eine schnurrende Siamkatze. Im Fernsehen lief gerade eine Realityshow, die er sich ansah, und Nicolas hatte er erst hereingebeten, nachdem seine Leute ihn von Kopf bis Fuß gefilzt hatten.

»Scignacà, wir wollen euer Heroin«, sagte Nicolas. Ohne Vorrede, geradewegs auf sein Ziel zusteuernd, das letzte Ende zu verbinden.

Scignacane blickte ihn an, als hätte ein kleiner Junge ihn angefleht, auch mal mit der Pistole schießen zu dürfen. »*Vabbuò*, wir tun so, als wärst du gekommen, um mir Hallo zu sagen.«

»Micione kauft auf anderen Plätzen, das weißt du.«

»*Vabbuò*, wir tun so, als wärst du gekommen, um mir Hallo zu sagen«, wiederholte Scignacane. Im selben Ton, in derselben Haltung.

»Muss ich erst mit deiner Mutter reden?«, fragte Nicolas. Er hatte die Stimme gesenkt, um die Drohung zu unterstreichen.

»Familienoberhaupt bin ich.« Scignacane hatte die Katze weggescheucht, den Fernseher ausgemacht und war aufgestanden. Alles in einer Sekunde. Was er da vor sich hatte, war kein Kind mehr, es war eine Gelegenheit. Vielleicht ein Sprung ins Nichts, aber immer noch besser, als von Micione zerquetscht zu werden, der angefangen hatte, bei den Syrern einzukaufen.

»Aber das Heroin müsst ihr mir bezahlen.«

»Ich kann dir dreißigtausend geben.«

»Hat man dir ins Hirn geschissen, für den Preis kauf ich es doch.«

»Genau, Scignacà … das Heroin, das wir auf den Markt bringen, müssen alle haben wollen. Ich lass es für fünfunddreißig das Gramm verkaufen … denn den letzten Scheiß geben sie dir für vierzig und guten Stoff für fünfzig. Bei uns gibt's den besten für fünfunddreißig. Drei Monate, Scignacà, und du allein wirst ganz Neapel mit deinem Heroin beliefern. Du allein.«

Die Aussicht, die ganze Stadt mit seinem Stoff zu versorgen, überzeugte Scignacane, und während er einwilligte, hatte Maraja schon den nächsten Zug im Kopf. Der auch der komplizierteste war, denn leicht zu organisierende Köder, coole Sprüche, Leuchtfischerboote nur für kleine Fische würden da nicht mehr genügen. Jetzt würde er seine ganze Strategie genau erklären müssen.

Er ging sich noch ein Bier holen, und unter dem Geschrei der Brüder, die *Call of Duty* spielten, schickte er Aucelluzzo eine Nachricht. Diesmal kostete es ihn keine große Mühe, ein Treffen zu vereinbaren.

Nicolas musste zwischen dem Betrunkenen, dem Fischer und dem *guappo* wählen. Vor ihm standen Porzellanfiguren aus Capodimonte, der Zoll, den man der Professoressa Cicatello zahlen musste. Er wandte sich an die Verkäuferin in dem Geschäft in der Via dei Tribunali und zeigte verlegen auf das Schaufenster voller Bonbonnieren und Figuren.

»Welche?«

»Die da …«, er streckte die Hand aus und zeigte wahllos auf die Auslage.

»Welche?«, wiederholte die Verkäuferin, während sie versuchte, Nicolas' Finger mit den Augen zu folgen.

»Die da!«

»Diese?«, fragte sie und nahm eine Figur.

»*Vabbuò*, egal, wie du willst …«

Er steckte die Figur in seinen Rucksack, setzte den Integralhelm auf, startete den Yamaha-TMAX und fuhr los.

Nach Conocal hereinzukommen war schwieriger als sonst, denn mittlerweile kannte man ihn. Trotz des Helms fürchtete er, von Miciones Leuten erkannt zu werden. Auf seine Paranza konnte er sich verlassen, als gute Soldaten betraten sie keine verbotenen Gebiete mehr. Während er fuhr, spähte Nicolas nach rechts und links, er fürchtete einen Schuss oder einen plötzlich neben ihm auftauchenden Falken. Gerade wegen des Integralhelms war die Vermutung keineswegs abwegig. Er kam an der Stelle an, die Aucelluzzo ihm genannt hatte: vor der Fleischerei, die dem Koch des Erzengels gehörte. Mit einem Satz sprang Cicognone auf den Beifahrersitz des TMAX. Jetzt hatte Nicolas einen Schutzschild, den Segen für sein Eindringen ins Viertel.

Er parkte in der Garage unter der ockerfarbenen Villa. Die Zeit, in der sie sich Waffen beschaffen mussten, war lange vorbei. Die Umschlagplätze der Paranza mussten mit Stoff beliefert werden, und ein paar Meter über ihm saß der Mann, der ihm das garantieren konnte.

Der Erzengel saß auf einem Gelenksessel, der Nicolas an die Stühle erinnerte, auf die man in Amerika die zum Tode Verurteilten schnallt. Aus seinem Arm kamen vier Kanülen, die in einer Maschine mit eingeschaltetem Monitor endeten, darüber hing eine Infusionsflasche mit der Dialyselösung. Trotz der komplizierten Apparatur, dem Wirrwarr an Schläuchen, durch die das rote Blut floss, dem beunruhigenden Anblick des Reinigungsfilters und der erzwungenen Reglosigkeit des Patienten spürte man keine Anspannung, und die Maschine machte kein anderes Geräusch als das kaum wahrnehmbare Piepen der Sensoren.

»Don Vittò, seid Ihr etwa krank?«

Bevor er antwortete, machte der Erzengel dem Krankenpfleger mit der freien Hand ein Zeichen, er solle hinausgehen.

»Ach was, von wegen krank.«

»Warum sitzt Ihr dann auf diesem Stuhl?«

»Glaubst du, sie haben mir den Hausarrest gratis gegeben? Der Arzt hat festgestellt, dass meine Nieren verstopft sind, für die Bescheinigung hat er sich ein Vermögen bezahlen lassen. Und so habe ich Hausarrest. Außerdem tut es ganz gut, sich das Blut reinigen zu lassen. Ich glaube, in meinem Alter lässt sauberes Blut einen länger leben, hab ich nicht recht?«

»Ganz sicher.«

»Maraja«, sagte der Erzengel lächelnd, »ich weiß, dass du die Waffen einsetzt, die ich dir gegeben habe. Du schießt in alle Richtungen.« Nicolas nickte geschmeichelt. »Aber ihr schießt schlecht«, fuhr der Erzengel fort. Er machte eine Pause, um den Apparat zu betrachten, der das Blut pumpte. »Ihr benutzt alle Waffen ohne Handschuhe. Überall lasst ihr Patronenhülsen liegen. Was soll das, verdammt noch mal! Muss ich euch sogar die einfachsten Regeln beibringen? Ihr seid wirklich kleine Kinder.«

»Aber sie kriegen uns nicht«, sagte Nicolas.

»Warum habe ich nur auf ein Kind vertraut? Warum?« Er sah Cicognone an, der aus der Küche gekommen war und in der Tür stand.

»*Vabbè*, soll ich gehen, Don Vittorio?«, fragte Maraja.

Der Erzengel sprach weiter, ohne ihm zuzuhören. »Die erste Regel, die einen Mann zum Mann macht, ist, dass er weiß, dass nicht immer alles gut ausgehen kann für ihn, im Gegenteil, er weiß, dass es einmal gutgehen und hundertmal schiefgehen kann. Kinder dagegen denken, dass es für sie hundertmal gutgehen und niemals schlecht ausgehen wird. Maraja, du musst jetzt wie ein Mann denken, du darfst nicht mehr glauben, dass sie dich niemals erwischen. Wer dich reinlegen will, muss Blut vergießen, muss sich abmühen. Maraja, bis jetzt hast du auf Palazzi geschossen … «

»Stimmt nicht, ich hab einen erschossen.«

»Ach, du hast ihn nicht getötet … Den hat eine Kugel getötet, die von wer weiß welchem Schwachkopf eurer Paranza aufs Geratewohl verschossen wurde.«

Nicolas riss die Augen auf. Es war, als hätte der Erzengel nicht nur Spione, sondern säße direkt in ihren Köpfen.

»Ich hab an Negern trainiert …«

»Bravo! Und fühlst dich als Mann, was? Was gehört schon dazu, auf Neger zu schießen? Ich hab mich geirrt, ich hätte euch nichts überlassen dürfen …«

»Don Vittorio, wir sind dabei, das Zentrum von Neapel zu beherrschen … was redet Ihr für einen Scheiß?«

»Ich muss mit deiner Mama sprechen, Maraja. Immer diese Schimpfwörter, fühlst du dich als *guappo*, wenn du sie sagst? Du sprichst nicht mit deinem Vater, pass auf deine Worte auf. Oder du gehst jetzt gleich.«

»Entschuldigt bitte … Oder nein, von wegen entschuldigt bitte. Ich stehe nicht unter Euch, ich tue Euch einen Gefallen.« Er wurde lauter. »*Adda murì mammà*, ich habe mehr Gewalt als Ihr, das müsst Ihr zugeben, Don Arcà, und heute bring ich Euch den Sauerstoff, den Micione Euch hier in Conocal abdreht.«

Cicognone kam näher. Er spürte, dass die Atmosphäre sich aufheizte, und das gefiel ihm nicht, Nicolas' Ton war nicht der, den er haben wollte. Der Erzengel beruhigte ihn mit einer Handbewegung.

»Gebt uns Euren Stoff, den Ihr hier nicht verkaufen könnt. Ich kann Eure Beine und Eure Hände sein. Ich erobere die Plätze, einen nach dem anderen … Euer Stoff verschimmelt doch hier. Ihr verschleudert ihn nicht, damit es nicht so aussieht, als wärt ihr kurz davor zu krepieren, aber niemand kommt bis hierher, um was zu kaufen. Bloß die Junkies, und mit Junkies macht man kein Geschäft.«

Der Erzengel hielt Cicognone noch immer mit der erhobenen Hand in Schach. Nicolas war unschlüssig, ob er weitermachen oder aufhören sollte. Aber der Rubikon war überschritten, es gab kein Zurück.

»Einer, der im Sterben liegt, der steht nicht wieder auf, Don Vittò, auch wenn er sagt, dass es ihm gutgeht.«

Der Erzengel kniff jetzt mit der linken Hand in die Armlehne des Sessels.

»Du eroberst gerade die Plätze? In Wahrheit hat Micione alles in seiner Hand. Er hat Forcella, Quartieri Spagnoli, Cavone, Santa Lucia, den Bahnhof, Gianturco … soll ich weitermachen?«

»Don Vittò, wenn Ihr mir Euren Stoff gebt, setz ich ihn auf jeder Piazza durch!«

»Du setzt ihn durch? Aha, du bist also gar nicht mehr 'o Maraja, jetzt bist du Harry Potter, der Zauberer? Oder vielleicht ein Verwandter von San Gennaro?«

»Keine Zauberei, keine Wunder. Wir müssen es so machen wie Google.«

Der Boss kniff die Augen zusammen, bemühte sich, zu verstehen.

»Was glaubt Ihr, Don Vittò, warum benutzen alle Google?«

»Was weiß ich, hm, weil es gut ist … ?«

»Weil es gut ist und weil es gratis ist.«

Der Erzengel warf Cicognone einen Blick zu, um zu sehen, ob der daraus schlau wurde, aber der Riesenschwan stand nur mit gerunzelter Stirn da.

»Euer Stoff verschimmelt, und wenn wir ihn billig abgeben, werden die Capi aller Plätze ihn nehmen.«

»Maraja, willst du mit meinem Mund Schwänze lutschen?«

»Micione kauft Gras zu fünftausend das Kilo und verkauft es

für siebentausend. Auf den Plätzen lässt er es für neun Euro das Gramm weggehen. Wir verkaufen alles für fünf Euro.«

»Schluss jetzt, Maraja, du hast genug Unsinn geredet … «

Nicolas blickte ihm fest in die Augen und fuhr fort: »Die Plätze müssen nicht aufhören, das zu verkaufen, was Micione ihnen liefert. Sie sollen bloß unsren Stoff auch noch verkaufen. Euer Stoff ist gut, Erzengel, der ist rein … aber Qualität allein zählt nicht.«

Nicolas' Rede begann Eindruck zu machen, Don Vittorio hatte die Hand gesenkt und hörte aufmerksam zu, Cicognone ebenso.

»Ich weiß, wen ich verarschen will, denselben, den auch Ihr verarschen wollt.«

»Na gut, aber was springt für uns dabei heraus?«

»Nichts, Don Vittò, genau wie bei Google.«

»Nichts«, wiederholte Vittorio Grimaldi, das Wort betonend, das ihm wie eine tödliche Klinge erschien.

»Nichts. Euer Stoff soll nur die Ausgaben decken. Erst mal werden wir Google, und wenn dann alle bei uns kaufen wollen, dann haben wir sie am Arsch. Und diktieren die Preise.«

»Sie werden alle denken, dass es minderwertiger Mist ist. Die Capipiazza werden denken, dass wir ihnen Gift geben.«

»Nein, sie werden probieren und verstehen. Auch Koks, Don Vittò, Ihr müsst uns nicht nur Shit und Gras geben … «

»Das auch?«

»Genau, das auch. Ihr müsst es für vierzig Euro verkaufen.«

»Ja, leck mich doch! Ich kaufe es für fünfzigtausend das Kilo!«

»Und Micione gibt es für fünfundfünfzig an die Capi weiter, die es dann für neunzig Euro das Gramm weiterverkaufen, und wenn es rein ist, nicht mit Zahnpasta verschnitten … «

»So verschenken wir das Zeug wirklich.«

»Sobald sie anfangen, bei uns zu kaufen, erhöhen wir langsam den Preis und kommen auf neunzig, auf hundert Euro. Und bringen es auch aus Neapel heraus.«

»Haha!« Der Erzengel lachte herzhaft. »Wir bringen es nach Amerika!«

»Natürlich, Don Vittò, ich bleibe nicht bei dieser Stadt stehen.«

Cicognone stand jetzt hinter Erzengel, auf dessen Gesicht ein breites Lächeln lag.

»Du willst unbedingt kommandieren, stimmt's?«

»Ich kommandiere jetzt schon.«

»Na, bravo, Kommandant. Aber weißt du, dass niemand dir vertrauen kann?«

»Lasst mich keine Pisse trinken, Don Vittò, um Euch zu beweisen, dass Ihr mir vertrauen könnt. Pisse trinke ich nicht.«

»Ach was, Pisse. Du hast nur Scheiße im Kopf. Ich habe noch keinen Kommandanten gesehen, der noch nie ein Stück gemacht hat. Ein guter Rat, Maraja: Schnapp dir den Ersten, der dir dumm kommt, und erschieß ihn. Aber allein.«

Jetzt war es Nicolas, der jedem Wort von Don Vittorio aufmerksam zuhörte. »Ja, aber wenn ich allein bin, sieht es keiner«, wandte er ein.

»Besser so. Sie werden davon reden hören und noch mehr vor dir zittern. Und denk dran, dass man vor einem Stück nicht essen darf, denn wenn sie dir in den Bauch schießen, wird alles brandig. Du musst dir Latexhandschuhe anziehen, 'n Trainingsanzug und Schuhe. Und dann alles wegwerfen. Hast du verstanden?«

Nicolas nickte lachend.

»*Vabbè*, wir feiern. Cicognò, hol das Prickelzeug.«

Sie tranken mit einem Moët & Chandon auf ihre Abmachung, ließen die Gläser klingen, doch ihre Gedanken waren woanders. Maraja träumte davon, Neapel zu erobern, und der Erzengel davon, aus dem Käfig zu entkommen und wieder zu fliegen.

Bevor er sich verabschiedete, holte Nicolas seinen Kauf aus dem Rucksack. »Was meint Ihr, Don Vittò, wird das der Professoressa gefallen?«

Auf seiner Handfläche stand ein kleiner Junge mit einer Girlande aus Rosen.

»Wirklich schön, die kleine Rotznase, sehr gute Wahl.«

Nicolas stieg schon durch die Luke nach unten, als ihn die Stimme von Cicognone einholte: »Maraja?«

»Hä?«

»Du bist der Ras.«

Vom unten fixierte 'o Maraja ihn mit seinen schwarzen Nadelaugen und sagte: »Weiß ich!«

Walter White

Alles ging schief. Die Jungen schafften es nicht mal, an die Männer heranzukommen, die die Plätze kontrollierten. Lollipop traf es am schlimmsten. Unter dem Vorwand, dort könnte man besser über das Marihuana diskutieren, das die Paranza anzubieten hatte, schleiften sie ihn in ein dunkles, ebenerdiges Zimmer, und ein Ellenbogenstoß auf die Nase warf ihn zu Boden. Zwei Stunden später kam er wieder zu Bewusstsein, in einem fensterlosen Raum an einen Stuhl gefesselt. Er wusste nicht, ob es Tag oder Nacht war, ob er noch in Forcella oder in irgendeiner Hütte auf dem Land war. Er schrie, aber seine Schreie prallten an den Wänden ab, und als er versuchte, sich zu beruhigen, um irgendein Geräusch zu erhaschen, das ihm verraten hätte, wo er gelandet war, hörte er nur das Wasser in den Rohren rauschen. Am nächsten Tag befreiten sie ihn, und er entdeckte, dass er die ganze Nacht in der Erdgeschosswohnung gewesen war, in die sie ihn gebracht hatten. »Geh uns nicht mehr auf die Eier, *guaglioncello*, und sag das auch deinen kleinen Freunden.« Die anderen Jungen waren bedroht worden, einer hatte den Lauf einer Magnum direkt vor seiner Nase gesehen, Briatò hatten sie mit drei Mopeds verfolgt, und Biscottino hatte einen Tritt in die Rippen bekommen, noch zwei Tage später brannte seine Lunge bei jedem tiefen Atemzug. Man hatte sie wie Kinder behandelt, die Camorristi spielen.

Die Männer, die seit Cutolos Zeiten die Plätze kontrollierten, hatten Nicolas und seinen Freunden ins Gesicht gelacht. Sie bekamen den Stoff direkt von Micione, und Roipnol schützte sie.

Von dem Gras und dem Heroin der Paranza wollten sie nichts hören. Was war das für eine Neuheit? Und für wen hielten die sich? Männern Regeln diktieren, die älter waren als die Eltern dieser kleinen Pisser?

»Maraja, hier bewegt sich nichts. Wann machen wir diese Schwanzlutscher fertig?« Im Nuovo Maharaja, im Schlupfwinkel, auf den Rollern, jedes Mal, wenn ein Platz ihren Stoff ablehnte, hörte Nicolas diese Forderung. Und Stoff hatten sie mittlerweile reichlich. Seit dem Abend in ihrem privaten Salon waren zwei Wochen vergangen, und sie hatten noch nichts erreicht. Nicolas hatte extragroße Samsonites besorgt, um das Geld dort hineinzustopfen, aber sie lagen noch leer im Schlupfwinkel herum. Zum Waffenlager gehen, zehn Uzis nehmen und diese Hurensöhne, die nicht zahlen wollten, niedermähen – der Gedanke war Nicolas oft gekommen, doch er hatte ihn immer verscheucht und die anderen aufs Blut der Paranza schwören lassen, dass keiner mit Blei antworten würde. Einen offenen Krieg konnten sie sich nicht erlauben. Wenigstens noch nicht. Sie hätten Roipnol, Micione und die Capelloni gegen sich gehabt. Und zwar alle zusammen. Nein, er musste mit kleinen Schritten vorgehen, einen erledigen, um alle zu erziehen, wie es auch in dem Satz hieß, den er auf seine Instagram-Seite gestellt hatte. Außerdem hatte er die Worte des Erzengels nicht vergessen: »Ich habe noch keinen Kommandanten gesehen, der noch nie ein Stück gemacht hat.« Das hatte er gesagt, um ihn zu verspotten, ihn zu demütigen, wie beim ersten Mal in seiner Wohnung, als er sich vor ihm ausziehen musste. Richtig, er hatte noch keinen Toten gemacht, doch Erzengels Tonfall hatte ihn geärgert. Dieser in achtzig Quadratmetern eingesperrte Mann hatte ihm und seiner Paranza alles gewährt, Waffen, Drogen, Vertrauen, fast ohne mit der Wimper zu zucken, doch er hatte nie aufgehört, ihn mit Worten zu bestrafen, wenn er es für nötig hielt. Der Respekt, den er von seiner Paranza gefordert und erhalten hatte, musste jetzt mit Blut getauft werden.

Wer die älteste Lizenz zum Verkauf besaß, hatte eine Lektion verdient. Den aus dem Weg zu räumen, davon war Nicolas überzeugt, würde bedeuten, ein Stück Geschichte auszulöschen. Danach würde seine Paranza ein neues Kapitel schreiben, mit neuen Regeln, neuen Männern. Heimlich einen Teil der Erträge beiseiteschaffen, damit war jetzt Schluss, der ganze Verdienst musste in ihrer Tasche landen.

'O Mellone war ein Gewohnheitsmensch. Seinen Platz führte er so, wie ein gewissenhafter Angestellter seine Zeitkarte abstempelt, bloß dass er nicht acht Stunden am Tag hinter einem Schreibtisch saß, denn er ließ sich lieber in einer Bar mit Mojito vollaufen, sein einziges Laster, Folge eines kurzfristigen Untertauchens auf anderen Breitengraden. Er selbst hatte dem Barbesitzer beigebracht, wie man einen perfekten Mojito zubereitete – das Originalrezept, nicht das »falsche Gesöff«, das die Jungen kippten –, und wenn es fünf Uhr nachmittags war, stand er auf, rollte die *Gazzetta dello Sport* unter seiner Achsel zusammen und ging zurück nach Hause, seine Wohnung war fünfhundert Meter weit weg. Er ging mit gleichmäßigen Schritten und schaute zunächst unten in der Garage nach, ob die Katzen die Fleischhappen weggefressen hatten, die er jeden Morgen, wenn er in die Bar ging, vor die Falltür seiner Garage stellte. Ein langweiliges Leben mit leicht sentimentalem Anstrich, das in den Bahnen lief, die 'o Mellone sich vor langer Zeit geschaffen hatte.

Nicolas kannte diese Routine, alle kannten sie. Man wusste, wie viele Eiswürfel er in seinem Mojito wollte – fünf und alle gleich groß –, welche Seiten der *Gazzetta* er zuerst las – die internationalen Meisterschaften – und welche Katzen er gerade fütterte – zwei mit kurzem, braunem Fell, die von wer weiß wo abgehauen waren.

Nicolas hatte der Paranza gesagt, sie könnten sich an diesem Tag eine Auszeit nehmen, tun, wozu sie Lust hatten, Hauptsache, sie blieben von den Plätzen weg, denn er müsse eine Lektion erteilen. Er brauchte Ruhe. Bei Amazon hatte er für wenige Euro einen Anzug bestellt, das Kostüm von *Breaking Bad*. Overall, Handschuhe, Maske, sogar einen künstlichen Bart, den er sofort weggeworfen hatte. Von Dentino hatte er sich Sicherheitsstiefel besorgen lassen, die benutzte auf der Baustelle sowieso niemand. Das alles hatte er in seinen Schulrucksack gestopft und sich dann hinter einem der Zementpfeiler auf dem Platz vor Mellones Garage versteckt. Eine perfekte Stelle, denn außer Mellone würde niemand bis hier herunterkommen: Seine Box war die letzte in der Reihe. Nicolas hatte sich ausgezogen und als Walter White verkleidet. Ruhig und sehr sorgfältig, die Latexhandschuhe saßen so perfekt, dass keine einzige Falte zurückblieb. Der gelbe Overall passte ihm wie angegossen, und obwohl er eigentlich kaum besser als ein Karnevalskostüm war, schien der Stoff recht robust. Es musste eine saubere Exekution sein, leicht, auf jeden Fall schnell und ohne Spuren, wenigstens nicht an seinem Körper. Er zog sich die Kapuze über und setzte sich die Maske auf den Kopf, damit er sie im richtigen Moment herunterlassen konnte. Die beiden Filter der Gasmaske standen ab wie die Ohren von Micky Maus. Nicolas hockte sich hin, den Rücken an den Pfeiler gelehnt, in der Hand die Pistole. Unter den vielen Waffen, die ihm zur Verfügung standen, hatte er die alte Francotte ausgesucht: für dieses erste Mal sollte sie es ein. Sie hätte klemmen können, aber er wusste, dass das nicht passieren würde. Die Gelassenheit, mit der er sich angekleidet hatte, floss ihm jetzt in Schweißrinnsalen über den Rücken und die Arme. Er versuchte, seinen Atem zu kontrollieren, der schneller wurde, aber das war völlig zwecklos, denn bei jedem tiefen Einatmen erinnerten ihn gleich mehrere Körperstellen daran, dass etwas schiefgehen konnte. Auf den blauen Handschuhen bildete sich ein Schweißfleck. Wenn die Francotte ihm aus den Händen gleiten würde? Der Schritt des Overalls, der ihm erst bequem vorgekommen war, drückte ihm jetzt gegen die Eier. Wenn er ihn behindern würde, während er auf 'o Mellone zuging? Seine Knie zitterten. Ja, das war ein Zittern. Aber wenn er versuchte, es zu unterdrücken, setzte seine Lunge aus. Er schimpfte sich einen Hosenscheißer, wenn die anderen ihn in diesem Aufzug und mit hochrotem Gesicht gesehen hätten, was wäre passiert? Keine Paranza mehr, sondern viele neue Paranze, so viele, wie sie zählten.

Um 17 Uhr 15 kündigten schwere Schritte 'o Mellones Ankunft auf der Garageneinfahrt an. Pünktlich auf die Minute. Nicolas hatte berechnet, dass Mellone siebenundzwanzig Schritte brauchen würde, um bei der Garagentür anzukommen. Er zählte fünfundzwanzig Schritte ab, zog sich die Maske übers Gesicht und kam mit der gezückten Pistole hinter dem Pfeiler hervor. Einen Augenblick lang beschlugen die Brillengläser. Nur wenige Sekunden, dann konnte er das Ziel fokussieren, Mellones Glatze. Doch dann sah er diesen enormen Adamsapfel, der vor Überraschung auf und ab hüpfte, und fragte sich, welch ein Geräusch zwei dort auftreffende Kugeln machen würden.

Wenn man ihn vor dieser Box liegend finden würde, würde sofort die Runde machen, dass 'o Mellone für immer zu sprechen aufgehört hatte. Und dass jetzt ein anderer sprach. Mellone blieb keine Zeit mehr, sich zu fragen, wer dieser Außerirdische vor der Garage war, denn Nicolas hatte schon zweimal rasch hintereinander den Abzug gedrückt. Er hatte geschossen, ohne zu überlegen, nur auf den Druck seiner Finger konzentriert. Noch immer zitterten ihm die Beine, aber er hatte beschlossen, sie nicht zu beachten. Die Kugeln bohrten sich dort hinein, wo er gewollt hatte, und auf den fürchterlichen Nachhall der Explosion folgte der des Adamsapfels. Pff. Pff. Wie Luft, die aus einem Loch im Reifen strömt. Nicolas nahm seinen Rucksack und ging weg, ohne sich zu vergewissern, dass der Mann tot war. Aber tot war er wirklich, denn die Nachricht kam überall und bei allen an, man musste sie nicht mal in einem Chat mitteilen.

»Maraja, im Fitnesscenter reden alle bloß darüber, dass Mellone umgelegt wurde.«

Das war sie, die Nachricht, die von Mund zu Mund ging. Am Tag nach Mellones Exekution hatten sie sich im Nuova Maharaja verabredet, und Lollipop war sofort zu Nicolas gekommen. Maraja tanzte allein, und der Satz, der ihm ins Ohr geflüstert wurde, hallte einen Moment lang so stark in seinem Kopf wider wie die beiden Kugeln, die er in Mellones Adamsapfel gejagt hatte. Pff. Pff.

»Gut!«, sagte er und wollte in die Mitte der Tanzfläche gehen, doch Lollipop stellte sich ihm in den Weg.

»Aber sie reden schlecht drüber, als wär das Roipnol gewesen. 'ne Strafaktion, weil er mit uns Geschäfte gemacht hat. Die haben die Sache umgedreht und bringen das jetzt so unter die Leute.«

Maraja blieb stehen, und auch dieser Satz vibrierte ihm im Kopf, aber jetzt war der Klang, der bei ihm ankam, unangenehm. Ein Klang nach zitternden Beinen. Er hatte den Mord nicht für sich beanspruchen können, weil die Paranza, die er gegründet hatte, noch nicht in der Lage war, ihre Unterschrift unter Überfälle zu setzen. Und jetzt konnte jeder Beliebige sich den Mord zuschreiben. Nicolas fühlte sich ungeeignet, er fühlte sich wie ein kleiner Junge. Das war ihm schon lange nicht mehr passiert.

Er zog Lollipop mit ins Separee, wo schon Dragò und Dentino waren. Maraja befragte sie mit einem Blick, und sie bestätigten, ja, auch bei ihnen war die Nachricht so angekommen, und es war noch mehr passiert. Von einer Menge Leute, die mit der Paranza zusammenarbeiteten, kamen Nachrichten, und alle hatten Angst. »Wir werden doch nicht etwa auch so enden wie 'o Mellone?«, schrieben sie.

»Ich! Ich war's«, hätte er gerne gesagt. »Ich hab das Stück gemacht!«, aber er hielt sich zurück.

Innerhalb von vierundzwanzig Stunden hatten Micione und Roipnol es geschafft, Marajas *guagliuncelli* mit dem Gewicht ihrer Geschichte zu erdrücken.

Maraja ließ sich schwer auf den Thron fallen, den er für die Verteilung der Plätze an seine Jungen benutzt hatte. Er hatte Oscar gebeten, den Thron stehenzulassen, wenn er wollte, konnte er sich einen neuen für seine Feste kaufen. Er steckte seine Hand in die Tasche und zog ein Päckchen dünner Alufolie heraus. Rosa Koks. Er zog ihn in die Nase, die ganze Portion. Weder rümpfte er die Nase, noch fuhr er sich mit den Fingern über die Nasenlöcher. Ein Schmerzmittel.

Tanklaster

Im Chat kam nur ein Wort an. Von Nicolas.

MARAJA
Schlupfwinkel

Samstagnachmittag, Freizeit für die Paranza. Das waren die Stunden, in denen sie mit ihren Mädchen eng umschlungen auf dem Sofa saßen, während Mama und Papa einkauften, und das waren die Stunden, in denen sie Erinnerungen an die zu Ende gehende Woche festhielten. Drone war inzwischen süchtig nach Snapchat und hatte nach einer kurzen Einführung auch die anderen damit angesteckt, sodass sie sich jetzt gegenseitig mit verwackelten, unscharfen Kurzvideos bombardierten, wo für wenige Sekunden Kokslinien und Ansichten von Unterhöschen, Pistolenläufe und Reihen von Patronenhülsen auf einem Tisch zu sehen waren. Eine mit schnellen Schnitten zusammengebastelte Collage, die nur so viele Sekunden dauerte, wie man zum Erkennen brauchte, dann, zack, vom Winde verweht.

»Schlupfwinkel«, wiederholte Nicolas zwei Minuten später.

Und innerhalb von zwanzig Minuten kamen alle in der Via dei Carbonari an, denn seinen eigenen Scheiß konnte jeder nur in einer Entfernung machen, die eine schnelle Aufstellung der Paranza gestattete.

Nicolas erwartete sie auf dem Fernseher kauernd, das alte Ding würde nicht mal kaputtgehen, wenn Briatò draufspringen würde, und chattete mit Letizia. Seit einer Woche ließ er sich nicht blicken, jetzt war sie wie üblich angepisst, und er hatte ihr versprechen müssen, dass sie beide allein eine Bootsfahrt machen würden, vielleicht würden sie auch auf dem Wasser zu Abend essen.

Die Paranza kam rein wie immer, ein Wirbelsturm, der alles erfasste. Stavodicendo hielt Biscottinos auf den Rücken gedrehte Arme fest und schubste ihn mit Tritten in den Hintern voran, während der so Malträtierte tat, als wehre er sich, indem er Kopfstöße nach hinten austeilte, die gerade mal auf der Höhe von Stavodicendos Solarplexus ankamen. Beide landeten auf dem Sofa, die anderen ließen sich auf sie fallen. Ein Menschenberg, Biscottino hatte sich das eingehandelt, weil er, am Schlupfwinkel angekommen, gejammert hatte, Nicolas' Nachricht habe ihn gestört, als er kurz davor war, bei einem Wahnsinnsweib zum Zug zu kommen, das er übers Internet kennengelernt hatte. Die anderen hatten ihm nicht geglaubt, und als er hinzugefügt hatte, die studiere sogar an der Uni, hatten sie schallend gelacht.

Nicolas fing sofort an zu reden, als hätte er ein konzentriert dasitzendes Publikum vor sich. Und durch sein Sprechen erzwang er Stille.

»Wir müssen Geld machen«, sagte er. Drone wollte entgegnen, das täten sie doch: Geld machen, sogar haufenweise. Allein mit dem, was sie von den Parkwächtern am Stadio San Paolo nahmen, hatte er sich einen Typhoon-Roller für zweitausend Euro gekauft.

»Geld holen wir uns dann, wann wir wollen«, fuhr Nicolas fort. Er war vom Fernseher runtergestiegen und hatte sich auf das Glastischchen gesetzt, so konnte er all seinen Paranzini in die Augen blicken und ihnen begreiflich machen, dass Geld Schutz bedeutete, und Schutz wiederum Respekt. Geld machen, viel Geld, ist die einzige Methode, um ein Gebiet zu erobern, und der Moment war gekommen, einen großen Coup zu landen.

»Tonnenweise Salatblätter müssen wir anhäufen. Aber wir werden die Hunderter nicht nur vorzeigen.« Nicolas ließ den anderen keine Zeit, den Spruch von Lefty zu vervollständigen, denn er erklärte gleich darauf: »Wir müssen uns 'ne Tankstelle vornehmen.«

Inzwischen hatte sich die ganze Paranza auf dem Sofa hingesetzt, Briatò und Lollipop an den beiden Enden, als Begrenzung für die anderen, die sich in der Mitte zusammenquetschten.

Dentino, halb verdeckt von Stavodicendo, der auf seinem Schoß saß, brach das Schweigen. »Wer hat dir das gesagt?«

»Meine Mama«, zischte Nicolas.

Oder auch: Kümmer dich um deinen eigenen Scheiß. Nicolas hatte es eilig, und er machte sich Sorgen. Geld kam nie genug herein. Die Jungen hatten eine andere Auffassung von der Zeit, für sie schien alles gut zu laufen, obwohl sie die Plätze noch immer nicht beherrschten, Nicolas dagegen hatte keine Zeit. Manchmal kam ihm der Gedanke, dass er nie Zeit haben würde. Auch als er noch Fußball spielte, hatte er gegen die Zeit gekämpft. Er konnte nicht dribbeln, und einen Pass in den Lauf zu spielen versuchte er nicht mal. Aber er wusste den richtigen Moment zu nutzen, er war einer jener Spieler, die man früher Opportunisten genannt hätte. Er schaffte es, dort zu sein, wo man ihn brauchte, um eine Bude zu machen. Auf einfache, wirksame Weise.

»Wir überfallen 'n Tankwart? Pistole in die Fresse und her mit dem Geld von heute!«, sagte Dragò.

»Der kriegt nur Kreditkarten«, sagte Nicolas. »Wir müssen uns den Tankwagen krallen, dann haben wir den Laster und das Benzin. Da drin stecken vierzigtausend Euro.«

Die Paranza begriff nicht. Was sollten sie mit so viel Benzin? Zwei Jahre lang ihre eigenen Roller und die ihrer Freunde damit füllen? Sogar Dragò, der Nicolas Ideen sonst immer im Nu verstand – ein Beweis für das blaue Blut in seinen Adern –, schien verwundert und kratzte sich am Kopf. Keiner wagte einen Mucks, man hörte nur ein Scharren von Hintern, die ein bisschen Stoff suchten, um bequemer zu sitzen.

»Ich weiß, wer uns das Zeug abnimmt«, sagte Nicolas.

Wieder scharrende Hintern, hier und da ein Schniefen, denn es war klar, dass ihr Capo den Moment genoss, aber diese Stille musste trotzdem mit ein paar Geräuschen gefüllt werden.

»Die Casalesi.«

Kein Scharren und Schniefen mehr, keine hängenden Köpfe oder angewinkelte Ellenbogen in den Rippen des Nachbarn. Die Paranza war verstummt. Auch die Geräusche auf der Straße oder im Haus schienen verschwunden, als hätte dieses Wort »Casalesi« die ganze Stadt ausgelöscht, in und außerhalb des Zimmers.

Casalesi war ein Wort, das bis zu diesem Moment keiner von ihnen je vor den anderen ausgesprochen hatte. Ein Wort, das viele andere enthielt, das dich um die ganze Welt führte, das Männer einbezog, die für die Paranza in den Olymp aufgestiegen waren. Es hatte keinen Sinn, die Casalesi zu erwähnen, denn das hätte bedeutet, auf einen vollkommen unrealistischen Ehrgeiz anzuspielen. Doch jetzt hatte Nicolas nicht nur das magische Wort ausgesprochen, er hatte auch unterstellt, dass sie bald Geschäfte mit ihnen machen würden. Sie hätten ihn gern gefragt, ob er sie verarsche oder ob er die Casalesi schon getroffen hatte und wie er an den Kontakt gekommen war, aber sie schwiegen weiter, weil diese Sache zu groß war und weil Nicolas, der näher gekommen war und mit den Knien fast schon Drones Knie berührte, zu erklären begonnen hatte.

Die Tankstelle lag an der Staatsstraße, die Portici, Ercolano und Torre del Greco durchquert, um dann weiter südlich bis nach Kalabrien zu führen, eine Straße, die die Ortschaften in zwei Teile teilt und Fluchtwege bietet. Eine Tankstelle der Marke Total wie viele andere. Am nächsten Freitag würde der Benzinlieferant kommen, dann sollten sie sich den Tankwagen greifen und ihn in einer Garage in der Nähe verstecken. Später würden zwei Männer von den Casalesi kommen und ihnen fünfzehntausend Euro geben. »Die wir dann verballern«, schloss Nicolas.

Mit fünfzehntausend Euro konnten sie eine fette Beute verballern, und Nicolas hatte auch schon eine Idee, doch erst musste er bestimmen, wer von seinen Männern die Mission durchführen würde. Er hatte auch schon ans Honorar gedacht. Zweitausend Euro pro Nase.

Pesce Moscio, Briatò und Stavodicendo befreiten sich aus der Umklammerung des Sofas und standen auf. Sie wollten es sein. Nicolas sagte nichts, erwähnte auch die zweitausend Euro nicht – dafür war es jetzt zu spät –, denn es war klar, dass die drei vortraten, um zu beweisen, dass sie Eier hatten, was nicht immer eine Garantie für Erfolg ist. Jedenfalls war die Entscheidung gefallen, Pesce Moscio, Briatò und Stavodicendo würden sich den Tanklaster krallen.

Vor dem festgelegten Freitag hatten sie sich die Strecke angesehen, um zu verhindern, dass sie mit einem 40-Tonnen-Tanklaster in einer Sackgasse landeten. Dann hatten sie mit Grand Theft Auto trainiert. Das Schlafzimmer im Schlupfwinkel hatten sie mit einer Xbox One S und einem 55-Zoll-Fernseher ausgestattet. Im Videospiel gab es eine Mission, die wie eigens für sie entworfen war, und die hatte ihnen gezeigt, dass einen Tank-

laster mit Vollgas über eine Autobahn zu fahren kein Kinderspiel war. Andauernd zerschellte der Wagen oder fing Feuer,
und wenn es gut lief, verloren sie unterwegs den Anhänger
mit der Ladung. Stavodicendo säte leise Zweifel an der Durch-
führbarkeit der Operation, aber Briatò brachte ihn sofort zum
Schweigen: »Wir spielen nicht GTA, das ist ja nicht Tierra Ro-
bada, das ist die Staatsstraße 18!«

Bei der Tankstelle kamen sie alle drei auf Briatòs Roller an
und warteten auf der anderen Straßenseite auf die Ankunft des
Tankwagens. Den Rücken an eine kleine Mauer gelehnt, die
den Asphalt von einem Kornfeld trennte, rauchten sie einen
Joint nach dem anderen und redeten pausenlos. Zu ihrem
Glück wurde das Adrenalin, das sie durchströmte, vom Can-
nabis ein wenig in Schach gehalten. Jedes Mal, wenn sie ein
schweres Fahrzeug bremsen hörten, beugten sie sich über das
Mäuerchen, um nachzusehen, ob es ihr Laster war. Als der weiße Tankwagen mit dem Schriftzug »Total« auf der Seite endlich ankam, wiederholte Stavodicendo gerade zum vierten Mal
an diesem Nachmittag einen Satz aus dem *Camorrista* und
merkte fast nicht, dass Pesce Moscio ein Messer aus der Tasche
gezogen und zwei Löcher in sein T-Shirt geschnitten hatte. Dasselbe machte er bei Stavodicendo und Briatò, dann zogen sie
sich alle die Shirts über den Kopf. Das war die schnellste Methode, um eine Kapuze stets griffbereit zu haben: zwei Löcher
für die Augen im Shirt, das dann hochgezogen wurde, sodass
der Bauch, die Brust und ein Stück Rücken entblößt wurden,
aber das Gesicht vollständig bedeckt war. Mit diesen eng am
Schädel anliegenden Shirts sahen sie aus wie drei Spidermen in
zerrissener Uniform. Ein schneller Blick nach rechts und links,
um den Verkehr einzuschätzen, durch den sie hindurchmuss-
ten, dann die Hand in die Hosentasche gesteckt und die Pistole

gezogen, drei Viking 9 mm, auf vierzigtausend Liter Benzin gerichtet. Pesce Moscio war als Erster beim Fahrer, er sprang aufs Trittbrett und hielt ihm die Viking unter die Nase.

»Keine Bewegung. Ich schieß dir die Fresse zu Brei.«

Briatò kümmerte sich um den Tankwart, der sie mit gezückten Waffen hatte ankommen sehen und schon die Hände erhoben hatte. Briatò bohrte ihm die Viking so hart in den Nacken, dass der Mann das Gleichgewicht verlor und auf dem Boden landete, die Hände immer noch erhoben.

»He, was soll das?«

»Halt's Maul! Sonst bist du tot, klar?«

»Runter«, befahl Pesce Moscio dem Fahrer, doch der schien nicht besonders erschrocken, im Gegenteil. Er hatte die Hände nicht vom Lenkrad genommen, als wollte er im nächsten Moment weiterfahren. Und sagte nur: »Wir gehören zu einem, *guagliù*. Was für 'n Scheiß macht ihr? Die kommen euch holen.« Er sagte nur das, was in solchen Fällen zu sagen bleibt, nämlich dass sie von irgendeiner Familie oder jemandem beschützt wurden. Das bekamen die Jungen der Paranza oft zu hören.

»Ihr gehört zu einem?«, sagte Briatò, der mit der Viking jetzt direkt auf die Stirn des Tankwarts zielte. »Das bedeutet, ihr gehört einem, der 'n Dreck wert ist.« Während Briatò noch Unterricht erteilte, war Stavodicendo um den Tanklaster herumgelaufen, hatte die Wagentür aufgerissen und versuchte jetzt, den Fahrer an einem Arm aus dem Führerhaus zu zerren. Der wehrte sich, teilte Kopfstöße aus und traf Stavodicendo mit einem Fußtritt in den Bauch. Stavodicendo stürzte nur deswegen nicht auf den Asphalt, weil er sich im letzten Moment am Türgriff festhalten und so ins Führerhaus schwingen konnte.

»Stavodicè, was soll der Scheiß?«, schrie Pesce Moscio ihn an. Er zielte noch immer mit der Pistole auf den Fahrer, war aber wie versteinert, der Situation nicht gewachsen. Briatò ging rückwärts auf den Tankwagen zu, den Tankwart immer im Visier, und als er bei den anderen ankam, die mit dem Fahrer kämpften, gab er einen Schuss ab, der den Fahrer an der Schulter traf.

»Fick deine Mutter!«, brüllte Pesce Moscio. Seine Speckrollen hüpften im Rhythmus des Schreckens, den ihm Briatò mit dem Schuss eingejagt hatte. »Wenn du mich getroffen hättest?«

»Mach kein' Stress, alles unter Kontrolle«, erwiderte Briatò. Stavodicendo, der mit größerem Recht auf Briatò hätte sauer sein können, weil er im Führerhaus gesessen hatte, zog gerade den Fahrer heraus.

Während sie noch stritten, rappelte sich der Tankwart auf und lief mitten auf der Straße davon. Briatò schoss zweimal in seine Richtung, aber er war schon verschwunden. Die drei stiegen ein, Briatò setzte sich ans Steuer. Den Tanklaster in Bewegung zu setzen und auf die Straße zu bringen, war kein Problem, das konnte Briatò, er hatte in einem Forum für Lastwagenfahrer mitgelesen. Er hoffte aber, dass der Tank gut gefüllt war, denn das hin und her schwappende Benzin hätte ihn ins Schleudern bringen können. Keine Alarmanlage heulte, also wählte er eine gemächliche Geschwindigkeit von vierzig Stundenkilometern. Ein gutes Gefühl war das, diese riesige Bestie unterm Arsch, aber er musste sich damit begnügen, keinen Kleinwagen umzufahren und so wenig Aufmerksamkeit zu erregen wie möglich.

»Geil, so 'n Tankwagen fahren!«

Nicolas hatte ihnen erklärt, wohin sie fahren sollten. Nur zwei Kilometer, dann rechts abbiegen – was Briatò mit zwanzig Stundenkilometern tat, um nicht umzukippen –, dann noch einen Kilometer bis zu einem Fahrzeugpark, wo wahrscheinlich niemand mehr hinkam. Ganz hinten, in der Nähe der schadhaften Umzäunung, würden sie eine Doppelgarage finden – vier einfache Betonwände und ein Wellblechdach –, dort sollten sie parken und auf die Casalesi warten.

Sie stiegen aus, blieben aber in der Garage, denn so lautete der Befehl. Die Sonne ging unter, und das Wellblechdach verströmte eine Hitze, die den dreien ihr zerschnittenes T-Shirt an die Brust klebte. Als sie Nicolas die Geschichte später erzählten, wussten sie nicht zu sagen, wie viel Zeit sie in diesem Ofen verbracht hatten. Sie wussten nur, dass das Licht, als sie das Motorrad und die Stöße gegen das Metallgitter am Eingang hörten, nur noch ein kleiner leuchtender Punkt in der Ferne war, vor dem sich die Umrisse der zwei Casalesi abzeichneten, die vom Motorrad stiegen. Die drei wussten nicht genau, was sie erwartete, in den letzten Tagen hatten sie sich den wildesten Phantasien hingegeben, aber als sie zwei dickbäuchige und schlecht rasierte Männchen in idiotischen Hawaiihemden und Caprihosen erblickten, waren sie enttäuscht. Die beiden schienen einer Kreuzfahrt im Sonderangebot entstiegen.

»Scheiße, ihr seid ja wirklich noch Kinder! Rotzbengel seid ihr!«, sagte ein Casalese.

Briatò und Pesce Moscio starrten sie stumm an.

»Was für lächerliche Klamotten habt ihr denn an?«, sagte Briatò. Die Adrenalindosis war noch nicht aufgebraucht, und sein Überlebensinstinkt war leicht betäubt.

»Die gefallen dir nicht?«

»*Nzu*«, machte er, da wird beim *n* zwischen den beiden Vorderzähnen mit der Zunge geschnalzt, während die Lippen sich schließen, fast als wollte man einen Kuss geben, und das Geräusch kommt eher aus der Nase als aus dem Mund.

»Komisch, meine Modeberaterin ist deine Mama«, und er machte seinem Kumpan ein Zeichen mit der Hand, »gib ihnen die fünftausend, dann verpisst ihr euch.«

»Was?«, riefen Pesce Moscio und Stavodicendo im Chor.

»Passt euch nicht, Rotznasen? Bin sowieso schon stinksauer, dass ich mit 'o Maraja verhandelt hab, und jetzt ist der nicht da, also bedankt euch bei der Madonna, dass wir euch das Geld geben.«

»Hier drin ist Benzin für vierzigtausend Euro«, sagte Pesce Moscio. Er musste sich wieder behaupten und wich nicht zurück, als der Casalese auf ihn zuging.

»Ihr kriegt gar nichts.«

Der andere, der bis jetzt stumm geblieben war, fragte: »Weißt du überhaupt, wo wir herkommen?«

»Klar«, sagte Briatò, »aus Casal di Principe.«

»Genau. Euch kleine Pisser fressen wir, und dann kacken wir euch aus.«

Briatò entsicherte die Pistole. »Ist mir scheißegal, wo ihr herkommt. Ihr müsst das Geld abliefern, basta.« Und er setzte den Lauf der Viking auf den Benzintank, wie zuvor auf die Stirn des Tankwarts. »Wenn ihr das Geld nicht gleich hier auf den Boden legt, schieß ich auf den Tank und wir geben alle 'ne schöne Fackel ab. Ihr, wir und die ganze Garage.«

»Runter mit dem Eisen, Idiot. Sagen wir achttausend für diese Zecken.«

»Fünfzehntausend. Und damit machen wir dir einen Traumpreis, Arschloch.«

»Haben wir nicht, die haben wir nicht«, antwortete der Casalese, der als Erster gesprochen hatte und nun rückwärts in Richtung Motorrad ging.

»Such mal schön, Hawaiihemd«, sagte Pesce Moscio.

»Ich sag doch, die haben wir nicht, nehmt euch die achttausend und passt auf, dass euch nichts passiert.«

Pesce Moscio zog seine Viking heraus, entriegelte den Schlitten und drückte auf den Abzug. Der Lärm war ohrenbetäubend, und Stavodicendo hatte noch Zeit zu denken, dass ein explodierender Tanklaster eigentlich mehr Chaos anrichten müsste. Dann sah er, dass Pesce Moscio auf einen Vorderreifen gezielt hatte. Die Casalesi hatten sich zu Boden geworfen, die Hände über dem Kopf, als könnten sie sich so vor vierzigtausend Liter brennendem Benzin schützen. Als sie begriffen, dass es nur eine Warnung gewesen war, standen sie auf, klopften sich den Dreck von den Hemden und hoben den Motorradsattel an, unter dem sie die Geldscheine hatten.

»Seht ihr?«, sagte Briatò. »Müsst nur besser suchen, schon findet ihr den Geldautomaten unterm Sattel.«

Die fünfzehntausend Euro hatte Nicolas an sich genommen, in zehn Bündel aufgeteilt und fünf dem Kapitän des Schiffs gegeben.

»Wir machen 'n Pauschalpreis«, hatte er gesagt. Und der umfasste die exklusive Benutzung eines Schiffs, das für Feste, Hochzeitsfeiern und Kreuzfahrten im Golf von Neapel bestimmt war. Es konnte zweihundert Passagiere aufnehmen, aber Nicolas wollte es nur für die Jungen seiner Paranza und ihre Freundinnen haben. Sie würden in zwei Stunden abfahren, kurz vor Sonnenuntergang, Ischia umkreisen und an Capri und Sorrento vorbeifahren. Die Agentur hatte es nicht mehr geschafft, die Dekoration der Hochzeit vom Vorabend abzuräumen, aber sie würde ihnen Aperitif, Abendessen und Bedienung durch zwei Kellner liefern. Nicolas sagte, das mit der Dekoration sei in Ordnung. Besser sogar. Er hatte sich persönlich um den Soundtrack gekümmert, der die Kreuzfahrt untermalen sollte. Ausschließlich italienische Popmusik. Tiziano Ferro, Ramazzotti, Vasco, Pausini. Sie sollten eng tanzen, die ganze Nacht, die sie als die schönste ihres Lebens erinnern würden.

Der Kapitän hatte zunächst gedacht, dass diese Jungen zu jenen *rich kids* von Neapel gehören mussten, die Instagram mit obszönen Fotos verstopften. Verwöhnt, die Taschen voller Geld, das sie nicht auszugeben wussten. Er änderte seine Meinung, als er sie in Gruppen ankommen sah. Und hatte keine Zweifel mehr, als sie alle, mittlerweile auf offener See, nach einem Wink desjenigen, der ganz offensichtlich ihr Anführer war, ihre Pistolen zogen und anfingen, das Wasser zu durchlöchern. Sie schossen auf Delphine. Ihre Freundinnen protestierten: »Die sind doch so süüüß!«, aber man sah, dass sie im Grunde stolz auf ihre Jungen waren, die sich erlauben konnten, nach Belieben auf alles zu schießen, auch auf diese wunderbaren Geschöpfe. Der Kapitän beobachtete die Szene, und als er sah, dass die Delphine unversehrt im nur vom Sonnenuntergang rot gefärbten Wasser davonschwammen, verbarg er seine Erleichterung nicht. »Capità«, fragte der Längste, während er die Pistole zurück in die Hose steckte, »kann man Delphine eigentlich essen wie Thunfisch?«

Das überdachte Deck war mit Girlanden und Ketten aus Plastikblumen mit Seidenbändern geschmückt. Auf den Tischen standen noch kleine Sträuße gelber und rosa Rosen. Pesce Moscio setzte sich an einen Tisch, rückte sich spielerisch die nicht vorhandene Krawatte zurecht, streckte die Hände aus und schlug mit der rechten Hand aufs Tischtuch, um auf sich aufmerksam zu machen. Sofort kam einer der Kellner und füllte seinen Champagnerkelch. Dentino und Biscottino, die Einzigen, die keine Freundin mitgebracht hatten, ahmten ihn am selben Tisch nach. Biscottino gab sich wie einer, der das süße Leben kennt, doch beim Hinunterkippen all der Bläschen kniff er die Augen zusammen und schnalzte mit der Zunge.

Die Kellner fragten, ob sie mit dem Servieren des Abendessens beginnen konnten, und die drei am Tisch suchten Nicolas, der mit Letizia an der Reling des Motorschiffs lehnte.

»Fangen wir an?«, brüllte Pesce Moscio in Richtung Nicolas.

»Das Fest ist eröffnet!«, sagte Dragò, die Hände als Trichter vor dem Mund. Und Nicolas nickte. Die Pärchen rannten zu den Tischen, einem für jedes Paar. Doch als alle saßen, fühlten sie sich allein, getrennt von den anderen. Ausgerechnet an diesem Abend, an dem sie alle zusammen auf dem Meer waren, in diesem verdämmernden Licht, in dem die Ferne erglühte und die Nähe zerschmolz. Sie versuchten, sich von einem Tisch zum anderen zu unterhalten. »Hey, Mister Stavodicendo, wie ist es dort drüben?«

»Hey, Dottò Tucà, pass bloß auf bei so viel Champagner!« Und dann sprangen sie auf und quetschten sich alle an zwei Tischchen zusammen. Pesce Moscio steckte sich eine gelbe Rose hinters Ohr und erklärte, sie seien bereit für die Speisen, die sie bestellt hatten. Man könne beginnen. Der Kellner servierte den Lachs.

»Benehmt euch wie Herrschaften«, ermahnte sie Nicolas, als er seinen Kopf durch die Tür steckte, »ihr seid jetzt feine Leute«, dann kehrte er mit Letizia aufs Deck zurück.

Während sie zusahen, wie der Vesuv sich in einen Schleier abendlicher Farbtöne hüllte und langsam verschwand, drückte sie sich an ihn. In der Ferne leuchtete die ganze Stadt auf. Ischia, knapp hinter ihnen, bestand nur aus der weichen Rundung des Epomeo.

Nicolas nahm Letizia an der Hand und führte sie zum Heck.

Er umarmte sie von hinten, und sie, an die Reling gelehnt, schmiegte sich an ihn, doch nicht ohne leises Widerstreben – genug, dass Nicolas eine Bitte darin lesen konnte. Er drückte sie fester an sich, weil er sicher war, dass auch sie es wollte. »Komm mit mir«, flüsterte er ihr ins Ohr, während die anderen krakeelten und die Lieder aus den Lautsprechern mitsangen.

Im Saal unter Deck fanden sie ein Separee, ein mit Samt bezogenes Sofa, darüber ein Bullauge, durch welches das letzte Tageslicht fiel. Letizia setzte sich auf den Rand, Nicolas küsste sie heftig und suchte unter ihrem Kleid nach einem raschen Durchlass.

»Lass es uns gut machen«, sagte Letizia, ihm in die Augen blickend. »Nackt.«

Nicolas wusste nicht recht, worüber er sich mehr Sorgen machen sollte, ob wegen dieses »lass es uns gut machen« oder wegen des ungewohnten, plötzlichen Verzichts auf den Dialekt oder wegen der schlichten, aber nachdrücklichen Bitte um Nacktheit. Denn seit sie damit begonnen hatten, waren sie dabei immer halb angezogen geblieben. Oft hatte Letizia ihn gebeten, mit ihm allein zu sein, wirklich allein, eine ganze Nacht lang allein, und das war nie geschehen. Dies war die richtige Gelegenheit. Er schob sie sanft von sich weg und knöpfte ihre Bluse auf.

»Ich möchte dich sehen«, sagte sie, und er öffnete seinen Gürtel. Während er mit der Hose hantierte, gab er als Echo zurück: »Ich auch.« Sie legten sich nackt auf den grünen Samt und erforschten einander mit ungewöhnlicher Geduld. Letizia streichelte Nicolas' Glied und führte seine Hand zwischen ihre Beine, aber sie musste entschlossen drücken, damit die Hand dort blieb und die Finger sich bewegten. »Komm«, sagte sie schließlich und führte ihn in sich hinein. »Langsam, ganz langsam«, und er gehorchte.

»Du bist mein Kerl«, flüsterte Letizia, und ihm gefiel vor allem, dass sie das Wort »Kerl« gewählt hatte, nicht Mann: Es gibt zu viele Männer und sehr wenige Kerle. Als hätte ihn ein sehr zärtliches Gespenst aus seinem Inneren gerufen, erkannte er zum ersten Mal, dass sie eine Frau war und er in dieser Frau, beide umhüllt von dem weichen Licht, das sich im Bullauge mit Sternen füllte.

Als sie aufs Deck zurückkehrten, hatte das Schiff gerade die hohen Felsen bei Sorrento hinter sich gelassen und steuerte auf Neapel zu. Die Jungen waren alle am Bug.

»Wir trinken auf uns«, rief Dragò, »und auf unsre Stadt, die schönste der Welt.«

Er drehte sich zu einem der beiden Kellner um, der hinter den Fenstern gähnend auf einem Stuhl saß. »He, aufwachen! Dies ist die schönste Stadt der Welt, kapiert? Und wer schlecht von ihr spricht, soll verflucht sein!«

»Ehrlose Nestbeschmutzer«, sagte Drone mit grimmiger Miene, während der Kellner aufstand und die Unterstützung seines Kollegen suchte, als wollte er sagen: »Was haben wir damit zu tun?«

»Ich würde nie von hier weggehen«, erklärte Nicolas, vor Liebe zu Letizia ganz weich gestimmt.

Dragò ließ sich über die Reling hängen und drehte den rechten Arm wie einen Windmühlenflügel, als müsste er ein Gewicht, ein Werkzeug von weit her an Land ziehen.

»Ich seh sie, diese vertrockneten Arschlöcher, die nach Rom, nach Mailand gehen, die auf uns spucken. Ich seh sie genau, diese Neapelbespucker«, schrie er. »Und ich sag dir: Sie müssen sterben. Alle Nestbeschmutzer müssen sterben.«

Sie hoben die Gläser zum Himmel, dann warfen sie sie ins Meer. Bis in den Morgen wurde getanzt, und als das Schiff in den Hafen einfuhr, gaben die Paranzini und ihre Freundinnen einander ewige Versprechen, wie bei einer kollektiven Hochzeit, die ihre Treue fürs ganze Leben besiegelte.

Die folgenden Tage waren ein langsames Auftauchen aus der wattierten Atmosphäre, in die sie auf der Kreuzfahrt eingetaucht waren. Jeder für sich versuchten die Jungen, die Flitterwochen, die auf dem Meer vor Neapel begonnen hatten, so lange wie möglich auszudehnen.

Nicolas war gerade auf dem Weg zu Letizia, als der Chat der Paranza auf seinem Handy aufleuchtete. Er solle schnell ins Cardarelli kommen, Pavillon A, zweiter Stock. Mehr nicht. Er schickte Letizia eine Nachricht, sagte das Treffen ab. Gleich darauf eine zweite: »Meine Liebe reicht bis zu den Sternen.« Und er wendete.

Auf der Treppe zum Krankenhaus erwarteten ihn Dragò, Dentino und Lollipop. Sie reichten sich einen kalten Joint weiter, um den Geruch in der Nase und den Geschmack auf der Zungenspitze zu spüren, die Blicke der Verwandten und Pfleger waren ihnen egal. Die drei schienen etwas sagen zu müssen, ohne zu wissen, wo sie anfangen sollten.

»Was ist passiert?«, fragte Nicolas und ließ sich den Joint geben. Achselzuckend zeigten sie auf einen unbestimmbaren Punkt zwei Stockwerke höher.

»Sind verletzt. Briatò und Pesce Moscio«, sagte Dragò.

Nicolas explodierte, die friedliche Stimmung von der Kreuzfahrt war schon verflogen. Er warf den Joint in die Büsche am Rand der Treppe und holte mit einem Bein aus, um gegen einen Pfeiler zu treten, beruhigte sich dann aber. Schon war auch der Zorn verflogen, geblieben war der opportunistische Nicolas, der, der es schaffte, seine Gegner abzuhängen und den Torhüter zu überraschen. Er hatte den Fuß noch nicht wieder auf den Boden gesetzt, und in dieser Haltung erinnerte er Dentino an einen Reiher wie den, den er vor ein paar Jahren auf einem Klassenausflug in einer WWF-Oase gesehen hatte.

Dann setzte Nicolas den Fuß auf die Treppe und sagte: »*Jamm'*, gehn wir die Verwundeten besuchen und bringen ihnen Geschenke mit.« Beim Wort »Verwundete« fühlte er sich wie im Krieg. Und das gefiel ihm.

Die Geschenke waren ein alter Erotikkalender für Briatò und das signierte Trikot des Mannschaftskapitäns von Napoli für Pesce Moscio.

»Was ist passiert, *guagliù*?«, fragte Nicolas seine im Kampf verwundeten Männer.

»Die Capelloni sind in die Saletta rein«, fing Briatò an. »Wir hatten gerade eine Wette laufen, zwei Einsätze waren uns schon sicher, da fängt 'o White an: ›Was'n Scheiß habt ihr gemacht?‹«

»Nein, nein«, unterbrach Pesce Moscio, »er hat gesagt: ›Ihr habt euch in Roipnols Benzingeschäft eingemischt.‹ Wir sagen: ›Nichts haben wir gemacht, *adda murì mammà*, was redest du?‹ Da haben sie diese verdammten Eisenschläger rausgeholt, und ich hab mir gesagt, jetzt gehst du drauf. Stavodicendo war im Klo. Als er kapiert hat, was vorne abging, ist er weg durchs Fenster, der Hosenscheißer.«

Die Capelloni hatten sich Briatò und Pesce Moscio vorgeknöpft und ihnen die Beine zerschlagen. Dann waren sie zum Borgo Marinari und hatten die Fenster des Restaurants zertrümmert, wo Stavodicendos Vater arbeitete.

Briatò versuchte, sich aufrecht hinzusetzen, fiel aber wieder auf die Kissen zurück. »Sie haben uns massakriert, hab richtig gemerkt, wie meine Knochen brechen. Dabei brüllen sie: ›Her mit dem Geld, her mit dem Geld!‹, fast hätten sie uns totgeschlagen. Meine Beine hab ich nicht mehr gespürt, auch das Gesicht nicht. Zum Schluss haben sie uns ins Auto gesteckt und vorm Cardarelli rausgeworfen.«

»Im Auto hab ich gar nichts mehr kapiert«, sagte Pesce Moscio, »aber 'o White quatscht rum, dass er uns rettet, weil er uns kennt, und dass Roipnol unsern Namen auslöschen will und dass …«

Briatò unterbrach: »Andauernd hat er wiederholt, dass er uns rettet … und dass wir für ihn arbeiten müssen, wenn wir wieder gehen können.«

»Jaja, fick dich, White«, entgegnete Nicolas. Er nahm den Kalender und stellte ihn an die Wand. »Was ist dein Lieblingsmonat, Briatò? April hat schöne Titten, was? Guck dir diese Lisella an, da geht's dir gleich besser.«

»Maraja«, sagte Briatò, »wenn ich hier rauskomme, hab ich 'n Hinkebein.«

»Wenn du hier rauskommst, bist du stärker.«

»Von wegen stärker, Bullshit.«

»Dann verpassen wir dir 'ne Sieben-Millionen-Dollar-Beinprothese«, sagte Dragò.

Eine Weile machten sie noch Witze, belästigten eine Krankenschwester mit der Bemerkung, von ihren schönen Händen würden sie sich sogar einen Katheter legen lassen, und als sie wieder allein waren, sahen sie Maraja fragend an, was jetzt passieren sollte.

»Wir müssen Roipnol fertigmachen«, sagte Maraja und schlug den Kalender beim Monat Juni auf.

Alle lachten, als wäre das wieder ein guter Spruch.

»Wir müssen Roipnol fertigmachen«, wiederholte Maraja.

Er hatte schnell bis November weitergeblättert, dann eine Zeitlang auf Dezember gestarrt und wandte sich jetzt wieder an die
anderen.

Dentino lachte noch einmal. »Der geht nie aus dem Haus.«

»Willst du endlich kapieren, Maraja?«, drängte Pesce Moscio. Er versuchte wieder, sich zu setzen, aber sein Bein sandte
einen reißenden Schmerz aus. »Nur wir sind auf der Straße«,
fuhr er fort, »Micione sitzt im Käfig in San Giovanni, der Erzengel sitzt im Käfig in Ponticelli, Copacabana sitzt im Käfig in
Poggioreale, und Roipnol sitzt im Käfig in Forcella. Nur wir
sind auf der Straße. Wir müssen alles unter uns aufteilen.«

»Wir müssen ihn im Käfig kriegen«, sagte Maraja. Im Geist
war er dabei, die Enden zu verbinden. Die Capelloni hatten
Briatò und Pesce Moscio nicht kaltgemacht, weil man es ihnen so befohlen hatte. Micione kämpfte um sein Gebiet, und
drei Tote einer Paranza hätten zu viel Aufsehen erregt. Polizei
und Carabinieri hatte er schon am Hals, er konnte sich nicht erlauben, durch neue Massaker aufzufallen. Micione konnte also
nicht töten, und eine Weile würde das so bleiben. Da war sie,
die Gelegenheit, das war der Freiraum, den nutzen zu können
niemand sich je hätte träumen lassen.

»Unmöglich«, wandte Dragò ein, »wenn der rausgeht, hängt
immer Carlitos Way an ihm dran. Außerdem geht er nie raus.
Sogar die Culona ist kaum draußen, und da sind immer ihre
Leibwächter.«

»Müssen wir eben Carlitos Way benutzen.«

»Nein!«, unterbrach ihn Lollipop. »Carlitos Way verrät
nicht. Roipnol bezahlt ihn gut, der ist jetzt sein Hausdiener,
Carlitos spielt sich sogar als Boss von ganz Neapel auf.«

»Er muss nicht verraten.«

»Du bist doch total zugedröhnt«, sagte Dentino.

»Auch wenn ich zugedröhnt bin, bin ich's nicht. Ich denke nach.«

»Na gut, mal hören, was der Philosoph zu sagen hat.«

»Ich hab den Schlüssel, der uns die Tür zu Roipnols Haus aufmacht, *adda murì mammà.*«

»Echt?«, fragte Dentino. »Aber du irrst dich, weil's 'ne Panzertür ist, und da sind haufenweise Kameras.«

»Nein, ich hab den richtigen Schlüssel«, erwiderte Nicolas. Er hatte die Arme um Dragòs und Dentinos Schultern gelegt, zu dritt stellten sie sich zu den beiden Jungen im Bett, Lollipop schloss den Kreis. Verschwörer.

Im Ton, mit dem man Kindern ein einfaches Rätsel aufgibt, fragte er: »Wer ist der Bruder von Carlitos Way?«

»Wer schon?«, sagte Briatò. »Pisciazziello?«

»Und wer ist der beste Freund von Pisciazziello?«

»Biscottino«, antwortete wieder Briatò.

»Genau«, sagte Maraja, »und morgen knöpf ich mir Biscottino vor.«

Ich werde ein guter Mensch sein

Nicolas sah alles klar vor sich, als hätte er eine Gleichung gefunden, die genau aufging. Er musste nur noch Biscottino überreden, und dafür musste er mit ihm eine Runde drehen, was sie
noch nie zu zweit gemacht hatten. Nicolas wartete vor der Schule auf ihn. Biscottino wurde jeden Morgen von seiner Mutter
hingebracht, weil sie sichergehen wollte, dass er wirklich in der
Klasse ankam. Seinen Freunden traute sie nicht. Doch abholen
konnte sie ihn nicht, weil sie arbeitete. Kaum hatte Biscottino
den TMAX erblickt, drängte er sich schubsend durch die Menge der Schüler auf der Treppe.

»Hi, Maraja! Was machst du hier?«

»Steig auf, ich bring dich nach Haus.« Stolz sprang Biscottino auf den Sattel. Der TMAX fuhr reifenquietschend los, und
Biscottino stieß einen Freudenschrei aus. Nicolas lachte. Er
würde ziemlich viel von dem Kleinen verlangen, da war es klug,
ihm vorher ein Zuckerchen zu geben. Er wählte die längste Strecke und fuhr langsam, bremste an den Ampeln, ging vorsichtig in die Kurven. Er wollte ihn so lange wie möglich auf dem
schweren Roller sitzen haben, denn dort war Biscottino glücklich, und es würde leichter sein, mit ihm zu sprechen.

»Biscottì, alle sagen, dass 'o Mellone aus'm Weg geräumt
wurde, weil er auf unsrer Seite war.«

»War er nicht gegen uns?«

»Genau. Aber weil wir diesem Bastard Roipnol den Schwanz
in den Arsch gesteckt haben, holt er ihn jetzt raus und versucht,
ihn uns reinzustecken, garantiert zusammen mit 'o White und

den Capelloni. Dieser Dreckswichser! Das Problem muss einer jetzt lösen. Du.«

Beim »du« schoss er los wie eine Rakete, überholte ein Auto, dann noch eins, sprang auf den Bürgersteig, um sich vor einen Transporter zu setzen, und verringerte dann auf das langsame Tempo, das er sich vorgenommen hatte.

Biscottinos Herz klopfte so stark, dass Nicolas es im Rücken spürte.

»Ich? Wie?«

»Wer ist dein bester Freund?«

»Pisciazziello? … Teletabbi?«

»Pisciazziello, genau der. Und Pisciazziellos Bruder ist der Leibwächter von Roipnol.«

Der TMAX bremste abrupt. Biscottino schlug mit dem Gesicht gegen Marajas Schulterblätter, doch bevor er sich beschweren konnte, war Nicolas schon quer über die Straße gerast und fuhr jetzt in die andere Richtung.

»Du musst zu Pisciazziello gehen und ihm sagen, dass nach Mellones Tod keiner mir und unserer Paranza mehr traut. Und sag ihm auch, dass du noch keinen Platz gekriegt hast. Dann sagst du, du willst mit ihnen arbeiten, aber diese Nachricht ist nur für Roipnol. Pisciazziello muss dir die Tür aufmachen. Und wenn du drin bist, erschießt du ihn.«

Wieder bremste er scharf, doch Biscottino konnte sich noch rechtzeitig mit den Händen abstützen. Er wollte schreien, aber vor Erregung. Es war wie auf der Achterbahn. Nicolas wendete abermals, und sie fuhren wieder in die Richtung wie zuvor.

»Was weiß denn Pisciazziello davon? Vor der Tür steht immer sein Bruder, nicht er«, konnte Biscottino herausbringen, während er eine bequeme Haltung mit geradem Rücken einnahm, doch Nicolas beschleunigte jäh und fuhr mit neunzig

Stundenkilometern auf dem Mittelstreifen weiter. Der Verkehr war dichter geworden, und die Rückspiegel der Autos streiften den Lenker des Rollers.

»Carlitos Way geht das Geld für Roipnol abkassieren. Darum lässt er ihn eine Zeitlang ungeschützt.« Er schwieg und beobachtete Biscottino durch den Rückspiegel. »Scheißt dir in die Hose, wenn du'n Stück machen sollst, was, Biscottì?! Sag's mir, los! Ist kein Problem, wir finden 'ne andre Lösung.«

»Nein, ich scheiß mir nicht in die Hose«, erwiderte Biscottino.

»Was?«

»Ich scheiß mir nicht in die Hose!«

»Was? Hab nichts gehört.«

»ICH SCHEISS MIR NICHT IN DIE HOSE!!!«

Ohne die Geschwindigkeit zu verringern, fuhr Nicolas ganz rechts ran und setzte die Fahrt so langsam fort wie am Anfang, bis sie bei Biscottinos Wohnung waren.

Die Gleichung war aufgegangen.

Seit dem Tag des Umzugs war Crescenzio Roipnol kein einziges Mal aus dem Haus gegangen. Seine Frau hatte ihm diese Klausur vorgeworfen, hatte er ihr doch versprochen, sie zu beenden. In Wahrheit hatte Roipnol zu viel Angst. Schlimmer, er war panisch, und diese Panik versuchte er mit den Pillen zu bekämpfen, doch dann nuschelte er noch mehr als sonst, und Maddalena wurde sauer. Ein Teufelskreis, in dessen Grenzen Crescenzio es immerhin schaffte, das Viertel zu beherrschen, die Plätze zu kontrollieren und sich Marajas Paranza zu widersetzen. Am schwersten fiel es Roipnol, dass er seine Lust unterdrücken musste, diese Jungen einfach umzubringen. Keine Toten, hatte Micione gesagt. *Vabbuò*, hatte Roipnol geantwortet, er konnte nicht anders. Roipnols Truppen waren überall verstreut. Sie waren treu und stark, aber versprengt, denn er musste befehlen und zügeln gleichzeitig, zwei Bewegungen, die in Zeiten des Stillstands wie dieser miteinander in Konflikt geraten und unerwartete Reibungen verursachen konnten. Sogar Risse.

Was Biscottino sah – an dieselbe Mauer gelehnt, wo er vor kurzem der Überführung der Madonna von Pompeji beigewohnt hatte –, hätte er vielleicht nicht einen Riss genannt, sicherlich aber »total hirnrissig«. Wie war es möglich, dass Roipnol, einer, der sich für den König hielt, seinem Pagen Carlitos Way erlaubte, zwei Stunden lang in der Gegend herumzulaufen, wenn er doch bloß das Geld von den Wetten im Saletta um die Ecke abholen musste? Einer, der alle Plätze kontrollierte und die Ehre für Morde beanspruchte, die nicht auf sein Konto gingen, traute jemandem wie Pisciazziello, der Einkäufe für ihn machte und seine Strom- und Telefonrechnungen bezahlte? Vielleicht, schloss Biscottino mit einem Gedanken, der ihn sehr stolz machte, verdiente Roipnol den Tod, weil er nicht kommandieren konnte.

Am nächsten Tag fuhr er nach Forcella und stellte den Roller, den Lollipop ihm geliehen hatte, in der Nähe des Eingangs der Kirche Santa Maria Egiziaca ab, der auf den Corso Umberto geht. Kirche, sagte er sich. Heilige, Madonna. Das Jesuskind. Warum nicht, sagte er sich. Dort bekommt man Hilfe, dort drinnen gibt man Versprechen, dort sucht man Bestätigung, und mit schlenkernden Schritten ging er hinein. Eine Kirche, die er kannte, aber nur sozusagen. An das Gold, die prächtigen Bilder und üppigen Dekorationen war er gewöhnt, wie alle. Neapel, das waren auch für seine Freunde in Scampia die Kirchen, die Palazzi, das Grau und der aschfarbene Schimmer des

Basaltgesteins, all diese Schönheit ohne eine andere Bestimmung, als Schönheit zu sein. Schönheit, vermischt mit Heiligkeit, Schwüren, Hoffnung. Und wegen der Hoffnung betrat Biscottino die Kirche, um Heilige und Madonnen, um einen Gesprächspartner zu suchen. Die Bilder und Farben, die weit ausholenden Gesten fleischiger Arme, die ins Gold eingefügten Blautöne, die Gesichter der Barmherzigkeit und des Martyriums überwältigten ihn. Er versuchte es mit der Madonna, nein, mit den Madonnen, aber kein Wort kam aus seinem Mund, er wusste nicht, wie er Kontakt aufnehmen sollte. »Madonna der Paranza …«, sagte er und betrachtete die liebliche Gestalt, die von dort oben die Luft mit ihrem Duft erfüllte. Er machte nicht weiter. Nein, er verschob das Gebet, als bräuchte er Geduld, um bis zu dieser Höhe zu gelangen, Schritt für Schritt. Er suchte einen Heiligen, einen, den er wiedererkennen konnte, fand aber keinen. Im Arm von Madonnen und Heiligen lagen die Jesuskinder, die erkannte er gut. Ohne die Augen von dem Licht zu wenden, das durch die Kuppel und die großen Fenster fiel, fasste er ein Jesuskind ins Auge, das ihm ähnelte, auch wenn er das nie zugegeben hätte. Er glättete seinen Hemdkragen, rückte die Pistole in seiner Hose gerade, fuhr sich mit der Hand über den Kopf und prüfte, ob die beiden alten Frauen, die in der Bank knieten, nicht auf ihn achtgaben. Er ließ sich von dem Frieden anregen, der wie durch Zauber die Kirche erfüllte, als wäre sie ein vor der Welt geschützter Raum, obwohl die gleich draußen vor der Tür als Autoverkehr lärmte. »Jesus«, versuchte er zu sagen, und wiederholte: »Jesus.« Er erinnerte sich daran, wie man betete, konnte aber die Hände nicht falten, die Handflächen wollten nicht zusammenkommen, blieben in der Luft. »Jesus, heiliger Kyros, heiliger Dominikus, heiliger Franziskus, mach, dass ich zu diesem Arsch raufgehe und dass der Arsch aus dem Haus geht, mach, dass ich sage, geh, und er geht.« Es fiel ihm schwer, die Szene wirklich so vor sich zu sehen, Roipnol, der aus dem Haus ging, die Culona hinter ihm her, aber sein Gebet reichte nur bis an die Ränder dessen, was passieren konnte, und wenn es einen Grund dafür gab, dass er die Kirche betreten hatte, dann war es die Hoffnung, die in seiner Hose versteckte Desert Eagle könnte dort bleiben, wo sie war, und das Wort würde reichen. Das Wort, das die Welt aus den Angeln hebt, wenn es das will, wenn es das kann. Darum betet man schließlich, oder? Ging es nicht darum? Da kam ihm ein anderer Gedanke. »*Gesù bambino*«, betete er, »lass mich eines Tages meine eigene Paranza haben.« Er versuchte, noch ein Versprechen anzufügen, denn wenn man etwas haben will, muss man auch etwas zurückgeben, das wusste er. Ihm fiel nichts ein, also schloss er mit einer alten Wendung, die auch bei ihm alt war, obwohl er noch ein Kind war. Er sagte: »Ich werde ein guter Mensch sein.« Und der gute Mensch stand ihm vor Augen wie ein Volksheld, ein Masaniello, einer mit Schwert, ein Superheld, der sich von San Martino über die Spaccanapoli schwingt, dann unter der Brücke hindurch, und über der Sanità schwebt. Neben Biscottino schien ein blutüberströmter Christus, dem das Seil, das ihn an die Säule gefesselt hatte, noch um den Hals baumelte, ihn verständnisvoll und mitleidig anzublicken. Zum Glück stand er unter einem gläsernen Schrein. »Ich werde ein guter Mensch sein«, wiederholte er und ging so rasch hinaus, wie er hereingekommen war.

Er wusste, dass er Pisciazziello in der Umgebung finden würde, denn die Culona betrachtete ihn als ihren Adoptivsohn – ihr Mann hatte zu lange im Gefängnis gesessen, jetzt war es zu spät für ein eigenes Kind –, und sie hatte ihn gern bei sich, um Familie zu spielen. Und einem Sohn vertraut man, oder nicht?

Biscottino entdeckte ihn, als er gerade in Roipnols Haus ging, und lief, um ihn aufzuhalten. Er erklärte, dass er für sie arbeiten wollte, spielte die Rolle, die Nicolas ihm aufgetragen hatte. Das machte er gut, weil er so leiernd sprach wie vorhin in der Kirche. Pisciazziello musste diesen Tonfall für echte Verzweiflung halten, denn er wiederholte andauernd: »Na klar, sicher ...« Er würde ihn mit in die Wohnung nehmen, jetzt gleich, wenn er wollte. Er sei gerade auf dem Weg dorthin.

Sie liefen die Treppen hinauf, und vor der Panzertür hob Pisciazziello den Kopf zur Kamera.

»Signò, das hier ist Biscottino, 'n Freund. Seit Roipnol das mit Mellone gemacht hat, hat er Schiss. Sagt, er hat Angst, dass alle so enden, die für die Paranza von Maraja arbeiten.« Ohne es zu merken, war er in denselben Ton gefallen, den Biscottino eben benutzt hatte, und die metallische Stimme der Culona antwortete: »Ja, das ist klug, dass er Angst hat. Kommt rein, ihr Kleinen.«

Pisciazziello drückte die Klinke herunter, die Tür öffnete sich. Er machte einen Schritt nach vorn, um einzutreten, aber Biscottino packte ihn am T-Shirt und legte sich die Hand über den Mund, um von der Kamera nicht gesehen zu werden. »Ich schäm mich, das zu sagen, wenn du dabei bist, wär mir lieber, allein reinzugehen«, sagte er. Pisciazziello blieb auf der Schwelle stehen. Er schien unschlüssig. Was er jetzt sagte, würde über diesen Tag entscheiden. Was würde passieren, wenn er darauf bestand, mit Biscottino reinzugehen? »*Gesù bambino* ...«, sagte Biscottino.

»*Vabbuò*«, antwortete Pisciazziello, »wir sehn uns«, und ging die Treppen runter.

Biscottino blieb ein paar Sekunden in der Tür stehen, um sich zu vergewissern, dass Pisciazziello seine Meinung nicht geändert hatte, dann ging er in die Wohnung und ließ sich von den

Stimmen Roipnols und seiner Frau führen. Sofort erkannte er die Möbel wieder, die er während des Umzugs auf der Straße gesehen hatte. Man roch noch die Farbe der frisch gestrichenen Wände. Die Culona hatte es sich auf der Ottomane bequem gemacht, während Roipnol hinter einem Schreibtisch aus dunklem Holz saß. Die halb geschlossenen Fensterläden ließen einen schmalen Lichtstreifen einfallen, für das Licht im Zimmer sorgte eine Stehlampe in der Ecke. Im Spiel der Schatten schien Roipnols Gesicht in zwei Hälften zerschnitten, Tag und Nacht. Dieser Mann mit hängenden Schultern und den Gesichtszügen einer Giftschlange – eng nebeneinanderstehende Augen, schmale Lippen, zu einem raubtierhaften Lächeln verzogen, glänzende Haut – wirkte fast wie ein Wikinger. Er schien weder überrascht noch erschrocken, und auch die Culona blieb gelassen. Biscottino sagte seinen Satz: »Wir kommandieren jetzt. Ihr müsst gehen, du und die Culona.«

»Ach, das hatte ich noch gar nicht gemerkt«, sagte Roipnol, aber zu seiner Frau gewandt. Jetzt erfasste der Lichtstreifen das Ohr, den Nacken und die frisch gefärbten Haare. »Du hast noch in den Eiern deines Vaters gesteckt, als ich dein Viertel verteidigt und ʼo Boa weggefegt habe. Ich habe Mangiafuoco aus der Sanità rausgehalten.« Dann drehte er sich wieder zu Biscottino um. »Dem, der dich geschickt hast, sagst du, dass ich ein Recht auf Forcella habe!«

»Mich hat niemand geschickt«, sagte Biscottino. Er hatte einen Schritt nach vorn gemacht, eine winzige Bewegung, um besser zielen zu können.

»*Muccusiello*«, sagte Roipnol, wieder an seine Frau gewandt, »was erlaubst du dir?«

»Dir wirdʼs schlecht ergehen, Roipnol.« Noch ein kleiner Schritt.

»Oha, sieh mal an, wie er brüllt, der kleine Rotzlöffel. Du glaubst, ich habe Angst vor einem Jüngelchen wie dir?«

»Um ein Junge zu werden, hab ich zehn Jahre gebraucht, um dir ins Gesicht zu schießen, brauche ich eine Sekunde.«

Das Mündungsfeuer der Desert Eagle schoss eine Moment-aufnahme des Zimmers. Roipnol mit offenem Mund, die Hände vorm Gesicht, als könnten sie es schützen. Die Fettärschige, die sich unerwartet wendig auf ihren Mann wirft, auch sie in der vergeblichen Hoffnung, ihn schützen zu können. Dann wurde alles wieder zu Schatten und Licht. Biscottino rannte aus dem Wohnzimmer, machte bestürzt halt. Er kehrte zurück, hob wieder die Pistole und zielte auf die Arschbacken der Culona. Ob Luft aus diesen beiden Ballons kommen würde? Ein präziser Schuss in die rechte Backe, aber keine Luft. Enttäuscht erledigte Biscottino die Culona mit einem Schuss in den Nacken.

Er flog aus der Wohnung und mit der maßlosen Geschwindigkeit seiner zehn Jahre die Treppen hinunter, gegen Türrahmen und das Geländer stoßend, ohne etwas zu spüren.

Da war die Eingangstür, wenige Stufen noch, drei Meter vielleicht. Schon sah er die Straße, dann sah er sie nicht mehr, weil Pisciazziello in diesem Moment mit einem Krapfen in der Hand zurückkehrte.

Die Desert Eagle glühte noch, Biscottino spürte sie auf der Haut, einen verrückten Moment lang überlegte er, ob er sie ziehen und auch diesen Zeugen kaltmachen sollte.

»Was ist denn passiert? Waren das Schüsse? Was hast du getan?«

Sein Freund musterte ihn, das Gesicht mit Zucker bestäubt. Biscottino lief weiter. Er hinterließ nur ein: »Iss deinen Krapfen.«

Brüder

Der Schönheitssalon »'O sole mio« hatte eine schlichte Internetseite. Ein paar Fotos und eine Handynummer. Das Mädchen, das Lollipops Anruf entgegennahm, hatte sich zweimal wiederholen lassen, dass sie den gesamten Salon bis zum Ladenschluss buchen sollte. »Wir müssen 'ne Taufe feiern!« Das Mädchen staunte immer mehr: »Eine Taufe im Schönheitssalon, spinnst du, ist das ein Witz?«

Lollipop hatte aufgelegt und war zehn Minuten später mit zweitausend Euro in Hunderterscheinen im Salon erschienen. Dann hatte er die Nachricht im Chat verschickt:

LOLLIPOP
Heute Nachmittag feiern wir Biscottinos Taufe *guagliù*!
Kommt alle zum Sonnenbaden!

Für die Paranza war die Nachricht klar:

MARAJA
Ey, zuuu geil!!
BISCOTTINO
Das haut rein!!!
STAVODICENDO
Ich lass 'ne Komplettenthaarung machen!!

Als das Geschäft um Punkt drei Uhr öffnete, sah das Mädchen als Erste Tucano und Stavodicendo eintreten, die den Gefeierten auf ihren Unterarmen trugen. Alle drei waren wie Genny Savastano aus *Gomorrha* frisiert, und hinter ihnen kam Nicolas herein, eine aufblasbare rote Krone auf dem Kopf, die ihn riesengroß erscheinen ließ. Die hatten ihm Lollipop und Drone an der Türschwelle aufgesetzt. Gleich dahinter folgten Dragò und Dentino, mit mehr goldenen Ketten und Armreifen behängt als die Madonna von Loreto, und schrien: »Glückwunsch, Biscottino, bist jetzt erwachsen!«

Hintereinander nahmen sie die Sonnenbänke, ließen Pediküre, Körper- und Gesichtsenthaarung machen und drehten sich zum Schluss ein paar Joints im Ruheraum. Für Biscottinos Feuertaufe hatten sie rosa Koks mitgebracht, das der Gefeierte probieren sollte. Nicolas holte das Tütchen aus seinem Bademantel, zog eine Linie auf der Teakholzbank und forderte Biscottino auf, den Reigen zu eröffnen: »Wir haben dem rosaroten Panther den Rücken gekratzt, und guck mal, was für'n schöner reiner Stoff dabei rausgekommen ist!«

Biscottino nahm seine erste Nase, anfangs hielt er sich gut, aber fünf Minuten später sprang er überall herum, schlug Rad und Flickflack durch den ganzen Raum, bis die anderen so viel Bewegung nicht mehr aushielten und ihn wegschickten, er solle eine schöne Erlebnisdusche nehmen.

Während sie auf den Hängematten schaukelten, alle völlig enthaart, außer Dentino, der die Haare auf seiner Brust behalten hatte, wo von einer Brustwarze zur anderen eine Kette mit Medaillon aus massivem Gold prangte, fragte Lollipop: »Warum lässt du dir von dem Geld nicht endlich mal die Zähne machen, statt alles für so bescheuerte Goldketten wegzuschmeißen?«

»Den Weibern gefall ich so, ich hab 'n Fenster im Mund, da sehn sie, was in mir drin ist.«

»Den Scheiß in dir drin sieht man auch so genau«, erwiderte Lollipop.

»Wie sind deine Zähne eigentlich kaputtgegangen?«, fragte Drone.

Diese Geschichte hatte Dentino noch nie erzählt. Doch seit er gefürchtet wurde, ein bisschen Geld hatte und von einer Freundin umarmt wurde, schämte er sich nicht mehr für diesen Makel, er war sein Erkennungsmerkmal geworden.

»Hab Basketball gespielt, und dann hab ich angefangen, mich mit einem Arschloch zu schlagen, der hat mir irgendwann einen Ball ins Gesicht geschmettert. Kannst dir vorstellen, wie viel so 'n Basketball wiegt? Zwei Vorderzähne sind abgebrochen, einer oben, einer unten.«

»*Vabbè*, das gibt's doch nicht, dass du Basketball gespielt hast! Wem willst du das denn erzählen? Du bist einen Meter und 'n Schwanz groß!«

»Fick dich«, sagte Dentino. Dann drehte er sich zu Tucano um und fragte etwas, was er schon lange wissen wollte: »Aber du, Tucà, wieso heißt du eigentlich so?«

Tucano sah überhaupt nicht wie ein Tukan aus, seine Nase war klein, und er hatte einen apostelmäßigen Bart. Ganz einfach: Eines Tages, er fuhr auf seinem Roller, hinter ihm saß Briatò, war ihm ein Insekt in den Mund geflogen. Er hatte gespuckt, musste würgen, dann hatte er angehalten und sich zwei Finger in den Mund gesteckt, um das Vieh zu fangen, das ihm immer noch gegen den Gaumen und die Zunge schlug. Als er das Ding endlich losgeworden war, hatte er gerufen: »Uà! Mir ist 'n Tukan in Mund geflogen!«

Es war aber eine Stechfliege gewesen, und Briatò hatte über

diese falsche Bezeichnung Tränen gelacht. So hatten alle, die ihn kannten, den Namen Massimo Rea aus ihrem Gedächtnis gelöscht, und er war einfach zu 'o Tucano geworden.

»Und Briatò? Warum nennen wir den so?«

Nicolas erhob sich aus der Hängematte, und Lollipop sagte: »Ruhe, Leute, der König will was sagen.«

Maraja rückte sich die Krone zurecht und begann: »Ich war dabei. Es war am letzten Tag der Mittelstufe, und unser Naturwissenschaftslehrer fragte jeden, was er werden wollte. Alle sagten Anwalt, Chef, Fußballer, Assessor und so was … Briatò hat bloß geantwortet: ›Flavio Briatore.‹«

Dann machte Nicolas ein Zeichen, und auch die anderen standen auf. Sie gingen zu Biscottino in der Erlebnisdusche. Er lag unter einem nach Jasmin duftenden Wasserstrahl, manchmal öffnete er den Mund und trank. Als er sie sah, richtete er sich auf. »Ey, wo wart ihr denn?!« Er blickte sie verwirrt an und fasste sich ständig an die Nase, als müsste auch er sich von einer Stechfliege befreien.

Sie zogen sich aus und sahen sich nun alle nackt nebeneinanderstehen. »Jetzt wird gemessen!«, sagte Drone, seinen langen Schwanz schüttelnd, worauf alle den eigenen und den der anderen betrachteten. Ohne es zu merken, standen sie plötzlich alle in einer Reihe und ahmten Drone nach, Pimmel in der Hand, Bauch vorgestreckt. »Die Fahne hoch!«, und sie beugten den Oberkörper zurück. »Rührt euch!«, befahl Nicolas, dann verschwand er im Dampfnebel vor den bunten Kabinentüren. Dragò packte Biscottino am Pimmel und zog ihn durch den Raum: »So wird er länger!«, sagte er, die anderen lachten. Dann gingen sie alle unter die Duschen, meist zu zweit, um von einer zur anderen Kabine zu wechseln und eine neue Farbe oder die Abfolge der Düfte auszuprobieren. Pesce Moscio konzentrierte sich und ließ einen Furz, und Drone spielte einen, der unter dem blauen Strahl der wohltuenden Wasser stirbt.

»Gefällt dir dein Fest, Biscottì, hast du Spaß?«, fragte Nicolas und kniff ihn in eine Wange.

»Ja, schön … aber wo wart ihr bloß alle?«, fragte er wieder.

»Wir haben uns Geschichten erzählt, wie wir zu unseren Namen gekommen sind …«

»Stimmt«, unterbrach ihn Biscottino, »ich hab mich immer schon gefragt, wieso Drone so einen schönen Namen hat. So einen will ich auch, denn Biscottino ist zum Kotzen!«

Dragò, der nach der Dusche mit seinen am Kopf klebenden Haaren nicht wiederzuerkennen war, hieb Drone auf die Schulter: »Ey, der Mann hat sich seinen Spitznamen redlich verdient. Er ist der Einzige in ganz Italien, der sich die tausend Wochenhefte *Bau dir deine Drohne* für 2,99 Euro gekauft hat. Aber er hat sie nicht nur gekauft, er ist auch der Einzige, der's geschafft hat, sich wirklich 'ne Drohne zu bauen. Und die flog sogar!«

»Nee, echt jetzt?«, fragte Biscottino und sah Drone erstaunt an.

»Uà, nicht mal Dan Bilzerian hat 'ne Drohne!«

»Der hat Dutzende. Ich bin sein Follower auf Instagram.«

»Ich auch, aber 'ne Drohne hab ich nie gesehen.«

Die Masseurin, eine Frau, die Pesce Moscio gefallen hätte, kam, um anzukündigen, dass das »'O Sole mio« gleich schließen würde, sie müssten sich anziehen und gehen. Das Fest war vorbei. In ein paar Stunden würde es im Nuovo Maharaja weitergehen.

Die Stadt hat am oberen Ende eine Krone aus zwei-, drei-, höchstens vierstöckigen Häusern, die zwar noch immer auf den Straferlass für illegale Bauten warten, unterdessen aber stetig zahlreicher und zu Dörfern geworden sind. Und ringsum Felder, die daran erinnern, wie die Vergangenheit dieser jetzt vom Zement erstickten, ländlichen Gegend ausgesehen haben muss. Es überrascht jeden, auch den, der dort geboren ist, dass man nur ein paar Mal von der Hauptstraße abbiegen muss, um sich mitten im Grünen zu finden. Ein paar Kilometer weiter weg, aber in einer ganz anderen Richtung wurde Nicolas gerade von Lichtbündeln bombardiert, während er den Kopf im Rhythmus eines als Discomusik gecoverten Songs aus den Sechzigern bewegte. 'O Maraja war im Nuovo Maharaja und tat, als amüsierte er sich auf der Feier zum Studienabschluss eines Sohns des Anwalts Caiazzo. Der war Rechtsbeistand der Familien Acanfora und Striano gewesen, bevor sie zu Kronzeugen wurden, hatte die Faella verteidigt und war Anwalt von diversen Fußballern und VIPs. Auch die Jungen hatte er damals bei der Anklage wegen Drogenhandel unterstützt, die Alvaro ins Gefängnis gebracht hatte. Vor einer Stunde war das Fest für Biscottino zu Ende gegangen. Sie hatten ihn umringt und abwechselnd mit Champagner begossen. Sie hatten auf die Plätze angestoßen, die nach Roipnols Tod jetzt ihnen gehörten, und auch auf die Gesundheit von Briatò und Pesce Moscio getrunken, die im Kampf verwundet worden waren. Dann hatten sie den Gefeierten aus dem Lokal gejagt: Draußen wartete sein Geschenk. Sein neuer Roller. Das Geschenk für die Paranza aber hatte ihnen der Anwalt Caiazzo mitgebracht: die Nachricht, dass das Urteil der Freiheitsstrafe in jenem alten Prozess zur Bewährung ausgesetzt war.

»Bravo, *avvocato*!«, sagte Dentino.

»Moët Chandon!«, rief Maraja, »Zwei Flaschen ... wir müssen feiern!«

»*Guagliù*, das ist Bewährung, das bedeutet, wenn ihr noch

mal verurteilt werdet, heben sie die Strafaussetzung auf und ihr brummt eure Jahre ab.«

Sie erhoben die Gläser. »*Avvocato*, wir sind unantastbar.«

Nicolas war in Gedanken woanders. Er blieb nicht länger als zwei Minuten sitzen, dann stand er auf, ging in ihr Separee und wieder hinaus, holte sich einen Acapulco – der Anwaltssohn hatte ein tropisches Thema für das Fest gewollt –, lief auf die Tanzfläche, umarmte Letizia und wechselte hier und da ein paar Worte. Alles immer mit einem Auge auf dem Smartphone. Die Nummern über den Namen der Chats häuften sich, ihn interessierte aber nur ein Name, der unten auf der Liste blieb. Plötzlich stellte der DJ die Musik ab, und helles Licht erfüllte das Lokal, der Augenblick für die Rede des Anwalts Caiazzo war gekommen. Die Blutgefäße in seinem Gesicht waren deutlich sichtbar, er hatte sich das Hemd fast bis zum Bauchnabel aufgeknöpft. Peinlich, dachte Nicolas, doch als der Anwalt um Ruhe bat und gleich darauf um einen Applaus für seinen Sohn, stellte Maraja den Acapulco ab und klatschte begeistert. Der Anwalt Caiazzo zog einen der Sessel aus dem Lokal unter das Porträt des indischen Königs. Oscar hatte die Sessel mit blütenweißem Stoff beziehen lassen, weil das eine Taufe war, wie er sagte. Caiazzo stellte sich auf den Sessel und versuchte das Gleichgewicht zu halten, indem er mit seinen Wildleder-Santonis auf der Sitzfläche herumtrat.

»Ich bedanke mich bei euch allen«, sagte er. »Ich sehe die Gesichter meiner Freunde, meiner Klienten.«

Hinter Nicolas sagte jemand: »Andere Gesichter können hier gar nicht sein, Avvocà, die sind im Urlaub … «

»Ja, ich habe mein Bestes getan, aber wir werden sie wieder hierherbringen! Wir werden sie hierher zurückbringen, denn ich verteidige nur Unschuldige.«

Gelächter.

»Ich freue mich, dass wir heute den Abschluss meines Sohnes Filippo feiern, dem Doktor in Politischen Unwissenschaften.«

Gelächter.

»Meine Tochter Carlotta hat einen Doktor in Philosofiesheit, und mein älterer Sohn Gian Paolo hat keine Lust aufs Studieren gehabt, der besitzt jetzt ein Restaurant in Berlin. Wie ihr seht, haben sich alle drei am Vater ein Beispiel genommen: Werdet nicht wie ich!«

Wieder Gelächter. Auch Nicolas lachte, dabei strich er mit einer Hand über Letizias Hintern, und mit der anderen, die in der Tasche steckte, wartete er auf das Vibrieren des Telefons.

»Jedenfalls möchte ich dich, Filippo, nur kurz beglückwünschen. Vergnüg dich auf Papas Kosten, mit der Arbeitslosigkeit kannst du immer noch bis morgen warten!«

Tosendes Gelächter. Die Rede war vorbei, das Fest konnte weitergehen.

Letizia versuchte, Nicolas auf die Tanzfläche zu ziehen, denn der DJ hatte *Music is the Power* aufgelegt, da konnte sie nicht stillstehen. Nicolas wollte sagen, er habe heute Abend keine Lust, aber Letizia sah traumhaft aus in diesem Kleid, das ihren ganzen Rücken frei ließ. Nicolas hielt sie von hinten fest und leckte ihr über den Hals. Sie tat beleidigt und machte zwei schnelle Schritte in Richtung Tanzfläche, damit er ihr folgte, aber in diesem Moment vibrierte Marajas Smartphone, und jetzt war es die Nachricht, auf die er gewartet hatte. Das Foto eines Himmels voller Sterne mit dem Satz: »Der Himmel bei mir zu Hause ist immer noch der schönste Himmel der Welt.« Wieder hielt er Letizia fest, und während sie sich in den Hüften wiegte und an ihm rieb, flüsterte er ihr zu: »Jedem, der mich sucht, sagst du, ich bin im Separee. Wenn sie im Separee nach mir fragen, sagst du, ich bin auf der Toilette. Wenn jemand aufs Klo geht, sagst du, ich laufe hier irgendwo herum.«

»Warum denn, was habt ihr vor?«, fragte Letizia, ohne mit dem Tanzen aufzuhören.

»Nichts, 'n Gefallen. Aber sie müssen wissen, dass ich hier bin, erklär ich dir später.«

Im Wechsel von Licht und Dunkelheit, in dem jede Bewegung isoliert und unvorhersehbar wurde, die Körper miteinander verschmolzen und Gesichter sich übereinanderlegten, blickte sie ihm nach, während er zum Ausgang ging. Sie tanzte mit erhobenen Armen und bewegte den Kopf von einer Seite zur anderen, ein paar Sekunden lang hatte sie das Gefühl, dass ein bekannter Blick auf ihr lag. Renatino mit Jungengesicht, genauso wie sie es von damals, aus der Zeit des Vollscheißens, in Erinnerung hatte, und mit dem Körper eines Mannes in Soldatenuniform. Es war nur ein Augenblick, dann sah sie ihn nicht mehr, und bei den ersten Klängen von *Single Ladies* lief sie Cecilia suchen, um zusammen mit ihr die Choreographie von Beyoncé nachzuahmen, dabei vergaß sie ihn.

Draußen wartete ein Auto auf Nicolas. Ein dunkelblauer Punto, wie man sie zu Hunderten auf jeder beliebigen Straße jeder beliebigen Stadt vorüberfahren sieht. Am Steuer saß Scignacane, der Nicolas, ohne ihn zu begrüßen, auf dem Beifahrersitz Platz nehmen ließ. Sie nahmen die Staatsstraße 162 NC und fuhren aus der Stadt heraus. In Nicolas' Kopf hallte noch das Lied von eben. Erst als er das Blöken von Schafen hörte, begriff er, dass er in einer anderen Welt angekommen war. Scignacane parkte den Punto am Straßenrand und sagte: »Gehn wir uns das Schaf ansehen.«

Sie gingen quer über die Felder. Scignacane kannte den Weg genau und kontrollierte mit dem Licht des Handys, wo er seine Füße hinsetzen konnte. Dann blieb er plötzlich stehen, fast wäre Nicolas gegen ihn geprallt. »Da ist ja das Schaf«, sagte Scignacane.

Er saß auf einer Trockenmauer, früher wohl die Grundstücksgrenze eines Bauernhauses, das jetzt nur noch eine Ruine war, mit halb eingefallenen Mauern und einem improvisierten Wellblechdach, das Gewitterstürme in der Mitte zusammengedrückt hatten. Er rauchte in aller Ruhe, und zwischen zwei Zügen plauderte er mit Dragò, der neben ihm das Handy überwachte – jedes Mal, wenn er das Telefon herumdrehte, hob sich seine etwas schiefe Nase gegen das Dunkel der Nacht ab. Vor den beiden verlief ein Graben, der ihnen als Zeitvertreib diente, sie warfen Steine hinein, die sie auf dem Mäuerchen aufgehäuft hatten. Sehen aus wie zwei Grundschüler, dachte Nicolas.

Der Junge neben Dragò bemerkte, dass Nicolas und Scignacane angekommen waren. Er drehte den Kopf und wusste sofort Bescheid. Er drehte ihn wieder, um in Dragòs Augen – als wenn das nötig gewesen wäre – eine Bestätigung zu finden, aber Scignacane war schon dicht bei ihm.

»Beschissenes Arschloch, du hast bei mir zu Hause gegessen.«

»Was redest du? Nichts hab ich gemacht, gar nichts, Scignacà!«

Noch immer auf dem Mäuerchen sitzend, hatte er sich zu Scignacane umgedreht, der ihm jetzt ins Gesicht brüllte. Nicolas und Dragò versperrten ihm rechts und links den Fluchtweg. Dahinter war nur der Graben.

»Nichts? Guck dir das an«, fuhr Scignacane fort und zeigte

ihm ein Foto auf dem Handy. »Erkennst du den? Weißt du, wer das ist?«

Der Junge versuchte, sich mit den Schultern einen Fluchtweg zu bahnen, aber Nicolas und Dragò packten seine Arme und drehten sie ihm auf den Rücken. Scignacane steckte sein Telefon zurück in die hintere Hosentasche und gab ihnen ein Zeichen, den Jungen loszulassen. Der Himmel hatte sich bezogen, jetzt verdeckten Wolken den Mond, und kein Licht fiel mehr auf das Geschehen. Auch die Schafe hatten zu blöken aufgehört. Das einzige Geräusch war der Atem der zwei Jungen und der schnellere ihres Gefangenen. Er versuchte nicht mehr, sich zu wehren, das war keine Situation, aus der man mit Worten herauskommen konnte. Scignacane postierte sich breitbeinig auf dem unebenen Boden und versetzte dem Jungen einen kräftigen Schubs, sodass er in den Graben fiel. Er wartete nicht, bis er wieder aufgestanden war, zog die Pistole und schoss auf die Stelle, die er sich für die erste Kugel vorgenommen hatte. Ins Gesicht. Aber er zielte auf den Wangenknochen. Ein Schuss, der entstellt und vor Schmerz schreien lässt, aber kein Schuss, der tötet. Der Junge im Graben begann, um Entschuldigung zu bitten, um Gnade zu flehen. Er spuckte Worte aus, die mit Blut vermischt waren, das ihm in die Kehle floss, wenn er versuchte, Luft zu holen. Erst jetzt bemerkte Nicolas, dass Scignacane Latexhandschuhe trug, und instinktiv wischte er sich die Handflächen an seiner Hose ab.

Aus dem Graben schrie es: »Du hast mir ins Gesicht geschossen! Was tust du?« Doch Scignacane war noch nicht fertig. In schneller Folge schoss er ihm eine Kugel ins Knie und eine in den Bauch. Unwillkürlich musste Nicolas an Tim Roth in den Armen von Harvey Keitel denken und daran, wie lange so ein Todeskampf dauern kann. Wie viel Blut enthielt ein menschlicher Körper? Er versuchte, Erinnerungen wachzurufen, wurde aber abgelenkt durch den letzten Schuss von Scignacane, der sich direkt in ein Auge des Jungen bohrte.

Sie brauchten eine Stunde, um den Graben mit Hilfe der Spaten zu füllen, die sie hinter der Ruine gefunden hatten. Die Schafe hatten wieder angefangen zu blöken.

In den letzten Wochen hatten Dumbo und Christian sich nur ein paar Mal gesehen. Und dann nichts mehr, urplötzlich war ihre Freundschaft, in der es ganze Tage gemeinsames Nichtstun gab, verpufft. Christian hatte nicht gewagt, Nicolas nach Dumbo zu fragen: die Paranza, der Stoff, die Waffen … alles kam durch Nicolas bei ihm an, und er entschied, wann. So war es immer gewesen zwischen den beiden, und Christian wusste, dass nicht mehr viel fehlte bis zu dem Tag, an dem niemand anderes als sein Bruder ihn auf ein neues Dach einladen würde, um mit neuen Waffen neue Satellitenschüsseln zu durchlöchern.

Als Nicolas ins Kinderzimmer kam, lag Christian auf dem Bett und schrieb an Dumbo. All diese Nachrichten hatte sein Freund nicht einmal gelesen, die Haken am Rand färbten sich nicht blau. Seltsam, Dumbo hatte noch nie so viel Zeit vergehen lassen, ohne auf sein Handy zu gucken.

Nicolas war ins Zimmer gekommen, wie immer – die Tür mit der Schulter aufstoßen, dann ein Fußtritt, um sie zu schließen –, und sprang sofort auf sein Bett. Wenn die Brüder in ihren Betten die Arme ausstreckten, berührten sich ihre Fingerspitzen. Als Christian den Kopf zu seinem Bruder drehte, wies Nicolas' scharfes Profil zur Zimmerdecke. Dann schloss er die Augen, und Christian tat es ihm nach. So blieben sie eine Weile liegen, und jeder lauschte auf den Atem des anderen. Es gebührte dem großen Bruder, dieses Schweigen zu brechen, und das tat er, indem er sich geräuschvoll die Air Jordan von den Füßen streifte. Die Schuhe landeten übereinander am Boden. Christian schlug die Augen auf, überprüfte ein letztes Mal die Farben der Häkchen auf dem Handy, dann faltete er die Hände hinter dem Kopf. Er war bereit. Er hörte zu.

»*Adda murì mammà*! Scignacane geht mir so auf den Sack«, sagte Nicolas. Das Wort »Sack« hatte er ausgesprochen, als müsste er überschüssige Luft loswerden. Er befreite sich von etwas, das zeigte dieser Schuss aus Luft. Wieder blickte Christian verstohlen zum Bruder hin, der regungslos dalag, nur manchmal die Lippen bewegte, als suchte er nach den richtigen Worten. Christian starrte wieder an die Decke und bemühte sich, nur noch den eigenen Körper wahrzunehmen. Nein, einen Toten konnte er nicht spielen.

Die Geschichte von Scignacane kannte Christian gut. Er kannte sie als eine Geschichte mit langer Vergangenheit, eine Geschichte von Krieg und Wettkampf, von einem Spiel, an dem er nicht hätte teilnehmen wollen, einer Schlacht, in der sein Bruder mit Tarnanzug und Helm auftauchte, manchmal auch mit Schwert und Rüstung. Er selbst musste im Kinderzimmer bleiben, während die Eltern nebenan womöglich stritten, und auf Nachrichten warten, Nachrichten von den Ereignissen an der Front, an der Grenze, in der *cittadella* mit den Gässchen. In letzter Zeit war alles so schnell gegangen. Nicolas' Paranza hatte sich weiterentwickelt und verhandelte über das Heroin jetzt direkt mit den Acanfora von San Giovanni a Teduccio. Mit Scignacane. Mehr als einmal hatte Christian nach dem Grund für diesen Spitznamen fragen wollen, aber er hatte es nie getan, vielleicht um das Bild, das er sich vom neuen König von San Giovanni gemacht hatte, nicht zu zerstören. Eine Art Pokémon, halb Affe, halb Hund, ein wendiger Läufer, unschlagbar beim

Klettern. Überdies war der Kontakt mit Scignacane durch pures Glück und ausgerechnet durch Dumbo zustande gekommen. Dumbo hatte ein Jahr Nisida abgesessen – er hatte nicht gesungen, hatte keine Namen genannt –, und dort hatte er ihn kennengelernt. Auch diese Geschichte hatte Christian tausendmal gehört, und jedes Mal wenn Dumbo selbst sie ihm erzählte, während sie auf seinem Aprilia Sportcity herumfuhren oder irgendwo lagen, um einen Joint durchzuziehen, fügte er einen Teil hinzu.

»Der ist wirklich 'n Stück Scheiße«, sagte Nicolas. Und wieder spähte Christian verstohlen hin und sah ihn immer noch in genau derselben Haltung auf dem Bett liegen, aber dann bereute er es sofort, er wollte von Nicolas nicht beim Spionieren ertappt werden.

Das ist ein Scheißtyp, hatte auch Dumbo gesagt, als Christian ihn gefragt hatte, wie Scignacane war. Ein Scheißtyp. Punkt. Mehr hatte er nicht dazu gesagt, und das war merkwürdig bei einem, der auch dann redete, wenn er nicht reden durfte, und vielleicht hatte Nicolas ihn deshalb von der Paranza ferngehalten. Jedenfalls war Dumbo in Nisida gelandet, weil er, als er dreizehn war, dem Vater geholfen hatte, ein Fliesenlager auszuräumen. Dentino und sein Vater waren auch dabei gewesen, sie arbeiteten oft auf Baustellen zusammen, aber die beiden hatten abhauen können.

»Scignacane sagt, dass Dumbo seine Mutter fickt und es überall herumerzählt, und er hat sogar ein Foto von seinem Schwanz aufs Handy seiner Mutter geschickt.«

Christian wagte nicht zu atmen, keine einzige Bewegung auf den zerwühlten Bettlaken zu machen, und dieses Mal versuchte er erst gar nicht, Nicolas anzusehen. Denn das konnte eine Falle sein. Vielleicht hatte Nicolas gerade jetzt den Kopf gedreht und wartete darauf, seinem Bruder in die Augen zu sehen – beide hatten genau dieselbe Augenfarbe, ihr einziges gemeinsames körperliches Merkmal –, um darin die Wahrheit über Dumbo zu lesen.

Auch Dumbo erzählte diese Geschichte. Er erzählte, dass Zarina – Scignacanes Mutter – verrückt nach ihm sei und dass er diese MILF, wie er sie nannte, schon öfter gevögelt habe. »Die hat zwei Titten wie Marmor«, hatte er Christian einmal hier in diesem Kinderzimmer erzählt. Dann hatte er eine Handbewegung gemacht, um anzudeuten, dass die Ohren, die ihm seinen Spitznamen Dumbo eingebracht hatten, ganz und gar nicht bedeuteten, dass er schwul sei, wie manche dachten.

Christian bemühte sich, seinen Gedankenfluss zu stoppen, und warf, ohne dass Nicolas es merkte, wieder einen Blick auf sein Handy. Dumbo las seine Nachrichten immer noch nicht …

»… dann bin ich zu Aza gegangen, unsrem Waffenlager. Ich wollte nicht nackt bei Sciagnacà ankommen, verstehst du? Wenn der rauskriegt, dass ich mit den Grimaldi rummache, bin ich tot. Und er hat nicht aufgehört, mich andauernd anzurufen, wo bist du?, mach schnell!, muss dich sofort sprechen. Verstehst du?«

Christian verstand. Jedes Mal, wenn sein Bruder ihm etwas sagte und den Satz mit »verstehst du?« beendete, bekam er eine Gänsehaut. Wenn Nicolas mit den anderen sprach, gewährte er nur selten ein »verstehst du?«, denn die anderen mussten selber sehen, wie sie klarkamen, aber bei ihm war das anders. Und er verstand auch, dass Scignacane ein richtiges Arschloch war, das sich in Nisida aus wer weiß welchem Grund an Dumbo rangemacht hatte, denn sein Freund war einer dieser wachsweichen Jungen, die man zwar leicht manipulieren kann, aber nur bis zu einem bestimmten Punkt. Dumbo war schlauer, als alle dachten, das hatte Christian sofort erkannt, und er wusste auch, dass es nur sein Vater gewesen war, der ihn in Schwierigkeiten gebracht hatte mit diesem verrückten Plan. Eines Tages war er bei Dentinos Vater aufgetaucht mit einer Idee, wie man die Rumänen und Mazedonier bescheißen konnte, die die Preise verdarben und ihm seine Arbeit wegnahmen, denn der Herzinfarkt habe ihm ein Bein und einen Arm übel zugerichtet, sagte er immer, aber sein Kopf funktioniere noch sehr gut, jetzt sogar besser. Der Plan war einfach, sie mussten nur die Lager in Vietri ausräumen, zusammen mit den Jungen, und sich alle Kacheln untern Nagel reißen, sie sechs Monate lang nicht anrühren und dann wieder neu anfangen. Na ja, den Markt damit aufmischen. Die Geschichte von dem Bruch hatte Christian nur von Dumbo gehört, denn Dentino schämte sich insgeheim dafür, dass er davongekommen und nicht in Nisida gelandet war.

Alles war glattgelaufen, bis Dumbos Vater allein einen der schweren Packen Kacheln aus dem Metallregal nehmen wollte. Mitten im ohrenbetäubenden Lärm der am Boden zerschellenden Vietri-Kacheln war er gestürzt und hatte das ganze Regal mit sich gezogen. Ein paar Minuten lang hatten sie versucht, ihn unter dem Regal herauszuziehen, doch das Gewicht war zu schwer für ihre Arme. Dann war Dentino mit seinem Vater quer über die Wiesen abgehauen, während Dumbo an seinem Vater zerrte und der ihn anschrie, er solle weglaufen.

Nicolas hatte sich entspannt und sprach jetzt nicht mehr in abgehackten Sätzen, doch Christian ließ sich immer wieder ablenken und verstand nicht warum. Jedes Wort von Nicolas war wichtig, von jedem Satz konnte man etwas lernen, warum schaffte er es dann nicht, die Ohren zu spitzen und sich auf Nicolas' Geschichte zu konzentrieren, wie er es immer tat? In Nicolas' Reglosigkeit, die ihm komisch vorkam, war etwas Elek-

trisches, etwas, was Christian auch ein bisschen Angst machte, weswegen er sich am liebsten auf dem Bett gekrümmt hätte.
Aufstehen und rausgehen kam überhaupt nicht in Frage: Mehr
noch als an dem Abend, an dem er die Pistole nach Hause gebracht hatte, schien Nicolas in diesem Moment, wie er da reglos auf der blauen Überdecke mit den Wolken lag, unbesiegbar
wie ein Superheld. Christian nahm die schweißnassen Hände
vom Kopf und trocknete sie an seiner Hose ab. Die Matratze
war ein Ameisenhaufen. Sein Körper juckte überall, aber er bemühte sich nach Kräften, starr und konzentriert zu bleiben wie
sein Bruder.

»Er hat mich durchsuchen lassen und das Eisen sofort gefunden. Ich wollte Tucano mitnehmen, der ist verrückt, aber
wenn was getan werden muss, dann macht der. Doch Scignacane hat drauf bestanden, dass ich allein komme, verstehst du?
Außerdem wollte Tucano sowieso schon alle umlegen, wie
Scarface. Ich komm an, und Scignacane ist viel zu nervös, denn
Fallen, hör auf mich, Fallen stellt man in aller Ruhe, du bist
am Arsch, wenn du nicht Ruhe bewahrst. Sie finden also sofort mein Eisen, und Scignacane wird sauer, denn das Haus von
Don Cesare Acanfora betritt man nicht mit'm Eisen, außerdem
machen wir Geld zusammen, warum sollte man dann schießen?
Ich sag zu ihm, dass ich nicht weiß, was passieren kann und was
nicht passieren kann, ich weiß bloß, dass ich mich besser fühle,
wenn ich was zum Schießen habe, verstehst du? Er antwortet,
vabbuò, dann holt er ein Handy raus, nicht seins, denn hinten
sind lauter Brillanten drauf, es gehört nämlich der Zarin, macht
WhatsApp auf und zeigt mir einen Chat zwischen ihr und Antonello Petrella.

Antonello ist Dumbo, sagte sich Christian, das ist Dumbo.
Das Jucken unterm Kiefer, am Ohransatz, wurde unerträglich.

Er kratzte sich still, bohrte die Fingernägel ins Fleisch, um so effektiv zu kratzen wie möglich, dabei sah er aus dem Augenwinkel eine Bewegung. Nicolas hatte sein Handy aus der Hose gezogen und fuhr jetzt mit dem Daumen rasch über das Display. Ein Chat. Eine Audionachricht.

»Hab alles aufgenommen«, sagte Nicolas, dann tippte er mit dem Zeigefinger der anderen Hand auf Play, und es ging los:

»Siehst du? Siehst du das?«

»Wart mal, lass mir Zeit. Nein, ist ja nicht möglich!«

»Und jetzt guck dir das an. Er hat meiner Mama ein Foto von seinem Schwanz geschickt.«

»Aber deine Mama hat ihn gelassen.«

»Meine Mama wusste nicht, was sie machen sollte.«

»Das heißt, deine Mama wollte Dumbo ficken?«

»Keine Ahnung, am liebsten möchte ich beide aus'm Weg räumen.«

»Tu das, nimm dir Dumbo vor und mach ihn fertig.«

Das war die Stimme seines Bruders. Er hatte das gesagt, »mach ihn fertig«. Christian wusste, dass es Nicolas' Stimme war, natürlich war sie es, aber gleichzeitig schien sie es nicht zu sein, wie konnte das seine Stimme sein? Er blickte Nicolas verwirrt an, doch dessen Augen klebten am Handy.

»Nee, wir haben die DEA am Hals, wegen dem Stoff von den Taliban sind jetzt sogar die Amis hinter uns her. Wir können nicht einfach so auf der Straße 'n Stück machen.«

»Na und? Dann macht ihr eben nichts.«

»Nichts? Das heißt, die belästigen deine Mama und du …? In deiner Paranza ist Dentino, der beste Freund von Dumbo.«

»Ja, Dentino ist 'n Bruder von Dumbo. Aber Dumbo arbeitet für dich, der treibt sich ja immer hier rum.«

»Nein, lässt sich schon länger nicht mehr blicken. Ist nicht gekommen, sich die *mesata* abholen, antwortet nicht am Telefon. Der lässt sich nicht mehr blicken. Wegen so'm kleinen Wichser kann ich keine Operation mit meinen Soldaten machen.«

Ohne es zu merken, hatte Christian die Augen geschlossen, aber die Ohren konnte er nicht schließen, und er schaffte es nicht, den Mund aufzumachen. Er wollte sagen, dass Dumbo einer von ihnen war, genau wie Dentino. Mit Dumbo hatte er seinen ersten Joint geraucht, Dumbo hatte ihn seinen Roller ausprobieren lassen, unten in der Garage vor seinem Haus. Das wollte er sagen, aber er traute sich nicht, die auf dem Handy laufende Aufnahme zu unterbrechen, das wäre, als würde er Nicolas unterbrechen – unmöglich. Auch die Art, wie sein Bruder die Aufnahme dieses Dialogs gestartet hatte, erlaubte ihm nicht, irgendeine Gefühlsregung zu zeigen, als hätten die Worte, die durch das Zimmer hallten, keinen Wert an sich, als wären sie einfach ein weiteres Kapitel seiner Ausbildung: Wichtig war nur, dass er zuhörte und lernte. Also hörte er zu, er musste zuhören, wenn er wie sein Bruder werden wollte, mithalten wollte, aber er hielt die Augen geschlossen und rief sich die Grimassen ins Gedächtnis, mit denen Dumbo ihn zum Lachen brachte, und als er ihn ins Stadion mitgenommen hatte, um das Spiel Napoli–Fiorentina zu sehen, da hatte er ihn sogar von seinem Bier trinken lassen. Christian hatte fast noch den Geschmack des Biers auf der Zunge, während seine Ohren der Stimme seines Bruders und dieser anderen Stimme folgten, beide unwirklich.

»Jemand muss ihn mir aufs Land bringen, raus aus San Giovanni. Der darf ihm aber nichts sagen, bloß dass er ihn auf ein Fest mitnimmt. Kannst dir aussuchen, wen du willst. Ist mir egal. Dann werde ich da sein, ich frag ihn paar Sachen, und dann erschieß ich ihn. Damit wär das erledigt. Die Schande ist zu groß, der erzählt überall rum, dass er meine Mama fickt.

Hat ihr sogar seinen Schwanz geschickt, kannst dir so was vorstellen?«

»Aber wenn du ihn so umlegst, weiß keiner, dass du es warst. Keiner kapiert, dass es 'ne Strafe war.«

»Muss keiner wissen. Er soll bloß weg.«

Maraja wusste, dass jeder Tod zwei Gesichter hat. Das Töten ist die Lektion. Jeder Tod gehört zur Hälfte dem Toten, zur Hälfte den Lebenden.

»Und wenn ich's nicht mache?«

»Wenn du Nein sagst, machen wir keine Geschäfte mehr zusammen.«

»Was haben denn die Geschäfte mit dem Foto von einem Schwanz zu tun, das deiner Mama geschickt wird?«

»Maraja, bist wirklich noch 'n Kind. Wer deine Mama beleidigt, beleidigt dich. Eine Beleidigung von deiner Mama ist eine, die kannst du dir nicht mehr vom Gesicht abwaschen. Das bedeutet, dass sie alles mit dir machen können. Du erlaubst ihnen, dir ins Gesicht zu kacken.«

»Verstehst du, Christian?«

Ende der Botschaft. Nicolas steckte das Handy in die Tasche zurück. Er war nicht fähig, die Verwirrung seines kleinen Bruders wahrzunehmen. Christian nickte, ja, ich verstehe, sagte sein Kopf, doch sein Körper sagte das Gegenteil. Etwas wie ein Schrei stieg ihm die Kehle hoch, aber er wusste nicht mal, ob es ein Schrei war. Er schwamm in tiefem Wasser und konnte noch gar nicht schwimmen. Er wollte schreien, dass Dumbo ein Freund war, ein Bruder, und einen Bruder kann man nicht töten. Er wollte Nicolas fragen, ob es richtig war, einen Freund zu töten. Er selbst hatte sich die Antwort schon vor langer Zeit gegeben, aber wenn Nicolas zugestimmt hatte, war es vielleicht doch richtig, oder? Vielleicht war es richtig, einen Freund zu töten, der einen Fehler gemacht hatte. Und Dentino, was wusste der von der ganzen Geschichte? Christian war immer ein bisschen eifersüchtig auf die Freundschaft zwischen Dumbo und Dentino gewesen. Damit hätte er nie konkurrieren können, und dieser unangenehme Gedanke ließ ihn schamrot werden. Er drehte sich zur Wand um, obwohl Nicolas ihn gar nicht ansah. Er griff zum Handy, die Häkchen wurden noch immer nicht blau. Ja, er verstand, dass Dumbo zum Tode verurteilt worden war, und er verstand auch den letzten Satz seines Bruders, diesen vergeblichen Versuch, Scignacane zum vernünftigen Überlegen zu bringen. Denn der vermengte immer noch hartnäckig Blut und Geschäfte, Familie und Geld, wie all jene, die Nicolas verachtete. Nicolas hasste Leute wie ihn, er ertrug es nicht, wenn das Geschäft durch das Fleisch beschmutzt wurde. Geld ist das eine, der Schwanz das andere. Christian wollte nur, dass sein Bruder ihm sagte, er habe Scignacane überzeugt, dass das eine Dummheit war, er wollte nur, dass Dumbo ihm endlich antwortete.

Nicolas drehte sich auf die Seite, dann wieder auf den Rücken. Er wollte weitersprechen, und einen Moment lang war Christian versucht, etwas zu tun, zum Beispiel aufstehen und rausgehen, sagen, er müsse aufs Klo. Worte hatte er dafür noch nicht, nur das Zucken in den Beinen. Seine Hände steckten jetzt in den Hosentaschen, er hatte keine Worte, aber er wusste schon, was er ihm sagen würde, nämlich, dass Dumbo mehr als ein Freund für ihn war – *ist*, bemühte er sich zu denken –, ein zweiter Bruder, der im Unterschied zu Nicolas nichts dagegen hatte, wenn er bei seinen Geschichten unterbrochen wurde. Und danach würde er ihm auch sagen, er wisse, dass Dumbo die Paranza in Schwierigkeiten gebracht hatte, dass er also bestraft werden musste. Musste er bestraft werden? Er musste bestraft werden. Christian wiederholte im Geist das Wort »bestraft«, und es sprang nach allen Seiten weg wie ein Ball. Wie der gelbe Ball, den Papa ihm gekauft hatte, als er noch in die Grundschule ging. Bestraft. Dumbo. Basta. Wie lange dauerte dieses Schweigen eigentlich schon? Jetzt sage ich was, dachte Christian, doch er brachte keinen Laut heraus. In dem Moment fing Nicolas wieder an: »Und da hat Scignacane mir gedroht: ›He, jetzt reicht's. Wenn mein Vater, 'o Negus, noch lebte, er hätte dich schon kaltgemacht, weil du den Scheißer kennst, weil er 'n Kamerad von dir ist. Aber ich hab nicht die Eier, die mein Vater hatte, darum hör zu, mit dir kann man gutes Geld machen, aber wenn du das nicht für mich tust, kannst du mein Heroin vergessen, dann gehst du wieder Gras und Koks verkaufen, Schluss. Ja, und den Palma aus Giugliano, die denken, sie hätten ein Exklusivrecht aufs Heroin, denen werd ich sagen, dass du dir auch was davon nimmst, dann muss ich nicht selbst Brei aus dir machen, dann stecken die dich in 'n Mixer.‹ Er hatte seinen Entschluss gefasst. Also frag ich ihn, wie wir das organisieren. Er sagt, dass er mir Nachricht geben wird. Dass diese Sache durchgezogen werden muss.«

Er hatte nicht »verstehst du?« gesagt, für Christian das Zeichen, dass das Gespräch beendet war. Sie lagen noch eine Weile schweigend da, hörten auf die Geräusche im Haus, das Wasserrauschen aus den Nachbarwohnungen, das Stimmengewirr der Familien. Dann ließ Nicolas sich aus dem Bett gleiten, nahm seine Schuhe und schloss die Tür hinter sich, ohne ein Wort zu sagen.

Drei Tage später schrieb Dentino an Christian, er müsse ihn sofort treffen. Er mache sich Sorgen, weil Dumbo sich nicht mehr blicken ließ, und auch Dumbos Eltern waren verzweifelt. Sie waren sogar zu Dentino gegangen, aber er hatte nur sagen können: »Ich kann ihn nicht finden. Ich weiß nicht, was mit ihm los ist.«

»Als er sich zum letzten Mal von mir verabschiedet hat, waren welche gekommen, um ihn auf dem Moped mitzunehmen«, hatte die Mutter zu rekonstruieren versucht.

»Signora, Sie müssen sich erinnern, wer ihn abgeholt hat.«

Er hatte ihr ein paar Fotos auf Facebook gezeigt, dann Videos von den *guaglioni* der Paranza, dann Instagram. Aber die Signora hatte niemanden erkannt. »Ich spüre, dass ihm etwas zugestoßen ist …«

»Nicht doch, warum sagen Sie so was?«

»Weil Antonello ein Junge ist, der immer anruft, wenn er nicht nach Hause kommt. Ihm muss etwas zugestoßen sein. Dir hätte er es sicher auch gesagt, wenn er aus irgendeinem Grund wegmusste, wenn etwas passiert ist, wenn er Angst hatte und sich verstecken musste …«

»Vor wem denn verstecken?«

Die Mutter hatte Dentino angesehen. »Glaubst du, ich weiß nicht, was ihr macht?«

»Was machen wir denn, Signò?«

»Ich weiß, dass ihr arbeitet, ihr arbeitet für …«

Dentino hatte sie den Satz nicht beenden lassen. »Wir arbeiten. Basta.«

Dumbos Vater hatte kein Wort gesagt, nur aufs Telefon gestarrt, unschlüssig, ob er die Polizei anrufen sollte. »Rufen Sie nirgendwo an, bitte«, hatte Dentino gesagt, und: »Ich finde Antonello für Sie. Sie wissen, dass er mein Bruder ist.«

Die Eltern hatten nichts mehr erwidert, und Dentino wusste, dass ihm nur wenige Stunden blieben, bevor sie die Polizei anrufen würden. Er fragte alle, und alle schworen, dass sie nichts wussten. Verschwunden. Christian fragte er zuletzt. Er war seine letzte Hoffnung, denn wenn auch Christian nichts wusste, war Dumbo nicht mehr zu helfen.

Christian hörte sich auch diese Geschichte schweigend an, und als Dentino fertig war, sagte er, er wisse nichts. Er zeigte ihm die Nachrichten, die er ihm weiterhin schrieb und die Dumbo niemals lesen würde. Da umarmte Dentino den kleinen, reglosen, etwas steifen Körper und versprach Christian, dass er ihm bald Nachricht geben würde. Und einen Augenblick lang ertappte Christian sich dabei, dass er hoffte, es könnten gute Nachrichten sein.

An einem der nächsten Tage ging Dumbos Mutter zur Polizei und gab eine Vermisstenanzeige auf. Die Online-Zeitungen berichteten noch am selben Abend darüber. Das Wort von der »Lupara bianca« machte die Runde, der sizilianische Mafiaausdruck für einen Mord, bei dem der Tote spurlos beseitigt wird. Den Jungen von der Paranza sagte der Ausdruck nichts. Am vierten Tag der Suche bekam Dentino eine Nachricht von 'o White: »Sieht so aus, als sollte man in der Bronx suchen.« Das war San Giovanni a Teduccio. Das Gebiet der Acanfora.

Dentino versuchte, mehr herauszukriegen, aber White sagte nichts mehr. Er fuhr sofort in die Bronx, suchte überall. Gerne hätte er Dumbos Namen überall herausgeschrien. Er ging in die Bars: »*Guagliù*, habt ihr Dumbo gesehen?«, und zeigte sein Foto auf dem Handy. »Nein. Keine Ahnung. Wer ist das denn? Ist der von hier?«

Bis die Koala, seine Freundin, ihm auf WhatsApp schrieb: »Hab gehört, zuletzt wurde Dumbitiello in der Bronx gesehen, draußen … da, wo das alte Haus stand, wo jetzt die Schafe sind.« Dentino wusste sofort, wo das war. Er war oft dort gelandet, sie hatten sich da mit Wodka abgefüllt und ein Crack-pfeifchen geraucht. Er fuhr zu dem Häuschen, es war noch Tag. Er fand nichts. Vielleicht hatte man ihn gefesselt, hoffte er, hatte ihn bestraft, indem man ihn an einen Baum band. Nichts. Beim Herumgehen sanken seine Füße in der Erde ein, und er begriff, dass hier jemand vor kurzem gegraben hatte. Vier Tage waren vergangen, und es hatte nicht geregnet. »*Madonna mia. Madonna mia.* Nein, nein!«

Er fing an, mit den Händen zu graben. Immer tiefer. Die Erde drang ihm unter die Fingernägel, wirbelte auf, landete in seinem Mund, klebte ihm am Körper, weil er schwitzte. Ein Mädchen fragte: »Was suchen Sie? Was machen Sie da?«

Er blickte auf: »Hast du eine Schaufel?«

Sie verschwand in dieser Art Schafstall, fand eine Schaufel, und Dentino grub mit der Schaufel, bis er auf etwas stieß. Er warf die Schaufel weg, weil er fürchtete, den Körper zu verunstalten, und grub wieder mit den Händen.

Das Gesicht tauchte auf. Und jetzt brach seine ganze Angst aus Dentino heraus: »Nein! Nein! Madonna!« Ein sehr lauter Schrei.

Sofort wurde die Polizei gerufen, sogar ein Hubschrauber kam, die Carabinieri zogen den Toten aus dem Graben. Die Eltern kamen. Dentino wurde aufs Polizeipräsidium gebracht und erkennungsdienstlich behandelt. Man versuchte, ihn zu verhören, aber er starrte nur vor sich hin und antwortete einsilbig. Er stand unter Schock. Am nächsten Morgen ließen sie ihn gehen. Sie hätten ihn anklagen können, auf seinem Handy waren die Hinweise, die ihm 'o White und Koala gegeben hatten. Er verließ das Polizeipräsidium, draußen wartete die Koala, die ihn lange umarmte. Er ließ sich drücken, ohne einen Muskel zu rühren, ohne ihre Liebkosungen zu erwidern. Sein Blick war starr.

Sie stiegen auf den Roller, und Dentino sagte: »Wir fahren zum Schlupfwinkel.«

Sie fuhren nach Forcella und gingen ins Haus. Koala blieb auf der Treppe stehen, sie kannte die Regel, dass niemand eintreten durfte, der nicht zur Paranza gehörte. Vor allem war keiner Frau erlaubt, die Wohnung zu betreten.

»Komm rauf«, befahl ihr Dentino.

Sie gehorchte nur. Am liebsten hätte sie gar nichts gesehen, wäre gerne unsichtbar gewesen. Sie wusste, dass es wegen ihr Ärger geben würde, aber sie wartete mit ihm. Dentino rührte sich nicht, also schaltete sie den Fernseher ein, um die Leere zu füllen. Dentino machte eine verärgerte Geste und ging ins Schlafzimmer am anderen Ende der Wohnung, um sich aufs Bett zu werfen. Dann hörte man einen Schlüssel im Schloss, und Tucano kam rein. Als er Koala sah, erstarrte er: »Scheiße, was willst du hier?«

Dentino kam aus dem Schlafzimmer: »Sie haben Dumbo umgebracht.«

»Oh, wer war das?«

»Wer immer das war, ich muss es wissen. Denn Dumbo war kein Soldat, er hatte überhaupt nichts mit irgendwem zu tun. Ich will die ganze Paranza hier, jetzt gleich.« Dentino war etwas kleiner als Tucano, aber er spuckte ihm seine ganze Wut ins Gesicht, darum nahm der sein iPhone und rief die Paranza zusammen: »*Guagliù*, wir müssen unbedingt 'ne Partie Tischfußball spielen, noch heute Vormittag.«

Einer nach dem anderen kamen sie in den Schlupfwinkel, und Maraja war der Letzte. Er hatte dunkle Augenränder wie einer, der seit Tagen nicht schläft, und kratzte sich andauernd den Bart.

Dentino attackierte ihn sofort: »Hör zu, Maraja, ab jetzt wird das ganze Heroin, das von Scignacane kommt, nicht mehr gekauft, das bleibt liegen. Wenn wir das weiter kaufen, wenn ihr das immer noch verkauft, geh ich aus der Paranza raus, und jeder von euch ist für mich 'n Komplize von Scignacane!«

»Was hat denn Scignacane damit zu tun?«, fragte Maraja.

»Dumbo hat für seine Mutter gearbeitet, er hat garantiert damit zu tun. Und spiel nicht den Ahnungslosen, Nicò, sonst denk ich, dass du ihn deckst. Dumbo war kein Soldat, er gehörte zu niemand.«

»Wie wir …«, sagte Dragò. Grinsend rollte er sich erst mal einen Joint.

»Wie wir einen Scheiß«, schrie Dentino und packte ihn am Hemd. Dragò entwand sich und holte mit dem Kopf zu einem Stoß aus. Sie wurden von Koala getrennt. »Seid doch nicht so kindisch!«

»Dumbo hat nie 'n Eisen in die Hand genommen. Hat keinem jemals was Böses getan, ist nie ein Verräter gewesen!«, schrie Dentino.

»Mann, Dentì, haben sie dir ins Hirn geschissen? Der hat das ganze Heroin transportiert, das wir verkaufen … Wird jetzt ziemlich Stress geben wegen der Sache … Vielleicht wollte sich jemand den Stoff holen …« Tucano versuchte eine Erklärung.

»Unmöglich. Das muss 'n Überfall gewesen sein, eine Falle!«, rief Dentino und fing an zu weinen. In dieser Wohnung hatte noch nie jemand geweint.

Drone stand stumm da, ihm erschien das wie eine Art Rache. Vor Dentino war er derjenige gewesen, der im Schlupfwinkel mit den Tränen gekämpft hatte, damit ja keine einzige fiel. Aber Dentino weinte, und er war eine Schande für die ganze Paranza.

»Dentì«, sagte Dragò, »heute sind wir hier, morgen sind wir nicht mehr hier. Schon vergessen? Freund, Feind, Leben, Tod –

alles dasselbe. Wir wissen das, du weißt es auch. So ist es nun mal. Bloß ein Moment. So überlebt man, oder nicht?«

»Was weißt du denn, wie man überlebt? Verräter!« Das tödliche Wort. Das einzige Wort, das nie ausgesprochen werden darf. Dragò zog die Pistole und hielt sie Dentino an die Nase.

»Ich hab mehr Ehrgefühl als du, Arschloch. Wer mit Whites Schwester rummacht, ist 'n Hurensohn. Wer weiß, was du den Capelloni alles von uns erzählt hast. Und mich nennst du Verräter? Raus hier, du und diese Schlampe, verpisst euch!«

Dentino erwiderte nichts, er war unbewaffnet, doch er blickte Nicolas an. Nur ihn. Den Capo.

Die Botschaft

Er hatte ihn schon gespürt, bevor sie es ihm offen sagte, diesen Bauch, der Tag für Tag runder wurde. Dentino hatte ihn wirklich gespürt, bei jeder Umarmung, wie etwas, was vorher nicht da war und jetzt da ist. Früher waren sie immer ein Gewirr aus Armen gewesen, waren aufeinandergeklettert, auch dann, wenn sie sich nur schnell begrüßen wollten, gar nicht mal, um miteinander zu schlafen. So war die Koala. Sie umklammerte dich mit ihrem ganzen Körper. Seit einiger Zeit jedoch bemerkte Dentino eine gewisse Vorsicht bei seiner Freundin, als fürchtete sie, von ihm zerquetscht, erdrückt zu werden. Er hatte sie nicht gefragt, sie würde es ihm schon sagen, dachte Dentino, und unterdessen arbeitete seine Phantasie. Wie würden sie ihn nennen? Seine Mutter hatte immer von einem Enkelsohn geträumt – von einer Enkeltochter noch mehr – und von einer schönen Hochzeit, ohne Rücksicht auf die Kosten. Dann aber kam ihm ein anderer Gedanke, übermächtig, und er versuchte, ihn zu verscheuchen, doch er kam noch stärker wieder. Sich davon befreien.

Die Koala hatte abgewartet, sie hatte verstanden, dass er es wusste, er umarmte sie nicht mehr so hitzig wie früher, auch Dentino war vorsichtiger geworden. Wenn sie allein waren, wirkten sie wie zwei Anfänger beim Austausch von Zärtlichkeiten. Und auch sie begann, sich die Zukunft auszumalen. Sie hatte sich vorgenommen, bis zum dritten Monat zu warten – jeden Tag wurde sie runder, einige Frauen im Viertel hatten ihre Schwangerschaft schon festgestellt –, dann wollte sie Dentino gestehen, dass er Papa wurde. Auch sie wünschte sich ein Mädchen und hatte heimlich schon rosa Strampelanzüge gekauft, dem Aberglauben zum Trotz.

Dann wurde Dumbo ermordet, und auch ihr Liebster war wie tot. Sprechen konnte sie nicht mit ihm, er war immer unterwegs, mit seinen persönlichen Nachforschungen beschäftigt, um herauszukriegen, wer seinen Freund zum Tode verurteilt hatte. Bei den seltenen Gelegenheiten, in denen sie mit ihm allein sein konnte, rührte Dentino sie nicht mehr an, hielt sie auf Distanz und weigerte sich sogar, ihr in die Augen zu schauen, er wollte sich nicht anmerken lassen, dass er es wusste, dass es zu spät war, um diesen Bauch zu verstecken, dass es mittlerweile alle wussten außer ihm. Er hatte keinen Platz für das Leben, das Koala in sich trug. Sie versuchte, ihn wieder für sich zu gewinnen, streichelte ihn, aber er entzog sich mit einem heftigen Ruck und machte sich wieder auf die Suche nach dem Schuldigen. Zum ersten Mal gab es zwischen ihnen eine Kälte, die sie lähmte, doch das Wesen in Koala wuchs weiter und forderte seinen zukünftigen Vater.

Seit zwei Tagen aß Dentino nichts mehr. Rührte kein Essen an, trank nicht. Und schlief nicht. Achtundvierzig Stunden als Zombie. Er ging nur noch zu Fuß, weil er meinte, auf dem Roller würde er sich kein Gesicht, das ihm begegnete, genauer ansehen können. Aber er wollte allen ins Gesicht schauen, denn dort konnte sich ein Hinweis auf den Tod seines Freundes verbergen. Er hatte auch den Chat der Paranza verlassen, und keiner hatte versucht, ihm zu schreiben, um ihn zur Rückkehr zu bewegen. Er war allein.

Einmal ging er zu White in die Saletta zurück, aber der schwor, dass er nichts wusste, dass er ihm die Botschaft einfach nur weitergeleitet hatte.

»Und wer hat sie dir gebracht?«, fragte Dentino.

»Der Botschafter«, antwortete White. Er hatte sich noch ein Zöpfchen wachsen lassen und streichelte es langsam.

»Wer ist der Botschafter?«

»Ein Botschafter vom Arsch«, und er zeigte ihm den Mittelfinger.

Aus White würde er nichts anderes herauskriegen, auch wenn er ihn verprügelt hätte. White genoss die Situation, jetzt zwirbelte er beide Zöpfchen. Dentino ging mit gesenktem Kopf weg, überlegte, ob er mit Koala sprechen sollte, aber sie wusste immer nur so viel, wie der Bruder ihr erzählte, außerdem wollte er sie nicht hineinziehen, sie und das Kind in ihr nicht mit dieser Geschichte beschmutzen. Er überlegte sogar, ob er sich jeden einzelnen Umschlagplatz vornehmen sollte, denn dort waren Kameras, vielleicht hatten sie Dumbo dabei aufgenommen, wie er mit irgendjemand auf einem Roller saß. Mit dem Mörder. Dann versuchte er es bei Copacabana im Gefängnis, doch der ließ sich verleugnen. Einen ganzen Tag lang ging er durch San Giovanni a Teduccio. Via Marina, Ponte dei Francesci, der Park Massimo Troisi, alle Straßen, die vom Corso San Giovanni abzweigen. Er ging mit erhobenem Kopf, frech, als würde er sich ein Gebiet erobern, das nicht seins war, denn er wollte bemerkt werden, wenn nötig, auch verprügelt. Viele Kilometer legte er so zurück, wie er diese Suche begonnen hatte. Allein.

Aber er war nicht allein, denn auch die Zarin suchte nach dem Mörder von Dumbo. Sie hatte diesen *guagliuncello* liebgewonnen. Er stimmte sie fröhlich. War immer heiter und konnte sie mit seiner guten Laune anstecken. Und die Fahrten auf dem Roller von einem Ende der Stadt zum anderen, wie sehr ihr die fehlten. Sie hatte sich dabei als junges Mädchen gefühlt, und jetzt hatte er einen Dummejungenstreich, dieses verfluchte Foto von seinem Schwanz, so teuer bezahlt. Die Zarina hatte versucht, mit ihrem Sohn zu schimpfen. Wie konnte er es wagen, in ihrem Handy zu spionieren? Doch Scignacane hatte die Frage mit einem Achselzucken erledigt, denn wenn es ihm nützte, erlaubte er sich, kein Sohn mehr zu sein. Die Zarin aber meinte, dass sie Dumbo etwas schuldig war, weil seine Lebenslust sich auf sie übertragen hatte. Also quetschte sie die Männer ihres Sohnes aus, erinnerte sie daran, dass der Negus das Reich geschaffen hatte, das ihnen ein Leben im Wohlstand erlaubte, und wehe, wenn sie Scignacane etwas von dem Gespräch erzählten, denn sie, die Zarin, konnte sich noch immer furchtbar rächen. Und so redeten die Männer einer nach dem anderen. Von der Operation selbst wussten sie nicht viel, aber die Zarin fügte Stück für Stück zusammen und rekonstruierte den Hergang. Die Einzelheiten und der Ablauf interessierten sie nicht, sie wollte die Befehlskette, um Verantwortlichkeiten zu verbinden und eine Rache zu ersinnen. Wer fallen würde und durch wessen Hand, war ebenfalls egal. Blut musste mit Blut gewaschen werden, eine Regel, so alt wie die Welt, und sie wusste, wie sie diese Waschung in Gang setzen würde.

Das alles organisierte sie von ihrer Wohnung aus, ihrem goldenen Käfig mit allem Komfort, aus dem nur Dumbo sie hatte herausholen können. Dumbo hatte ihr von diesem Freund erzählt, wegen dem er sogar in Nisida gesessen hatte, den er vor einer Anklage geschützt hatte, die auch seinen Freund hinter Gitter gebracht hätte. Eine reinere Freundschaft gibt es nicht, hatte die Zarin gedacht, als sie diese Geschichte gehört hatte, eine reinere als die Freundschaft, die aus dem Opfer entsteht. Mit Hilfe ihrer Männer beschaffte sie sich die Nummer von Dentino. Sie überlegte, ob sie ihn anrufen sollte, aber sie hatte Angst. Also schrieb sie alles, schrieb auch, dass er frei sei, ihr nicht zu glauben, und schloss mit der Bemerkung, dass die Freundschaft mit Dumbo für sie beide sehr kostbar gewesen sei, kostbar wie eine Majolika.

Dentino las die Nachricht Dutzende Male, und jedes Mal schwebte sein Finger über der Löschtaste, doch schließlich hatte das andauernde Wiederlesen ein Gleis gegraben, eine immer tiefere Bahn. Er saß in einem Wagen der U-Bahn-Linie 1, drei Haltestellen noch bis zur Station Toledo. Er löschte die Nachricht.

Rotes Meer

Mena saß an den letzten Nadelstichen für das rote Kleid, das sie sich in ihrem Laden eigenhändig aus einem schönen Stück karmesinroter Seide geschneidert hatte. Ein Kunde hatte ihr den Stoff geschenkt. »Wohin geh ich in dem Kleid?«, hatte sie sich gefragt, doch als sie sich den Stoff vor dem Spiegel überwarf und sich ein schlichtes Kleid ohne Ausschnitt, aber eng auf Taille geschnitten ausmalte, hatte sie gedacht: »Irgendwohin geh ich damit«, und angefangen, ihm eine Form zu geben. Jetzt stand sie an dem Esstisch, den ihr Mann nicht abgedeckt hatte, wie immer, wenn sie spät heimkam und er früh rausmusste, und nähte von unten bis oben Knöpfe an die Knopfleiste im Rücken: zwölf kleine, schimmernde Knöpfe in einem noch flammenderen Rot als das Kleid. Die Knopflöcher hatte sie anfertigen lassen – denn das war eine Kunst, und dafür gab es in Forcella die alte Sofia, die trotz ihres Alters und ständigen Brillenwechsels Schneiderinnen und Schneiderwerkstätten bediente.

Sie sah Christian aus dem Zimmer stürzen.

»Wohin gehst du?«

Er antwortete etwas wie: »Muss zu Nico«, aber sie verstand nicht recht. Wohin denn? Die Nadel mit dem roten Faden zwischen Daumen und Zeigefinger, verharrte sie reglos. Es kam oft vor und gefiel ihr nie, dass der Kleine mit dem Großen auf die Straße ging. Sie legte Nadel und Faden aus der Hand, legte das Kleid auf dem Tisch ab und beugte sich aus dem Fenster des Treppenabsatzes, von wo aus man die Straße im Blick hatte. Christian war dort unten. Er rührte sich nicht, vielleicht wartete er. »Solange er wartet, ist es gut«, dachte sie, und gleichzeitig fiel ihr ein, dass sie dieses Kleid anprobieren musste, um zu sehen, ob die Knopfleiste nicht zu eng geraten war. »Sofia ist blind, gut, aber blind«, dachte sie. Mit raschen, geübten Bewegungen zog sie sich aus und streifte dann vorsichtig das neue Kleid über, indem sie es mit erhobenen Armen von oben an sich herunterfallen ließ. Sie strich es sorgfältig über den Hüften glatt, spürte, wie ihr Busen den Platz einnahm, der ihm gebührte, und die Form erhielt, die ihm gebührte. Ja, jetzt würde sie die Knöpfe annähen können, die noch fehlten. Mit einem mechanischen Ruck kehrte sie zum Fenster zurück, Christian ging schnell in Richtung Corso Umberto. »Wohin gehst du?«, rief sie. »Auftrag erledigen«, antwortete der Junge, die Hände zum Trichter an den Mund gelegt. Auftrag? Seit wann erledigte Christian Aufträge? Was um alles in der Welt war das für ein Wort aus seinem Mund? Sie lehnte sich weit aus dem Fenster, bis ihr Sohn hinter der Kreuzung verschwunden war. Zurück im Zimmer suchte sie ihr Handy. Nie fand sie es, wenn sie es mal brauchte. Nie fand sie es. Sie steckte die Nadel auf die Fadenrolle und tastete mit den Händen unter dem Kleid, das sie vorhin ausgezogen hatte, unter der Schürze, suchte in der Tasche, suchte im Bad, und da war es, auf dem Waschbecken. Sie wählte Nicolas' Nummer, der fast sofort antwortete: »Was is' los?«

»Warum ziehst du deinen Bruder da rein? Was hat er damit zu tun? Wo bist du?«

»Beruhig dich, Mama, was meinst du überhaupt?«

»Christian war bis vor zwei Minuten zu Hause. Und jetzt ist er auf dem Weg zu dir. Wo? Sag mir, wo?«

Nicolas blieb stumm und hörte, ohne ihr zuzuhören, die Stimme seiner Mutter, die ihn warnte und ihm befahl, seinen Bruder nach Hause zu schicken.

Es entwischte ihm, was er nicht sagen wollte: »Ich weiß nichts.«

Jetzt war es Mena, die verstummte. Sie tauschten Schweigeminuten aus wie codierte Botschaften.

Dann: »Lass es dir sagen. Lass dir sagen, wo sie ihn hinbringen. Lass dir das sofort sagen.« Sie wusste, dass es immer einen Weg gibt, um zu erfahren, was gerade passiert. Sie wusste, dass ihr blonder Sohn inzwischen alles erreichen konnte, und weil er konnte, musste er sofort alles tun. »Lass es dir sagen.«

Und er: »Geh runter vors Haus. Ich komme.«

Mena ließ alles stehen und liegen, schloss die Tür nicht, stürzte in ihrem roten, im Rücken offenen Kleid die Treppe hinunter. Erst vor der Haustür fiel ihr ein, dass sie sich hätte umziehen müssen, aber jetzt stand sie hier. Hier stand sie und suchte mit Blicken nach Nicolas' Umriss auf diesem verfluchten Motorrad. Sie suchte ihn an dem Straßenende, wo Christian verschwunden war, aber Nicolas kam aus der anderen Richtung, in der Hand den Helm, den er immer für Letizia dabeihatte. Mena setzte sich rittlings auf den TMAX, den Helm hielt sie auf dem Schoß. Sie fragte nicht noch einmal, wartete nur, dass er ihr sagen würden, wo. Wo, wo. »Der Ritter von Toledo«, schrie Nicolas und beschleunigte. »Am U-Bahnhof Toledo.« Zwei Telefonate hatten genügt. Eine Minute. Jemand hatte es ihm gesagt. So hatte er es erfahren. Aber was? Was denn? Was gab es zu erfahren? Unter Menas Haaren, die wie eine Piratenfahne durch die Straßen der Stadt flatterten, in Nicolas' konzentriertem Gesicht wimmelte es von Fragen und Antworten, Gewissheiten und Beschwörungen. Nur ein klar umrissenes Bild wechselte von einem zum anderen, und sie wussten nicht, was sie damit anfangen sollten: das Bild einer modernen Skulptur, die man auf der Piazza Diaz aufgestellt hatte, dieses Pferd, dieser Ritter, dieser krummgewachsene Jockey, wer weiß, wem das eingefallen war.

Im U-Bahn-Wagen saß Dentino über die halbautomatische Beretta gebeugt, die zwischen seinen Beinen steckte. Als klammerte er sich an die Waffe, als streichelte er sie, als müsste er einem Ritual folgen. »Das Blut zählt nicht? Na, wir werden ja sehen. Mal sehen, was passiert, wenn es dein Blut erwischt.« Diesen Gedanken wiederholte er mehrmals, das »wir werden ja sehen« betonend, das immer wiederkehrte wie ein Fluch, der die Tat schon vorausahnt. Auf dem Display seines Handys die Nachricht, die er Christian geschickt hatte: »Dein Bruder und ich warten am Denkmal der Piazza Diaz auf dich. Du musst einen Auftrag für uns erledigen.« Christian hatte mit einem siebenfachen Smiley geantwortet.

Die nächste Nachricht war für Stavodicendo, damit vergewisserte er sich, dass Nicolas vom Schlupfwinkel nicht nach Hause gefahren war. Stavodicendo fragte zurück, er bohrte: »Wo bist du? Was machst du? Was hast du vor? Musst du Nicolas treffen?« Dentino schrieb, er habe nichts vor, er müsse einer Verpflichtung auf der Piazza Diaz nachgehen. Der andere: »Wie redest du denn? Was für eine Verpflichtung?« Und da hatte Dentino nicht mehr geantwortet.

Er las die Nachrichten und fühlte sich von den Leuten beobachtet, die um ihn herum saßen oder sich an den Stangen festhielten. Sahen sie ihn an, weil er bewaffnet war? Sahen sie ihn an, weil er im Begriff war, ein Kind zu töten? Sahen sie ihn an, weil er selbst noch ein Junge war? Es fühlte sich an, als ertränke er in einer Welt von Erwachsenen, nein, von alten Menschen, Männern und Frauen, deren Ende so kurz bevorstand, dass man im Grunde nicht verstehen konnte, warum sie nicht schon tot waren. Zombies. Er wusste, dass er lebendig war, sehr viel lebendiger als all diese Sklaven. Wieder berührte er die Beretta und fühlte sich stark, wusste, dass er einen Racheakt vollziehen würde. Ja, er würde Rache üben. Gerade noch rechtzeitig merkte er, dass er an der Haltestelle Toledo angekommen war. Er stieg aus, ließ die Leute vorübergehen, die Sklaven, und drückte sich an die Wand am Bahnsteig, bevor er in den bunt bemalten Tunnel hineinging, der zu den Rolltreppen führte. Christian würde herunterkommen, weil ihm das gesagt worden war.

Christian stand unter dem merkwürdigen Pferd auf der Piazza Diaz. Nico würde gleich ankommen, und unten vor den Drehkreuzen wartete Dentino auf ihn, also rannte Christian nach unten. Dentino hatte ihm geschrieben, er solle zur U-Bahn-Haltestelle runterkommen. Ob er je hier gewesen sei? Nein, hier war er noch nie gewesen. Dann solle er herkommen, es sei schön, eine phantastische Welt. Christian stand auf der Rolltreppe, und da war sie wirklich, die phantastische Welt, es stimmte! Während er hinabfuhr, öffnete sich über ihm ein spitz zulaufender Lichtkegel, blau und grün, ein Blau und ein Grün, das über die Wände nach unten floss und sich zu einem Rosa verfärbte, und es war wie ein Aquarium und wie Zauberei. In der Schule hatte jemand gesagt, der U-Bahnhof Toledo sei so modern, so künstlerisch, einer der schönsten der Welt, aber keiner hatte ihn je dorthin gebracht. Weder die Schule noch die Familie. Warum bloß? Wir haben die schönste Haltestelle der Welt und gehen sie nicht anschauen. Immer nur zum Castel dell'Ovo, immer an die Strandpromenade, immer ans Meer, wenn das richtige Meer doch hier war, nein, es war schöner als das Meer aus Wasser, denn hier war es Welle, Grotte, Vulkan, und manchmal wurde es auch Himmel. ›Das hat Nico mir nie erzählt.‹ Die Rolltreppe fuhr hinunter, und Christian bog den Kopf nach hinten, und je tiefer sie fuhr, desto mehr bog er den Kopf in den Nacken, um in diesem Fluss aus Licht zu stehen, der von oben herabfiel, ein stiller Fluss, ein altes Gewässer, oder nein, dieses Licht strömte aus dem Weltraum herunter. Er hat mich hierherkommen lassen, damit ich eine Reise durchs Blau mache, dachte Christian. Und als er auf der sehr langen Rolltreppe unten angekommen war und Dentino sah, sagte er ihm, dass dies wirklich ein phantastischer Ort war, schöner als Posillipo und das Land im *Herr der Ringe*. Aber Dentino lächelte nicht. Er sagte, Christian müsse jetzt wieder nach oben, weil Nicolas beim Ritter von Toledo angekommen sei. Dentino stand vor ihm, und Christian wunderte sich nicht, dass der Junge aus der Paranza mit den zwei kaputten Vorderzähnen wie angewurzelt dort stehenblieb und Befehle erteilte. Er fragte nichts, dachte nichts, sagte nur: »Wow!« bei dem Gedanken, wieder hochfahren zu dürfen, und stürzte sich glücklich auf die Rolltreppe, um die Reise durch dieses Aquarium in umgekehrter Richtung zu machen. Dentino ließ ihn ein Stück hochfahren, dann folgte er ihm. Es war eine unendliche Fahrt, und zum zweiten Mal verlor sich Christian in dem Grün, dem Blau, dem Licht, bis das enttäuschend langweilige Tageslicht die Oberhand gewann.

Von der Piazza aus sahen ihn Nicolas und Mena. Sie sahen ihn aus dem Tunnel der Rolltreppe herausfahren, während von unten drei Schüsse ankamen, präzise, sicher, ohne Nachhall.

Dentino rannte die aufwärts fahrende Rolltreppe hinunter, sprang, um gegen die Kraft anzukämpfen, die ihn an die Oberfläche tragen wollte. Erst als er unten ankam, holte er wieder Luft und drehte sich zum Licht dort oben um, dann lief er durch den menschenleeren Raum, der durch die Schüsse entstanden war, zum Bahnsteig, wo er auf den Zug wartete. Als er merkte, dass er die Beretta immer noch in der Hand hielt, steckte er sie zurück in die Hose. Dieses Bild und alle vorhergehenden Bilder waren schon von den Kameras in der Haltestelle gespeichert: das Bild auf dem Bahnsteig, das Dentino zeigte, wie er ausstieg und zwischen den anderen Passagieren zum Ausgang ging, das Bild am Ende der Rolltreppe, Dentino, während er wartete – und hier würde man gut erkennen, wie er die Beretta herausholte und mit der linken Hand verbarg –, und man würde Christian ankommen und lächeln sehen, vor Glück strahlend nach dem Abenteuer, das er gerade erlebt hatte, als er in dem Kegel aus grünem Licht hinuntergefahren war, und wie er dann wieder nach oben fuhr, gefolgt von Dentino, man würde den jetzt ausgestreckten Arm sehen, den ersten, den zweiten, den dritten Schuss und dann das Rennen in umgekehrter Richtung.

Unten in der Haltestelle und oben auf der Piazza hatten die Menschen instinktiv reagiert, wie beim Flachmachen: Manche warfen sich zu Boden, einige liefen weg, andere blieben fassungslos stehen, als gäbe es etwas zu verstehen.

Christian fuhr auf das Denkmal zu, im Gesicht ein schönes Lächeln, das ihn kleiner machte, ihn ganz ausfüllte, als würden ihm von dem Schauspiel, das er gesehen hatte, immer noch die Augen übergehen. Dann hatte er wohl das unbestimmte Gefühl, etwas anderes in sich zu spüren, einen Seevogel, der sich in seinen Rücken gebohrt hatte und nun aus seiner Brust herauskommen wollte. Doch das Gefühl nahm keine Form an, sein Körper stürzte zu Boden, als wäre er gestolpert, und er blieb am

Boden liegen, mit ausgebreiteten Armen, den Kopf zur Seite gedreht, die Augen geöffnet.

Mena und Nicolas saßen noch auf dem Motorrad. Mena stieg zuerst ab, sie war allein auf der Piazza, in ihrem roten, am Rücken offenen Kleid. Sie ging langsam, als trüge sie ein Gewicht, als machte das Schicksal ihren Gang langsamer. Sie beugte sich über den Jungen, berührte ihn, hob die Hände wieder, ließ sie aber mit der zur Muschel gekrümmten Handfläche über ihm, berührte ihn wieder, strich über seine Stirn, nahm seinen Kopf und bettete ihn auf ihre Knie, schloss ihm die Augen, einen heiseren Seufzer ausstoßend, sah das Blut, das sich ausbreitete, und hörte jemanden schreien: »Ruft einen Krankenwagen!« Keiner wagte einen Schritt zu tun. Mena war ganz unter ihren Haaren versteckt. Man sah sie nicht mehr. Und sie sah niemanden. Dann hörte sie Nicolas, der etwas schrie, die Menschen vergebens aufforderte, auf Abstand zu bleiben. Sie hörte ihn erklären, dies seien sein Bruder und seine Mutter, als stünde er auf einer Theaterbühne. So war es. Doch den Umstehenden entging nicht, wie dieser blonde Junge sich um sich selbst drehte und sich zusammenkrümmte, weil er nicht gesehen werden wollte, wie er, den Helm gegen den Bauch gepresst, zu wimmern begann, Tränen suchend oder vielleicht zurückhaltend. »O Gott«, entfuhr es ihm, und nachdem er das Wort einmal ausgesprochen hatte, fing er an, es zu wiederholen, »o Gott, o Gott, o Gott«, ohne zu wissen, wohin er blicken sollte, außer auf den Boden. Ein Brechreiz überfiel ihn, dann ein zweiter, und er hatte sich noch nie so einsam gefühlt, darum befreite er sich von dem Helm, ließ ihn davonrollen und beugte sich neben seiner Mutter über den Körper seines Bruders. Aus der U-Bahn kam niemand mehr nach oben. Der Kreis der Schaulustigen wurde größer, doch unter dem Denkmal des Ritters von Toledo gab es nur Mena, Nicolas und, jetzt unsichtbar unter dem Karmesinrot der Mutter, den kleinen Christian.

In der Zeit, die nun folgte, vergoss Mena keine Träne. Sie kümmerte sich um ihren Mann, der nicht mehr aufhörte zu weinen, im Trainingsanzug auf der Bank im Krankenhaus, auf dem Hocker im Polizeipräsidium, in der Kirchenbank. Mena sprach mit niemandem, außer um praktische Dinge zu regeln und auf die Fragen der Polizei zu antworten, die sofort Ermittlungen einleitete. Manchmal blickte sie Nicolas von der Seite an. Als sie mit Sohn und Mann allein in der Wohnung war, befreite sie sich endlich von dem roten Kleid, zog sich aber nicht wieder an, sondern blieb im Unterrock. Sie breitete das Kleid, das nur zwei Knöpfe am Rücken hatte, auf dem Tisch aus, betrachtete es, packte es dann grob und fing an, es zu zerreißen, erst entlang der Nähte, dann wild am Stoff zerrend, um ihn in Fetzen zu reißen, und jetzt ergab sie sich einem Schrei, einem metallischen, rostigen Schrei, bei dem sogar ihrem Mann die Tränen stockten. In den nächsten Tagen berichteten die Fernsehnachrichten: »Camorra ermordet Jungen unter dem Denkmal des Ritters von Toledo von William Kentridge.«

Die Trauerfeier fand fünf Tage später im Viertel statt. Pausenlos verlangte Mena Blumen. Sie wollte die Blumen von den Jungen der Paranza und blickte sie böse an. »Ich will Blumen, kapiert? Ihr wisst, wie ihr die besorgen könnt. Ich will die schönsten Blumen von Neapel. Weiße, sehr viele weiße Blumen. Rosen, Calla, was am meisten kostet.« Sie inspizierte die Kirche und entließ mit einer Handbewegung Priester und Beerdigungsinstitut. »Ihr habt nichts verstanden! Ich will Blumen. Ich will so viele, dass man vom Duft ohnmächtig wird.« Und so geschah es. Hinter dem Wagen gingen viele Menschen aus dem Viertel und andere, die niemand kannte, die wer weiß woher kamen, aber sie tun gut daran, hier zu sein, dachte Mena, denn hier soll niemand meinen Kleinen vergessen, mein Kind.

Nicolas ging hinter seiner Mutter. Er gehorchte. Beobachtete. Ließ sich keine Szene, keine Geste entgehen. Wie ein wahrer König, der weiß, wer da ist, wer nicht da ist und wer nicht da sein darf. Seine Jungen waren bei ihm und zeigten Trauer. Das taten sie, so gut sie konnten. Man sah sie kaum inmitten des Berges weißer Blumen, die Christians Mutter hatte haben wollen.

Christians Schulkameraden waren da, ein Schwarm Kinder in Begleitung ihrer Lehrerin, auch Nicolas' Klassenkameraden waren da und der Lehrer De Marino, nachdenklich und sprachlos.

Weiß war auch der Sarg. Ein Kindersarg. Die Mädchen der Paranza-Jungen trugen einen Schleier, weil sie die Tradition kannten und sie respektierten.

Mena, in Schwarz, die Haare unter einem Schleier aus schwarzer Spitze zusammengebunden, hielt ihren Mann, den Lehrer, am Arm gestützt. Sie bat alle zu warten, bis die letzte Reise auf den Friedhof von Poggioreale begann, und sagte Nicolas, er solle die Paranza in der Sakristei versammeln. »Der Herr Pfarrer möge uns vergeben, wenn wir uns zwei Minuten lang Euren Raum nehmen«, sagte sie zum Pfarrer und hinderte ihn daran, ihr und der vollständig versammelten Paranza in die Sakristei zu folgen. Ganz hinten gingen Pesce Moscio und Briatò, einer mit Krücken, der andere mit einer orthopädischen Gehhilfe.

Als sie zusammen im spärlichen Licht der Sakristei standen, schien Mena sich in stummem Nachdenken zu sammeln, doch dann hob sie den Kopf, befreite sich von dem schwarzen Schleier, musterte die Jungen einen nach dem anderen und sagte: »Ich will Rache.« Gleich darauf verbesserte sie sich: »Ich will die Vendetta«, und fuhr fort: »Vielleicht hättet ihr verhindern können, dass er umgebracht wurde, dass mein Sohn mir genommen wurde, aber Schicksal ist Schicksal, und die Zeiten ändern sich. Jetzt ist die Zeit des Sturms. Und ich will, dass ihr der Sturm dieser Stadt seid.«

Die ganze Paranza nickte. Alle außer Nicolas, der den Arm seiner Mutter nahm und sagte: »Wir müssen gehen.« Vor der Tür zur Sakristei packte der Vater Nicolas am Hemd, er hätte ihn hochgehoben, wenn er die Kraft gehabt hätte, bohrte ihm einen Blick ohne Schatten in die Augen und fing an, erst flüsternd, dann laut: »Du hast ihn umgebracht. Du bist es. Du. Du bist ein Mörder. Du hast ihn umgebracht.« Mena konnte ihren Sohn aus dem Griff befreien. Sie umarmte ihren Mann. »Jetzt nicht. Wir haben später Zeit«, sagte sie und liebkoste ihn sanft.

Alle verließen die Kirche, umgeben von der Parade aus weißen Blumen, und draußen wartete der Leichenwagen.

Aucelluzzo, im schwarzen Anzug, näherte sich Nicolas. Er umarmte ihn mit einer Behutsamkeit, die er nicht bei sich vermutet hätte: »Mein Beileid, Nico. Von mir und du weißt schon von wem.«

Nicolas nickte stumm, die Augen starr auf den weißen Sarg gerichtet. Er versuchte, den Wagen zu überholen, er wollte zu seiner Mutter, an ihren Arm, aber Aucelluzzo hielt ihn mit einer Hand auf der Schulter fest.

»Habt ihr das gesehen?«, fragte er. »Sie schreiben über euch.« Er reichte Nicolas die Zeitung. Ein Artikel auf der ersten Seite verband Christians Tod und den Tod von Roipnol mit dem neuen Wirbelsturm, der über dem Stadtzentrum niederging. Den habe eine neue Paranza ausgelöst, hieß es.

Der Sarg war jetzt im Leichenwagen verschwunden, und Nicolas blickte auf die Zeitung, die Aucelluzzo ihm hinhielt. »*Guagliù*«, sagte er zu den Seinen, die ihn eng umringten, »sie haben uns getauft: Wir sind die Kinder-Paranza.«

Plötzlich begann es zu regnen, sehr stark zu regnen, ohne Donner. Die Straße färbte sich schwarz von geöffneten Schirmen, als hätten ganz Forcella und die Via dei Tribunali diesen Platzregen wie einen Befreiungsschlag erwartet. Mühsam bahnte sich der Leichenwagen einen Weg durch das Meer von Schirmen. Nur über der Paranza ging das Wasser nieder.

Der Tod und das Wasser sind immer ein Versprechen. Und die Jungen waren bereit, durch das Rote Meer zu ziehen.

Inhalt

3. Teil **Sturm**